エドウィン・ドウルードの謎

THE MYSTERY OF EDWIN DROOD

チャールズ・ディケンズ
CHARLES DICKENS

田辺洋子 訳
Translated by YOKO TANABE

溪水社

生前の公私にわたる御厚情に
衷心より謝意を表し
故あぽろん社社長伊藤武夫氏の御霊に捧ぐ

凡例

本訳書『エドウィン・ドゥルードの謎』はクラレンドン版 Charles Dickens, *The Mystery of Edwin Drood* ed. Margaret Cardwell（1972）を原典とする。原作は一八七〇年四月から九月までチャップマン・アンド・ホール社より月刊分冊で刊行。十二号で完結予定の所、六号で絶筆。

巻末にワールド・クラシクス版序説を抄訳する。訳注は同版の注、並びに *The Companion to The Mystery of Edwin Drood* ed. Wendy・S・Jacobson (Allen & Unwin, 1986）等を参照。本文中にアステリスク＊で示し、巻末にまとめるが、比較的短いものは割注とする。

挿絵はルーク・ファイルズによる。

目次

エドウィン・ドゥルードの謎

第一章　黎明

古代英国の大聖堂の町？　一体またどうして古代英国の大聖堂の町がこんな所になければならん！　そいつの古めかしい大聖堂のお馴染みの巨大な灰色の四角い塔？　どうしてそいつがここにそそり立っていなければならん！　現《うつつ》の見晴らしのどんな角度からも、目と塔の間には空《くう》に錆だらけの鉄の犬釘なんて突き出してはいない。邪魔くさい犬釘は一体何だ？　どいつが押っ立てた？　さてはトルコの盗人《ぬすっと》一味を一人また一人と串刺しにしてやれと、皇帝《サルタン》が命《めい》でも下したか。道理で。シンバルがガシャーンと鳴って、皇帝《サルタン》がお供をゾロゾロ従え、宮殿まで練り歩いてやがる。一万もの偃月刀《えんげつとう》がギラリと、日光にギラつき、そのまた三層倍もの踊り子が花をバラ蒔く。かと思えば、色取り取りの豪勢な垂れ布で飾り立てた星の数ほどの白い象と、お付の者がまたぞろやって来る。というに後ろっ側では、てんでお呼びでない所に大聖堂の塔がそそり立ち、というにどいつも物騒な犬釘に串刺しにされてのたうち回っていないとは。ん、待てよ！　犬釘ってのはてんで拗《ねじ》けた具合に拉《ひさ》げたおんぼろ寝台の支柱の天辺の錆だらけの犬釘みたいに低い代物か？　一つ、寝ぼけ眼で腹を抱えて、こいつに首を捻ってやらねばならん。

頭の天辺から爪先までワナワナ身を震わせながら、そのバラけた意識がかくて奇抜に接ぎ合わされるに至った男はとうとう両腕を突いて戦慄く身を起こし、辺りを見回す。男がいるのはせせこましい部屋の中でもとびきり惨めったらしい、むっと息詰まるようなそいつだ。ズタズタの窓カーテン越しに曙光がこっそり、うらぶれた路地裏から忍び込む。男は服を着たまま、どデカい不様なベッドに横たわっているが、寝台は実の所、どっさり背負《しょ》い込んだ荷の重みで崩れかけている。これまた服を着たまま、これまたベッドに横方《よこざま》身を投げ出しているのは中国人と、東印度水夫《ラスカー》と、げっそり痩せこけた女だ。仰《のっ》けの二人は眠りこけ、と言おうか意識が失せ、女はプウプウ、ある種煙管に火をつけようと、息を吹き込んでいる。して女がプウプウやり、骨と皮の手をかざしながら、真っ紅な火の粉をいよよ火照り上がらすに及び、煙管は仄暗い朝《あした》にあってはランプよろしく、女の姿を男の視界にまざまざと浮かび上がらす。

「もう一服どうだい？」とこの女はぐちっぽい嗄れ声をガラ

ガラ潜めてたずねる。「もう一服どうだい？」

男は片手を額にあてがったなりキョロキョロ辺りを見回す。

「あんた真夜中にお越しになってからってもの五服もおやりだよ」と女はひっきりなしブツブツ、不平を鳴らしながら続ける。「おお、何てこったい、何てこったい、この頭と来りゃズキズキ割れそうだたあ。あいつら二人はあんたの後からお越しになったのさ。ああ、何てこったい、景気と来りゃてんでシケ返ってるたあ、てんでシケ返ってるたあ！　こいつらの話じゃ、船溜まりの辺りに中国人はほんのこれっぱかし、東印度水夫《ラスカー》なんざスズメの涙ぽっきりしかいなくって、おまけに船一艘お越しになりそうにないってさ！　ほら、もう一服こさえてやったよ、あんた。まさかお忘れじゃなかろうね、えっ、いい子だからさ、ここんとこ巷じゃ値が張りに張ってるって？　ものの指貫き一つ分で三シリング六ペンスは下んないつくたあ！　んでこいつもやっぱお忘れじゃなかろうね、あたしをのけにすりゃ（んで路地裏の向こうのお唐生まれのジャックと、ってってもあいつはあたいほど腕達者じゃないけど）こいつをこねくり合わすズブのツボを押さえてる奴はいないって？　ってこってそれなりお代は耳を揃えて払って頂かなきゃよ、あんた、えっ？」

女は然に口を利く間《ま》にも煙管をプウプウやり、時たまブクブク泡ぶくにしながら中身をしこたま吸い込む。

「おお、何てこったい。おお、何てこったい。この肺腑と来りゃヘナヘナだたあ。この肺腑と来りゃボロボロだたあ！　さあ、そろそろ吸い頃だよ、あんた。ああ、何てこったい、何てこったい、この哀れな手と来りゃ今にももげちまいそうなほどブルブルだたあ！　どうやらあんた素面にお戻りのようじゃ。ってこってあたしゃこの哀れなこちとらに言ってやんのさ。『あいつにもう一服こさえてやろうかい。んであいつのこった、まさかお忘れじゃなかろうよ、アヘンはこの所べらぼう値が張るって、んでそれなり耳を揃えて払っておくれだろうじゃ』おお、この哀れなズッキズキの頭と来りゃ！　あたしゃ、ほら、おんぼろペニー・インク壷でキセルをこさえて、あんた——これがそいつだけど——口金をこんな具合に嵌め込んで、この指貫きからこのちっこい角匙《つのさじ》でこねくり合わせた奴をすくって、ってこって一杯に詰めてやんのさ、あんた。ああ、この哀れな節々《ふしぶし》と来りゃ！　あたしゃこいつにハマる前は十六年ってものへべれけもへべれけもいいとこ呑んだくれてた。けどこいつならやってもヤバくはないよ、ってなさして。お蔭でガツガツやんのと変わんない、腹ペコなのだってどっか行っちまうしさ、あんた」

女は男に空っぽ同然の煙管を渡し、ぐったり仰け反りざま、

突っ伏す。

男はヨロヨロ、ベッドから起き上がり、煙管を炉石の上に置き、ズタズタのカーテンを引きながらさもイケ好かなげに三人の仲間を見やる。して女がアヘンをしこたま吸った挙句、中国人と妙な具合にウリ二つの面《つら》を下げているのに気づく。奴の頬や、目や、こめかみの形《なり》といい、奴の顔色といい、生き写しじゃないか。くだんの中国人はピクピク、恐らくは御自身の仰山な神の、と言おうか悪魔の一人と組み打ってでもいるか、凄まじく唸り上げ、東印度水夫《ラスカー》はニタニタ笑ってはロからタラタラ涎を垂らし、女将は身動ぎ一つせぬ。

「この女め一体どんな幻を見てやがる?」と素面に戻りかけている男は女の顔をこちらへ向け、そいつを覗き込みながら立ったなり惟みる。「肉屋の店や、居酒屋や、ツケの幻でもたんまり見てやがると? 煮ても焼いても食えん客の奴らがワンサと増えて、この薄気味悪い寝台が元通り四つ脚でピンシャン踏ん張って、この胸クソの悪くなりそうな路地裏がチリ一つなく掃き清められる幻でも見てやがると? いくらアヘンを浴びるほど呷ろうと、せいぜいそれくれらいの下卑た幻しか見られまい!——えっ?」

男は耳を近寄せ、女が何をブツブツつぶやいているものか聞き取ろうとする。

「さっぱり分からん!」

男は女の顔や手足にピクピク、さながら叢雲の垂れ籠めた空に気紛れな稲光が走る如く痙攣《ひきつけ》が走るのを見守る内、何やらそいつに気触れそうになる。よって炉端の——恐らくは、そんなこともあろうかとわざわざそこに据えられた——痩せさらぼうた肘掛け椅子まで後退り、ひしとしがみつきざまへたり込む。いずれこの模倣の悪霊(『マルコ』一:二七)の上手《うわて》に出るまで。

それから男は引き返し、今度は中国人に襲いかかり、むんずと喉元に両手でつかみかかりながら、力まかせにベッドの上で引っくり返す。中国人は喧嘩腰の両の手をワシづかみにするや、抗い、喘ぎ、物申す。

「きさまは何をほざきやがる?」

ひたと耳を澄ます。

「さっぱり分からん!」

グイと眉を顰めて聞き耳を立てたなり、支離滅裂な戯言《たわこと》に耳を傾ける間《ま》にもむんずとつかみかかった手をゆっくり緩めながら、男は東印度水夫《ラスカー》の方に向き直り、もろに男を床の上へ引こずり出す。倒れざま、東印度水夫《ラスカー》ははっと半ば起き上がり、目をギラつかせ、両腕で滅多無性に打ちかかり、影も形もなきナイフを抜く。と思いきや、どうやら女が、転ばぬ先の杖、当該ナイフをクスねていたのがバレる。何せもろともはっと起き上がり、男を抑えつけては剣突を食らわす側《そば》から、ナイフは男のそれではなく女の服の間から顔を覗かすから。その途端、御両人、寝ぼけ眼のなり肩を並べてぐったり仰け反る。

いい加減二人は、ペチャクチャ、クダクダやっているが、一向埒は明かぬ。たとい何か曲がりなりにもはっきりした文言が空《くう》に飛び出そうと、何ら意味も脈絡もない。よって「さっぱり分からん！」というのがまたもや、得心し切ったようにかぶりを振り、陰険にニタリと口許を歪めざま垂れられる、傍観者の注釈なり。男はそれからテーブルに銀貨を某か置き、帽子を見つけ、手探りでガタピシの階段を下り、階段下の真っ黒な納戸もどきで床《とこ》に就いている、ネズミに祟られた門番にお早うと声をかけ、表へ出る。

その同じ午後、とある古めかしい大聖堂の巨大な灰色の四角い塔がくたびれ果てた旅人の眼前に聳やぐ。日課の晩禱礼拝《らいはい》を告げる鐘が撞かれ、男はセカセカ、大聖堂の開けっ広げの扉に急ぎ足で向かっているからには、どうやらそいつに立ち会わねばならぬらしい。聖歌隊がアタフタ、薄汚れた白い長衣に袖を通していると、男は連中に紛れ、男自身の長衣を纏い、ゾロゾロ礼拝《らいはい》へ向かう伍に就く。さらば、聖具室係は聖壇と内陣を仕切る鉄格子の門に鍵を鎖し、片や行列はそそくさと一人残らず持ち場に就き果すや面《おもて》を隠し、さらば「悪しき者いざ（『エゼキエル書』一八：二七）――」なる詠唱句が迫持の穹陵《グロイン》と屋根の梁の間に立ち昇り、くぐもった雷《いかづち》を喚び起こす。

第二章　首席司祭、並びに大聖堂参事会

　誰しも、かのしかつべらしく牧師じみた鳥、ミヤマガラスを観察したことのある者ならば恐らく、そいつが黄昏時、しかつべらしく牧師じみた仲間と共に塒に戻っていると、いきなり二羽が群から離れ、しばらく元来た飛程を引き返し、そこにてためらいがちに空《くう》を舞うのが目に留まり、かくてただの人間サマの脳裏にはふと、一件はミヤマガラス政治的統一体にとりては人知を越えた秘教的重要性を帯びた謀《はかりごと》にして、当該抜け目なき御両人は須くそいつと金輪際袂を分かったかのような風を装わねばならぬのであろうとの思いが過った覚えがあるのではなかろうか。

　ことほど左様に、四角い塔の古めかしい大聖堂にて礼拝《らいはい》が済み、聖歌隊がまたもやセカセカお出ましになり、ミヤマガラスもどきの一人ならざる神さびた面々も散り散りに散り出すと、これら後者の内二人が元来た道を引き返し、谺催いの境内を肩を並べて歩く。

　日が暮れかけているのみならず、年も暮れかけている。低い太陽は赤々、とながらひんやり、僧院の廃墟の後方で輝き、大聖堂の壁のアメリカヅタは真紅の葉を半ば石畳に散らしている。昼下がりから雨が降り始め、冬めいた震えがピリピリ、ヒビ割れた凸凹の板石の上の小さな水溜まりの間や、大きなニレの木越しに連中、さめざめと雨をこぼす側《そば》から走る。ニレの落ち葉は辺り一面、こんもり積もり、中にはおづおづとながらアタフタ、低い迫持造りの大聖堂の扉の内っ側にこれぞ聖域とばかり、難を逃れようとするものもある。が男が二人表へ出しなに邪魔者を塞き止め、足でまたもや追っ立て、追っ立て果すや、内一人は大ぶりな鍵で扉に錠を下ろし、もう一人は二つ折判の楽譜を抱えてそそくさと立ち去る。

「あれはジャスパー君かね、トープ？」

「はい、首席司祭様」

「まだグズグズしていたとは」

「はい、首席司祭様。手前はあちらのために居残っておりました、司祭様。いささか具合が悪くなったもので」

「『悪くなられた』と言い給え、トープ――首席司祭殿には」とより年下のミヤマガラスが然にそれとなく御叱正賜ることにて低い調子で口をさしはさむ。さも「俗人や、より低い身分の聖職者相手にならばいざ知らず、あろうことか首席司祭

殿にかようの文法的過ちを犯すとは」とでも言わぬばかりに。

トープ氏は、さすが聖堂番頭兼座席案内係だけあって、遊山の一行相手に高飛車に出るのはお手のもの、差し出口が挟まれたのなどどこ吹く風と、黙々としてさらりと聞き流す。

「でいつ、どんな風にジャスパー君は具合が悪くなられたのかね――というのもクリスパークル師の仰せの通り、『悪くなられた』という方が好ましかろうから――『悪くなられた』と――」と首席司祭は繰り返す。「いつ、どんな風にジャスパー君は具合が『悪くなられた』のかね――」

『具合が悪くなられた』、司祭様」とトープは恭しくつぶやく。

「――如何にも、トープ?」

「ああ、それが、司祭様、ジャスパー殿はそりゃ息切れなすってたもんで――」

「わたしならば『そりゃ息切れなすって』とは言わんだろうな、トープ」とクリスパークル氏は先と同様、それとなく御叱正賜りながら口をさしはさむ。「正しい言葉遣いではなかろう――首席司祭殿に対しては」

「それは息切れなさっていたので」と首席司祭は（然に遠回しにせよ臣従の礼を致され、まんざらでもなく）恩着せがましげに宣う。「と言うのが好もしかろうな」

「ジャスパー殿はそれは息が切れ易くなっていらしたもんで」

――かくて物の見事に、トープ氏は岩礁をクネリと避《よ》ける――

「入って来た時には声を出すのもやっとでした。ひょっとしてそのせいかもしれません、いくらも経たない内に何やら発作に見舞われたのは。あの方の記憶は『眩んで』来て」トープ氏は、文句があったらかかって来いとばかり、じっとクリスパークル牧師に目を凝らしたなり、当該文言をぶっ放す。「これまでお目にかかったためしのないほど妙な具合にぼんやり、クラクラなさってました。あの方御自身はさして気に留めておいでの風もありませんでしたが。とは言え、一時《いっとき》休んで、一口《ひとくち》水を飲んだら、お蔭で『眩んで』いたのも収まりました」

トープ氏は文言と力コブをもろとも繰り返す。さも「一度思うツボに嵌まったからには二匹目のドジョウも頂こうでは」とでも言わぬばかりに。

「でジャスパー君はすっかり持ち直して家《うち》に帰ったのかね?」と首席司祭はたずねる。

「はい、首席司祭様、あちらはすっかり持ち直して家《うち》にお帰りになりました。で幸い、どうやら早、火を熾しておいでのようです。というのも雨の後で底冷えがする所へもって、この昼下がり、お堂は肌にじっとり来るかと思えば手にまでじっとり来て、あの方はワナワナ震えていらしたもので」

彼らは三人して境内を過った、下に迫持造りの目抜き通りの突き抜ける古めかしい石の番小屋の方へ目をやる。格子窓越しに、炉火が見る間に暗まりつつある光景に洩れ、建物の正面に鬱蒼と絡みつく木蔦《きづた》や葛《つづら》の影を浮かび上がらす。大聖堂の野太い鐘が刻《とき》を告げれば*、風のさざ波が、恰も厳かな鐘の音《ね》のさざ波が間近なる城址の墓や塔や、崩れた壁龕や面《つら》の失せた像をブツブツとくぐもり抜ける如く、遙かなるこいつらの間に立つ。

「ジャスパー君の甥御も一緒かね？」と首席司祭はたずねる。

「いえ、司祭様」と聖堂番は返す。「ですがもう直お越しかと。まだあの方の影法師だけが、ほら、二つの窓の間で——一方はこちらを向いて、もう一方は本町通り《ハイ・ストリート》を見下ろしている——御自身のカーテンを引いておいでです」

「やれやれ」と首席司祭は、ささやかな井戸端会議もそろそろお開きと、何がなし陽気な風情で言う。「ジャスパー君もあまり甥御に御執心にならぬに越したことはなかろうが。我々の情愛というものは、如何にこの泡沫《うたかた》の世ではあっぱれ至極とは言え、我々を牛耳ってはなるまい。我々が連中を手懐けてやらねば、我々が連中を手懐けてやらねば。どうやら我が正餐の鐘が鳴っているからには、ありがたきかな、そいつがお待ちかねのようだ。済まんが、クリスパークル君、家《うち》に帰る前にジャスパー君の所に立ち寄ってくれんかね？」

「かしこまりました、首席司祭殿。で一言伝えておきましょう、首席司祭殿が忝くも具合はどうかと心配しておられたと」

「ああ、そうしてくれたまえ、そうしてくれたまえ。もちろん。具合はどうかと心配していたと。是非とも。具合はどうかと心配していたと」

さも恩着せがましげながら愛嬌たっぷりの風情で、首席司祭は御機嫌麗しき司祭の沽券に関わらぬ限りにおいてすんでにひょいと奇妙な帽子*を阿弥陀にずらし、体好いゲートルを目下首席司祭令夫人と首席司祭令嬢と共に「寄宿して」いる小ぢんまりとした古めかしい赤レンガの屋敷の真っ紅に火照り上がった夕餉の間《ま》へと向ける。

小キャノン*たるクリスパークル師は、色白で血色が好く、年がら年中、グルリの田舎の深いせせらぎというせせらぎに頭から飛び込んでいるが*——小キャノンたるクリスパークル師は早起きで、音楽的で、古典的で、陽気で、親切で、気さくで、社交的で、満足で、ガキじみているが——小キャノンにしてお人好したるクリスパークル師は、つい最近まで主要な異教徒本街道なる師範《コーチ》だったものを、爾来後ろ楯によりて（御曹司にみっちり焼きを入れて頂いた見返りに）目下のキリスト教的縄張りに格上げされているが——早目のお茶へ帰る道すがら、番小屋へ立ち寄る。

「トープの話では体調が優れなかったそうだが、ジャスパー君」

「おお、何でもありません、何でも！」

「少し疲れているようではないかね」

「私が？　おお、そんな風には思いませんが。と言おうか、幸い、そんな風には感じませんが。トープはどうやら一件を大げさに触れ回ってくれたようです。こと大聖堂がらみとなると、ほら、何もかも大げさに取り立てるのがあの男の稼業なもので」

「だったら首席司祭には――こうしてわざわざやって来たのも実は首席司祭のお遣いのからには――君はもうすっかり持ち直したと言っていいだろうか？」

かすかな笑みを浮かべて返されるのは、「もちろん。お心遣い忝く存じますと、よろしくお伝え下さい」

「何でも、もう直ドゥルード君が来るそうじゃないか」

「ええ、今か今かと首を長くして待っている所です」

「ああ！　彼の顔を見ればコロリと持ち直すだろう、医者なんかにかかるより、ジャスパー君」

「医者に一ダース方《がた》かかるより。というのもあいつにはぞっこんですが、医者にもクスリにもぞっこんにはなれないもので」

ジャスパー氏は年の頃二十六の浅黒い男で、黒々とした髪と頬髯は濃く、艶《つや》やかで、手入れが行き届いている。して浅黒い男の御多分に洩れず、実際より老けて見える。声は低く、よく通り、男前で押し出しもなかなかのものだが、物腰はいささか辛気臭い。部屋がいささか辛気臭いせいで物腰までその煽りを食っているのやもしれぬ。部屋は大方、日蔭になっている。太陽は、燦々と照っている時ですら、めったなことでは片隅のグランド・ピアノにも、譜面台の二つ折判の楽譜にも、壁の書架にも、炉造りの上に吊る下がった愛らしい女学生の画きくさしの肖像画にも、当たらぬ。乙女の流れるような褐色の髪は、因みに、ブルーのリボンで括られ、器量好しの面《おもて》はてんであどけない、ほとんど幼子さながらのこまっしゃくれた膨れっ面に見るべきものはあるが、何やらおどけた具合に御自身を鼻にかけておいでのようだ。（当該肖像画には、固よりほんのへぼ絵にすぎぬからには、いささかの芸術的取り柄もないが、画家がふざけて――と言おうかシッペ返しのつもりでモデルに準えているのは一目瞭然だ。）

「今晩の『隔週水曜の音楽の夕べ』に、ジャスパー君、君がいないのは残念だが、なるほど家でじっとしているに越したことはなかろう。では、お休み。いい夢を！　『教えておくれ、羊飼いーたあちよ、おしえておーおーくーれ。おーおーしえておくれ、ぼくのフローオーオーラがこの道を過るのを見かけなかったか*(見かけなかったか、見かけなかったか、見かけなかったか)!』」かくて、旋律的に妙《たえ》なる小キャノンのセプティマス・クリスパークル牧師はノリノリで自慢の喉を震わせながら戸口より愛嬌好しの御尊顔を引っ込め、そいつを階下《した》まで連れ下りる。

階段の袂で二言三言、セプティマス牧師と誰か外の者との間で見知り越しの挨拶が交わされる。ジャスパー氏は聞き耳を立て、ハッと椅子から腰を上げ、若者をギュッと抱き締めながら声を上げる。

「愛しいエドウィン!」

「愛しいジャック! 久しぶり!」

「外套を脱いで、お利口だから、ここの取っておきの片隅に腰を下ろせよ。足は濡れてないかい? ブーツを脱ぎな。さあ、さっさとブーツを脱がないか」

「愛しいジャック、ぼくはカラッカラに乾涸びてるよ。どうか猫っ可愛がりしないでおくれ、お願いだから。猫っ可愛がりされるのだけは真っ平御免だ」

つい甥っ子可愛さの思い余って世話を焼いていた所へ思わぬつれない歯止めをかけられ、ジャスパー氏はひたと釘づけになり、若者が外套と、帽子と、手袋等々を脱ぐのを一心に見守る。これきり、ひたむきにして食い入るような眼差しが——餓《かつ》えた、阿漕な、抜け目ない、ながら献身的な情愛の眼差しが——必ずや、この時を境に、ジャスパー面相が当該方向へ向けられる度ジャスパー面相に浮かぶ。して然に向けられる度、そいつはついぞ、この折であれ別の折であれ、漫ろに向けられるためしはなく、必ずやひたむきに向けられる。

「さあ、これでさっぱりした。ってことでいよいよ取っておきの片隅に腰を下ろさせて頂くとするよ、ジャック。で何か晩メシは、ジャック?」

ジャスパー氏は部屋の上手《かみて》の扉を開け、見るからに心地好げに明かりの灯され、用意万端整った小さな奥の間《ま》をひけらかす。さらばそこにては器量好しのお上さんがせっせとテーブルに皿を並べている真っ最中《さなか》である。

「何てゴキゲンな老いぼれジャックなんだ、こりゃ!」と若者はポンと両手を打ち合わせながら声を上げる。「ほら、いいかい、ジャック。今日は一体誰の誕生日か当ててみな」

「もちろん君のじゃないし」とジャスパー氏はつと知恵を絞るべく間《ま》を置きながら返す。

「もちろんぼくのじゃないしって? ああ、当たりき、ぼくのじゃないさ! ほら、あの子《プシー》のさ!」

若者の出会す眼差しはこちらに一心に凝らされてはいるものの、それでいて、何やらいきなり炉造りの上のスケッチをも引っくるめる妙な力を秘めている。

「あの子《プシー》のさ、ジャック！　あの子の誕生日ってことで乾杯してやらなきゃ。さあ、叔父貴。叔父貴の律儀で腹ペコの甥っ子をディナーの席へ案内しておくれ」

少年が（というのも若者はほんのそいつに毛の生えたようなものだから）ジャスパーの肩にポンと手をかけると、ジャスパーもポンと、熱っぽくも陽気に彼の肩に手をかけ、かくて共々マルセイエーズ風*にディナーの間《ま》へと入って行く。

「で、こりゃまた！　トープのお上さんじゃあ！」と少年は声を上げる。「ますますべっぴんになってさ！」

「どうかあたくしめのことは放っといて下さいましよ、エドウィン坊っちゃま」と聖堂番の女房は突っ返す。「自分の面倒くらい自分で見れますもんで」

「そうは問屋が。何せ放っとくにゃあんまし器量好しだもんな。さあ、キスしておくれ、あの子《プシー》の誕生日ってことで」

「あんれ、もしもあたくしめが坊っちゃまのお呼びになるあの子《プシー》とやらなら、坊っちゃまをあの子《プシー》して差し上げますが」とトープ夫人はチュッとやられるや、頬を真っ紅に染めながら突っ返す。「叔父上は坊っちゃまにあんましぞっこんでらっしゃるんじゃあ。きっと何もかもそのせいでございますよ。叔父上があんまし坊っちゃまをお可愛がりになるもんで、どうやら坊っちゃまは坊っちゃまのあの子《プシー》とやらを十把一絡げにお呼びになりさえすれば、皆さんワンサとお越しになるとでもお思いのようじゃありませんか」

「お宅は、トープ夫人」とジャスパー氏はにこやかな笑みを浮かべてテーブルの席に着きながら口をさしはさむ。「だし、君も、ネッド、忘れてるんじゃないのかい、ここでは『叔父』と『甥』っていうのは明々白々たる盟約の下《もと》、満場一致で禁じられた言葉だって。さあ、我らの授けらるもの故に主《しゅ》の御名の称えられんことを！」

「こいつは首席司祭様顔負けじゃあ！　いざ、御覧じろ、エドウィン・ドゥルードよ！　ってことで、さあ、肉を切り分けておくれ、ジャック、何せこっちはてんでお手上げのからにゃ」

かくて活きのいいお呼びがかかるや、ディナーが、待ってましたとばかりお出ましになる。そいつが平らげられる間《ま》は当座用を成す、と言おうか如何なる用を成すネタもほとんど口にされぬ。とうとうクロスが払われ、クルミの皿と琥珀色のシェリーのデキャンターがテーブルに据えられる。

「けど！　ほら、ジャック」と若者はさらばペラペラまくし立てる。「君はマジで、ほんとに、叔父だの甥だの言うと、お互いの中がギクシャクするとでも思ってるのかい？　このぼくはちっともそんなこたないけどな」

「叔父というのは概して、ネッド、甥より遙かに年を食っているからには」というのが返答である。「ついそんな気がしてしまうのさ」

「概して！　ああ、かもな！　けどほんの五つか六つ年が離れてるくらい何だってのさ？　だし、どデカい家系の場合にゃ、叔父貴の方が甥っ子より若いってことだってザラだぜ。何てこったい、いっそぼく達もアベコベだったらな！」

「どうして？」

「何せ、だってなら、ぼくの方が上手《うわて》に出て、ジャック、賢しらにやらせて頂けるじゃないか、さらば、若者を白髪にする懶き心労よ！　さらば、老いぼれを土塊《つちくれ》にする懶き心労よ！*ってな。――おや、ジャック！　まだ呑んじゃダメだぜ」

「おや、どうして？」

「おや、どうしてはないだろ、あの子《ブシー》の誕生日に、それもお目出度うのオの字もなしに！　可愛いあの子《ブシー》よ、ジャック、お目出度う！　ってな、誕生日」

少年の突き出された手に、さながらそいつが同時に眩んだ頭にして上っ調子な心ででもあるかのように愛おしげに、して笑いながら手をかけると、ジャスパー氏は黙々と祝杯を挙げる。

「ヒップ、ヒップ、ヒップ、で九の九倍、でも一つおまけに何たらかんたら。フレー、フレー、フレー！――ってことで、さあ、ジャック、いよいよあの子《ブシー》がらみでちょいとおしゃべりに花を咲かせようじゃないか。クルミ割り器も二つ揃えてあると？　一つ寄越しとくれ、で、も一つは君のだ」カチッ。

「だからあの子《ブシー》はどんな調子だって、ジャック？」

「音楽の方が？　まずまずといった所だ」

「こりゃまた何てとんでもなく当たり障りのない奴なんだ、君ってのは、ジャック！　けど、ええい、このぼくだったらとうにお見通しだぜ！　だから、てんで上の空だってんだろ、えっ？」

「その気になりさえすれば、何でも飲み込めるんだが」

「その気になりさえすればね！　やれやれ、要はそこさ。けど、その気になって下さらなかったら？」

カチッ！――とはジャスパー氏の側《がわ》にて。

「器量の方はどうだい、ジャック？」

ジャスパー氏の一心な面《おもて》はまたもや、然に返す間《ま》にも肖像画を引っくるめる。*「全くもって君のスケッチそっくりだ」

「実は我ながらあいつのことじゃちょいと鼻が高くってね」

と若者はちらと、スケッチの方へ得意顔して目を上げ、それから片目をつむると、水準器よろしく空《くう》に浮かせたクルミ割り器越しに御逸品を改めて篤と眺めながら言う。「ソラそでっち上げたにしちゃマズくない。けどあの表情をドンピシャ物にしてたからって褒められたもんじゃない、何せそりゃ嫌ってほど拝まして頂いてるもんで」

カチッ！——エドウィン・ドゥルードの側《がわ》にて。

カチッ！——ジャスパー氏の側《がわ》にて。

「正直」と前者はさも癪でならぬかのようにしばし黙々とクルミの欠片をほじくり出していたと思うと仕切り直す。「あの子《プシー》に会いに行くたんびあいつに出会すもんな。もしかたまたま顔に浮かんでなくたって、帰り際にはちゃあんとそこにらっしゃる。——ってなマジで、ほら、我がお高く止まった小まっしゃくれ嬢。ぶらーっ！」とはブンと、肖像画宛、クルミ割り器を振って見せながら。

カチッ。カチッ。カチッ。ゆっくり、ジャスパー氏の側《がわ》にて。

カチッ！　力まかせに、エドウィン・ドゥルードの側《がわ》にて。

双方、押し黙る。

「おや、どうして黙りを決め込んでるのさ、ジャック？」

「君は、じゃないとでも、ネッド？」

「ああ。けど、ぶっちゃけた話——やっぱ、ほら、何のかの言っても——」

ジャスパー氏は黒々とした眉を怪訝げに吊り上げる。

「こんな一件で選り好みが出来ないってのは何ともシャクじゃないかい？　そら、ジャック！　いいかい！　もしか選りどりみどりだってなら、ぼくはこの世にどんなに星の数ほどべっぴんさんがいようとあの子《プシー》を選り出すだろう」

「だが君は選り出すまでもない」

「ああ、そこさ、ぼくがグチりたくなるのも。ぼくの今はあの世のおやじとあの子《プシー》の今はあの世のおやじさんとは、何が何でもぼく達を前もって連れ添わすって聞かなかった。ええい、コン——チキショーって、もしかそれで二人の思い出を傷つけることにならなきゃ言ってやる所だが——何でまた二人はぼく達をそっとしておいてくれなかったのさ？」

「チェッ、チェッ、愛しいネッド」とジャスパー氏は穏やかながらたしなめがちに説きつける。

「チェッ、チェッ？　ああ、ジャック、そりゃ君にとっちゃ何もかも結構だろうさ。君はのん気に構えてられる。君の人生ってなまるで測量師の見取り図みたようにこれこれの縮尺で図面を引かれて、大きなお世話もいい所、線引いたり点打ったりされてない。君はひょっとして誰かさんに押しつけられてるんじゃないかって勘繰らなくていいし、誰かさんもひょっとして自分は君に押しつけられてるんじゃないか、っていうか君は自分に押しつけられてるんじゃないかって勘繰らなくていい。君は勝手に選り好みが出来る。人生は、君にとっちゃ当たり前ツヤツヤしたプラムだ。そいつは君のためにやたら念には念を入れてチリからドロから拭われちゃいない――」

「おや、遠慮は無用、愛しいネッド。どんどんやってくれ」

「何か気に障ること言っちまったかな、ジャック？」

「どうして君が私の気に障ることを言える？」

「おお、ジャック、あんまり気分が悪そうなもんで！　何だか目に妙な膜がかかっててさ」

ジャスパー氏は強いて笑みを浮かべながら右手を突き出す。さながら一石二鳥で相手の疑念の鉾先を躱し、その隙に持ち直す時間を稼ぐべく。しばらくすると、彼はかすかに返す。

「私は時に痛み――と言うか悩み――に耐え切れなくなるとアヘンをやるのさ。薬効はそっと、立ち枯れ病か雲のように忍び寄っては消え失せる。君が今見たのはちょうどそいつが消え失せる所だ。直、すっかり失せるだろう。どうかあっちを向いててくれ。それだけとっととおさらばしてくれるだろうから」

怯え竦んだ面持ちで若者は仰せに従うに、炉床の燃え殻に目を伏せる。自らは相変わらずじっと炉火に目を凝らしたなり、というよりむしろ肘掛け椅子にガッチリ、荒らかにつかみかかることにていよよひたぶる目を凝らしたなり、年上の男はしばらく体を強張らせて座っている。それから、額に一面、玉のような汗が吹き出し、いきなり息を途切らせていたと思うと、元通りになる。かくて椅子の中で落ち着きを取り戻すに及び、甥は心濃やかに甲斐甲斐しく世話を焼き、すっかり回復するのを待つ。ジャスパー氏は晴れて持ち直すやそっと、甥の肩に手をかけ、口にしていることとは裏腹な穏やかな調子で――実の所、何やらからかい半分、と言おうかおひやらかしめかして――かく、話しかける。

「俗にガイコツ一つ隠されていない家《うち》はないと言うが、君はまさか私の家《うち》にそんなものが隠されているとは夢にも思わなかったと、愛しいネッド」

「神かけて、ジャック、まさかもまさか。けどよくよく考えてみれば、あの子《プシー》の家《うち》にだって――ってなもしかそいつがあったとしての話――だしぼくの家《うち》にだって――ってなもしかそいつがあったとしての話――」

「君は、ほら、言いかけていたはずだ（仮に私がその気もないのに待ったをかけてでもいなければ）私の人生というのは何と長閑な人生なんだろうと。グルリにはどんな混乱や騒動もなければ、どんな煩わしい商売や欲得尽くもなければ、どんな危険や、どんな転地もない。私はただ自ら究めている芸術に身を捧げていれば事足りる。食い扶持稼ぎが即ち気散じと来る」

「確かにぼくは大方その手のことを言いかけてたけど、ジャック、君は、ほら、何せ自分がらみで口利いてるからには当たり前、ぼくならどっさり突っ込んでたろうことをのけにしてしまってるよ。例えば。ぼくなら真っ先に、君がこの大聖堂で助修士の讃美歌先唱者、っていうか助修士の書記、っていうかまあ何だって構やしないけど、そいつとして皆から一目も二目も置かれてるってのを突っ込むだろう。それから君は、みんなも御承知の通り、聖歌隊であんなにぶっちぎりのことを次から次へとやってのけて来てるし、付き合いだってあれこれ選りすぐって、この古めかしい妙ちきりんな片田舎で誰からもクチバシ突っ込まれずに結構な御身分に収まってる。ばかりか教えるのもめっちゃ上手くて（ああ、何より詰め込まれるのが大の苦手なあの子《ブシー》だって、君ほどの指南役はいないって言ってるくらいだもの！）コネもあっちこっち利く」

「ああ。どうせそんな落ちがつくだろうとは思っていたさ。うんざりもいい所だが」

「うんざりもいい所、ジャック？」（とは大いに面食らって。）

「ああ、うんざりもいい所だ。朝から晩まで判で捺したような何の変哲もない暮らしのお蔭で、私は身も心もズタズタだ。我々の祈禱だが、君にはどんな風に聞こえる？」

「何てうっとりするようだったら！　まるで天にも昇るみたいでさ！」

「私にとっては途轍もなく忌々しく聞こえることもしょっちゅうだ。ほとほと嫌気が差しているからには。アーチに響く私自身の声の谺はまるで来る日も来る日も同じことばかりアクセクやっている私自身をからかってくれているようだ。これまであの辛気臭い場所でノラクラ暇をつぶして来たどんな惨めな修道士だろうと、私ほどそいつにうんざり来れはしなかったろう。そいつなら憂さ晴らしに信者席や腰掛けや机に悪魔を刻みつけるのに馴染めた（し事実、馴染んでいた）。がこの私は一体どうすればいい？　いっそこの心の臓にそいつらを刻みつけるのに馴染めとでも？」

「てっきり君こそドンピシャ打ってつけのクチにありついてるものと思ってたけど、ジャック」とエドウィン・ドゥルードは胆をつぶした勢い、ジャスパーの膝に労しそうに手をかけるべく前屈みになり、気づかわしげな面持ちで相手の顔を覗き込みながら返す。

「もちろん、そう思っていただろうとも。誰も彼もそう思っているだろうとも」

「はむ、きっと」とエドウィンはつぶやくともなくつぶやきながら言う。「あの子《プシー》だってそう思ってるさ」

「いつそんな風に言っていた?」

「こないだこっちへやって来た時。っていつのことだか覚えてるだろ。三か月前」

「どんな口振りだった?」

「おう、ただ君のお弟子になったって。で君は今の職に打ってつけだって」

若者はちらと肖像画に目をやり、年上の男はそいつを若者の中に見て取る。

「いずれにせよ、愛しいネッド」とジャスパーはしかつべらしくも陽気にかぶりを振りながら仕切り直す。「私はおとなしく今の職に精を出さなければならん。だったら表向きは大方、同じことだ。今さら新しいクチを探そうとしたって手遅れだ。というのはここだけの話」

「ああ、誰にもバラしたりゃしないさ、ジャック」

「こんな打ち明け話をするのも——」

「もちろん、分かってるとも。お互いツーカーの仲で、君はぼくのこと愛して信じてくれてて、ぼくは君のこと愛して信じてるからに決まってるじゃないか。さあ、両手をおくれ、ジャック」

互いに相手の目をじっと覗き込んで立ち尽くし、叔父は甥の両手をギュッと握り締めながらかく続ける。

「これでやっと分かっただろう、哀れな何の変哲もない聖歌隊長兼音楽の指南役ですら——それもドンピシャ打ってつけのクチとやらに収まった——何やらたまさかふと、野心や、高望みや、苛立ちや、不満や、何やかやに駆られるかもしれないと?」

「ああ、愛しいジャック」

「でそいつを忘れずにいてくれるな?」

「愛しいジャック、ほんの聞かせてもらうけど、ぼくってのは君がそんなにしんみり口にしてることを易々忘れそうかい?」

「だったら転ばぬ先の杖ということでクギを差されたものと思ってくれ」

両手をハラリと離され、一歩後退る間《ま》にも、エドウィンはしばし、とは一体どういうことかと首を捻るべく息を呑む。してやおら、少なからず感じ入って返す。

「ぼくは我ながら上っ調子で、ちゃらんぽらんな奴で、ジャック、おつむの方だってお世辞にもいいとは言えない。けど、御覧の通り、まだ青二才で、多分、年取るにつれてますます手に負えなくなるってことはないだろう。どのみち、ぼくはこれで結構ジンと来易い所があって、君がぼくにクギ差したいばっかりに、わざわざ自分そっちのけでそんなに辛い思いをしてまで本音をさらけ出してくれたってことじゃほんと——心底——恩に着るよ」

　ジャスパー氏は、顔から姿形からそれは凄まじく強張り、呼吸まで止まってしまったかのようだ。

「どうやら、ジャック、君はとっても無理をして、めっぽう感極まっちまったもんで、てんでいつもの君らしくなかったみたいだ。当たりき、ぼくが君のとびきりのお気に入りだってのは知ってた。けどまさかそこまでぼくのために、言ってみりゃ自分のこと二の次にしてくれてるとは夢にも思わなかったよ」

　ジャスパー氏はつい今しがたまで息をするのもままならなかったものを、一足飛びに、またもや楽に息を吐き始め、両肩をすくめ、声を立てて笑い、右腕を振る。

「いや。どうか軽く受け流さないでおくれ、ジャック。どうかお願いだから。ってのもぼくは大真面目のからにゃ。きっと君が洗いざらいぶちまけてくれたみたいに落ち込むとこまで落ち込んだら、そりゃさぞかし辛くて辛抱しきれなくなっちまうだろう。けど大丈夫、ジャック、ぼくはそんな塞ぎのムシにやられたりゃしないから。向こうの方から逃げてっちまうくらいのもんで。もう一年も経たない内に、ほら、ぼくはあの子《ブシー》をエドウィン・ドゥルード夫人ってことで学校からかっさらってやる。それから技師としてエジプトに渡って、あの子《ブシー》も一緒に連れて行く。で、そりゃ今んとこどん詰まりまでそっくりシナリオが出来上がっちまってるせいでぼく達の恋愛ごっこってのはしごくごもっともにもてんで味もすっぽもないからにゃお互いギクシャクしてるけど、きっとそいつに晴れてケリがついて、どうしようもなくなったら、その時はきっと何もかもトントン拍子に行くに決まってる。早い話が、ジャック、さっき晩メシの席で無手勝流に引き合いに出した古い戯れ唄じゃないけど（で一体どこのどいつが君ほど古い戯れ唄を御存じだってのさ?）、女房は踊り、俺は唄い、そんな具合に愉快に明けては暮れるのさ、ってな。あの子《ブシー》が器量好しだってのは折り紙つきだ——ってことで、ばかしか気立てまで好くなったら、ぼくの可愛いこまっしゃくれ嬢」とまたもや肖像画宛、頓呼しながら。「ぼくは君のおかしな似顔絵を灰にして、君の音楽教師に別の奴を画いて進ぜるよ」

　ジャスパー氏は片手を顎にあてがい、面《おもて》に思わしげながら鷹揚な表情を浮かべたままじっと、甥が頬を火照らせ、身振り手振りを交えてくだんの文言を口にするのを見守る。して甥が締め括ってなお、さながらさてもこよなく愛おしんでいる活きのいい若者に如何せんぞっこんな余り、ある種見込まれてでもいるかのように身動ぎ一つせぬ。が漸う静かな笑みを浮かべて言う。

「だったら、クギを差される気はさらさらないと?」

「ああ、ジャック」

「だったらクギを差されるのはてんでお手上げと?」

「ああ、ジャック、君からってことじゃな。ぼくはほんと自分のことこれっぽっち危なっかしいなんて思ってないばかしか、よりによって君に下手な御託を並べて欲しくない」

「そろそろ表へ出て、境内でも散歩しようか?」

「是非とも。けど途中でスルリと、尼僧の館《やかた》まで一っ走りして、包みを届けて来てもいいかな。ほんのあの子《ブシー》への手袋だけど。晴れて食った歳と同し数だけの。でも何となく詩心がありゃしないかい、ジャック?」

ジャスパー氏は依然同じ姿勢のままつぶやく。「『この世にその半ばも甘きものはない*』と、ネッド!」

「ほら、包みはぼくの外套のポケットの中だ。こいつら、今晩中に渡しとかなきゃ。さもなきゃ詩心もへったくれもなくなっちまう。日が暮れてから顔を覗かすのは御法度だけど、包みを届けるだけならオッケー。さあ、いつでも出かけられるぜ、ジャック!」

ジャスパー氏は強張った姿勢を一気に崩し、彼らは共々外へ出る。

第三章　尼僧の館《やかた》

当該冒険譚が進むにつれて自づと審らかにされよう幾多の謂れ故に、くだんの古めかしい大聖堂の町には架空の名を授けねばなるまい。よって以下の頁にては仮にその名をクロイスタラムとしておこう。*町はいつぞやは恐らくドルイドによりては別の名で知られていたろうし、必ずやローマ人によりてはまた別の、サクソン人によりてはまた別の、ノルマン人によりてはまた別の名によりて知られていたに違いない。して名なるもの、幾星霜経《ふ》る内に大なり小なり、そいつの埃っぽい年代記にとってはほとんどどうでもよくなるものと概ね相場は決まっていよう。

　古式床しき町である、クロイスタラムは。して、騒々しい憂き世に恋焦がれる者にとりてはおよそ打ってつけならざる棲処だ。何の変哲もない、ひっそり静まり返った町である。して、その大聖堂の地下納骨所《クリプト》から立ち昇る土っぽい臭いが辺り一面芬々と立ち籠め、修道士の墓の名残でそれは溢れ返っているものだから、クロイスタラム生まれの子供達は歴代の大修道院長や女子大修道院長の塵にて小さなサラダ用の青物を育て、尼僧や托鉢僧で泥団子を捏ね、片や鄙びた畑の耕夫という耕夫はその昔羽振りを利かせし大蔵卿や、大主教や、主教等々に、御伽草子の人食い鬼が*御自身の招かれざる客に表《ひょう》したいと思し召した敬意を表《ひょう》し、パンをこさえるべく彼らの骨を粉々に砕く。

　寝ぼけ眼の町である、クロイスタラムは。して、住人はどうやら珍しくも、というよりむしろ奇しくも辻褄の合わぬことに、変化はそっくり後方に打っちゃらかしたからにはこれきりお越しにならぬものと高を括っているかのようだ。太古に由来する珍妙な哲理なれど、跡づけ得る如何なる太古より遙かに古き寓意ではある。クロイスタラムの通りは（ほんのコトリとでも物音がしようものなら律儀に谺を返して下さるが）それはシンと死んだように静まり返っているものだから、夏の日中《ひなか》など、店の日除けは南風を受けても敢えてパタとも翻ろうとせず、片やジロジロやっては行き過ぎる、日に焼けた流れ乞食は、町の息の詰まりそうなしかつべらしさの縄張りをそれだけとっとと打っちゃるべく、気持ちヒョコヒョコ、びっこの歩を速める。とは言え、これぞおよそ一筋縄では行かぬ離れ業でもなかろう。何せクロイスタラムの町の通りは種を明かせば、ほんの旅人がお越しになってはお暇するせせこましい一本道にすぎず、その他大勢は肩透かしもいい所、概ねポンプのぽつねんと御座る、行き止まりの袋小路だからだ——大聖堂の境内と、とある日蔭の片隅の、色といい全体の見てくれといいクエーカー女性教徒のボネットそっくりの、石畳のクエーカー居留地をさておけば。

　詰まる所、てんで別箇の、とうに過ぎ去った時代の町である、クロイスタラムは——嗄れっぽい大聖堂の鐘の音《ね》が響き、嗄れっぽいミヤマガラスが大聖堂の塔のグルリをヒラつき、輪をかけて嗄れっぽく、輪をかけて影の薄いミヤマガラスが遙か下方の聖職者席に着いている。古壁や、聖《ひじり》の礼拝堂《チャペル》*や、参事会会議室や、尼僧院や修道院の残骸が、さながら似たり寄ったりのこんぐらかった思い込みが住人の脳ミソの内少なからざる連中に一緒くたにされる要領で、民家の内少なからざる連中にてんでちぐはぐに、と言おうか邪魔っ気に、建て込まれている。町の何もかもが過去の遺物である。独りこっきりの質屋にしてからが、質種をからきし受け入れてもいなければ、長らく受け入れたためしもなく、ただ詮なくも、請け出して頂けぬ在庫をひけらかしているきりだ。連中の内まだしも値の張る代物と言えば、因みに、何やらぢくぢく汗をかいているげな、くすんだ生っ白い古時計に、てんで脚の言うことを聞かぬ薄汚れた砂糖挟みに、陰気なバラの古本くらいのものだろうか。クロイスタラムにおいて就中ふんだんにして好もしき生長の証は、その数あまたに上る庭の瑞々しき植物の生長のそれであり、ゲンナリしょぼくれたちんちくりんの芝屋ですら、そいつなりいじけた庭を抱え、悪魔殿が舞台より真っ逆様に地獄へもんどり打つ段には、ムラサキソラマメかカキ殻が、一年の季節に応じ、その直中に受け入れて下さる。

　そんなクロイスタラムのど真ん中に尼僧の館《やかた》は立っている。神さびたレンガ造りの建物で、目下の呼び名は恐らく、尼僧院として用いられていた口碑に由来する。古色蒼然たる中庭を取り囲む小ぢんまりとした門には目映いばかりの真鍮標札が吊る下げられ、『トゥインクルトン嬢寄宿女学校』なる銘が燦然と輝いている。館《やかた》の正面はそれは古びてくたびれ果て、真鍮標札はそれはテラテラ、マジマジ、ギョロ目を剥いているものだから、想像力豊かな通りすがりの他処者はふと、老いぼれ果てた今は昔の優男が盲《めしい》の片目にどデカい眼鏡を嵌め込んでいる様を思い浮かべることとなる。

　果たして古《いにしへ》の尼僧方は首の強張った（『出エジプト記』三三：五）世代というよりむしろ腰の低い世代に属すからには、常日頃から館《やかた》の幾多の部屋の低い天井の梁との接触を避けるべくその思索的な頭《こうべ》を俯けていたものか、或いは身を飾るべく数珠で首飾りを作る代わり、禁欲に徹すべくそいつを爪繰りつつ長く低い窓辺に腰かけていたものか、或いは自らの内に爾来発酵性の鬱勃たる現し世を生き存えさせて来た忙しなき母なる『自然』の根深きパン種を潜めているからというので建物の人目につかぬ片隅や出っ張った切妻の壁の中に生き埋めにされていたものか、は館《やかた》に取憑く幽霊にとりては（もしや御座るなら）興味津々たるネタやもしれぬ。がトゥインクルトン嬢の半年毎の勘定書きにては一項も成さぬ。連中、トゥインクルトン嬢のお定まりの賄い込みの〆にも割り増し金にも顔を覗かさぬ。女学校の詩的部門を四半期いくらいくらで（と言おうかいくらぽっきりで）請け負う御婦人は御自身の朗唱一覧にかほどに愚にもつかぬ案件にかかずらう項目は一節たり持ち併さぬ。

酩酊の某かの事例や、催眠術のその他の事例において、我々にはおよそ軋轢を起こすどころか、お互いさながら途切れる代わり連続してでもいるかのようにそれぞれ別箇の針路を取る二様の意識の状態があり（かくて仮に小生が酔っ払っている時に時計を隠せば、時計がどこにあるか思い出すにはまたもや酔っ払わねばならぬ如く）、トゥインクルトン嬢にもてんで別箇にして懸け離れた二様の存在の相がある。夜毎、若き御婦人方が床に就くや否や、トゥインクルトン嬢は巻き毛を気持ちクルリと整え、目を気持ちキラリと輝かせ、若き御婦人方がついぞ目にしたためしのないほど潑溂としたトゥインクルトン嬢になる。夜毎、かっきり同じ刻限に、トゥインクルトン嬢は昼間は一切与り知らぬクロイスタラムのより艶事めいた醜聞コミの前夜のネタを蒸し返し、さる（当該存在状態なるトゥインクルトン嬢によりてはおひゃらかしめかして『例の鉱泉地《ザ・ウェルズ》』と呼ばる）タンブリッジ・ウェルズ*にての季節に——わけてもさる（当該存在状態なるトゥインクルトン嬢によりては御愁傷サマげに『おバカさんのポーターズさん』と呼ばる）垢抜けした殿方が、学究的状態なるトゥインクルトン嬢の御影石の円柱ほどにも知らぬが仏の、心よりの臣従を表白せし季節に——立ち返る。トゥインクルトン嬢の両の存在状態における話し相手にしてそのいずれにもどっちもどっち融通が利くのがティッシャーという名の御婦人である。ティッシャー夫人は背《せな》の曲がった、年がら年中溜め息ばかり吐いては、押し殺した声で口を利く、腰の低い後家さんだが、専ら若き御婦人方の持ち衣裳の世話を焼き、かくて若き御婦人方にはこの方てっきり今を時めく往時もあったものと勘繰って頂いている。恐らくはその故であろう、今は亡きティッシャー氏は理髪師だったというのが召使いにあっては世々代々語り継がれている信仰箇条たるのは。

尼僧の館《やかた》のペット女生徒はローザ・バッド嬢――もちろん愛称ローズバッド――である。彼女はめっぽう愛らしく、めっぽうあどけなく、めっぽう気紛れだ。若き御婦人方の胸中、バッド嬢がらみではぎごちない（ロマンチックであるが故にぎごちない）興味が付き纏っている。というのも彼女には早、御亭主が遺書並びに遺贈によりて選ばれ、彼女の後見人は晴れて許婿《いいなづけ》が成年に達した暁にはくだんの御亭主に花嫁を譲らねばならぬとは周知の事実だからだ。トゥインクルトン嬢は学舎的存在状態にあっては、当該星の巡り合わせのロマンチックな様相に抗うにバッド嬢の靨《えくぼ》の両の肩の蔭にて一件宛かぶりを振ってはくだんのお気の毒な愛らしき贄嬢の不幸な命運に鬱々と思いを馳す風を装う。が骨折り損の何とやら――なのは恐らくおバカさんのポーターズさんの目には清かならざる気味がせっかくの芝居をおジャンにしているからではあろう――若き御婦人方に寝室なる満場一致にて声を上げられるのが関の山だ。「おお、何てネコっ被りのおばあさんだったら、トゥインクルトン先生ってば、ねっ、あなた！」

尼僧の館《やかた》はくだんの許婿《いいなづけ》が小さなローズバッドに会いに来る時ほど千々に心を乱すこともない。（これまた満場一致にて若き御婦人方の間で諒解されていることに、未来の御亭主は当該おスミつきを天下御免で賜っているのであって、万が一にもトゥインクルトン嬢が異を唱えようものならこの方、即刻お縄の上、島流しの刑に処さねばなるまい）。許婿《いいなづけ》が門の鈴《りん》を引く刻限が近づくや、と言おうか事実引くや、如何なる言い抜けの下《もと》にてであれ窓から顔を覗かせられる若き御婦人という若き御婦人は窓から顔を覗かせ、片や「お稽古」をしている若き御婦人という若き御婦人は調子っぱずれにお稽古をし、フランス語の授業はそれは風紀紊乱《びんらん》に逸すものだから「しくじりバッヂ」が前世紀の酒宴における酒瓶よろしくキビキビ回される。

番小屋での叔父と甥の夕食の翌日の昼下がりのこと、鈴《りん》が引かれるや、尼僧の館《やかた》はいつもの伝でハラハラ、千々に心を乱す。

「エドウィン・ドゥルード様がローザ嬢に御面会でございます」

住み込みのメイド頭がお成りを告げる。さらばトゥインクルトン嬢は右に倣えとばかり憂はしげな風を装いながら贄嬢の方へ向き直って言う。「階下《した》へお行きなさいまし、あなた」バッド嬢は皆の視線を一身に浴びつつ、階下《した》へお行きになる。

エドウィン・ドゥルード氏はトゥインクルトン嬢御自身の

茶の間にてお待ちかねだ。地球儀と天球儀以上に直接学究的なものの何一つなき艶やかな部屋だ。くだんの両の絡繰がデンと鎮座ましますのはそれとなく、トゥインクルトン嬢はたとい私生活の奥処に引き籠もろうといつ何時義務感に駆られたが最後、ある種さ迷えるオランダ人女性版たりて、愛弟子のために知識を求めて大地を渉猟し蒼穹を天翔るやもしらんと（親御や後見人諸兄に）お含みおき頂かんがため。

いっとう新米のメイドは、ついぞローザ嬢が契りを交わしている若き殿方にお目にかかったためしがなく、そのためわざわざ開けっ広げにしてある、開けっ広げの扉の蝶番の隙間より先様とお近づきになりつつあるからには、チャーミングな小さなお化けが頭からすっぽり引っ被った小さな絹のエプロンで面《おもて》を隠したなりスルリと茶の間に潜り込むやアタフタ、さも疚しげに厨階段を転《まろ》び下りる。

「おうっ！　だってそりゃバカげてるったら！」とお化けはつと足を止め、後退りながら声を上げる。「止して頂だいな、エディー！」

「止すって何を、ローザ？」

「どうかこれ以上近寄らないで。だってそりゃ妙ちきりんだったら」

「妙ちきりんって何が、ローザ？」

「何もかもが。孤児《みなしご》のくせしてフィアンセがいるなんてそりゃ妙ちきりんだったら！　お友達や召使いに羽目板の奥のネズミみたよにウロチョロ後をついて回られなきゃならないなんてそりゃ妙ちきりんだったら！　どなたさんかにひょっこり立ち寄られなきゃならないなんてそりゃ妙ちきりんだったら！」

お化けはどうやら、かく不平をこぼしながら親指を口の隅っこに突っ込んでいると思しい。

「こりゃマジで、ネンゴロな出迎えもあったもんじゃないか、プシー」

「はむ、ネンゴロな何とかだったらもうちょっと待って頂だいな、エディー。今はまだダメ。ゴキゲンいかがでらっして？」

（とはめっぽう突っけんどんに。）

「残念ながら君に会えたお蔭でずっとゴキゲン麗しゅうなられたとは言えないな、プシー、何せこれっぽっち顔を拝まして頂いてないからには」

かく、これが二度目にお咎めを頂だいするに及び、ひょいと、エプロンの隅より膨れっ面の黒く明るい片目が覗く。がお化けが然に素っ頓狂な声を上げる間《ま》にもそいつはまたもややにわに掻っ消える。「おお、何てことなの！　あなた髪の毛半分チョン切ってしまってるなんて！」

「いっそ頭ごとチョン切ってりゃよかったな」とエドウィンは姿見をグイと睨め据えざま、くだんの髪の毛をモミクシャにし、苛立たしげに地団駄踏みながら言う。「何なら帰ろうか?」

「いえ。そんなにさっさと帰ることなくってよ、エディー。だって皆してどうしてあなた帰ってしまったのってネ掘りハ掘りやるに決まってるんですもの」

「さあ、これきりお願いだから、ローザ、どうかその君のてんでバカげた小さな頬かむりを引っぺがして、ようこそくらい言ってくれないかな?」

エプロンがあどけない頭《こうべ》から引っ剥がされる側《そば》から被《かむ》り手は返す。「ようこそお越し下さいましたわ、エディー。さあ! これでよろしくって。握手しましょ。いえ、キスはダメよ。だって口の中にレモン・ドロップが入ってるんですもの」

「君はともかくぼくに会えて嬉しいのかい、プシー?」

「おうっ、もちろん、とってもとっても嬉しくってよ——さあ、どうか腰かけて頂だいな。——あら、トゥインクルトン先生」

くだんの奇特な御婦人の無くて七クセかな、先生はこの手の訪問が出来する度、御自身直々か、ティッシャー夫人の形《なり》にて三分おきに姿を現わしては、何やらなくてはならぬ御逸品を探している風を装うことにて『礼節』の社《やしろ》に供物《くもつ》を捧ぐ。目下の折、トゥインクルトン嬢は静々雅やかに出入りしながら、通りすがりに言う。「御機嫌麗しゅう、ドゥルード様? ようこそお越し下さいましたわ。どうも申し訳ございません。ピンセットが。忝う存じます!」

「昨夜《ゆうべ》手袋受け取ったわ、エディー。とっても気に入っちゃった。そりゃ可愛くって」

「はむ、なら何より」と許婿《いいなづけ》は半ばグチっぽく返す。「どんなちっぽけなハッパだってありがたく頂だいしとくよ。で誕生日はどんなだった、プシー?」

「そりゃゴキゲンだったったら! みんなプレゼントくれて。だしみんなで御馳走食べて、夜には舞踏会も開いたの」

「御馳走に舞踏会だって、えっ? そいつら、ぼく抜きでもケッコー、トントン拍子にやってけるみたいじゃないか、プシー」

「そっりゃゴッキゲンに!」とローザは、遠慮会釈もあったものかは、正しく打てば響くが如く声を上げる。

「はあっ! でパーティーじゃ何食ったのさ?」

「タルトに、オレンジに、ゼリーに、エビよ」

「舞踏会はパートナーは?」

「あら、もちろん、お互い同士で踊るに決まってるじゃない。でも中にはお兄さんの振りしてくれる子もいたりして。そりやおかしいったら！」

「ってことはどいつかひょっとして――」

「あなたの振りしなかったかって？　おお、もちろん！」とローザはコロコロ笑い転げながら声を上げる。「のっけののっけにそう来なくっちゃお話になりゃしない」

「さぞかしカッコ好くやってのけては下さったんだろうけど」とエドウィンはいささか眉ツバげに言う。

「おお、そりゃとっても！――わたしあなたとだったら、ほら、てんで踊れっこなかったでしょうよ」

エドウィンは、とはどういうことか俄には判じかね、憚りながらお尋ねして曰く、そりゃまたどうして？

「だってあなたにはそりゃうんざりだったんですもの」とローザは返す。が、彼が苦ムシを噛みつぶしているのを目の当たりにすかさず、してどうかお手柔らかにとばかり、言い添える。「愛しいエディー、あなただって、ほら、わたしのこと負けないくらいうんざりだったはずよ」

「ってどこのどいつが言ったっけ、ローザ？」

「言ったっけ！　そんなこと誰が口に出して言えて？　いえ、如何にもそんな風だったってだけ。おお、それにしてもあの子、何て上手にやってのけて下さったったら！」とローザはいきなり似非婚約者にうっとり来ながら声を上げる。

「その子、何だかめっちゃ図々しい奴みたいだな」とエドウィン・ドゥルードは言う。「ってことで君は、プシー、このおんぼろ館《やかた》での最後の誕生日を過ごしたって訳か」

「ああ、ほんと！」とローザはギュッと両手を組み合わせ、溜め息まじりに目を伏せながら、かぶりを振る。

「何だかしょげてるみたいじゃないか、ローザ」

「この古めかしいお屋敷がかわいそうで。何となく、わたしがこんなにも若い、ってのにそんなにも遠くへ行ってしまったら、このお屋敷、とってもさみしがるんじゃないかって気がしてならないの」

「いっそ何もかも御破算にしちまったらせいせいするかもな、ローザ？」

彼女はやにわにパッと面《おもて》を輝かせ、彼の方を見上げる。が、お次の瞬間にはかぶりを振り、溜め息を吐き、またもや目を伏せる。

「ってことはつまり、プシー、ぼく達二人ともサジ投げちまってると？」

彼女はまたもやコクリと頷き、しばし黙りこくっていたと思うと、いきなり妙な具合に声を上げる。「わたし達、ほら、どうしたって結婚しなくちゃ、それもここから結婚しなくちゃ、エディー、さもなきゃあの子達、かわいそうに、そりゃとんでもなくがっかりしてしまうもの！」

当座、彼女の許婿《いいなづけ》の面《おもて》には彼女と自分自身に対す愛情、というより憐憫の色が浮かぶ。が彼はそいつに抑えを利かせ、たずねる。「ちょいとそこいらブラつかないかい、愛しいローザ？」

　愛しいローザは当該一項にかけてはてんで踏んぎりがつかぬらしい。がとうとう彼女の面《おもて》はパッと、おどけた具合に思案に暮れていたものを、晴れやかになる。「おお、もちろん、エディー。ちょっとその辺りをブラつきましょうよ！　でわたし達どうしたらいいか教えてあげる。どうかあなた、どなたか別の子と婚約してるって振りして頂だいな。わたしはてんでどなたとも婚約してないって振りするから。そしたらわたし達、ケンカしなくて済むでしょうよ」

「だったらお互い気まずくならなくて済むとでも、ローザ？」

「ええ、きっと。シッ！　窓の外見てる振りして頂だいな――あら、ティッシャー夫人！」

　奇しき星の巡り合わせか、寮母然たるティッシャー夫人が茫と視界に浮かび、そよろ、絹の裳裾の口碑なる未亡人のお化けよろしく衣摺れの音も高らかに部屋を過りながら宣う。

「御機嫌麗しゅう、ドゥルード様。とは申せそのお顔色を拝見すればお尋ねするまでもなかろうかと。よもやお邪魔致した訳では。ですが実は、ペーパー・ナイフが――おお、これはこれは忝う！」かくて分捕り品もろとも姿を消す。

「もう一つだけお願いがあるんだけど、エディー」とローズバッドは言う。「二人して表へ出たら、すぐにわたしを外っ側にして、あなたはぴったりお屋敷にくっついて頂だいな――ギュッと、すりむけるくらい」

「君がどうしてもって言うなら、任しときな。けどどうしてさ？」

「おお！　だってみんなにあなたのこと見られたくないんですもの」

「今日はいい天気だけど、何ならコウモリでも差してやろうか？」

「あら、バカなこと言わないで頂だいな。あなた、だってピッカピカの革ブーツ履いて来てくれてないんですもの」と口を尖らせ、片肩を竦めてみせながら。

「なんてことは、どうせ皆さんぼくのこと御覧になっても、気づかないんじゃないのかい」とエドウィンはいきなりさもイケ好かぬげに御自身のブーツを見下ろしながら物申す。

「あの子達が気づかないことなんて何一つありゃしなくってよ。で、だったらどんなことになるとお思い？　中には当てつけがましく（だってあの子達は自由ですもの）天地が引っくり返ってもピッカピカの革ブーツ履いてない恋人とは絶対婚約しないって言い出す子もいるでしょうよ。ほら！　トゥインクルトン先生だわ。わたし外出のお許し頂かなくっちゃ」

　くだんの慎ましやかな御婦人は実の所、こちらへお越しになりながら、部屋の外で影も形もなきお相手に穏やかにしてざっくばらんな物言いでたずねているのが聞こえる。「えっ？　まさか！　ほんとにわたくしの真珠母の穴かがりを茶の間の裁縫台の上で見かけたですって？」してすかさず散歩のお許しを請われるや、忝くも諾《うべな》い賜う。ほどなく若き恋人御両人はエドウィン・ドゥルード氏の然まで致命的にイタダけぬブーツが人目につかぬよう能う限りの石橋を叩いて渡りつつ、尼僧の館《やかた》より繰り出す――願はくはお蔭で未来のエドウィン・ドゥルード夫人の心の安らかたらんことを。

「どっちへ行こうか、ローザ？」

　ローザは答える。「わたし土耳古ゼリー店へ行きたいな」

「ど、どこへだって――？」

「あら、トルコのお菓子よ。何てことでしょ、あなた何にも知らないの？　それっぽっち知らずにいっぱし技師さんだなんて言えて？」

「ああ、けどどうしてそんなこと知らなきゃなんないのさ、ローザ？」

「そりゃわたしの大好物だからだわ。けど、おおっ！　振りするのコロリと忘れてたわ。いえ、あなたトルコのお菓子のことなんてちんぷんかんぷんで結構。どうぞお構いなく」

　かくて彼はむっつり土耳古ゼリー店へと連れ行かれ、そこにてローザは御逸品を買い求め、彼に某か差し出し（さらばこの方、少なからず腹立たしげに断るが）、さもおいしそうに頬張り始める。まずもって小さなピンクの手袋をバラの葉よろしく脱いだ側《そば》からクルリと丸め上げ、時折ゼリー菓子からこぼれ落ちる土耳古粗目《ざらめ》の粉を拭うべく小さなピンクの指をバラ色の唇にあてがいながら。

「さあ、どうか機嫌を直して、エディー、振りして頂だいな。だからあなた婚約したんですって？」

「ああ、だからぼくは婚約したさ」

「お相手は素敵な方でらっしゃいして？」

「めっちゃな」

「スラリと背が高くって？」

「スラリもスラリもいいとこさ！」ローザはおチビさんだから。

「だったらきっとオツムの方はお留守に決まってるわね」というのがローザの淡々たる注釈なり。

「済まないけど、ちっともそんなこたないぜ」彼にてはムラムラと負けじ魂が頭をもたげ。「言ってみりゃイカした女だ——すこぶるつきのイイ女だ」

「さぞかし大きな鼻してらっしゃるんでしょうね」というのがまたもや淡々と垂れられし注釈なり。

「なるほど、小さかないな」というのが間髪を入れぬ返答なり。(ローザのは小さいから。)

「長ずっこくて蒼白くて、真ん中に真っ紅なコブがくっついてるんだわ。ってよくあるじゃない、そんな鼻」とローザは得々として頷き、ゼリーに坦々と舌鼓を打ちながら言う。

「いや、そいつはどうだかな、ローザ」といささか気色ばまぬでもなく。「何せてんでそんなんじゃないからにゃ」

「蒼白い鼻じゃないですって、エディー?」

「ああ」断乎、相づちだけは打つまいとホゾを固めて。

「じゃあ赤鼻って訳? おお! 赤鼻だけは真っ平御免でしてよ。けど、そう言えばいつだって白粉はたいてればいっか」

「あの子は白粉なんてはたいたりしないぜ」とエドウィンはいよよカッカと頭に血を上らせながら言う。

「あら、ほんとに? 何ておバカさんだったら! その方どこからどこまでおバカさんでらっしゃるの?」

「いや。これっぽかし」

しばし沈黙が流れ、その間《ま》も気紛れに小意地の悪げな面《おもて》は彼のことをしげしげやらぬでもなかったが、ローザは言う。

「で、今のその、この世にまたとないほどのお利口さんはエジプトへ掻っさらって頂けるっていうのでそりゃゴキゲンな訳ね、エディー?」

「ああ、あの子はお利口さんにも、工学技術の極致ってものにぞっこんでね。とにもかくにもお蔭で未開発国の暮らしっぷりがガラリと変わるってなら」

「あらま!」とローザは両肩を竦め、びっくり仰天とばかりかすかに声を立てて笑いながら言う。

「何か文句でもあるって」とエドウィンは妖精じみた人影をさもしかつべらしげに見下ろしながらたずねる。「何か文句でもあるって、ローザ、あの子がそんなにもぞっこんだとしたら?」

「何か文句でも? まあ、愛しいエディー! でも、ほんとのこと、その方ボイラーだとか何だとか大っ嫌いでらっしゃらなくて?」

「大丈夫、あの子はボイラーが大っ嫌いなほど分からず屋じゃないよ」と彼は御立腹の力コブを入れて返す。「けど、だとか何だとかガラミじゃどうだかな。そいつら何のことやらさっぱりのからにゃ」

「でもその方アラブ人や、トルコ人や、エジプトのお百姓さんや、みなさんのこと大っ嫌いでらっしゃらなくて？」

「てえんで」とは取りつく島もなく。

「せめてピラミッドは大っ嫌いなはずよ？　さあ、エディー？」

「どうしてまたピラミッドのこと大っ嫌いなほどチビの――じゃなかった、のっぽの――おバカさんじゃなきゃいけないのさ、ローザ？」

「ああ！　せめてあなたトゥインクルトン先生が」と、しょっちゅうコクリコクリやってはゼリー菓子に舌鼓を打ちながら。「皆さんがらみでクダクダやるとこ聞いて御覧なさいな。だったらそんなヤボなことたずねたりしないから。何てうんざりするよな古めかしいお墓だったら！　イシスに、トキに、ケオプスに、ファラオってば*。一体どこのどなたが皆さんのことお気に召して？　かと思えばベルゾーニさん*だかどなたか、コウモリだのチリだので息を詰まらせたなり両の大御脚ごと引こずり出されて。お友達はみんな言ってるわ、ベルゾーニさんなんてイイ気味だって。さぞかしイタい目にお会いになったんでしょうよ。でいっそ、ほんとに息詰まらせて下すってたらよかったのにって」

　二人の若々しい人影は肩を並べ、とは言え今や腕を組んではいなかったが、古めかしい境内をむっつり漫ろ歩き、お互い時につと足を止めてはゆっくり落ち葉にいよよ深々と足跡を刻む。

「はむ！」とエドウィンは長らく黙りこくっていたと思うと言う。「やっぱりいつもの伝で。こいつもてんでイタダけないや、ローザ」

　ローザはツンとそっくり返り、言う。てんでイタダけなくって結構。

「そいつは傑作な言い種じゃないか、ローザ、その割にさ」

「って何の割に？」

「もしか何の割だか言ったら、君はまたツムジを曲げるだろう」

「それを言うならあなたこそ、エディー。独り善がりは止して頂だいな」

「独り善がり！　そいつぁ気に入ったぜ！」

「だったらわたしはちっとも気に入らなくってよ。ってはっきり言わせて頂きますけど」とローザは口を尖らす。

「んじゃ、ローザ、一つ君に聞くけど。一体どこのどいつさ、ぼくの仕事をバカにして、ぼくの行く先をバカにして――」

「あら、あなたまさかピラミッドに埋めて頂く気じゃないでしょうね？」と彼女は嫋やかな眉を弓形《ゆみなり》に吊り上げてみせながら口をさしはさむ。「そんなことこれっぽっち言ってくれてなかったじゃないの。もしもそうなら、どうしてはっきり言ってくれなかったの？　あなたの胸の内までわたしお見通しじゃなくってよ」

「さあ、ローザ、ぼくが何言いたいかくらいそっくり分かってるはずだぜ、ほら」

「だったらどうしてそもそもイケ好かない赤鼻の大女なんか持ち出したりしたの？　で、あちらだったら、きっと、きっと、きっと、きっと、きいっと、赤鼻にパタパタ白粉はたくに決まってるから！」とローザは愛らしくも、ダダっ子よろしく癇癪玉を破裂させて声を上げる。

「ともかく、こんな具合にやってた日にはてんでまっとうになれそうにゃないや」とエドウィンは溜め息まじりに諦め顔して言う。

「一体全体、どうして年がら年中ツムジを曲げておきながらまっとうになれて？　でベルゾーニさんのことで言えば、あの方とっくの昔にお亡くなりのはずよ――って多分、きっと――だったらどうしてあの方の大御脚だの息を詰まらせそうになっただのあなたに関係があって？」

「そろそろ帰らなきゃならないんじゃないのかい、ローザ。あんまりゴキゲンな散歩って訳にも行かなかったけど」

「ゴキゲンな散歩？　てんでゴキゲンななめな散歩だったわ、あなた。もしか館《やかた》に戻った途端、階上《うえ》へ上がってワンワン泣いて、お蔭でダンスのレッスン受けられなくなったら、いいこと、何もかもあなたのせいですからね！」

「さあ、仲直りしようじゃないか、ローザ」

「ああ！」とローザはかぶりを振り、ワッと、正真正銘、泣きの涙に掻き暮れながら声を上げる。「仲直りできたらどんなにいいかしれやしない！　でも仲直りできないからじゃなくって、お互いこんなにギクシャクしてるの。わたしってばいつからってことなし悩みがあるにしてはてんで初な小娘だけど、エディー、それでもほんとに、ほんとに、時にはどうしようもなく辛くなることだってあるのよ。どうか怒らないで頂だいな。あなただって、ほら、やっぱりしょっちゅう辛い思いをしてるはずよ。これからだっていうことがだったかもしれないまんまなら、二人ともどんなに増しだったかしれやしない。わたし今の今はとっても真面目で、別にあなたのことからかってる訳じゃないの。今度だけはわたし達自身のために、相手のために、お互い辛抱しましょうよ！」

然に甘えん坊における女の性《さが》を垣間見たせいで如何せんお手柔らかになり――なるほど束の間、彼自身が彼女に押しつけられているのを暗に仄めかされているようで、業を煮やしはしたものの――エドウィン・ドゥルードは彼女がハンカチを両手で目頭にあてがったなり、子供っぽくもシクシク泣きじゃ

くってはすすり泣いているのをじっと見守って立ち尽くし、それから——彼女がいささか落ち着きを取り戻し、実の所、然ても感極まったことでは御自身をコケにしてコロコロ笑い転げ始めるに及び——ローザを間際の、ニレの木蔭のベンチの所まで連れて行く。

「お互いこれだけははっきりさせとかなきゃならないからだけど、可愛いプシー。ぼくはこと図面だの設計だのをのけにすりゃてんでサエない奴で——それを言うなら、そちら向きだって怪しいもんだが——スジだけは通しておきたいんだ。君にはまさか——ってかもしれないな——何て言ったらいいのかマジ、分かんないけど——これだけは別れる前に聞いておかなきゃならない——君にはまさか、どいつか外《ほか》に——」

「おお、まさか、エディー！　そんなこと聞いてくれるのはありがたいけど、いえ、いえ、いえ！」

彼らは大聖堂の窓のすぐ側《そば》まで来ているが、折しもオルガンの音《ね》と聖歌隊の声が厳かに響く。二人してしめやかな音のうねりに耳を傾ける内、昨夜の打ち明け話がふとエドウィン・ドゥルードの脳裏を過り、彼はこの調べの何とくだんの不協和音と似ても似つかぬことよと惟みる。

「何だかジャックの声だけ際立って聞こえるみたいだ」というのが、取り留めもなき想念との脈絡でつぶやくともなくつぶやかれる文言だ。

「どうかすぐ様連れて帰って頂だいな」と許嫁の娘はすかさずそっと彼の手首に手をかけながら言う。「グズグズしてたらみんな出て来てしまうわ。さあ、行きましょ。おお、何て高らかな和音なの！　でもいつまでも耳を傾けてる場合じゃないわ。さあ、行きましょ！」

彼女の慌てふためきようは、二人して境内の外へ出るや収まる。彼らは今や腕を組み、やたらしかつべらしげにしてゆっくり、古めかしい本町通り《ハイ・ストリート》伝《づて》、尼僧の館《やかた》へと引き返す。門の所まで来ると、辺りには人っ子一人見えないもので、エドウィンはローズバッドの面《おもて》に御自身の面《おもて》を近寄せる。

彼女は笑いながら待ったをかけ、またもやあどけない女学生に戻る。

「ダメよ、エディー！　わたしキスしてもらうにはベタベタすぎるもの。でも手を出して頂だいな。チュッと吹き込んで上げる」

彼は仰せに従う。彼女はふっと、そいつに息を吹き込み、手を引き留めたまま、覗き込みながらたずねる。

「さあ、教えて、何が見えて？」

「何が見えて、ローザ？」

「あら、てっきりあなた方エジプトの坊やは手を覗き込んだら、あれやこれや色んなお化けが見えるものと思ってたけど。幸せな『未来』は見えなくって?」

　蓋し、二人のいずれにも幸せな『現在』は見えぬ。かくて門は開いた側《そば》から閉《た》てられ、一人は中に入り、他方は立ち去る。

第四章　サプシー氏

　仮に雄驢馬《ジャッカス》を権柄尽くの魯鈍と己惚れの典型とすらば――とは恐らく、他の二、三の習い同様、公平というよりむしろ常套的な習いではあろうが――さらばクロイスタラムのいっとう混じりっ気のない雄驢馬《ジャッカス》は競売人のトーマス・サプシー氏である。

　サプシー氏は首席司祭風を「当て込んで」装い、これまで首席司祭と早トチリしてペコリと頭を下げられたことも一度や二度ではない。して、てっきりフラリと礼拝堂《チャプレン》付牧師のお供なしでお越しになった主教《ビショップ》様なりとの印象の下《もと》、通りで「閣下」として声をかけられたことすらある。サプシー氏はこいつと、御自身の声音と、御自身の流儀をいたく鼻にかけている。して（不動産を売却する上で）御自身生粋の聖職者と思し召しの其奴にいよよ似すべく、競り台にて物は試しに、気持ちサビを利かしてすら来た。かくて、『公売』の掉尾《ちょうび》を飾るに、サプシー氏は並居る周旋屋に祝福を垂れてでもいるかのような風情で締め括り、挙句、本家本元の首席司祭に——腰の低い奇特な御仁だけに——大きく水をあける。

サプシー氏には崇拝者がごまんといる。実の所、氏はクロイスタラムの誉れなりとの哲理が氏の叡智に眉ツバしてかかる連中も含め、地元の大多数の人間によりて打ち立てられている。氏は、さながら四方山話に花を咲かせている相手に今にも堅信礼を施さんばかりにしかつべらしくも流れるように両手を振る仕種は言うに及ばず、仰々しくも血の巡りが悪い所へもって、声には円やかな響き《ロール》が、足取りにはまた別種の円やかな揺れ《ロール》があるという大いなる資質を具えている。五十というより遙かに六十に近く、ほてっ腹はなだらかな丸みを帯び、チョッキには水平の皺が寄り、金をうなるほど持っているとは専らの噂で、選挙では厳密に人品卑しからざる党派に票を投じ、物心ついてこの方御自身を措いてこの世に何一つスクスク育ったものはないと蓋し、思い込んでいるとあって、一体如何で昼行灯を絵に画いたようなサプシー氏がクロイスタラム、のみならず社会の誉れ以外の何たり得ようぞ?

サプシー氏の屋敷は本町通り《ハイ・ストリート》の、尼僧の館《やかた》の真向かいにある。尼僧の館《やかた》とほぼ同じ時期に建てられたが、着実に堕落の一途を辿っている世代がいよよ、いよよ、熱病や瘧より清しき外気や燦々たる日射しの方がお好みだと気づくにつれ、ここかしこ、行き当たりばったりに当世風の手が加えられている。門口の上には半身大の木像が立っているが、これぞ巻き毛の鬘と緩やかな外衣《トーガ》の出立ちにて折しも競売を司っているサプシー氏の御尊父なり。趣向の何と典雅なことよ——小指と、ハンマーと、競り台の何と実物そっくりなことよ——人々が賛嘆の目を瞠るのも宜なるかな。

サプシー氏はまずもって石畳の裏庭に、お次は手摺りで仕切られた庭に面す、一階の味気ない居間に座っている。サプシー氏は炉の前のテーブルにポート・ワインの瓶を据え——炉は早目の贅沢だが、ひんやりと肌寒い秋の夕べには持って来いだ——名は体を表す如く、御自身の肖像画と、八日巻き時計と、晴雨計に傅かれている。御自身を全人類に、晴雨計を天候に、八日巻き時計を時間に、文句があったらかかって来いとばかり張り合わそうからには——正しく名は体を表す如く。

テーブルのサプシー氏の側《そば》には書き物机と筆記用具が載っている。ちらと、手書きの紙切れに目をやりながら、サプシー氏はふんぞり返ってブツブツ、文言をつぶやくともなくつぶやき、それから、チョッキの袖ぐりに両の親指を突っ込んだなりゆっくり行きつ戻りつしながら文言をソラで繰り返す。が、めっぽう勿体らしいながらそれはブツブツ、声を潜めてつぶやくものだから、「エセリンダ」なる文言しか聞き取れぬ。

テーブルの上の盆にはピカピカに磨き上げられたワイングラスが三脚載っている。小間使いの娘が部屋に入って来るなり「ジャスパー様がお見えでございます、旦那様」と告げるや、サプシー氏は「こちらへお通しするよう」と手を振ってみせ、ワイングラスを二脚、おい、お呼びだぞとばかり、横列より徴発する。

「ようこそお越し下さいました、貴殿。拙宅に初めてお越し頂き、恐悦至極に存じますぞ」かく、サプシー氏は接待役を務める。

「忝いお言葉、こちらこそお招きに与り、恐悦至極に存じます」

「然に言って頂ければ何より。ですがげに陋屋にお越し頂けるとは光栄の極み。などということは誰も彼もに申す訳ではありませんが」との文言にはサプシー氏の側《がわ》にて得も言はれぬ勿体の華が添えられる。当該条《くだり》は然に諒解されたしとの。

「よもや貴殿の御高誼に与り、やつがれのような者が光栄至極に存ずとは思われぬやもしれません。が、にもかかわらず、げにさようでして」

「長らく御高誼に与りたいと存じていました、サプシー殿」

「してやつがれとて、貴殿、天下の粋人《すいじん》として、お噂はかねがね。ささ、グラスになみなみ注がせて頂きましょうかな。して乾杯と行こうでは」とサプシー氏は御自身のグラスになみなみ注ぎながら言う。

「フランス軍の来たらば、
我らドーヴァーにて迎え撃たん*！」

これぞサプシー氏の御幼少時における愛国的乾杯の音頭にして、氏はそれ故その如何なる後の世にも打ってつけたること信じて疑わぬ。

「御主人は無論、サプシー殿」とジャスパー氏は競売人が炉の前で大御脚を長々と伸ばしているのをにこやかに見守りながら宣う。「世故に長けた方であられる」

「はむ、貴殿」というのがほくそ笑みもろとも返される返答なり。「なるほど、世の中少しはカジっておりましょうな。世の中少しはカジって」

「世故長けた方として夙に名高いからには、常々興味と驚嘆を覚え、是非ともお近づきになりたいと願っていました。というのもクロイスタラムは小さな町ですので。この町にわたくし自身封じ込められているだけに、その向こうのことは何一つ知りません。よってここは実に小さな町のように感じられます」

「たといやつがれは外つ国へ行ったことがなかろうと、お若いの」サプシー氏はかく切り出すが、はたと口ごもる――「いや、お若いの、などと呼んで申し訳ない、ジャスパー殿。ずい分若輩であられるもので」

「いえ、お構いなく」

「たといやつがれは外つ国へ行ったことがなかろうと、お若いの、外つ国の方でやつがれの下《もと》へやって来てくれましてな。* 連中、やつがれの下《もと》へは生業の形《なり》にてやって参り、やつがれも抜かってだけはおりません。仮に棚卸しをする、と言うか在庫目録を作るとしましょう。やつがれはフランス製の時計を目にします。先方には生まれてこの方、ついぞお目にかかったためしはありませんが、立ち所にズバリ、正体を見破って、図星を突きます。『パリ!』ことほど左様に個人的にはお近づきになったためしのない中国製の受け皿付き茶碗を目にします。がその時その場でズバリ、正体を見破って、図星を突きます。『北京、南京、広東』日本にしても、エジプトにしても、東インド産の竹や白檀にしてもまた然り。やつがれはそいつら端《はし》からズバリ、正体を見破って、図星を突きます。これまで北極の正体もズバリ見破って、図星を突いたこともあります。『これぞエスキモー族の槍だわい、度の低いシェリー半パイント賭けてもいいが!』」

「まさか? 人や事物についての知識を得る、サプシー殿、実に目ざましき方法では」

「かようのことを申すのも、貴殿」とサプシー氏は得も言はれず得々と返す。「やつがれに言わせば、自分が如何様な人間か鼻にかけても詮ないからでして。が如何様にそこまで叩き上げたか、これこれと言うて御覧なされ、さらば相手はグウの音も出ますまい」

「なるほど、全くもって耳寄りなお話。ところで、今晩は今は亡き御令室についてお話を伺う予定だったかと」

「さよう、貴殿」とサプシー氏は両のグラスになみなみ注ぎ、デキャンターをまたもや無事、元の場所に戻す。「ですが、天下の粋人《すいじん》としての貴殿にこのケチな駄作がらみで御意見を伺う前に」――と御逸品をかざしながら――「なるほどこれぞほんのケチな駄作とは言え、それでも少々額に汗し、知恵を絞ってやらねばなりませんでしたが――恐らく、九か月前に身罷った故サプシー夫人の人となりについて一言、説明させて頂く要があろうかと」

ジャスパー氏は折しもワイングラスの蔭にて欠伸をしかけていたものを、くだんの衝立てを下に置き、さも興味津々げな面《つら》を下げようとする。とは言え目にジンワリ涙を滲ませたなり、未だ噛み殺した御逸品の遣り場に困っているからには、そうは問屋が卸して下さらぬが。

「六年かそこいら前」とサプシー氏は続ける。「やつがれは己《おの》が知性を陶冶し果すや——いや、そいつが今や陶冶されておるほどに、とは申しますまい。何せそれでは高望みもいい所でしょうから。が別の知性を引っくるめたいと願うほどには陶冶し果すや——打ってつけの生涯の伴侶はおらぬか辺りを見回しました。と申すのも、男が終生、独り身で過ごすのは、やつがれに言わせば、好もしからぬ（『創世記』二：一八）もので」

ジャスパー氏は当該独創的な見解を記憶に留めようとしている模様だ。

「プロビティー嬢は当時、向かいの尼僧の館《やかた》と張り合う、とは申しませんが下町で双璧を成すと言っても過言ではなかろう女学校を経営しておりました。巷の噂ではげに、プロビティー嬢はやつがれの競り売りが半ドンの日か休暇中に行なわれる際には必ずや足を運んでおるとのことでした。巷ではげに、令嬢はやつがれの流儀がお気に召しておいでらしいと触れ回られておりました。巷の者はげに、時が経つにつれ、やつがれの流儀がプロビティー嬢の女生徒の書き取り練習において右に倣われているのに目を留め始めました。嘘か真か、お若いの、何でもとんと学のない呑んだくれの（どいつか女生徒の親父の）無骨者が、あろうことか、そいつに名指しで異を唱えているとのあらぬ言いがかりまでつけられたものです。がよもや。と申すのも曲がりなりにも正気の一体どこのどいつが好き好んで、やつがれ呼ぶ所の侮蔑の指（『オセロ』Ⅳ、2）に差されようと致しますかな？」

ジャスパー氏はかぶりを振る。如何にも、よもや。サプシー氏は長広舌の勢い余ってコロリと我を忘れたか、早、一杯の客のグラスにまたもやなみなみ注いでいると思しい。して空っぽの御自身のそいつには事実なみなみ注ぐ。

「プロビティー嬢の『性《さが》』には、お若いの、深く『知性』への崇敬の念が浸み込んでおりました。令嬢は広範な世智に乗り出した、と申すか、やつがれに言わせば、頭から真っ逆様に飛び込んだ際、『知性』を崇め奉っておりました。やつがれが結婚を申し込むと、げにある種『畏怖』の念に駆られる余り、わずか『おお、貴方様』の二言しか口に出来ませんでした——とはやつがれ自身のことですが。令嬢の澄んだブルーの瞳はじっとやつがれに凝らされ、半ば透き通った両手はひしと組み合わされ、鉤形《かぎなり》の目鼻立ちは一面蒼ざめ、いくらその先を続けるようハッパをかけたとて、それきりただの一言も続けられませんでした。やつがれは相対契約で双璧の女学校を処分し、くだんの状況の下《もと》では望み得る限り一心同体となりました。が妻はやつがれの理知に対す恐らくは身贔屓に過ぐ査定に見合う文言をついぞ見出せませんでしたし、げに見出しませんでした。とうとう（肝機能不全で）息を引き取る今わの際まで、やつがれには同じ後切れトンボの文言でしか話しかけませんでした」

　ジャスパー氏は競売人が声を低くするにつれ、目を閉じている。が今やいきなりそいつらを開け、低められた声と足並みを揃えて言う。「あー！」――何やらはったと、然に言い添えるすんでに思い留まりでもしたかのように――「メン！」

「やつがれはあれからというもの」とサプシー氏は大御脚を長々と投げ出し、ワインと炉火を粛々と堪能しながら言う。「御覧の通りのザマでして。あれからというもの独り、妻の死を悼んでおりまして。あれからというもの、やつがれに言わせば、己《おの》が夕べの会話を砂漠風に費やして（トーマス・グレイ『郷の教会墓地にて記されし哀歌』）おりまして。あれからというもの、やつがれは疚しい気がしてならん、とは申しますまい。が時に自らに問うことはありますな。もしや夫がもっと妻自身の次元に近ければ、如何様だったろう？　もしや妻が全くもってさまで遙か上方を仰ぎ見ずともよければ、肝臓に対す刺激作用は如何ばかりであったやもしれぬか？」

　ジャスパー氏はいたく意気消沈している風を装いながら言う。「それはさぞや」

「と思うより外なかりましょうな、貴殿」とサプシー氏は相づちを打つ。「やつがれに言わせば、事を計るは人、事を為すは天。同じ思いを別の文言にて表《ひょう》しておるにせよおらぬにせよ、やつがれならばかように申しましょうな」

　ジャスパー氏は宜な宜なとつぶやく。

「してそろそろ、ジャスパー殿」と競売人は手書きの紙切れを取り出しながら仕切り直す。「妻の墓碑も漸う落ち着き、乾いて来たからには、やつがれがそのため（先程も申した通り、少々額に汗せぬでもなく）物した碑銘について一つ、天下の粋人《すいじん》としての御卓見を賜りましょうかの。どうか手に取って御覧下され。中身を頭で追わねばならぬと同様、行の並びは目で追わねばなりますまい」

　ジャスパー氏は仰せに従い、以下の如く目と頭でもろとも追う。

エセリンダ
当市の
競売人兼価格査定師兼不動産管理人等々
トーマス・サプシー殿の
敬虔な妻
ここに眠る

其の世智たるや
生半なからず広範なれど
より夫を仰ぎ見ること
能う
御霊に
相見ゆこと叶はず
旅人よ、立ち止まり
自らに問はんかな
汝、等しく為し得ようぞ
仮に為し得ぬなら
赤面して立ち去らんことを

サプシー氏は上記の条《くだり》の天下の粋人《すいじん》の面《おもて》に奏す功たるや如何にと早、腰を上げ、デンと炉を背にして立っているからには、顔を戸口の方へ向けている。さらば小間使いがまたもや姿を見せるなり、お成りを告げる。「ダードルズが参りました、旦那様！」彼はすかさず第三のワイングラスを、おぬし、とうとうお呼びだぞとばかり、引っぱり出す側《そば》からなみなみ注いで答える。「ダードルズをこちらへ」

「何とも素晴らしいでは！」とジャスパー氏の、紙切れを返しながら曰く。

「これでよかろうと、貴殿？」

「これでよかろうも何も。実に感銘深く、創意に満ち、一点の非の打ち所もありません」

競売人は頂戴して然るべき分だけ頂戴し、領収書を渡している男さながら頭を倒し、ダードルズ氏が姿を見せるや、くだんのグラスになみなみ注いだワインを一気に呑み干すよう（同上を手渡しながら）勧める。体が芯から暖まろうからと。

ダードルズというのは、専ら墓石や、墓や、墓碑を生業とする石工で、頭の天辺から爪先まで連中の色一色に染まっている。クロイスタラム広しといえどもかほどに名の知れた男はない。御当地きっての天下御免の我が儘者（『ハムレット』V、1）にして、令名の女神は筋金入りの腕達者だと――これぞ（ついぞ御逸品を揮ったためしのないからには）眉ツバ物だが――して筋金入りの呑んだくれだと――こちらは周知の如く――吹聴して下さっている。大聖堂の地下納骨所《クリプト》にはこの世の如何なる権威より、と言おうかひょっとしてあの世の如何なる権威すらより、通じている。然までツーカーの仲にあるのは、そもそも大聖堂には荒《あら》修繕の請負い人としていつでも勝手に出入り出来るだけに、くだんの密やかな場所へはクロイスタラム少年人口を締め出し、酒の毒気《どっき》を鼻提灯に紛らすべく四六時中足を運んでいるからだとは専らの噂だ。とまれ、彼は事実、そいつにはツーツーで、壁や、控え壁《バットレス》や、石畳の邪魔っ気な成れの果てを取り壊す段ともなれば、摩訶不思議な光景に一再ならずお目にかかって来た。してしょっちゅう御自身のことを第三人称で引き合いに出す。一つには恐らく、昔語りをする際にはいささか御自身何者であられるか朦朧となっているがためにして、また一つには恐らく、折紙付きの名立たる傑人に触れる折のクロイスタラム流組織的命名法に依怙贔屓無しに準じ。かくて、御自身目にした摩訶不思議な光景がらみでは宣おう。「ダードルズはひょっこりじっつあまに」と草葉の蔭の、古《いにしへ》の高位の大立て者をダシにして。「鶴嘴でズブリと棺桶えぶち抜きゃ出会すんだぜ。じっつあまはギョロリと、ダードルズに目え剥きなする。まるでなんざ言いてえみてえによ。『おぬしの名はダードルズか？　ああ、おぬし、えらく待たせおったでは！』と思やあ粉みじんに砕けちまうんだわな」ポケットには年がら年中二フィート尺を突っ込み、手にはほとんど年がら年中石工の玄翁を握り締め、ダードルズはひっきりなし大聖堂の周りをグルグル、グルグル、ウロつき回ってはコツコツ、カンカンやり、トープに「トープ、ここにまたじっつあまがお見えだぜ！」と言う度、トープはこれぞおスミ付きの掘出し物とばかり、首席司祭に報告する。

角《つの》ボタンの目の粗いフラノの上下に、両の端のダラリと垂れた黄色い首巻きに、黒というよりむしろ羊羹色に剥げ上がった古帽子に、御自身の石っぽい生業の色の編上げブーツの出立ちにて、ダードルズは微酔機嫌のジプシーめいた手合いの人生を送り、弁当を小さな包みにしてあちこち持ち歩いては、そいつで腹を足すべくありとあらゆる類の墓石の上に腰を下ろす。当該ダードルズの弁当は全くもってクロイスタラム名物となっている。のは、御逸品を引っ提げずして主《ぬし》が公の場へ姿を見せることのついぞないのみならず、一再ならぬ名高き折々、（酔いつぶれた廉なる）ダードルズと仲良くブタ箱にぶち込まれ、市庁舎の治安判事方の御前にてひけらかされて来たからでもある。かようの折々は、しかしながら、ダードルズがめったなことでは素面でないと同様、へべれけでもないからには、ごくたまさかにして間遠のことではある。それ以外はこの方、老いぼれチョンガーにして、ちんちくりんのおんぼろ窖もどきの屋敷に住まい、御逸品、これきりケリがつかぬながら、どうやらこれまでの所は、市壁よりクスねた石ころででっち上げられていると思しい。当該苫屋に近づこうと思えばザックザク、ありとあらゆる侵食の段階なる墓石や、壷や、壁飾りや、壊れた柱より成る石化林じみた小径を踝まで埋まろうかという石の削り屑を踏みしだいて行かねばならぬ。ここにて二人の職人がひっきりなし鑿で石を削り、片やもう二人の職人は互いに面と向かい合って、ひっきりなし鋸で石を挽いている。『時』と『死』の現し身たる撥条仕掛けの人形よろしくひょいと、隠れ処の哨舎より忠実忠実しく出たり入ったりしながら。

ダードルズに、御当人がポートのグラスを干すや、サプシー氏は御自身のかの、詩神《ミューズ》の汗と涙の結晶を委ぬ。ダードルズはすげなく二フィート尺を取り出し、坦々と行《くだり》から行《くだり》を測り、かくて御逸品方をザラっぽい石の粉まみれにする。

「こいつう墓碑に刻みゃあいいんで、サプシーのだんな?」

「ああ、碑銘だ。如何にも」サプシー氏は御逸品の凡俗の輩の知性への効験や如何にと固唾を呑む。

「一インチの八分の一までぴったし嵌めてみせやしょうじゃ」とダードルズは言う。「お久しぶりで、ジャスパーのだんな。お達者そうで何より」

「君は、ダードルズ?」

「あしゃちょっくらトゥーマチの気《け》はあるが、ジャスパーのだんな、そいつあ仕方のねえこって」

「とはリューマチのことかね」とサプシーは突っけんどんに言う。(御自身の作文が然にケンもホロロにあしらわれたのに業を煮やして。)

「いやさ。ったあ、サプシーのだんな、トゥーマチの気《け》で。リューマチたあ訳が違いやさあ。ジャスパーのだんなならダードルズが何言いたいかあお見通しだろうが。もしか冬の朝にまんだそこいらが明るくなんねえ内からあいつら墓石《トゥーム》の中に紛れて、教義問答の言い種じゃねえがあの世え行くまで来る日も来る日も同じ道い行ってみなせえ、だったらだんなだってダードルズが何言いてえかお分かりになろうじゃ」

「なるほど身を切るように冷たかろうな」とジャスパー氏はゾクリと身の毛をよだたせながら、相づちを打つ。

「んでもしか上の内陣《チャンセル》でグルリいモクモク生身の奴らの息に囲まれて、それでもだんなにゃ身を切るようだってなら、下の納骨所《クリプト》で、グルリいあすこの土っけた湿気に囲まれて、おまけにじっつあま方のあの世の息い吹っかけられるってなら、ダードルズにとっちゃ」とくだんの御仁の返して曰く。「どんくれえ身を切るようかダードルズはお察し頂きてえとよ。――こいつにゃ、ほら、とっとと手えつけりゃいいと、サプシーのだんな?」

サプシー氏は、一刻も早く作品を世に出したいと願う作家よろしく、いくらとっとと片をつけてもらっても早すぎはすまいと答える。

「なら鍵い貸して頂きやしょうかい」とダードルズは言う。

「おやおぬし、まさかこいつを墓碑の内っ側に刻みつける気ではあるまいが！」

「ダードルズはこいつらどこに刻みつけりゃいいかくれえ御存じだろうじゃ、サプシーのだんな。外のどいつよかよ。ダードルズってなてめえの手がけた奴のツボお押せえてやがるかクロイスタラムの連中におたずねになってみちゃあ」

　サプシー氏は腰を上げ、引き出しから鍵を取り出し、壁に嵌め込まれた鉄金庫の錠を外し、そこよりまた別の鍵を取り出す。

「ダードルズがてめえの手がけた奴に、どこだろうと、内っ面《つら》だろうと外っ面《つら》だろうと、手え加える、ってえかケリいつけるとなりゃ、ダードルズはおかげで男がスタんねえもんか、てめえの手がけた奴らグルリッと眺めてえってことよ」とダードルズはしぶとく講釈賜る。

　人生の伴侶に先立たれし鰥夫殿より差し出された鍵はどデカい奴だったので、ダードルズはそのためこさえられたフラノのズボンの脇ポケットの中に二フィート尺をスルリと突っ込み、やおらフラノの上着のボタンを外し、内側の大きな胸ポケットの口を開け、そこで初めて御逸品をくだんの埒に仕舞うべく受け取る。

「やあ、ダードルズ！」とジャスパーは興味津々見守りながら素っ頓狂な声を上げる。「まるでそれではポケットで腸を抉られているようでは！」

「ばかしかハンパじゃなしずっしりしてやがりますぜ、ジャスパーのだんな。さあ、こいつら提げてみなすっちゃ！」と外のどデカい鍵を二つ引っぱり出しながら。

「ついでにサプシー殿の鍵も寄越してみろ。なるほど、こいつが三つの内ではいっとう重いな」

「いやさ、どうせ似たり寄ったりってとこで」とダードルズは言う。「三つとも墓碑の奴らだが。三つともダードルズの手がけた奴ら開けてくれるが。ダードルズはてえげえてめえの手がけた奴の鍵なら持ってるもんで。さして用があるからってんじゃねえが」

「ところで」とジャスパーはふと、暇に飽かせて鍵を調べる間《ま》にもカマをかけてみようかというムラッ気を起こす。「ずい分前からいつか聞こう聞こうと思いながら、いつも忘れてしまうんだが。みんなは、ほら、時にお前のことをストーニー・ダードルズと呼ぶことがあるな？」

「クロイスタラムじゃあしやダードルズで通ってやすぜ、ジャスパーのだんな」

「それくらいもちろん知っているが、少年達は時に――」

「おいや！　もしかあいつら性懲りもねえ小童共お構えだってなら――」とダードルズはぶっきらぼうに口をさしはさむ。

「いや、連中のことなどお前と変わらん、構やせん。が先日、聖歌隊の中でモメてな、果たしてストーニーはトニーを捩《もじ》ったものか」カチリと、鍵を別の鍵に当ててみながら。

（「おいや、切り込みの奴らに気いつけて下せえよ、ジャスパーのだんな」）

「それともストーニーはスティーヴンを約《つづ》めたものか」カチリカチリと、御逸品方で調子を変えてみながら。

（「そいつら調子笛《ピッチパイプ》でもあるめえに、ジャスパーのだんな」）

「それとも渾名はお前の生業から来ているものかとな。実の所、どうなんだ?」

ジャスパー氏は三つの鍵の重さを手の中で量り、炉火の上になまくらに屈み込んでいたものを頭をもたげ、ざっくばらんにして気さくな面《おもて》でダードルズに鍵を返す。

然れど石っぽいやっこさんはぶっきらぼうなやっこさんでもあり、くだんの微酔機嫌の状態はいつ何時であれ、御当人の沽券をめっぽう鼻にかけ、一触即発、ツムジを曲げる手合いのどっちつかずの状態にある。よって、二つの鍵を一つまた一つとポケットに落とし入れ、弁当の包みをお越しになった際に引っかけていた椅子の背より外し、提げている荷をバラかしてやるべく第三の鍵を弁当の包みにギュッと、まるで御自身ダチョウにして、冷たい鉄の晩メシにありつく気ででもあるかのように*、結わえ上げるや、ウンともスンとも返答賜らぬまま部屋から出て行く。

サプシー氏はそれからバックギャモンの手合わせを願い出で、そいつは御自身の目からウロコの御託で香味が利かされている所へもって締め括りに冷製ローストとサラダが供されるとあって、夜も更けるまで黄金の時を紛らす。サプシー氏の叡智は死すべき定めの同胞《はらから》に振舞われる上で寸鉄人を刺す、というよりむしろ取り留めのなき手合いであるからには、その期に及んでなお底を突かぬ。が客《まろうど》はかの御大層な賜り物の続きはまた別の折に御相伴に与りたき旨仄めかし、サプシー氏は、ならばお持ち帰りの今回分につらつら思いを馳すがよかろうと、客を当座お役御免にして下さる。

第五章　ダードルズ氏と馴染み＊

ジョン・ジャスパーは境内を抜けて我が家へ帰る道すがら、＊ストーニー・ダードルズが墓地を古めかしい回廊のアーチから囲い込んでいる鉄柵に弁当の包みごと背《せな》をもたせ、片や着たきりスズメのむくつけき小童がこれぞ月明かりの下《もと》に冴え冴えと浮かび上がった恰好の標的とばかり、飛礫を打っているの図を目の当たりに、はったと釘づけになる。時に飛礫は命中することもあれば外れることもあるが、ダードルズはたまさかどちらに転ぼうととんとお構いなしだ。むくつけき小童は、どころか、ダードルズに命中する度、口の正面の、くだんの用を足すには打ってつけの、半分方《がた》歯の抜けたギザギザの隙間より勝鬨の口笛を吹き、的を外す度、「またしくじっちまった！」と金切り声を上げ、ドジを踏んだ元を取るべくいよいよドンピシャにして小意地の悪げな狙いを定める。

「一体あの男に何をしている？」とジャスパーは暗がりから月明かりへとぬっと姿を見せながらたずねる。

「オンドリ落としの目に会わせてやってんのさ」とむくつけき小童は返す。

「その手の中の石コロを寄越せ」

「ああ、ノドからゴロゴロってな、もしかオイラを取っつかめえようってなら」と小童は身を振りほどき、後退りながら言う。「目つぶし食わしてやる、もしかボヤボヤしてたらな！」

「この小悪魔めが、一体あいつがお前に何をしたというのだ？」

「いっかな家《うち》にけえんねえのさ」

「それがお前にどうした？」

「もしかあんましグズグズしてんのめっけたら石ころで家《うち》まで追っけえしてやりゃ、駄賃に半ペニーくれんのさ」と小童は言う。してチビの人食い土人よろしく、ヨレヨレに擦り切れたズタズタの長靴の中にて半ば蹴躓いているとも半ばステップを踏んでいるともつかぬ具合に跳ね回りながら一本調子に金切り声を上げる。——

「やい、やい、そら！
じゅっ-うじい-すっぎても-ウッロつえて
やい、やい、ほら！
そっれでも-いっかな-けっえん-ねえなら
オイラあ-つっぶてえ-うってやる

やい、やい、いいか、気っいつっけな!」

——最後の文言にざっと十把一絡げに締め括りの力コブを入れ、も一つおまけにダードルズ宛、お見舞いしながら。

こいつはどうやら、ダードルズに対す、もしや叶うことなら立ち退くか家路に着けよとのクギ差しとして御両人の間で示し合わされた詩情溢る仕度の調べ（『ヘンリー五世』コーラス4、一〇-一四）と思しい。

ジョン・ジャスパーは小童に（引こずろうとてなだめすかそうとて土台叶わぬ相談と見て取るや）付いて来るよう顎をしゃくってみせ、石っぽい（して石の御難の）やっこさんが沈思黙考して御座る鉄柵まで過って行く。

「こいつを、この小僧を、知っているのか?」とジャスパーは当該代物を表《ひょう》す言葉に窮してたずねる。

「デピュティーで」とダードルズはコクリと頷きざま返す。

「というのがこいつの——この少年の——名か?」

「へえ、デピュティーで」とダードルズは相づちを打つ。

「オイラ、ガス工場《こうば》の庭ん中の『旅人《たびにん》二ペンス亭』の下働きさ」と当該代物は説明する。「オイラたち『旅人《たびにん》二ペンス亭』の下働きはどいつもこいつもデピュティーってんで。宿が鮨詰めで、旅人《たびにん》方がみんな床に就いたら、オイラ外のいい空気でも吸いにちょっくらお出ましになんのさ」と言ったと思いきや、道の方へ後退り、狙いを定めながら仕切り直す。——

「やい、やい、そら!

じゅっ-うじい-すっぎても-ウッロつえ——」

「止さんか」とジャスパーは声を上げる。「私がこんなに側《そば》に立っている時に投げるんじゃない。さもなければ息の根を止めてやる! さあ、来い、ダードルズ。今晩は私が家《うち》まで付き合おう。包みを提げてやろうか?」

「いやさ、お構いのう」とダードルズは包みを抱え直しながら返す。「だんながお越しになった時や、だんな、ダードルズは巷の物書きみたように、てめえの手がけた奴らにグルリい囲まれてつらつらやってたんで。——ほら、だんな御自身の義理の兄さんで」と月明かりの下《もと》、鉄柵の内側にてひんやり白々と浮かび上がった石棺を紹介しながら。「こっちゃサプシーの奥方さんで」とくだんの献身的な妻君の墓碑を紹介しながら。「こっちゃ今は亡き録《ろく》うお持ちのだんなで」と牧師殿の崩れた円柱を紹介しながら。「こっちゃ故査定課税のだんなで」と何やら石鹸もどきの上に突っ立った壷と手拭いを紹介しながら。「こっちゃ奇特な元ペストリー焼き兼マフィン造りで」と墓石を紹介しながら。「どいつもこいつもここで無事、恙無くやってなさらあな、だんな、んでどいつもこいつもダードルズの手がけた奴らで。ほんの芝やイバラにくるまれてるそこいらの連中がらみじゃ言わぬが花。あっという間に忘れられちまう哀れな奴らで」

「この、デピュティーという小僧は、まだ後ろにいるが」とジャスパーは振り返りながら言う。「我々について来る気か？」

ダードルズとデピュティーの間柄の如何ほど気紛れな質《たち》たるか論より証拠、ダードルズがのっそり、ビールでぐでんぐでんのしかつべらしさで向き直るや、デピュティーはグルリッとやたら遠巻きに道の方へ突っ込み、守勢を取る。

「きさま今晩おっ始めるめえはやい、やい、そら、たあほざかなかったじゃねえか」とダードルズは虚仮にされたのをやぶから棒に思い出し、と言おうか思い描いて、言う。

「ウソつけえ。オイラほぜえたやあい」とデピュティーは、何とかの一つ覚えの、丁重な口応えの形《なり》にて返す。

「ありゃ血い分けた弟で、だんな」とダードルズはまたものっそり、癪のタネを思い出したかてっきり思い込んだかしたに劣らずそいつをコロリと忘れながら宣う。「血い分けた弟で、野育ちピーター*の！　けんどあしゃ奴に生きげえってもんをくれてやったんで」

「狙いをつける？」とジャスパー氏は水を向ける。

「ってえこったぜ、だんな」とダードルズは宜な宜なとばかり返す。「狙いいつける生きげえってもんをよ。あしゃ奴ら手懐けて、生きげえってもんをくれてやったんで。奴あそれまじゃ何サマだったかよ？　ただのぶち壊し屋じゃねえか。奴あそれまじゃ何いやらかしてやがったかよ？　ぶち壊しこっきりじゃ。お蔭で何い食らったかって？　一時《いっとき》クロイスタラムのブタ箱にぶち込まれただけじゃねえか。男一人、机一つ、窓一枚、ウマ一頭、イヌ一匹、ネコ一匹、スズメ一羽、ニワトリ一羽、ブタ一匹、奴があれでも二本脚らしい生きげえがねえばっかりに飛礫え打たなかったもなありゃしねえ。あしゃ奴の目のめえにちったあ二本脚らしい生きげえってもんを吊る下げてやって、今じゃ奴あ正直もんの汗え流して半ペニーずつコツコツ、週に三ペンスばかし稼いでやがらあな」

「よく商売仇がいないものだな」

「ごまんといやさあ、ジャスパーのだんな、けど奴あ一人残らず飛礫で追っ払っちまったんだわな。はてっと、あしゃ今のこのあしの手管がとどの詰まりゃあどういうことになるかあさっぱりだ」とダードルズは相変わらずぐでんぐでんのしかつべらしさで一件に智恵を回しながら続ける。「こいつうかっきり何て呼びなするかあさっぱりだ。こいつあまさか何てえか――言ってみりゃ――『国民教育』とやらのはしくれってもんじゃ?.」

「ではなかろうな」とジャスパーは答える。

「やっぱな」とダードルズは相づちを打つ。「なら名めえの奴あお構いのう」

「小僧はまだ後ろにいるが」とジャスパーは肩越し振り返りながら繰り返す。「我々について来る気か?.」

「もしか近道い、ってな裏道だが、しようってなら『旅人《たびにん》二ペンス亭』の脇い通んなきゃなんねえ」とダードルズは答える。「あすこで奴らお払い箱にしやしょうじゃ」

よって彼らは歩き続ける。デピュティーは片や独りぼっちの後列とし、散開隊形を取りつつ、人気《ひとけ》なき路傍の壁や、支柱や、円柱や、その他血の通わぬ代物という代物に端から飛礫を打つことにてくだんの刻限と場所の黙《しじま》をいたく侵害してはいる。

「あっちの地下納骨所《クリプト》では何か新しいネタは、ダードルズ?.」とジョン・ジャスパーはたずねる。

「それえ言うなら何か古えネタはじゃ」とダードルズは唸り上げる。「あすかあ目新しいの向きの場所じゃねえ」

「いや、つまり、何かお前の側《がわ》で新しい掘り出し物は」

「いつぞやあちんめえ地下の礼拝堂だった奴の崩れた階段を下りてみりゃ、左手の七番目の円柱の下にじっつあまがお見えだぜ。あしの見る所(ってな今んとこ)じっつあまああいつらせむしのじっつあま方の端くれで。じっつあま方が出へえりしてなすった壁の通路や、階段や扉の寸法からすりゃ、あいつらコブの奴らあえっとじっつあま方の邪魔になったろうじゃ！　じっつあまの内二人が行き当たりばったり出会そうもんならお互えんりゃしょっちゅう司教冠でこんぐらかりなすったろうよ」

当該御卓見の字義性に敢えて御叱正賜るを潔しとせず、ジャスパーは頭の天辺から爪先まで古びたモルタルや、石灰や、石粒まみれの道連れをズイと――さながら彼、ジャスパーこそは石工の薄気味悪い人生に我知らず伝奇的興味を覚えつつあるかのように――見渡す。

「お前のは、さぞや風変わりな生活だろうでは」

との見解を果たして世辞と取ったものかてんでアベコベに取ったものか、こっから先手がかりを賜らぬまま、ダードルズはぶっきらぼうに返す。「そういうだんなのだって」

「はむ！　なるほど運命のイタヅラか、私もこの同じ古めかしくて土臭い、ひんやりとした、何の変哲もない場所で暮らしているという点では、然り。だが大聖堂とのかかずらい方においてはお前の方が私のなどより遙かに謎めいていて面白いに違いない。実の所、お前さえよければ、是非とも私をある種弟子、と言おうかロハの丁稚として引き取って、時に、あちこち一緒に歩き回って、お前が毎日過ごしているこうした奇妙な奥まりだの窖だの見せてもらえないだろうか」

石っぽいやっこさんのただ漠然と返して曰く。「よござんすぜ。もしか奴にお呼びだってなら、どいつもこいつもどこ行きゃダードルズをめっけられるか御存じだろうじゃ」とは、必ずしも厳密には正鵠を射ていないやもしれぬ。が、大方は正鵠を射ていよう。もしやダードルズは必ずやどこぞで、流離いの身にある様がめっけられようとの意に解《かい》せば。

「中でも興味津々なのは」とジャスパーは依然、伝奇的興味のネタを追いながら言う。「お前がどこに連中が埋められているか寸分違わず図星を突くそのやり口だ。——ん、どうした? その包みが邪魔なら持ってやろう」

ダードルズはひたと立ち止まり、気持ち後退り（さらばデピュティーは、彼の一挙手一投足に目を光らせているとあって、すかさず散兵よろしく道の方へすっ飛んで行くが）、どこか包みを載っける棚なり隅なりないかとキョロキョロ辺りを見回している。がかくて御逸品を肩代わりして頂く。

「そっから玄翁を出してくんなさるかい」とダードルズは言う。「すったら御覧に入れようじゃ」

カチン、カチン。して玄翁が手渡される。

「さあ、よござんすか。だんなあ音の調子を合わせなすろう、えっ、ジャスパーのだんな?」

「ああ」

「ってなあしも。あしゃ玄翁を引っつかんで、コンとやる」（ここにて彼は石畳を叩き、さらば注意おさおさ怠りなきデピュティーは、てっきりこちとらの首が御所望なものと思い込み、いよよ大きく弧を描いて散開する。）「あしゃコン、コン、コン、っとやる。カッチンコじゃあ！ そのなりコン、コン、コン。やっぱカッチンコじゃあ！ も一つおまけにコン。おいや！ ガランドウじゃあ！ も一つおまけにコン。しぶとくよ。ガランドウの中にカッチンコじゃあ！ コン、コン、コン、念には念を入れてよ。ガランドウの中にカッチンコ。んでカッチンコの中にまたぞろガランドウじゃあ！ と来りゃ！ 地下の丸天井ん中の石の棺桶ん中で、じっつあまがボロボロに崩けてらっしゃろうさ！」

「お見事千万！」

「こいつだってお手のもんで」とダードルズは二フィート尺を引っ張り出しながら言う（デピュティーは片や、てっきり今にもざっくざく金銀宝が掘り起こされ、如何でかこちとらの懐がヌックヌクになり、ばかりか掘り起こした奴らは彼の証言の下《もと》、息絶えるまで縊らる（死刑宣告の決まり文句）なるおいしい棚ボタまで落ちて来ると思い込み、ジリジリ躙り寄っている）。

「んじゃあしのその玄翁が壁ってえことに――あしの手がけた奴ってえことに――しやしょうかい。二と、四と、んで二で六と」と石畳の上で尺を採りながら。「今のその壁の六フィート内っ側にサプシーの奥方さんが眠っておいでで」

「まさか本当に、という訳では？」

「んだから物は喩えで。奥方さんの壁はもっとぶ厚えが、物は喩えで。ダードルズは今のその玄翁が成り代わってやがる今のその壁えコンコンとやって、しこたま採りい入れてやったら言うんで。『あしらの間にゃ何かあるぜよ！』ああ、やっぱ、そら、今のその六フィートの隙間にダードルズの職人の奴らあガラクタ放ったらかしにして行ってやがるじゃねえか！」

ジャスパーは間の手を入れる。そこまで図星とは正しく「神業《ギフト》では」

「あしゃそいつあロハでくれてやるって言われても願え下げですぜ」とダードルズはくだんの所見をおよそ善意に受け取るどころか、突っ返す。「あしゃそいつうこの身一つで手に入れたんで。ダードルズは奴のガクう身につけんのに、うんとこ深えとこまで掘りまくって、そいつがお出ましになりたがらねえとなりゃ根こそぎ掘り起こしてでも手に入れてやるんで――おいこら、デピュティー！」

「やい、やい、そら！」というのがデピュティーのまたもや遠ざかりながらの甲高い返答なり。

「ほらよっと、半ペンスだ。今晩はもう『旅人《たびにん》二ペンス亭』まで来たらこれきり目のめえウロつくんじゃねえ」

「そら、気っいつっけな！」とデピュティーは、半ペンス引っつかみ果すや、どうやら然なる謎めいた文言にて合点承知之助なる旨表《ひょう》していると思しく、返す。

彼らは後はただ、いつぞやは修道院たりしものの端くれたりし、いつぞやはブドウ園たりしものを過りさえすれば、広く遍く『旅人《たびにん》二ペンス亭』として知らる低い三階建てのガタピシの木造りの屋敷の立つせせこましい裏通りへとやって来る。旅籠は因みに、旅人《たびにん》方の風儀に鑑み、てんで捩《ねじ》けた上から捩《よじ》くれ上がり、玄関の上にては格子細工のポーチの、ばかりか散々踏み躙じらされた庭の前にては丸太造りの柵の、ほんのスズメの涙ぽっきりの名残しか留めていぬ。のは旅人《たびにん》方が旅籠にそれは御執心な（と言おうか日中道端で焚き火に当たるのにそれはぞっこんな）余り、これら木製勿忘草《わすれなぐさ》を力づくでふんだくり、ちゃっかり搔っさらわずしていっかな立ち退くよう説きつけられても、脅しつけられても下さらぬから。

当該惨めったらしい屋敷にいっぱし旅籠めいた華を添えてやろうというので、窓辺にはズタズタに擦り切れたお定まりの赤カーテンが吊る下がり、くだんの襤褸は火灯し頃ともなればいじけた灯心草蠟燭か木綿の糸心がゆらゆら、屋内のむっとした空気の中で懶げに燃えているせいでどんより透き通って見える。ダードルズとジャスパーが近づくと、二人は玄関の上なる館の主旨をデカデカやった提灯に出迎えられる。のみならず、およそ半ダースに垂んとす、外のむくつけき小童共にも――が果たして連中、二ペンス止宿人なものやら、連中のお供なものやら、腰巾着なものやら、は神のみぞ知る！――何せ小童共と来ては何やら空中に芬々と立ち籠めたデピュティーの死肉臭に惹き寄せられでもしたかのように、砂漠に群がるハゲタカよろしくハッと月明かりの下《もと》に躍り出るや、やにわにデピュティー宛、してお互い同士宛、飛礫を打ちにかかるからだ。

「止さんか、このチビの人デナシらめが」とジャスパーは気色ばんで声を上げる。「とっととここを通せ！」

然なる異が唱えられるや、すかさず金切り声が上がり、次から次へと飛礫が打たれ――とはさながら聖ステパノ*の時代が蘇りでもしたかのようにキリスト教徒が四方八方から石を投げつけられる我らが祖国の共同体の警察法規に紛れて大手を振って罷り通っている当今の顰に倣い――ダードルズは幼気な蛮人がらみでかく、いささか当を得ぬでもなく一くさりしながら小径を先に立って行く。「あいつら生きげえにアブれてやがるもんで」

小径の角まで来ると、ジャスパーは業を煮やしに煮やし、道連れに待ったをかけるや後ろを振り返る。辺りはシンと静まり返っている。と思いきやガツンと小石が帽子にぶち当たり、遙か彼方で「やい、やい、いいか！ 気っいつっけな！」なる金切り声が上がり、ケッケと、どなたの凱旋の炎の下《もと》に立っているかお心得違えなきようとばかり、どこぞの地獄で孵ったシャンテクリア*が喉を振り絞ってでもいるかのような時が作られるに及び、ジャスパーは無事、角を曲がり、ダードルズを塒まで連れ帰る。ダードルズはさらば、今にも作りくさしの墓の一つに頭から真っ逆様にもんどり打つ気でかかってでもいるかのように、敷き藁もどきの小石だらけの作業場の直中にて蹴躓いてはいる。

ジョン・ジャスパーは別の道伝《づて》に番小屋に戻り、そっと鍵を回して入ってみれば、炉火は依然燃えている。錠の下りた戸棚から妙な見てくれの煙管を取り出し、何やら――煙草ならざる代物を――詰め、火皿の中身を小さな道具でめっぽう丹念に押さえつけると、二つの部屋に通ず、ものの二、三段の内階段を昇る。一方は彼自身の寝室で、もう一方は甥の寝室である。どちらの部屋にも明かりが灯っている。

甥はスヤスヤ、穏やかに寝入っている。ジョン・ジャスパーはしばし、火のついていない煙管を手に、甥をじっと、食い入るように見下ろして立つ。それから、足音を忍ばせながら彼自身の闇に引き取り、煙管に火をつけ、御逸品が深夜に喚び起こす亡霊共に自らを明け渡す。

第六章　小キャノン・コーナーなる博愛

セプティマス・クリスパークル牧師は（第七男《セプティマス》、というのも、六人の小さなクリスパークル兄きは一人また一人と、生まれる側《そば》から、小さな弱々しい六本の灯心草蠟燭が火を灯される側《そば》から消える要領であの世へ身罷ったから）早、クロイスタラム堰近くの朝の薄氷を御自身の愛嬌好しの頭もてカチ割り、かくて御尊体に大いなるカツを入れ果し、今や血の巡りを好くしてやるに姿見の前にて雄々しくも手並みも鮮やかに拳闘の練習をしている。姿見が映し出すセプティマス牧師の潑溂として健やかな肖像は、物の見事にフェイントをかけてはヒラリと身を躱し、肩から真一文字にジャブを繰り出すかと思えば、にこやかな目鼻立ちは純真そのものにして、ヤワな心根の情深さが拳闘グラブより晴れやかに迸り出づ。

未だ朝餉時《どき》にもなっていない証拠、クリスパークル夫人は——とはセプティマス牧師の妻君ではなく御母堂だが——つい今しがた下りて来たばかりにして、壷の仕度*を待っていた。実の所、セプティマス牧師は折しもはったと、愛らしい老婦人の顔が部屋の中に入って来るなり拳闘グラブで挟んだ上からチュッとやるべく手を止めた。めっぽう優しく口づけをし果すや、セプティマス牧師はまたもや気合いを入れ直すに、途轍もなき物腰にて、左の拳でカウンター・ブローをお見舞いする側《そば》から右の拳で追い撃ちをかけた。

「母さんは毎朝毎朝、心の中でつぶやいてますよ、あなたはとうとうやっておしまいになるだろうってね。セプト」と老婦人は傍でじっと見守りながら宣った。「で、そうに決まってますとも」

「って何をですか、母さん?」

「姿見を割るか、血管を破裂させてしまうだろうって」

「どっちもどっち、叶うことなら、御免蒙りますよ、母さん。ほら、息一つ乱れてやしません。さあ、こいつを見て下さい!」

仕上げに一頻り滅多無性に打ちかかる上で、セプティマス牧師はありとあらゆる強打をお見舞いしては躱していたと思うと、掉尾《ちょうび》を飾るに老婦人の帽子を大法官庁《チャンサリー》の目に会わす*――というのが拳闘術の研鑽を積む学徒によりてそのスジの仲間内にて用いらる専門用語であるによって――がそれはたいそうお手柔らかにやって下さるものだから、御逸品にあしらわれたとびきり軽いラヴェンダー色や桜色のリボンとてほとんどヒラともしなかった。且々、グラブを引き出しに収め、小間使いが部屋に入って来る段には瞑想的な心持ちにて窓から外を見はるかしている風を装えるよう敗者を慈悲深くもお役御免にしてやると、セプティマス牧師は壷やその他の朝餉の仕度にやおら席を譲った。かくて用意万端整い、母と息子がまたもや二人きりになると、目にするだに麗しきかな(と言おうかもしやどなたか目にする方があったならばさぞや麗しかったろう、がそうは問屋が卸して下さらなかったが)老婦人は主《しゅ》の禱りを唱えるべく腰を上げ、息子は、小キャノンにもかかわらず、四十《しじゅう》に五歳《いつとせ》満たぬからには、そいつに耳を傾けるべく俯いたなり腰を上げた。四歳《よとせ》に五月《いつつき》満たぬ時分に同じ文言を同じ唇より耳にすべく立っていたままに。

果たしてこの世に老婦人ほど愛らしきものが――お若い御婦人はさておき――またとあろうか――目は明るく、姿形は小ぢんまりとしてキュッと引き締まり、面《おもて》はほがらかにして坦々と落ち着き払い、身繕いは然にその色合いにおいて艶やかで、然に御当人に格別つきづきしく、然に御尊体にぴったり馴染んでいるからには陶製女羊飼いのそれかと見紛うばかりとあらば? 否、何一つ、と心優しき小キャノンは幾度となく、夫に先立たれて久しき孀たる母親のテーブルの向かいの席に着きながら、惟みた。かようの折の母親自身の思いは彼女のありとあらゆる会話においてわけてもしょっちゅう仲良く務めを果たす二語に凝縮されるやもしれぬ。「わたしの《マイ》セプト」

母と息子はクロイスタラムの小キャノン・コーナーにて共に朝餉の席に着くに恰好のお二人さんであった。というのも小キャノン・コーナーは大聖堂の日蔭の静かな一角で、カーカーとミヤマガラスの鳴き声が揺蕩い、たまさか通りすがる者の足音がコツコツと谺を喚び起こし、大聖堂の鐘の音《ね》と大聖堂のオルガンのうねりが聞こえて来るだけに、全き黙《しじま》よりなおひっそり静まり返っているやに思われるからだ。小キャノン・コーナーのグルリにてはふんぞり返った兵《つはもの》共が幾星霜もの間《かん》、辺り構わず暴れ回っては喚き散らし、滅多無性に鞭打ちを食らう奴《やっこ》共が幾星霜もの間《かん》、牛馬の如く汗水垂らしては息絶え、我が物顔の修道士が幾星霜もの間《かん》、時に世のため人のためになっては時に大きな目の上のコブになって来たが、見よ、連中一人残らず小キャノンより消え失せ、さりとて何の不都合もない。ひょっとして連中がともかくそこにてのさばっていたいっとうの御利益の一つは、失せた後《のち》にかの、小キャノン・コーナーに漲る静謐の聖なる気配と、かの、語り尽くされし悲しき物語や、演じ尽くされし心寂しき芝居によりてもたらさるが理の——概ね憐憫と忍従を育む——長閑けくも夢見がちな心延えを置き土産にして行ってくれたことやもしらぬ。

年歴《としふ》る内にしっくり色褪せた赤レンガの壁、しっかと根づいた蔓、格子窓、羽目張りの部屋、小さな場所なる大きなオークの梁、今なお季節の果物が修道院めいた木々にて熟れる石壁の庭、といった辺りが、二人して朝餉の席に着いている愛らしき老クリスパークル夫人とセプティマス牧師のグルリを取り囲む主たる面々だろうか。

「で手紙には、母さん」と小キャノンは健やかにして旺盛な食欲の証を立てながらたずねた。「何と書いてあるんです？」

愛らしき老婦人は、御逸品にざっと目を通すと、折しも手紙を朝食用のクロスの上に置いたばかりであった。して手紙を息子に差し出した。

さて、老婦人は御自身の明るい目がそれはよく見えるものだから書き物を眼鏡の御厄介にならずに読めるのをいたく鼻にかけていた。息子もまたくだんの状況をそれはいたく鼻にかけ、母親が御逸品がらみで目一杯御満悦に浸れるようそれは律儀に心を砕いていたものだから、彼自身は眼鏡の御厄介にならずば一切読めぬとの絵空事をでっち上げていた。故に今やしかつべらしくも途轍もなくどデカい御逸品をかけ、かくて鼻と朝食に生半ならず差し障るのみならず、文字を判読するのに生半ならず手こずった。というのも何ら助太刀を仰がねば、顕微鏡兼望遠鏡跣の目をしていたからだ。

「もちろん、ハニーサンダー様からですがね」と老婦人は腕を組みながら言った。

「もちろん」と息子は相づちを打った。それからたどたどしく読み続けた。

『博愛の避泊港
『ロンドン本部、水曜日
『拝啓
『小生筆を――』こいつは何て書いてあるんです？　筆を何に掛けて執ってるですって？」

「椅子に掛けて」と老婦人は言った。

セプティマス牧師は母親の顔を拝まして頂くべく、眼鏡を外しながらも素っ頓狂な声を上げた。

「ああ、一体何に掛けて筆を執らなきゃならないんです？」

「おや、おや、セプト」と老婦人は返した。「あなた、脈絡が分かってないじゃありませんか！　手紙を返して頂だいな、ほら」

眼鏡をお役御免にしてやれてやれやれと（何せお蔭で必ずや目がヒリついたから）、息子は仰せに従った。ブツブツ、日に日に手書きの文字が読みづらくなっているようだとこぼしながら。

「『小生筆を』」と母親はめっぽうはっきり、一言一句違えず読みながら続けた。『恐らく数時間は離れられまい椅子より執っておる次第にて』」

セプティマスは壁際にズラリと並んだ椅子の方を半ば物申しているとも半ば訴えかけているともつかぬ面持ちで見やった。

「『我々は上記の避泊港本部にて』」と老婦人は気持ち、格別な力コブを入れて、先を続けた。『中央・地方博愛主義者合同会議を開催致し、満場一致で小生が議長席に就くことと相成り候』」

セプティマスはまだしも楽に息を吐《つ》きながらつぶやいた。

「おお！　そういうことなら、どうぞ御勝手に」

「『善は急げと存じ、小生、さる公然の不信心者を弾劾する長々しき報告書が読み上げられている隙に――』」

「いやはや、妙な話もあったものでは」と心優しき小キャノンは焦れったそうに耳をゴシゴシやるべくナイフとフォークを置きながら口をさしはさんだ。「こうした博愛主義者ってのは年がら年中どいつかを弾劾しているとは。で、これまた妙な話もあったものでは、連中、年がら年中不信心者とやらでとんでもなく手一杯とは！」

『弾劾する長々しき報告書が読み上げられている隙に！』』――と老婦人は仕切り直した。『『胸中気がかりな我らがささやかな一件に片をつけさせて頂きたく。小生、我が二名の被後見人、ネヴィル・ランドレスとヘレナ・ランドレスと、彼らの教育が未だ十全ならざる件に関して話し合い、両名共、申し出られし計画に同意致し候。とは小生、予てより両名の好むと好まざるとにかかわらず同意するよう重々取り計らっていた如く』」

「で、これまた妙な話もあったものでは」と小キャノンは先と同じ物言いにて宣った。「こうした博愛主義者ってのは同胞《はらから》の首根っこをむんずと捕らまえては平穏の道程（『箴言』三：一七）に（言ってみれば）ドスンとぶち込むのにやたら御執心とは。――済みません、母さん、ついいらない茶々を入れてしまって」

「『故に、親愛なる奥方、御子息のセプティマス牧師殿にあられては何卒ネヴィルを来る月曜、勉学の手ほどきをすべく同居人として迎え入れる心づもりをしておかれたく。同日、ヘレナもまた御自身と御子息に共々御推奨賜りし尼僧の館《やかた》に寄宿すべく、弟と共にクロイスタラムに赴く手筈にて。何卒ヘレナをそこにて迎え入れ、教育を施す手筈も同様に整えられんことを。いずれの場合における条件もここロンドンなる大姉の姉上の屋敷にて忝くも御高誼に与りし後、本件に関し文通を交わし始めた折、大姉より芳牘にて提示された通りの旨諒解されたし。ではセプティマス牧師にくれぐれもよろしく御鶴声賜りますよう。大姉の（博愛における）兄弟より深甚なる愛を込めて、ルーク・ハニーサンダー拝』」

「はむ、母さん」とセプティマスはなお一時《いっとき》耳をゴシゴシやっていたと思うと言った。「一つ試しにやってみようじゃありませんか。なるほど下宿人を置くゆとりはありますし、わたしは彼にかかずらう暇《いとま》もあればその気だってあると来る。正直な所、彼がハニーサンダー氏御自身でなくてもっけの幸い。などと言ったら食わず嫌いもいい所みたいではありますが――えっ？――何せついぞお目にかかったためしがないからには。あちらは大柄な方ですか？」

「大柄な方と言えば大柄な方ですが、あなた」と老婦人はしばしためらっていたと思うと返した。「お声の方がずっと大きな方ですよ」

「御当人より？」

「どなたより」

「はあっ！」とセプティマスは言った。して極上スーチョン・ティーのみならず、ハムとトーストと卵の風味までいささかゲンナリ来てでもいるかのように朝食を平らげた。

クリスパークル夫人の姉は、もう一点のドレスデン磁器にして、それは妹御にぴったり来るものだから如何なるどデカい古式床しき炉造りの両の端を彩るゴキゲンな対《つい》の飾り物としても通ったろうし、固より離れ離れの所を目にされてはならなかったやもしれぬが、ロンドン・シティーにて自治体の高位に就く司祭の子宝に恵まれぬ妻君であった。博愛主義信仰者なる公人としてハニーサンダー氏がクリスパークル夫人の知遇を得たのは前回くだんの陶器の飾り物同士がまたもや対《つい》で並んだ折に（とは即ち、夫人が前回、年に一度姉を訪うた折に）、さる、幼気な齢《よはい》の篤心の孤児《みなしご》達が腹一杯すもも麺麭《プラム・パン》とほてっ腹の権柄尽く《フラムプ・パンプシャスネス》をもろともたらふく詰め込まる、博愛主義的手合いの公的催しの開かれた後《のち》のことであった。ということくらいしか、小キャノン・コーナーにては来《きた》る学徒二名の来歴は知られていなかった。

「きっと賛成して下さるでしょうが、母さん」とクリスパークル氏は一件にしばし思いを巡らせていたと思うと言った。「まずもって今のその若い姉弟にはなるたけくつろいで頂かなくてはなりません。などと言っても特段殊勝な気を起こしている訳ではなく。というのもそもそも姉弟がわたし達相手にくつろいでくれなければ、わたし達だって姉弟相手にくつろげっこありませんから。さて、ジャスパー君の甥っ子が目下、こっちへ来ています。同気相求む、とはよく言ったもので、若者は若者同士の方が話が弾むでしょう。彼はなかなかの好青年です。ディナーの席で姉弟に会ってもらおうではありませんか。ということで三人。彼を招けば当然ジャスパー君を招かない訳には行きません。ということで四人。そこへもってトゥインクルトン嬢と彼の愛らしい許嫁を招いたら六人。後、わたし達二人で八人。気のおけない八人同士でディナーのテーブルを囲むというのは御面倒でしょうかね、母さん？」

「九人だったら、でしょうけど、セプト」と老婦人は見るからに気が気でなさそうに返した。

「ですから、母さん、八人って言ってるじゃありませんか」

「でしたらテーブルも部屋もぴったりの大きさでしょうよ、あなた」

かくて手締めと相成った。してクリスパークル氏が母親共々ヘレナ・ランドレス嬢を尼僧の館《やかた》にて迎え入れる手筈を整えて頂くようトゥインクルトン嬢の下《もと》に伺候した折、くだんの館《やかた》に関わる他の二件の招待も申し出られる側《そば》から諾われた。トゥインクルトン嬢は、実の所、ちらと、よもや他人様の前へ連れ出す訳にも行くまいがとばかり、口惜しそうに地球儀と天球儀に目をやった。が御両人を置き去りにする外あるまいと観念した。それから博愛主義者殿宛、ディナーに悠々間に合うようネヴィル氏とヘレナ嬢の出立と到着を取り計らって頂きたき旨至急、一筆認められ、ほどなくスープ用煮出し汁の芳香が小キャノン・コーナーに芬々と立ち籠めた。

　当時、クロイスタラムには鉄道が走っていなかった。してサプシー氏は断じて走るまいと宣ふた。のみならず、断じて走ること罷りならぬとまで宣ふた。というに思うに奇しきことなれど、当今、急行列車はクロイスタラムごときで停車するを潔しとせず、こちとらのもっと御大層な用向きで金切り声を上げつつ突っ切りざま、そいつの取るに足らなさへの異議申し立てとし、車輪より土埃を撒き散らすことと相成っている。なるほど、どこか他処へ通ず幹線の何やら遙か彼方の端くれならあり、そいつはもしやしくじれば金融界にとんだトバッチリを、もしやしくじらねば教会と国家にとんだトバッチリを、どっちへ転ぼうと政体にとんだトバッチリを、食わすだろうということになっていた。が御逸品とて早、クロイスタラム往来の度《ど》をそれは生半ならず失わせていたものだから、往来は本街道をそっくり打っちゃらかし、どこぞの鄙の前代未聞の箇所よりこっそり、いつからとはなし角に「猛犬に注意」なる貼り紙のベッタリやられた裏手の廏道伝《うまやみちづて》お越しになった。

　当該不面目極まりなき進入路へと、クリスパークル氏は当時クロイスタラムと外界の人類との間にて日々本務を全うしていた、屋根にグラグラ——途轍もなくどデカい櫓《やぐら》を載っけたちんちくりんの小象よろしく——身の程に余る荷の山を積んだ、ずんぐりむっくりの乗合い馬車のお越しを待ち受くべく徒で向かった。当該乗り物がグラリグラリやって来るや、クリスパークル氏にはとある大柄な屋上席の客が、両手を膝に突いた上からグイと両肘を突っ張ったなり御者台に掛け、かくてお隣さんをギュウと窮屈千万にも隅っこに押し込め、ギョロリギョロリ、目鼻立ちも物々しく辺りを睥睨しているの図を措いてほとんど何一つ見えなかった。

「ここがクロイスタラムかね?」と乗客は破れ鐘声にてたずねた。

「へえ」と御者は馬丁に手綱を放るや、どこいらズキズキ疼きでもするかのように御尊体をさすりさすり返した。「んでこれほどどこいつにお目にかかれてバンバンゼエだったためしゃああありやせんぜ」

「ならば雇い主にもっと御者席を広くするよう進言するがよかろう」と乗客は返した。「おぬしの雇い主は同胞《はらから》の快楽に資する道徳的義務を負うのみならず——法的にも、違約すれば極刑に処せらる条件の下に負うて然るべきではないか」

御者は両の掌にて御自身の骨格の状態に上っ面よりひたぶ

る探りを入れにかかった。よって乗客はいささか気が気でなくなったと思しい。

「我が輩はおぬしの上に腰をかけたか?」と乗客はたずねた。

「へえ、仰せの通りで」と御者はとんと鼻持ちならぬげに返した。

「我が輩の名刺をやろう、おぬし」

「いや、ケッコー毛だらけで」と御者は御逸品を受け取らぬまま、ざっと、さもイケ好かぬげに目をやりながら突っ返した。「一文の得にもなる訳じゃなし」

「今のそこの協会に入り給え」と乗客は言った。

「そいでどんなゴ利益に与れるってんで?」と御者はたずねた。

「兄弟の縁《えにし》が結ばれよう」と乗客は猛々しき声音で返した。

「いや、せっかくだが」と御者は馬車から下りながらやたら悠長に宣った。「お袋はあっし一人でたくさんだし、あっしもお袋一人でたくさん。兄弟なんざ真っ平で」

「だがおぬしは兄弟の縁《えにし》を結ばねばなるまい」と乗客は、共々馬車から下りながら返した。「好むと好まざるとにかかわらず。かく言う我が輩もおぬしの兄弟のからには」

「冗談じゃねえですぜい!」と御者はいよよ胆を煎りながら物申した。「いくら何でも! 一寸のムシにも——」


が、ここにてクリスパークル氏が気さくな声で、脇台詞にてたしなめながら割って入った。「ジョー、ジョー、ジョー! 堪忍しないか、ほら、ジョー!」かくてジョーがおとなしく帽子をひょいと浮かすや、乗客に声をかけた。「ハニーサンダー殿でしょうか?」

「さよう、貴殿」

「クリスパークルと申します」

「では、セプティマス牧師殿と? 初めまして、貴殿。ネヴィルとヘレナは中に乗っております。この所、何かと公務に追われ、気忙しい思いをしておるもので、一つ気晴らしに両名と馬車に揺られ、清々しい空気でも吸おうかと思いましてな。夜分には引き取りますが。ですから貴殿がセプティマス牧師殿と?」と相手をざっと、総じて肩透かしを食ったげに頭の天辺から爪先まで眺め渡し、まるで御逸品を炙り上げてでもいるかのように鼻眼鏡をリボンもてクルクル捻《ひね》り、されどそれ以外の用向きには一切お呼びを立てぬまま。「はあっ! てっきりもっと年輩の方かと思うておりましたが、貴殿」

「いずれその内」というのが気さくな返答であった。

「えっ?」とハニーサンダー氏はたずねた。

「いえ、ほんの他愛ない軽口です。繰り返すまでもありません」

「軽口？　ああ、我が輩は軽口は一切解《かい》しませんで」とハニーサンダー氏は苦虫を噛みつぶしながら突っ返した。「軽口を叩かれてもネコに小判、貴殿。二人はどこだ？　ヘレナとネヴィル、こちらへ来なさい！　クリスパークル殿がわざわざお出迎えだ」

すこぶる眉目麗しく、身のこなしのしなやかな若者と、すこぶる眉目麗しく、身のこなしのしなやかな娘。ウリ二つ。いずれもめっぽう浅黒く、目も髪も黒々としている。娘はほとんどジプシーめいている。いずれ劣らずどことなく手懐け果されていないところがある。何がなし狩人《かりうど》と狩女《かりうめ》めいている。にもかかわらず、追手《おいて》というよりむしろ追われる獲物を思わす所がある。細身で、嫋やかで、目から手足からすばしっこい。半ばはにかみがちながら、半ば挑みがち。眼光は鋭い。顔にも体にも、曰く言い難い類《たぐい》の間合いが全体の表情に浮かんでは去り、今にも蹲りかけているとも飛び上がりかけているともつかぬ間合いに準えられるやもしれぬ——といった辺りが、仮に逐一文言に移せば、仰《のっ》けの五分の間《ま》にクリスパークル氏の脳裏に刻まれた印象だろうか。

彼はハニーサンダー氏を胸中穏やかならずディナーに招待し（何せ愛しき老陶製女羊飼いが如何ほどうろたえようか思い描けば、そいつは塞《ふた》がれざるを得なかったから）ヘレナ・ランドレスに腕を貸した。姉も弟も四人して神さびた通りから通りを縫う内、彼が大聖堂や修道院の廃墟がらみで指差すものに端《はし》から雀躍りせぬばかりに手を打ち合わせ、まるで——と彼の、またもや胸中惟みるに——どこぞの荒らかな熱帯地方の領土より連れ来られた麗しき野生の囚人《めしうど》よろしく驚きの目を瞠った。ハニーサンダー氏は道のど真ん中を闊歩し、土地の人間を肩で小突き飛ばし、大声で腹案を開陳し賜うてはいた。連合王国中の失業者という失業者を一斉検挙し、一人残らず監獄にぶち込み、違犯すれば即刻皆殺しの目に会わす制裁の下《もと》、博愛主義者に宗旨替えさせよとの。

クリスパークル夫人は蓋し、当該ささやかな一座のめっぽう大きく、めっぽう喧しき吹き出物を目の当たりに、持ち前の博愛精神をごっそり狩り出さねばならなかった。必ずや社会の面《おもて》なる御出来《おでき》の質《たち》なる代物であるからには、ハニーサンダー氏は小キャノン・コーナーにては正しく炎症性根太《ねぶと》へと膨れ上がった。なるほど、公然の不信心者によりておどけて後ろ指を差されている如く、彼が同胞《はらから》に対し声高にかく宣っているというのは字義的には正しくないやもしれぬ。「ええい、コンチクショーめが、とっととここへ来て祝福されるが好い！」がそれでいて、彼の博愛主義たるやそれは一触即発、火薬っぽい手合いなだけに、根深き怨恨との差は紙一重。汝《なんじ》、軍隊を撤廃せねばならぬとすらば、まずもって本務を全うした部隊長という部隊長をくだんの廉にて軍法会議にかけた上、射殺してからにせよ。汝《なんじ》、戦《いくさ》を撤廃せねばならぬとすらば、まずもって連中に戦《いくさ》を仕掛け、己《おの》が目の中の林檎（『申命記』三二：一〇）として戦《いくさ》を愛でた罪に問うことにて連中を回心させてからにせよ。汝《なんじ》、極刑を一切認めてはならぬとすらば、まずもって見解を異にするありとあらゆる立法者と、裁判官と、判事をこの地の表《おもて》より払拭してからにせよ。汝《なんじ》、普遍の調和を有さねばならぬとすらば、まずもって同胞《はらから》と調和しようとせぬ、或いは良心的に調和すること能はぬ輩を一人残らずこの世から厄介払いすることにて其を手に入れてからにせよ。汝《なんじ》、兄弟を汝《なれ》自身として愛さねばならぬとすらば、まずもっていつ果てるともなく延々と（さながら忌み嫌ってでもいるかのように）悪しざまに罵り、ありとあらゆる悪口雑言を浴びせかけてからにせよ。就中汝《なんじ》、何一つ個人的に、と言おうか独立独歩で事を成してはならぬ。まずもって『博愛主義の避泊港』本部へ行き、会員兼誓約の上帰依す博愛主義者として署名せねばならぬ。それから、会費を払い、会員証と記章付リボンを受け取り、向後は常に演壇の上にて暮らし、向後は常にハニーサンダー氏の口にせしことと、会計係の口にせしことと、副会計係の口にせしことと、委員会の口にせしことと、副委員会の口にせしことと、秘書の口にせしことと、副秘書の口にせしことを口にせねばならぬ。して御逸品、概して署名捺印の下《もと》満場一致にて通過した、次なる主旨の決議案において口にされた。曰く「誓約の上帰依す当博愛主義者団体の全き嫌悪と忌まわしき憎悪の念の入り雑じらぬでもなき憤懣やる方なき侮蔑と蔑みを込めて見なすは」――詰まる所、くだんの団体に属さぬ全ての者の浅ましさにして、我ら、事実には一切こだわることなく、その者共に関し、能う限りその数あまたに上る事実無根の不快極まりなき文言を列ぬ旨、天地神明にかけて誓うものである。

ディナーの席は身も蓋もないほどシラけ返った。博愛主義者殿はテーブルの釣合いを著しく損ね、デンと給仕の行く手に立ちはだかり、大通りを塞ぎ、（小間使いに手を貸していた）トープ氏を御自身の頭越しに金銀食器や皿を回すことにて発狂寸前に追い込んだ。誰一人として他の誰にも話しかけられなかった。というのもこの方、さながら一座には面々の個性など微塵もなく、単なる集会ででもあるかのように、誰も彼もに一時《いちどき》にまくし立てたからだ。してセプティマス牧師に、話しかけるに打ってつけの公的御仁とし、と言おうかある種御自身の弁論帽子を引っ掛ける人間木釘とし、悪しき白羽の矢を立てたが最後、この手の弁士の御多分に洩れずいざ、彼をして邪な脆き不倶戴天の敵に扮さすという実に鼻持ちならぬ習いに陥った。かくて、質したものである。「ならば貴殿は、貴殿、自家撞着に陥ってまで申し立てようとなさるのですかな」云々――無垢な牧師が一言とて口を利いていないばかりか利く気すらないにもかかわらず。或いはかく、宣ふたものである。「さて、よろしいですかな、貴殿、貴殿の何と抜き差しならぬ羽目に陥っておられることか。我が輩、容赦は致しませんぞ。幾年月もの間《かん》ありとあらゆる欺瞞と詐欺の手管を弄した挙句――前代未聞のさもしき卑劣と綯い交ぜになった血腥き豪胆をひけらかした挙句――ここへ来て貴殿は、正しく掌を返したように、人類の中でも最も堕落した者の前に額づき、平身低頭、女々しく、啾々と、慈悲を乞おうというのですかな！」と鉾先を向けられては、針の筵の小キャノンは業を煮やしているとも泡を食っているともつかぬ面《つら》を下げるより外なく、片や奇特な御母堂は目に涙を溜めたなりツンとそっくり返り、他の面々は風味もなければ腰もない、てんでふやけたある種ゼリーもどきに成り下がった。

　とは言えハニーサンダー氏の出立の刻限が迫るにつれ、皆の博愛精神が如何ほどどっと、堰を切ったように迸り出たことか、くだんの傑人にとってはさぞや胸のすく思いがしたのではあるまいか。氏のコーヒーは、トープ氏が格別セカセカ立ち回ったお蔭で御所望の優に一時間は前に供された。クリスパークル氏は、やはり一時間は下らぬ前から、うっかり長居をなさっては大変と、懐中時計を手に座った。若人四人《よったり》は口を揃えて、御逸品、実は一度《ひとたび》しか打っていぬというに、大聖堂の時計が四半時を三度《みたび》打ったような気がすると言った。トゥインクルトン嬢は乗合い馬車まで実はものの五分の道程というに、歩いて二十五分はかかろうと見積もった。一座の面々の何とも情愛濃やかにして親身なことに、皆して氏にいそいそ大外套を着込ませ、グイグイ月夜へ追っ立てた。さながらこの方、御身の上の気がかりでならぬお尋ね者の謀反人にして、騎兵隊が早、裏口まで追って来てでもいるかのように。クリスパークル氏と新弟子は客を乗合い馬車まで見送ったが、御当人が風邪を引いてはと気を揉む余り、やにわにバタンと戸を閉《た》てざま、とっとと置き去りにした。出立まで依然半時間は暇を持て余そうかというに。

第七章　一つならざる打け明け話

「僕は今のあの殿方のことはほとんど知らないんですよ、先生」とネヴィルは二人して引き返しながら小キャノンに言った。

「自分の後見人のことをほとんど知らないだって？」と小キャノンはオウム返しに声を上げた。

「ほとんどこれっぽっち！」

「だったら一体どうして――」

「現に僕の後見人になったのかって？　その訳をこれからお話ししましょう、先生。多分、先生は僕達が（ってのは姉と僕が）セイロンからやって来たということは御存じですね？」

「いや、実の所」

「それはまた妙な話もあったものですが。僕達はあっちで継父と暮らしていました。母は僕達がまだ小さな時分にあっちで死にました。そりゃ惨めなものでした。母がそいつを僕達の後ろ見にしたんですが、男はとんでもないしみったれで、僕達は食うものも食わせてもらえない、着るものも着せてもらえないあり様でした。男は今わの際に、僕達をさっきの男に譲り渡しました。ってのも、僕の知る限りでは、ほんのさっきの男が馴染みか身内か何だかで、しょっちゅう名前が活字になってるせいで目に留まっていたからというので」

「というのは最近のことと？」

「ええ、つい最近のことです、先生。この、僕達の継父ってのは絵に画いたようなけちん坊ってだけじゃなし、血も涙もないゴロツキでした。あいつがあの時ポックリ行ってくれてもっけの幸い。さもなきゃ僕はこの手であいつの息の根を止めてたかもしれません」

クリスパークル氏は月明かりの下《もと》、ひたと足を止め、己《おの》が前途洋々たる弟子を呆気に取られて見据えた。

「ってびっくりなさいましたか、先生？」と弟子はすかさず従順な物腰を取り戻しながらたずねた。

「びっくりどころか、実に聞き捨てならないでは。全くもって聞き捨てならないでは」

弟子は二人して歩き続けながら、しばし俯いていたと思うと、言った。「先生は一度だってあいつが御自身の姉きをぶつとこ御覧になっちゃいないでしょう。僕は一度や二度どころじゃなし、あいつが姉きをぶつとこ拝まして頂いて、で、そいつが瞼に焼きついて離れなかったんです」

「たといいくら」とクリスパークル氏は言った。「大好きできれいな姉さんが目の前で卑怯千万なひどい目に会ってポロポロ涙をこぼしたからと言って」彼は我知らず、怒りが込み上げるにつれてお手柔らかにならざるを得なかったが。「今みたいな恐ろしい言葉を使っていいということにはならないだろう」

「済みません、先生、あんなこと言ってしまって。しかもよりによって先生に。どうか忘れてやって下さい。でも、一つだけ勘違いなさってるみたいです。先生は今、姉きがポロポロ涙をこぼしたとかおっしゃいましたが、姉きはあいつにズタズタの八つ裂きにされる方がまだ増しだったでしょうね、一粒だってあの男のせいで涙をこぼすかもしれないって思われるくらいなら」

クリスパークル氏はかの、胸中刻んだ覚え書きをざっと復習《さら》い、然にクギを差されたからとて一向驚きもしなければ眉にツバしてかかりもしなかった。

「きっと妙だとお思いになるでしょう、先生」――とこれは、ためらいがちな声で――「僕がこんなに知り合って間もないってのに先生に胸の内を明かして、この僕自身の申し開きに一言二言、言わせて頂こうとするなんて？」

「君自身の申し開きに？」とクリスパークル氏は繰り返した。「君はまさか守勢に回っている訳ではなかろうが、ネヴィル君」

「いえ、どうやらそのようです、先生。っていうか少なくとも、先生がもっと僕のことよく御存じになったら、きっと守勢に回るでしょう」

「はむ、ネヴィル君」というのが返答であった。「君がほんとはどんな奴か勝手に探らせてくれてはどうだね？」

「どうやら先生は、先生」と若者は肩透かしでも食ったか、またもやすかさずむっつり塞ぎ込みながら答えた。「どうやら先生は、僕のムラっ気に待ったをかけたがっておいでのからには、僕としてはおとなしく仰せに従うより外ありません」

との短い文言の調子にはどことなく、かく話しかけられた良心的な男を気が気でなくさす所があった。ひょっとして、その気もないのに、心得違いの若者の心、のみならず、或いはそいつを導き、陶冶する彼自身の力にも資する信頼の念をはねつけているのではあるまいかと思わす所が。二人は彼の窓辺の明かりが見える所まで来ていた。が彼はつと足を止めた。

「ちょっと引き返して、そこいらを一、二度ブラつこうじゃないか、ネヴィル君。さもなければ君は言いたいことも言えずに終わってしまうかもしれん。わたしが君に待ったをかけたがっていると思うなんて、君もせっかちだな。どころか。是非とも君の話を聞かせてもらいたいものだ」

「先生は、僕がこっちへ来てからってものずっと誘い水をかけてらっしゃるようなもんですよ、って御存じないかもしれませんが。『こっちへ来てからってもの』なんてまるで一週間かそこら経ってるみたいですが。正直言って、僕達こっちへは（って姉と僕は）先生とケンカして、先生に腹立たせて、またどこかへトンヅラする気でやって来たんです」

「まさか?」とクリスパークル氏は、外に何と言ったものやら全き途方に暮れて言った。

「だって、ほら、先生がどんな方か前もって分かりっこなかったじゃありませんか?」

「ああ、なるほど」とクリスパークル氏は言った。

「で、これまで付き合わされて来た外のどいつもムシが好かなかったからには、僕達先生のことだって気に入ってやるものかって肚括ってたんです」

「まさか?」とクリスパークル氏はまたもや言った。

「けど、僕達先生のことマジで気に入っちまって、先生、先生のお宅も持てなし方も、僕達がこれまでお目にかかって来た外のどんな奴とも違うってすぐ様、図星でピンと来ました。お蔭で——だしこうしてたまたま先生と二人きりになれて——あのハニーサンダーの奴が失せた後じゃグルリの何もかもがそりゃ静かで長閑だって気がして——クロイスタラムってのは月が皓々と照って、そりゃ古めかしくて、しめやかで、美しいもんで——そいつら一切合切のせいで、つい色んなことバラしたくなっちまったんです」

「よく分かるよ、ネヴィル君。で、そんな御利益のことを聞かせてもらえるとはこっちこそありがたい限りだ」

「僕が色々自分の落ち度を並べ立ててるからって、どうか姉のそいつらまで引っくるめてるなんてお思いにならないで下さい。いくら二人して散々惨めったらしい目に会って来たからって、姉はあの大聖堂の塔がそんじょそこらの煙突なんかよりずっと遙か高みにあるみたいに、僕なんかよりよっぽどまっとうです」

か否か、クリスパークル氏は胸中とこの一項にかけては然まで定かでなかった。

「僕は物心ついた時からずっと、先生、とんでもないウラミツラミを封じ込めて来てるんです。お蔭で陰にこもった恨みがましい奴になっちまいましたが。僕はいつだって高飛車な奴に頭ごなしに抑えつけられて来ました。お蔭でこっちは、何せ手も足も出ないもんで、二枚舌使ってコセコセやる外ありませんでした。端《はな》から教育も、自由も、金も、服も、生きてくのに最低なくちゃならないものも、ガキのしごくありきたりの慰み物も、若造のしごくありきたりの持ち物も、そっくりケチられて来ました。お蔭で、先生が手懐けつけてらっしゃる外の若い奴らだったらテコを入れてやろうっていう情緒だか、記憶だか、まっとうな性根だか何だか知りませんが――僕は、ほら、そいつを言い当てる名前すら持ち併せてないいんですから！――てんで見限られちまってるんです」

「とは、なるほど仰せの通り。先が思いやられはするが」とクリスパークル氏はまたもや二人して踵を返しながら胸中つぶやいた。

「で、そろそろこの辺で止めときますが、先生、僕はてんでイタダけない手合いの、惨めったらしいいじけた養い子ばっかに囲まれて手塩にかけられて来ました。そのせいかもしれません、あいつらの願い下げの朱に染まっちまったのは。時にはあいつらの血に流れてる虎めいたヤツの御相伴にちびりと与ったのかもしれないいって気がすることもあります」

「つい今しがたの発言の場合のように」とクリスパークル氏は胸中、惟みた。

「姉がらみでこれが最後、言っとくと、先生（僕達は双子の姉弟ですが）、さもなきゃ姉の面目が丸つぶれなんで、覚えといて下さい、ぼく達どんなに惨めな目に会って来たからって、姉は一度だってネを上げたことはありません。この僕はしょっちゅうビビってましたが。二人して逃げ出す時はいつだって（って六年の内に四度ばかし逃げ出して、その度あっという間に連れ戻されちゃあこっぴどい灸据えられましたが）、姉がこれこれこうしようって言い出して、僕を引っ立ててくれました。その度、男の子の服着て、いっぱし大の男顔負けに恐いもの知らずの真似して。初っ端トンヅラしたのは確か七つの時ですが、髪をバッサリやるはずだったナイフを僕がなくしちまったら、姉が何て破れかぶれに髪を引きちぎろう、っていうか食いちぎろうとしたことか、今でも忘れやしません。ってことで、後はただ、先生、どうか僕のことせいぜい辛抱して、大目に見てやって下さい」

「そいつなら大丈夫、ネヴィル君、任してくれ給え」と小キャノンは返した。「わたしはなるたけ御託は並べんし、せっかく君が打ち明けてくれたのにしかつべらしい説法を聞かすような野暮な真似はしないつもりだ。がこれだけは心底懸命に、ひたすら、心しておいてもらいたいが、たとい何か君の力になれるとしても、それはただ君自身の力添えあってのことだ。で君は何か手を、それも首尾好く、貸してくれようと思えば、飽くまで天を頼みとする外ないだろう」

「精一杯やってみます、先生」

「わたしも、ネヴィル君、精一杯やってみよう。さあ、握手だ。神が我々の努力に祝福を垂れ給わんことを！」

二人は今や彼の玄関先まで来ていた。屋内からは陽気な話し声やさんざらめきが聞こえた。

「中に入る前にもう一頻りそこいらをブラつこうじゃないか」とクリスパークル氏は言った。「一つたずねたいことがある。君はさっきわたしのことでは気が変わったと言っていたが、それは君自身だけじゃなし、姉さんにかけても、ということかな？」

「もちろんです、先生」

「済まんが、ネヴィル君、君は確かわたしと会ってから、姉上とは一言も口を利く暇《いとま》がなかったはずだ。ハニーサンダー氏はなるほど立て板に水を流すような方ではあるが、敢えて言わせてもらえば、正しく独擅場だったたではないかね。姉上のことまで太鼓判を捺しては勇み足というものだろう？」

ネヴィルは誇らしげな笑みを浮かべてかぶりを振った。

「先生にはまだ、先生、お分かり頂けないでしょうが、姉と僕はいくら一言も口利かなくたって――ひょっとしてちらと目も交わさなくたって――お互いの胸の内が手に取るように呑み込めるんです。姉は先生のことじゃ僕が今言ってるように感じてるだけじゃなし、僕がこうして散歩してる間《ま》に姉と僕二人共のことで先生に太鼓判捺してるってことまですっかりお見通しです」

クリスパークル氏はいささか怪訝げに弟子の顔を覗き込んだ。が見るからに、自ら口にしていることをそれは天から心底信じ切っているものだから、石畳へ目を伏せ、二人してまたもや玄関先にやって来るまで思案に暮れざるを得なかった。

「今度は僕の方から、先生、もうしばらくお付き合い願ってもいいでしょうか」と若者は何やらパッと頬を染めぬでもなく言った。「ハニーサンダー氏があんなに――確か、立て板に水を流すようとかおっしゃってましたが？」（といささか狡っこげに。）

「あ――ああ、確かにそう言ったが」とクリスパークル氏は返した。

「ハニーサンダー氏があんなに立て板に水を流すようでなけりゃ、こんなことおたずねしなくて好かったのかもしれませんが。あのエドウィン・ドゥルード君っていうのは、先生。って確か言うんでしたよね？」

「正しくその通り」とクリスパークル氏は言った。「ドゥルー‐O《オー》が二つと‐ドだ」

「彼は先生の手ほどきを受けてる――っていうか受けてた――んですか、先生？」

「いや、一度も、ネヴィル君。彼はここへは身内のジャスパー殿を訪ねてやって来ているだけだ」

「バッド嬢もやっぱり身内なんですか、先生？」

（「はて、一体どうしてまたいきなり横柄な物言いでそんなことを吹っかけにかかったものか？」とクリスパークル氏は首を捻った。）それから、声に出して、二人の婚約に纏わるささやかな物語について知る限りのことを審らかにした。

「おうっ！　ってことだったのか？」と若者は言った。「どうりで亭主ヅラしてた訳だ！」

とは明らかに独りごちて、と言おうかクリスパークル氏以外の何者かにつぶやいてでもいるかのようだったので、後者は咄嗟に、そいつに気づくのはほとんどひょんなことから書き手の肩越しに覗き込んでいる手紙の条《くだり》に目を留めるも同然のような気がした。ほどなく、二人はまたもや屋敷の中へ入って行った。

　ジャスパー氏は、彼らが客間に入ってみると、ピアノの前に掛け、ローズバッド嬢が歌を歌っている片や、伴奏をしていた。ジャスパー氏は、暗譜で伴奏し、彼女がやたらドジを踏み易い気も漫ろな歌い手だったせいであろう、折々主音を丹念に、そっと爪弾きながら彼女の唇を一心に、手のみならず目で追っていた。ローズバッド嬢の腰に腕を回し、とは言え彼女が歌っているのよりジャスパー氏にこそじっと目を凝らしたなり、ヘレナが立っていたが、彼女と弟との間では即座に意思が通わされ、そこにてパッと、クリスパークル氏には弟の言っていた諒解が顔を覗かすのが見て取れた、と言おうか見て取れたような気がした。ネヴィル氏はそこでピアノの、歌い手の反対側に寄っかかり、やおら惚れ惚れ聞き入るべく持ち場に就いた。クリスパークル氏は陶製女羊飼いの隣に腰を下ろし、エドウィン・ドゥルードはトゥインクルトン嬢の扇を慇懃に畳んでは開き、くだんの御婦人はかの、聖堂番のトープ氏が日々大聖堂における務めをこなす上で申し立てている、さて、これなる芸の粋を御覧じろとでも言わぬばかりの、ある種見世物師然たる所有権を暗黙の内にも申し立てていた。

　歌は続いた。それは心悲しい訣れの歌で、瑞々しい若やかな声はたいそう優しく、哀愁に満ちていた。ジャスパーが愛らしい唇をじっと見つめ、時折、さながら彼自身からの低い囁き声ででもあるかのようにくだんの主音をそれとなく爪弾くにつれ、声はいよよ、いよよ覚束無くなり、とうとう歌い手はいきなりワッと泣き出すや、両手に顔を埋《うづ》めながら声を上げた。「おお、もうだめ！　あんまり恐ろしくって！　どこかへ連れて行って！」

しなやかな体を素早く翻したか翻さぬか、ヘレナはついぞ彼女を抱き起こしすらしなかったかのように、小さなべっぴんさんをソファーに寝かしつけた。それから、彼女の傍らで片膝を突き、バラ色の唇に片手をあてがったなり、もう片方の手で一座の面々に訴えながら言った。「何でもありません。もう大丈夫。どうかしばらく話しかけないで下さい。だったらすっかり好くなりますので！」

ジャスパーの両手は折しも鍵《けん》から離れ、今やまたもや仕切り直そうかとでもいうように鍵盤の上にて揺蕩っていた。彼はくだんの姿勢のまま依然静かに座っていた。一座の面々がすかさず位置を変えていたものを、漸う互いに励まし合う段になっても、辺りを見回しさえせぬまま。

「あの子《プシー》は聴き手がズラリと並んでるのに馴れてなかったんです。ってだけのことですよ」とエドウィン・ドゥルードが言った。「で、緊張して、辛抱しきれなくなったんです。おまけに、ジャック、君があんまり懇切丁寧な先生で、あんまりどっさり、ないものねだりするもんで、きっと君のことおっかなくなっちまったのさ。ってのも無理ないじゃないか」

「ええ、無理もありませんわ」とヘレナが相づちを打った。

「そら、ジャック、今のを聞いたろ！　あなただって、ランドレス嬢、同じような状況に置かれたら、やっぱりジャックのことがおっかなくなっちまいますよね？」

「いえ、わたくしでしたら、どんな状況に置かれようと」とヘレナは返した。

ジャスパーは両手を下ろし、肩越しに振り返り、忝い、ランドレス嬢、小生の気っ風の肩を持って下さるとはと言った。それから、鍵《けん》を叩かぬまま、音もなく爪弾きにかかり、片や彼の小さな弟子は清々しい空気に当たるよう開けっ広げの窓辺に連れて行かれ、外にもあれこれさすったり、気付けを施されたりした。して連れ戻された時には彼の席は空っぽだった。「ジャックは帰ったよ、プシー」とエドウィンは言った。「ひょっとして君をおっかながらせた『怪物』扱いされるのが嫌だったのかもな」彼女は、しかしながら、一言も返さず、ただ皆してひんやり、熱を冷ませすぎでもしたかのように小刻みに身を震わすきりだった。

トゥインクルトン嬢が今や、これはこれは、ついうっかり長居をしてしまって、クリスパークルの奥様、そろそろお暇致さなくては。わたくし共、祖国の未来の妻にして母親の（ここにてさもここだけの話とばかり声を潜めて）精神陶冶の責めを負う者は必ずや（ここにてまたもや声を大にして）猥りがわしき習いのそれよりまっとうな手本を示さなければなりませんもの、と宣ったものだから、すかさずショールやマントにお呼びがかかり、二名の若き護衛役《キャヴァリエ》が御婦人方を館《やかた》までお送りさせて頂きたくと願い出た。ほどなく一件落着と相成り、尼僧の館《やかた》の門は御婦人方宛、閉《た》てられた。

寄宿女学生は早、床に就いた後で、孤独な不寝《ねず》の番なるティッシャー夫人しか新入り女学生をお待ちかねでなかった。彼女の寝室はローザの寝室の内側にあったので、ほとんど紹介や説明の要もなきまま、ヘレナは新たな馴染みの手に委ねられ、一先ずその夜は二人きりにされた。

「ああ、何てほっとしたったら」とヘレナは言った。「朝からずっと気が気じゃなかったの。今頃はみんなに寄ってたかってジロジロやられてるんじゃないかしらって」

「お友達はそんなにたくさんいやしないし」とローザは返した。「みんないい子達ばかりよ。少なくとも外のみんなは。あの子達なら大丈夫、ってわたしのおスミつきだわ」

「あなたはもちろん、大丈夫、ってわたしのおスミつきだわ」とヘレナは愛らしい小さな面《おもて》をじっと、黒々とした爛々たる目で覗き込み、華奢な体を優しく抱き締めながら笑った。「あなた、わたしのお友達になってくれるわね?」

「もちろん。でもわたしがあなたのお友達になるなんて、考えてみただけでもとってもおかしかなくって」

「あら、どうして?」

「おう、だってわたしってばそりゃおチビさんで、それに引き替えあなたはそりゃ大人びてきれいなんですもの。それだけしっかりしてて力持ちだったら、わたしなんて一思いに捻りつぶしてしまえそうよ。こうして二人して並んでるだけでわたしシュンとなくなってしまいそう」

「わたしは小さな時から放ったらかされっぱなしで、あなた、お稽古や習い事なんて何一つ知らなくて、これから何もかも一から覚えなきゃならないって身に染みて分かってて、我ながら何て学がないんだと思えば穴があったら入りたいほどなの」

「なのにわたしには何もかも打ち明けてくれるなんて!」とローザは言った。

「わたしの器量好しさん、どうして打ち明けずにいられるかしら? あなたにかかってはお手上げだわ」

「おう! でも、ほんとに?」とローザは半ば冗談めかして、半ば真面目くさって、口を尖らせた。「エディー坊っちゃまがもっとそんな風に感じて下さらないなんて何てシャクだったら!」

無論、彼女がくだんの若き殿方と如何様な間柄にあるかはとうに小キャノン・コーナーにて垂れ込まれていた。

「あら、あの方あなたにはぞっこんでらっしゃるはずよ!」

とヘレナはひたぶる――万が一にも先様、然にあらざれば怒り心頭に発さぬばかりに――声を上げた。

「えっ？　おう、そうね、かもしれない」とローザはまたもや口を尖らせながら言った。「きっとわたしあの人、じゃないなんて言っちゃならないんだわ。多分わたしがいけないんだわ。多分わたしがほんとはもっといい子にして上げなきゃならないの。てんでわたしイケない子なんですもの。でもそりゃ妙ちきりんだったら！」

　って何が？　とヘレナは目で問いかけた。

「わたし達が」とローザはさながら相手が口を利きでもしたかのように答えた。「わたし達ってばそりゃ妙ちきりんな恋人同士だったら。でいつもケンカばかりしてるの」

「どうして？」

「そりゃ二人とも自分達がそりゃ妙ちきりんだって分かってるからだわ、あなた！」とローザはこれぞこの世にまたとないほどグウの音も出まい返答だろうとばかり、御教示賜った。

　ヘレナの昂然たる眼差しはしばし相手の面《おもて》に凝らされていた、と思いきや彼女は思わず、両手を突き出しながら言った。

「あなたきっとわたしのお友達になって、力になってくれるわね？」

「もちろん、あなた」とローザは真っ直ぐ、真実、相手の心に染み込まずばおかぬ懐っこくも子供っぽい調子で返した。「こんなおチビさんがあなたみたいに立派なお姉さんのお友達になれる限りにおいて精一杯いいお友達にならせて頂くわ。で、どうかわたしのお友達になって頂だいな。わたし、自分で自分のことてんで分からないの。わたし、そりゃとってもわたしのこと分かってくれるお友達が欲しくてたまらないの」

　ヘレナ・ランドレスは彼女にキスをすると、両手をギュッと握り締めたままたずねた。

「ジャスパーさんってどういう方？」

　ローザは然に返す間《ま》にも顔を背けた。「エディーの叔父さんで、わたしの音楽の先生よ」

「であなたあの方のこと、あんまり好きじゃないのね？」

「うっ！」彼女は両手で顔を覆い、怯えの、と言おうか悍しさの余り、ゾクリと身を震わせた。

「あなた、あの方があなたのこと愛してるって知ってるの？」

「おお、どうか止して、止して、止して頂だいな！」とローザはやにわに跪き、新たな頼みの綱にすがりつきながら声を上げた。「どうかそのお話、止して頂だいな！　わたしあの人が恐くてならないの。まるで恐ろしいお化けみたいに頭の中にこびりついて離れないんですもの。何だかいつもいつも見張られてるみたいで。何だかこうして噂をしてるだけで壁の向こうからスーッと部屋の中まで入って来れるみたいで」彼女は事実、恐々振り返った。まるで背後の暗がりに彼がぬっと立っているのを目の当たりにせぬかと怯えてでもいるかのように。

「さあ、もっと教えて頂だいな、いい子だから」

「ええ、もちろん、もちろん。だってあなたそりゃしっかりしてるんですもの。でもどうかずっとわたしを抱き締めてて、でその後もずっと一緒にいて頂だいな」

「まあ、あなたってば！　まるであの人に何か蔭でこっそり脅されてるみたいな口の利き方して」

「あの人一度だってわたしに口利いたことはなくってよ——そのことでは。ええ、一度だって」

「じゃああの方が何をなさるっていうの？」

「あの方は目だけでわたしをガンジガラメにしてしまうの。一言も言わないのに、何を考えてるか無理やり呑み込ませておしまいなの。一言も脅しを口にしないのに、わたしを無理やり黙らせておしまいなの。ピアノを弾くと、決してわたしの手から目を逸らさないわ。歌を歌うと、決してわたしの唇から目を逸らさないわ。間違いを直して下さるのに音か、和音か、小節を弾いてみせる時には御自身が調べに乗ってそっと、わたしのこと愛してるからにはずっと付き纏ってやる、そのこと誰かにバラしたら承知しないぞって囁くの。いくらあの方の目を避けても、あの方は無理やり見させてしまうの。あの方の目なんてちっとも見てないっていうのに。あの方の目に何か靄がかかって（って時々かかるんだけど）、何だかフラフラッと不気味な夢でも見てるみたいに上の空になる時だって——となったらそれはそれは恐ろしいったら——わたしにそのこと分からせようと、いつもよりもっと物騒な具合にすぐ側《そば》にかけてるんだって分からせようと、なさるの」

「でも一体何を脅しつけてらっしゃるのかしら、べっぴんさん？　何が危なっかしいっておっしゃってるのかしら？」

「さあ。あんまり恐くて、それが何だか考えたことも、首を捻ったこともなくってよ」

「で今晩はそれきりだったの？」

「ええ。ただ今晩は、わたしが歌ってるとあの方あんまりわたしの唇ばかりじっと見つめるものだから、何だか恐いだけじゃなくて、恥ずかしくて、とっても傷つけられたような気がしたの。何だかあの方にキスされてるみたいで、それで我慢ならなくなって、つい声を上げてしまったの。って誰にも内緒よ。エディーはあの方のこと大好きなの。でもあなたさっき、どんなことがあってもあの方のこと恐がったりしないって言ってたわね。だからだわ、わたし——そりゃあの方のことおっかないからには——思いきってあなたにだけは打ち明けようって思ったの。おお、わたしを抱き締めて！　ずっと側《そば》にいて！　あんまり恐くて、独りっきりでいられやしない」
艶《つや》やかなジプシーめいた面《おもて》はすがりつく腕と胸の上に屈み込み、荒らかな黒髪は子供っぽい姿形に労しそうにほつれかかった。そいつら折しも憐憫と称讃で和んではいたものの、黒々としたひたむきな目には閃光が微睡んでいた。何人《なんぴと》であれ、そいつに誰よりかかずらって頂く者よ、重々心してかかるがよかろう！

第八章　抜かれた匕首

二人の若者は預かり物の乙女御が尼僧の館《やかた》の中庭に入るのを見届け、気がついてみれば片眼鏡をあてがった凸凹の老いぼれ果てた今は昔の優男が不躾な真似に出てでもいるかのように真鍮標札に冷ややかに睨め据えられているものだから、互いに顔を見合わせ、月光に照らされた通りをズイと見はるかし、ゆっくり、共々立ち去る。

「ここにはしばらくいらっしゃるんですか、ドゥルードさん？」とネヴィルはたずねる。

「いや、今回は」というのがぞんざいな返答なり。「明日またロンドンへ発つ予定にしてるもんで。だがここへは、次の夏至まではちょくちょく舞い戻って来るだろうな。で、いよいよクロイスタラムとも、ついでに祖国とも、おさらばって訳だ。願はくは、当分」

「海の向こうへ渡られるんですか？」

「ちょっとエジプトの目でも覚ましてやろうかってね」とい

うのが恩着せがましげな返答である。

「色々本読んでらっしゃるんでしょうね?」

「色々本読んでる?」とエドウィン・ドゥルードは何やらせせら笑わぬばかりに繰り返す。「いや。ぼくは実地に体動かして、汗流して、図面引いてるだけだ。目下御厄介になってる会社の元手の端くれってことで、共同出資者だった親父がささやかながら一身上遺してくれてるもんで、成人するまでは会社のスネかじってるけど、そしたらいっぱし株を手にすることになってる。ジャックが――ってさっき晩メシの時に会ったろう――それまではぼくの後見人兼管財人だ」

「クリスパークル先生のお話ではも一つおまけに幸運が転がり込むことになってるそうですね」

「も一つおまけに幸運が、って何のことさ?」

ネヴィルは当該カマを、既に目に留まっていた如く、奇しくも狩っていると同時に狩られてでもいるかのように抜き足差し足、用心深く近づいてはいるものの、それでいて忍びやかにしてためらいがちな物腰でかけていた。エドウィンは当該シッペを、およそ丁重ならざるほどぶっきらぼうに返していた。二人はひたと立ち止まり、やたら気色ばんだ眼差しを交わす。

「まさか」とネヴィルは言う。「気を悪くなさったんじゃないでしょうね、ドゥルードさん、僕がほんの何の気なしに婚約のこと口にしたからって?」

「何てこったい!」とエドウィンはまたもやいささかセカセカ歩を速めて先に立って行きながら声を上げる。「このペチャクチャおしゃべりな老いぼれクロイスタラムじゃどいつもこいつもそいつをダシに花を咲かせなきゃ気がすまないってのか。どうして『イイナヅケの頭亭』の看板にぼくの似顔絵《ブシー》引っ提げた旅籠がお目見得しないものやら。っていうかあの子の似顔絵引っ提げた。ってなどっちだって構やしないが」

「僕のせいじゃありません、クリスパークル先生がてんでざっくばらんにそのネタ、バラして下さったからって」とネヴィルは始める。

「ああ。だろうとも。君のせいなんかじゃやな」とエドウィン・ドゥルードは相づちを打つ。

「けど」とネヴィルは仕切り直す。「そいつを御自身の前で口にしちまったのは僕のせいです。それも、てっきり鼻にかけられるだろうと思い込んで」

さて、次なる二様の奇しき人間性の機微が目下の会話の密やかな撥条を繰っている。ネヴィル・ランドレスは早、愛らしきローズバッドに生半ならず心惹かれているからには、エドウィン・ドゥルードが(許嫁の足許にも及ばぬというに)

己《おの》が分捕り品を然ても軽々と扱うのに堪忍ならぬ。エドウィン・ドゥルードは早、ヘレナに生半ならず心惹かれているからには、ヘレナの弟が（姉の足許にも及ばぬというに）自分に然ても淡々と片をつけ、然てもそっくりお払い箱にするのに堪忍ならぬ。

とは言え最後の当てこすりにはきっぱり答えておくに如くはなかろう。よってエドウィンは言う。

「はてさて、ネヴィル君」（とかのクリスパークル氏の呼びかけの右に倣いながら。）「人間、いっとう鼻にかけているものを大方、いっとう口にするものかどうか。ばかりか人間、いっとう鼻にかけているものを外の連中にもいっとう口にして頂きたいものかどうか。だがぼくは、何せ忙しない生活を送ってるからには、読者諸兄の御叱正を仰ぐとするよ、って のも諸兄と来ては何もかも御存じのはずだし、事実、御存じのからには」

この時までには彼らは二人とも業を煮やしに煮やしていた。ネヴィル氏は大っぴらに。エドウィン・ドゥルードは流行り唄を口遊み、時折つと足を止めてはうっとり眼前の月明かりの絵のように美しい陰影に見蕩れている見え透いた風を装いながら。

「僕にはあんまり礼儀に適ったやり口のようには思えませんね」とネヴィルはとうとう物申す。「こっちへはわざわざ、お宅みたいに色んな御利益に与ってないからには、スッちまった時間の元を取りにやって来た他処者に難クセつけるなんて。けどそう言えば僕は『忙しない生活』とやらとは御縁がありませんでしたし、僕なりの礼儀ってのは蛮人もどきの連中の間でこねくり回されたにすぎません」

「多分とびきりの礼儀ってのは、どんな手合いの連中に手塩にかけて頂こうと」とエドウィン・ドゥルードは突っ返す。「他人事にいらないクチバシ突っ込まないってことじゃないかな。もしも君がそいつのお手本を示してくれようってなら、ぼくはありがたく見よう見まねでやらせて頂くが」

「そりゃ心にもないことおっしゃって下さるじゃありませんか」というのが腹立ちまぎれの返答なり。「僕がお越しのあの辺りじゃ、お蔭でさぞかしこっぴどい灸据えられるでしょうが」

「って例えば、どなたに？」とエドウィン・ドゥルードはひたと足を止め、相手をさも小馬鹿にしたようにズイと見やりながらたずねる。

がここにてギョッと身を竦めることに、エドウィンの肩にポンと右手がかけられ、ジャスパーが二人の間に割って入る。というのもどうやら彼もまた尼僧の館《やかた》のグルリをブラつき、道の仄暗い側《がわ》を歩きながら二人に追いついていたらしいから。

「ネッド、ネッド、ネッド！」と彼は言う。「こいつはこれきり止そうじゃないか。てんでイタダけないからには。何やら二人して啀み合っていたようだが。さあ、いいか、ネッド、君は今晩は言ってみれば持てなし役みたいなものだ。で言わば土地の人間で、土地に不馴れな人間に対してはある意味そいつに成り代わっている訳だ。ネヴィル君は土地にはてんで不馴れなからには、君は持てなし心に悖るような真似をしてはなるまい。で、ネヴィル君」とくだんの若き殿方の内側の肩にポンと左手をかけ、かくて左右の側《がわ》の肩に手をかけたなり、二人の間を歩きながら。「生意気な口を利くようだが、君もせいぜい腹のムシを抑えてくれたまえ。さあ、一体何事だ？だが、何を今更ネ掘りハ掘りやることがある！　何もかも水に流したというなら、聞くだけ野暮というものだ。我々三人ともそれこそツーカーの仲じゃないか、えっ？」

どうせ最後には口を利く羽目になろう二人の若者の間でしばし無言の内にも火花が散っていたと思うと、エドウィン・ドゥルードがいきなり沈黙を破って言うことに。「このぼくだったら、ジャック、これっぽっち腹なんて立ててないさ」

「僕だって」とネヴィル・ランドレスは如何せん然までざっくばらんに、と言おうか恐らくは然までぞんざいに、という訳にも行かなかったが、言う。「ただ、もしもドゥルードさんがここから遙か遠い海の向こうで僕がどんな風に育てられたかそっくり御存じなら、トゲのある言葉がどれほどグサリと来るかもっと分かって頂けるんでしょうに」

「せっかく」とジャスパーはなだめすかしがちな物腰で言う。「ツーカーでやろうというのに但書きは無用。何となく難クセ、と言おうか条件をつけているような口の利き方は止そうじゃないか。そいつはケチくさいというものだ。ざっくばらんに、掛け値なく、ネッドは、ほら、これっぽっち腹を立ててはいない。ざっくばらんに、掛け値なく、君だってこれっぽっち腹を立ててはいないはずだ、ネヴィル君？」

「ええ、これっぽっち、ジャスパーさん」とは言いながらも然までざっくばらんに、とも然まで掛け値なく、とも行かず。と言おうか、くどいようだが、恐らくは然までぞんざいに、という訳にも行かず。

「だったら、これで一件落着と！　さあ、我がチョンガー番小屋はここからほんの二、三ヤードで、炉にはシュンシュン、やかんがかかっていれば、テーブルにはワインとグラスも載っかっている。おまけに小キャノン・コーナーからつい目と鼻の先という訳でもない。ネッド、君は明日はとっとと行ってしまう身だ。ここは一つネヴィル君を連れ込んで、鐙酒《あぶみざけ》でも干そうじゃないか」

「そいつは願ったり叶ったり、ジャック」

「僕だって願ったり叶ったり、ジャスパーさん」ネヴィルは然に言わざるを得ぬような気がするが、本音はむしろ願い下げだ。我ながら腹のムシに抑えが利かなくなっているような気がしてならぬ。エドウィン・ドゥルードが淡々とそっくり返れば返るほど、そいつの御相伴に与るどころか、カッカと頭に血を上らせざるを得ぬような。

ジャスパー氏は依然、両側の肩に手をかけたなり中央を歩きながら、酒盛り唄の折り返し句《リフレイン》を美しく口遊み、彼らは三人して彼の部屋へと昇って行く。そこにて、持てなし役が炉火にかてて加えてランプに明かりを灯すや、初っ端目に入るのは炉造りの上の肖像画だ。御逸品、若者同士の諍いのネタをいささかぎごちなく蒸し返すとあって、およそ御両人をいよいよツーカーの仲にして下さるどころの騒ぎではない。よって二人共ちらと曰くありげにそちらへ目をやるが、一言も口を利かぬ。ジャスパーは、しかしながら（どうやらその素振りからして、二人がつい先刻まで何をダシに啀み合っていたかしかとは察しかねていると見え）、すぐさま肖像画に注意を惹く。

「もちろんあれが誰かは分かると、ネヴィル君？」と肖像画に光を当てるべくランプに手をかざしながら。

「ええ、もちろん。でも御当人をてんで持ち上げたことにはなりませんね」

「おや、これはなかなか手厳しいことを。あれはネッドの作品でね。私にプレゼントしてくれたんだが」

「それは済みませんでした、ドゥルードさん」とネヴィルは心底詫びるつもりで、頭を下げる。「もしも画家御自身の前にいると分かってたら――」

「おう、ほんのジョークさ、君、ほんの」とエドウィンは何とも癪なことに、欠伸しいしい口をさしはさむ。「あの子《プシー》のらしい所をちょっとおちょくってやったまでのことだ！　その内本腰入れて画いてやるさ、もしもいい子にしてたら」

然にうそぶきながら、話し手の何と懶くもぞんざいな後ろ楯風を吹かせて椅子に背《せな》を預け、両手を頭の後ろで突っ支いよろしく組むことか、血の気の多い所へもって早、そいつを滾らせているネヴィルは目にするだに胆を煎り上げる。ジャスパーは一方から他方へと注意深く目を移し、かすかに口許を綻ばせ、炉端で水差し入りの温葡萄酒《マルドワイン》に香味を利かすべく背を向ける。どうやら、あれこれ調合しては掻き混ぜねばならぬらしい。

「だったら、ネヴィル君」とエドウィンはやにわに、ランドレス青年の面《おもて》に彼自身に対す怒った異議申し立ての色がさながら肖像画か、炉火か、ランプほどにもまざまざと浮かぶのを見て取るや、怒り心頭に発して言う。「だったら、もしも君がホの字の相手の似顔絵を画くとしたら――」

「僕にはそいつはお手上げです」というのがすかさず挟まれた差し出口である。

「それはお気の毒に。だし君のせいじゃない。絵筆を執れるものなら君だって執るだろう。けど、たとい絵筆を執れたとしても、君なら先方を（現物はおへちゃだろうとなかろうと）ジュノーと、ミネルヴァと、ダイアナと、ヴィーナスを足して四で割ったようなべっぴんにしてやると。えっ？」

「僕にはホの字の相手なんていないもんで、何とも言えません」

「ぼくだって物は試しに」とエドウィンは胸中ムラムラと、ガキっぽいはったりの気《け》が頭をもたげて言う。「ランドレス嬢の肖像画を手がけるとなったら――それも性根を入れて、いいかい、性根を入れて――一体どれくらいの手並みなものかお目にかけて進ぜるんだがな！」

「ってのはまずもって姉がウンと言ってくれたらと？　けどそいつは生憎、無いものねだりってもんでしょうね。ってことでお宅の肖像画には金輪際お目にかかれないと。全くもって残念至極ですが」

ジャスパーはクルリと炉火から向き直り、ネヴィルのために大きなゴブレットのグラスに、エドウィンのために大きなゴブレットのグラスに、なみなみ注ぎ、それぞれに御当人のを手渡すと、やおら彼自身のためになみなみ注ぎながら言う。

「さあ、ネヴィル君、我が甥のネッドのために祝杯を挙げようではないか。鐙《あぶみ》にかかっているのは――とは物は喩えで――彼の足なんだから、我々の鐙酒《あぶみざけ》は彼に捧げようでは。ネッド、誰より愛しい奴よ、私から愛を込めて！」

ジャスパーは手本を示すに、ほとんどグラスを空にし、ネヴィルも右に倣う。エドウィン・ドゥルードはかく返しながら、両の右に倣う。「二人共、ありがとう」

「ほら、彼を見てみたまえ」とジャスパーは同時におひゃらかしめかしながらも、惚れ惚れとして愛おしげに手を突き出しながら声を上げる。「あいつがあんなにゆったりくつろいでいる所を見てみたまえ、ネヴィル君！　全世界は洋々として目の前に開け（『失楽園』一二：六四六）、人生は胸躍る労働と興味に、変化と興奮に、一家団欒の安逸と愛に、満ち満ちている！　彼を見てみたまえ！」

エドウィン・ドゥルードの面《おもて》は見る間に、して生半ならずワインで火照り上がり、ネヴィル・ランドレスの面《おもて》もまた然

り。エドウィンは相変わらず頭にくだんの両の手の突っ支いをあてがったなり、椅子に背《せな》を預けて座っている。

「ほら、というのに何とあいつがそいつら一から十までお構いなしなことか！」とジャスパーはおどけた調子でまくし立てる。「あいつのためにこそ木の上で熟れている黄金の林檎を摘むのさえおっくうだとは。がそれでいて何と似ても似つかぬことか、ネヴィル君。君と私の前途には胸躍る労働も興味もなければ、変化も興奮もなければ、一家団欒の安逸と愛もない。君とわたしの前途には（仮に君が私よりツキに恵まれる――とはお易い御用だろうが――ってことがなければ）、この味気ない片田舎のうんざりするような何の変哲もない日課しか待っていないとは」

「なるほど、ジャック」とエドウィンは得々と言う。「全くもって申し訳ない限りだ、仰せの通り、ぼくの行く手は石ころ一つないほどきれいに均して頂いてるってことじゃ。けど君だってぼくといい対知ってるはずだぜ、ジャック、何のかの言っても事はそれほどトントン拍子にゃ行かないかもしれない。じゃないかい、プシー？」とピチリと指を弾きながら肖像画宛。「お互いこの先まだまだ仲良くやってかなきゃならないもんな、えっ、プシー？　ってどういうことだか分かるだろ、ジャック」

彼の物言いは何やらくぐもり、舌が縺れ気味だ。ジャスパーは、坦々と落ち着き払っているが、答えを、と言おうか注釈を待ち受けるかのようにネヴィルの方を見やる。いざ口を利く段になると彼の物言いも何やらくぐもり、舌が縺れている。

「少しはイタい目に会ってた方がドゥルードさんの身のためだったかもしれませんね」と彼は挑みかかるように言う。

「おや」とエドウィンはほんの目だけくだんの方向へ向けながら突っ返す。「一体またどうしてドゥルードさんは少々イタい目に会ってた方が身のためだったかもしれないのさ？」

「ああ」とジャスパーも、膝を乗り出さんばかりにして相づちを打つ。「そこの所を一つ聞かせてもらおうではないか」

「だったらお蔭で」とネヴィルは言う。「てんで御自身汗水垂らして手に入れた訳じゃない棚ボタのありがた味がもっとよくお分かりになってたかもしれないもんで」

ジャスパー氏はすかさず、何と突っ返すかとばかり、甥の方を見やる。

「じゃあ君はそこそこイタい目に会ってると？」とエドウィン・ドゥルードはピンと背を伸ばしながら言う。

ジャスパー氏はすかさず、何と受けて立つかとばかり、相手の方を見やる。

「んまそこそこ」

「でお蔭で君は何のありがた味が分かるようになったって?」ジャスパー氏の若者二人の間なる目の動きは会話の間中、仕舞いまで、ダレを見せぬ。

「もうそいつのことじゃさっきお話ししたじゃありませんか」

「いや、その手のことはてんで聞いてないな」

「いえ、お話ししましたとも。よくも出まかせおっしゃって下さるじゃありませんかって」

「そう言や、外にもまだまだゴタクを並べて下さったんだよな?」

「ええ、外にもまだまだゴタクとやらを並べさせて頂きました」

「そいつをここでも一度言ってみろ」

「ですから、僕がお越しのあの辺りじゃ、お蔭でさぞかしこっぴどい灸据えられるだろうって」

「あっちでだけかい?」とエドウィン・ドゥルードはさも小馬鹿にしたようにカンラカラ笑いながら声を上げる。「確か、遙か彼方の? ああ、だったら! とんだトバッチリのかからないほど遠い海の向こうって訳だ」

「だったらこっちでもってことにしましょうか」と相手は業を煮やしに煮やして返す。「いや、どこでだって! よくもそんなにふんぞり返っていられるもんだ。よくもそんなに脂下がっていられるもんだ。まるでそんじょそこらに掃いて捨てるほどいるホラ吹きの代わり、何やら御大層な雲の上の若様みたいな口利いて下さいますが。お宅なんてただの下種の青二才じゃありませんか。ただの下種のホラ吹きじゃありませんか」

「ぷうーっ、ぷうーっ」とエドウィン・ドゥルードは劣らず胆を煎り上げながらも、まだしも落ち着き払って言う。「どうして君にそんなことが分かる! 君は、なるほど、黒ん坊の下種の青二才か黒んぼの下種のホラ吹きの区別なら、一目で(だしそちら向き、さぞやどっさり顔見知りがおいでなんだろうから)見分けがつくかもしらん。が肌の白い奴がらみじゃお手上げだろう」

然に肌の黒いことをあげつらわれ、ネヴィルは腸を煮えくり返し、勢い、ワインの澱をエドウィン・ドゥルードに投げつけ、今にもゴブレットの追い撃ちをかけようとする。がすんでにジャスパーにむんずと腕を捕らまえられる。

「いや、ネッド!」と彼は大声で叫ぶ。「止してくれ、いや、止さんか。じっとしてろ!」三人がやにわに揉み合い、グラスがガチャつき、椅子が引っくり返される。「ネヴィル君、恥を知れ! さあ、このグラスを寄越すんだ。手を離したまえ、君。とにかく寄越したまえ!」

がネヴィルは彼を突き飛ばし、しばし、怒り心頭に発した勢い、高々とかざした手に依然、ゴブレットを握り締めたまま身構える。と思いきや、砕けた破片がまたもや粉々になって飛び出すほど力まかせにゴブレットを火格子の下に投げつけ、屋敷から姿を消す。

初っ端、夜気の中へ飛び出してみれば、グルリの何一つ静かなものもじっとしているものもない。グルリの何一つそいつらしいものはない。彼にはただ、自分が真っ紅な血潮の目眩く渦の直中に、帽子も被らぬまま、息絶えるまで組み打たれ、組み打つ覚悟で、立ち尽くしているということしか分からぬ。

が何事も起こらず、月はさながら彼が怒り狂った挙句縡切れてでもいるかのように静かに見下ろしているきりだ。よって彼はガンガン、手にした蒸気ハンマーで頭から心臓からを打ちながら、ヨロヨロと立ち去る。それから、自分が挿し錠と門ごとガシャリと、物騒な獣よろしく締め出しを食う音を耳にし、胸中惟みる、これからどうしよう？

何やら川に纏わる狂おしくもやみくもな衝動に駆られはするものの、そいつは、大聖堂と墓に降り注ぐ月光の下《もと》、姉の姿が彷彿とし、そこへもってつい先刻、自ら胸の内を明かし、その信頼に応えてくれたかの善人に如何なる恩義を負うているか思い起こすに及び、呪《まじな》いさながら跡形もなく消え失す。よって小キャノン・コーナーへと足を向け、そっと扉をノックする。

早寝早起きの家政の最後まで夜を更かし、そっと音を忍ばせてピアノを爪弾きながら多声部の楽曲のお気に入りのパートを復習《さら》うのがクリスパークル氏の習いである。幽《かそけ》き夜に小キャノン・コーナー伝己《づておの》が好む所に吹く（『ヨハネ』三：八）南風とて、陶製女羊飼いの眠りを慮る、くだんの折のクリスパークル氏ほど密やかではなかろう。

ネヴィルのノックに応えて、クリスパークル氏自身が姿を見せる。蠟燭を手に扉を開けた途端、彼の陽気な面《おもて》は曇り、がっかりした驚きの色が浮かぶ。

「ネヴィル君！　その取り乱しようはどうした！　一体どこへ行っていたのかね？」

「ジャスパーさんの所へ行ってました。甥御さんと一緒に」

「入り給え」

小キャノンは弟子の肘を有無を言わせずグイと（さすが毎朝鍛えているだけあって、生半ならずそのスジめいた物腰にて）突き上げるや、クルリと御自身の小さな書斎へ押し入れ、戸を閉《た》てる。

「初っ端からとんだミソをつけちまいました。初っ端から目も当てられないほどとんでもないミソを」

「残念ながら、如何にも。しかもどうやら素面じゃないな、ネヴィル君」

「ええ、どうやら、先生。ですが別の折にもっと詳しくお話ししますが、ほんとにほんの一口しか呑んでないってのに、いきなりとんでもなく妙な具合に利いて来ました」

「ネヴィル君、ネヴィル君」と小キャノンは悲しそうな笑みを浮かべてかぶりを振りながら言う。「そんな言い種なら耳にタコが出来るほど聞いて来たよ」

「きっと——ずい分頭がぼうっとしてはいますが、きっと——ジャスパーさんの甥御さんだって同じはずです、先生」

「だろうとも」というのがすげない返答である。

「僕達ケンカしてしまったんです、先生。あちらがあんまりあけすけにバカになさるもんで。その前から、さっきも申し上げてたこの僕の虎めいた血を煮え滾らせて下さってはいましたが」

「ネヴィル君」と小キャノンは穏やかながらきっぱり返す。「どうかそんな風に右の拳を固めたまま口を利かないでくれ給え。さっさと拳を緩めるんだ」

「あちらがあんまりシャクなことばかりおっしゃるもんで」と若者はすかさず仰せに従いながら続ける。「とうとう辛抱しきれなくなってしまいました。最初からその気だったかどうかは知りませんが、ともかくあんまりでした。どのみち、仕舞いには本気でした。早い話が、先生」と思い出すだに憤懣やる方なく。「あそこまで頭に血を上らせられたら、僕はいっそ一思いに息の根を止めてやってたでしょうし、事実止めてやろうとしました」

「ほら、またその拳を固めているじゃないか」というのがクリスパークル氏の物静かな注釈である。

「済みません、先生」

「ディナーの前に案内したからには自分の部屋は分かるだろうが、もう一度付き合おう。腕を貸し給え。そっとだ。家《うち》の者はもうみんな床に就いているからには」

先と同様、さっと掌をそのスジめいた肘休めに掬い上げ、そこへもって手練れの警官よろしき手並みにして新参者にはおよそ叶はぬほど顔色一つ変えぬまま、習い性となりし腕力《かいなぢから》のダメを押しつつ、クリスパークル氏は弟子を当人のためにこざっぱりと仕度された心地好い古びた部屋へと連れて行く。部屋に着くや否や若者は椅子にへたり込み、両腕を読書テーブルに投げ出しざま、とことん惨めったらしくも疚しさに駆られてその上に突っ伏す。

心優しき小キャノンは一言も言わずに部屋から出て行く所

ではあったろう。が戸口で振り返ってみれば、打ち拉がれた姿が目に入り、クルリと扉に背を向けるや、そっと手をかけながら言う。「お休み！」

ほんのすすり泣きしか礼には返って来なかった。もっとイタダけぬ奴をどっさり頂戴していたやもしれぬ。恐らく、もっと増しな奴はほとんど頂けなかったろう。

階段を降りているとまたもやそっと表戸をノックする音が耳に留まる。開けてみればジャスパー氏が、弟子の帽子を手に立っている。

「とんだことになりました」とジャスパーは声を潜めて言う。

「そんなにひどかったのか？」

「罷り間違えば人をあやめかねぬほどでした」

クリスパークル氏はたしなめる。「いや、いや、いや。そんな大仰な文言は慎んでもらわねば」

「彼はこの私の足許に愛しいあいつを打ち倒さんばかりでした。そうしなかったからと言って、彼のせいでだけはありません。私が、神の思し召しで、咄嗟に力づくで待ったをかけてでもいなければ、彼は私の炉端で甥の息の根を止めていたでしょう」

との文言は胸にグサリと来る。「ああ！」とクリスパークル氏は胸中、惟みる。「彼自身もそう言っていたな！」

「今晩目にしただけのことを目にし、耳にしただけのことを耳にしたからには」とジャスパーは懸命に畳みかける。「あの二人の若者がいつ何時、外に割って入る者もないまま顔を会わすかもしれないと思えば、おちおち夜も眠っていられません。全くもって凄まじいばかりでした。彼の陰険な血には何やら虎めいたものが流れているようです」

「ああ！」とクリスパークル氏は胸中、惟みる。「と、彼も言っていたな！」

「牧師だって、親愛なる牧師」とジャスパーは続ける。「牧師ですら、物騒な弟子を預かられたものです」

「わたしのことなら心配御無用、ジャスパー君」とクリスパークル氏は静かな笑みを浮かべて返す。「わたしは自分のことでは何ら危ぶんでいないからには」

「私こそ自分のことでは」とジャスパーは最後の文言に殊更力コブを入れながら返す。「というのも私は彼の恨みを買っていませんし、まず買いそうにもないからには。ですが先生はそういう訳には行かないかもしれませんし、甥は早、買ってしまいました。では失敬！」

クリスパークル氏は然てもすんなり、然てもほとんどそれとも分かぬ間《ま》に彼の玄関広間に吊る下げられる権利を獲得した帽子を手に、屋敷の中に引っ込み、そいつを吊る下げ、物思わしげに床に就く。

第九章　藪の鳥

ローザは、天涯孤独の身だが、齢《よはい》七つの時から尼僧の館《やかた》を措いて我が家を、トゥインクルトン嬢を措いて母親を知らなかった。実の母親に纏わる記憶と言えばただ、彼女自身に劣らず愛らしい（歳も、多分、さして変わらぬ）おチビさんが川で溺れ、父の腕に抱かれて連れ帰られたということくらいのものであった。惨事は船遊びの折に出来した。その悲しき、悲しき麗しさなる綷切れし若々しき姿がベッドに横たえられた際、何と愛らしき夏のドレスの色彩やかにして細かな襞の寄っていたことか、何と長くぐしょ濡れの髪にすらちりぢりに散った花びらが依然絡まっていたことか、今にローザの瞼に焼きついて離れぬ。哀れ、若き父親が何と狂おしき絶望に駆られ、その後も悲嘆に暮れ続けていたことか、もまた然り。父はくだんの非業の日の一周忌に悲痛の余り身罷ったが。

ローザの婚約は、これまた若くして妻を喪っていた、無二の親友にして大学時代の同僚たるドゥルードが、友の悲嘆の日々を慰めようとの心づもりの下《もと》、持ち上がった。がドゥルードもまた、ある者はほどなく、ある者はゆるりと、が全てのこの世なる巡礼者が紛れ込む静かな旅路に着き、かくて若き恋人同士は現在に至った。

　初っ端クロイスタラムに連れて来られた際、小さな孤児《みなしご》の少女に纏いついていた憐憫の気配はついぞ晴れることはなかった。そいつは彼女が大きく、幸せに、愛らしく育つにつれ、今や黄金《こがね》色に、今や薔薇色に、今や空色に、いよよ明るい色合いを帯びた。が必ずやそれ自体の何か柔らかな光で彼女を彩った。誰しも孤児《みなしご》の少女を慰め可愛がってやりたいと願ったからには、少女は仰《のっ》けは実際の齢《よはい》より遥かに幼い子供として扱われ、ことほど左様に、最早子供でなくなってからもなお皆に猫っ可愛がりされた。一体誰が彼女のお気に入りになるか、一体誰があれやこれやのささやかなプレゼントの先手を打つか、それともあれやこれやのささやかな手を貸すか、一体誰が休暇中、彼女を我が家へ連れて帰るか、一体誰が離れ離れになってからも彼女にいっとうしょっちゅう手紙を書くか、してまたもや一緒になったら一体誰の顔を見て彼女はいっとう喜ぶか――といった尼僧の館《やかた》における嫋やかな競争意識ですらそいつらにつきものの苦々しさの気味を帯びていない訳ではなかった。仮にそのヴェールと数珠の下《もと》に然まで険のある火花を散らしていなかったとすらば、古《いにしへ》の、哀れ、尼僧の幸ひなるかな！

　かくてローザは愛嬌好しの、目の眩んだ、我がままな、人の気を逸らさぬおチビさんになっていた。グルリの誰からも親切にされることを当然の如く当てにするという意味において、甘えん坊の。がいくら親切にされてもそ知らぬ素振りを決め込むという意味においてではなく。汲めども尽きぬ井ほども深き情愛を性《さが》に秘めているからには、その輝かしき水は幾年月もの間《かん》尼僧の館《やかた》を瑞々しく晴れやかにして来た。がそれでいてその水底《みなそこ》はついぞ掻き乱されたためしがなかった。との顚末に晴れて相成った暁には何が待ち受けているか、無頓着な頭《こうべ》と軽やかな心《こころ》に如何なる開花をもたらす変化が訪れるか、は腰を据えて見守るとしよう。

　果たして如何様な手立てにて昨夜二人の若者の間で悶着が持ち上がり、ネヴィルさんがエドウィン・ドゥルードに手を上げすらしたらしいとの風聞が朝餉の前にトゥインクルトン嬢の学舎に忍び込みしか、は神のみぞ知る。果たして格子窓が開け放たれた際、風に乗った鳥（『伝道の書』一〇：二〇）によりてもたらされたものか、それとも正しく風そのものによりて吹き込まれたものか――果たしてパン屋がパンに捏ね入れて持ち込んだものか、牛乳屋が牛乳の混ぜ物の端くれとして配達したものか、小間使い達が筵を門柱に叩きつけて塵を払う際、代わりに、町の外気によりて御逸品に頂戴したものか——とまれ、くだんの特ダネはトゥインクルトン嬢が未だ階下《した》にお越しにならぬ内に古屋敷の切妻という切妻に漲り渡り、トゥインクルトン嬢自身は依然身繕いにかまけて、と言おうか（神話好きの親御か後ろ見相手ならば御自身、宣っていたやもしれぬ如く）美の三女神に我が身を捧げておいでの間《ま》に、ティッシャー夫人伝《づて》小耳に挟んだ。

ランドレス嬢の弟さんがエドウィン・ドゥルードさんにワインのボトルを投げつけたんですってよ。

ランドレス嬢の弟さんがエドウィン・ドゥルードさんにナイフを投げつけたんですってよ。

ナイフと来ればお次に思いつくのがフォーク。かくてランドレス嬢の弟さんがエドウィン・ドゥルードさんにフォークを投げつけたんですってよ。

さながらピクルス漬けのペッパーどっさりついたと申し立てらるピーター・パイパー*の人口に膾炙した前例においてはまずもってピーター・パイパーがどっさりついたと申し立てらるピクルス漬けのペッパーの存在の証を得ることが物理的に望ましいと目される如く、この場合、何故《なにゆえ》ランドレス嬢の弟さんがボトルだかナイフだかフォークだかを——それともボトルとナイフとフォークを——何せ厨女はてっきりそいつら三種の神器なりと思い込んでいたから——エドウィン・ドゥルードさんに投げつけたのか明らかにすることこそ心理的に肝要と目された。

はむ、ならば。ランドレス嬢の弟さんがバッド嬢にクビったけだとバラし、さらばエドウィン・ドゥルードさんがランドレス嬢の弟さんにきさまなんぞバッド嬢にクビったけになる筋合いはないと突っ返し、するとランドレス嬢の弟さんがボトルと、ナイフと、フォークと、水差しを（水差しは今や何の先触れもなしに誰も彼もの頭目がけて吹っ飛んで来ていたから）「振りかざし」（というのが厨女の仕入れた正確極まりなきネタであるによって）、そいつら一切合切エドウィン・ドゥルードさんに投げつけたんですってよ。

哀れ、小さなローザはこうした噂が広まり始めるや両の耳に人差し指を突っ込み、どうかもうこれきり何も聞かせないで頂だいなと言いながら物蔭に引っ込んだ。がランドレス嬢はトゥインクルトン嬢に弟と口を利かせて頂く許しを乞い、もしや許しが得られねば力づくででも手に入れる由、紛うことなく仄めかし、よって正確な情報を手に入れるべくクリスパークル氏の所へ直々出向くというより果敢な手に出た。

彼女は戻って来ると（まずもってトゥインクルトン嬢と二

人きり、万が一にも彼女のもたらす便りに何かともかく猥りがわしき所があればくだんの慎ましやかな濾し器嬢独りの胸に仕舞われるよう密室に閉じ籠もってから）、ローザだけに事の次第を告げるに、頰を真っ紅に染めながら弟の受けた侮辱を審らかにした。がほとんどくだんの最後の言語道断の当てこすりに「二人の間でやり交わされた何か他の文言」のダメ押しとして触れるに留め、新たな友達の気持ちを慮って、問題のその他の文言とは元を正せば彼女の恋人が物事全般をそれはたいそうぞんざいに受け止めるために持ち上がったとの事実に軽く触れたにすぎぬ。ローザに直接、彼女はどうか許して欲しいとの弟からの達ての願いを伝え、言伝をさすが姉らしいひたむきさで伝え果すと、一件にそれきりケリをつけた。

　トゥインクルトン嬢にそこで、尼僧の館《やかた》の人心を鎮めるお鉢が回って来た。くだんの御婦人は、故に、粛々と、俗人ならば教室と呼ばわっていたやもしれぬながら尼僧の館《やかた》の長《おさ》のやんごとなき言語にては婉曲的に、とまでは行かずとも麗句的に「研鑽の間《ま》」と名づけられているものに姿を見せ、法廷弁論風に宣った。「皆さん！」さらば全員が起立した。その途端、ティッシャー夫人は長《おさ》の背後に、ティルベリー砦におけるエリザベス女王*の仰《のっ》けの歴史的女友達よろしく陣取った。

トゥインクルトン嬢はさらばかく宣ふた。『風聞』は、皆さん、エイヴォン川の吟唱詩人によりては——とは申すまでもなく、恐らく優美な羽根のかの鳥が（ジェニングズ嬢、どうか真っ直ぐお立ち下さいまし）今わの際にわけても美しい歌声を響かすという、鳥類学的には何ら根拠のない古代からの言い伝え故に、生誕の地の川の『白鳥』（ベン・ジョンソン『シェイクスピアに寄す賦』）とも呼ばれる不滅の文人シェイクスピアのことですが——『風聞』は、かの——あへむ！——

名に し負うユダヤ人を
　描きし*

吟唱詩人によりては幾多の舌を有す（『ヘンリー四世第二部』前口上ト書）と称されています。クロイスタラムの『風聞』も（ファーディナンド嬢、どうか静粛に）偉大なる画伯の物せし他の地の風聞の肖像の例外ではありません。わたくし共の長閑な壁から百マイルと離れていない所で昨夜出来した若き殿方二名の間なる些細な諍い《フラカ》は（ファーディナンド嬢は、どうやら性懲りもなくてらっしゃるからには、是非ともわたくし共の快活な隣人ムッシュー・ラ・フォンテーヌ*の最初の四篇の寓話を本来の言語にて書写して頂かなくてはなりませんが）『風聞』の声によりて甚だしく誇張されることとなりました。わたくし共は問題の無血の闘技場なる拳闘士のお一方と縁もゆかりもなき訳ではない、親愛なる若きお友達への同情から生ず怯えと不安にまずもって駆られる余り（レイノルズ嬢が、あろうことか、御自身の帯にピンを立てておいでなのはあまりにあからさまにしてあまりに紛うことなく御婦人らしからぬ所業故、敢えて指摘するまでもなかりましょうが）この相馴染まぬ、この相応しからざる主題を論ずために本来の乙女らしき高みより下りて来てしまいました。信頼のおける筋に問い合わせてみた所、一件はほんのかの（その方の名前と生誕日をギグルズ嬢には半時間以内に言って頂かなくてはなりませんが）詩人によりて指摘される例の『他愛なき絵空事』（『真夏の夜の夢』V、1）の一つにすぎぬと判明したからには、わたくし共は今やこの話題のことは放念致し、本日の清しき営みに精魂を傾けようではありませんか。

が一件は、にもかかわらず、それは一日中しぶとく生き存えたものだから、ファーディナンド嬢はディナーの席でこっそり紙の口髭をペタンと貼りつけ、水差しをギグルズ嬢宛投げつける風を装うことにて——さらばこの方、すはテーブル・スプーンを引っこ抜いて守勢を取ったが——またもや抜き差しならぬ羽目に陥った。

さて、ローザは当該不運な喧嘩のことでは散々思い悩み、しかもこと婚約がらみではおよそまっとうならざる立場に置かれているせいで自分が原因だか、結果だか、何だかとして一枚も二枚もカんでいるとの実に居たたまらぬ思いに駆られつつ、あれこれ惟みることとなった。許婿と一緒にいる時ですらかようの不安からついぞお役御免にして頂けぬとあらば、如何で離れ離れになっている時にお役御免にして頂けよう。今日は、のみならず御自身なるお荷物をそっくり背負《しょ》い込まされ、新たなお友達と気散じがてら気ままにおしゃべりすることもままならなかった。というのも喧嘩はヘレナの弟との間で持ち上がっていただけに、ヘレナはあからさまに、その話題を彼女自身にとって微妙で難儀なそれとして避けていたからだ。よりによって然なる危急存亡の秋、ローザの後見人が面会にお越しになった由、告げられた。

グルージャス氏は清廉潔白を絵に画いたような人物として、宜なるかな、くだんの責めを負う白羽の矢を立てられていたが表向き、外にこれと言って特段しっくり来る気っ風を持ち併せている風にはなかった。見るからにカサカサに乾涸び切ったザラっぽい御仁であるからには、仮に円筒粉砕機に突っ込まれたら、すぐ様パラパラの嗅煙草に碾き潰されそうだった。ぺしゃんこの髪が申し訳程度生え、色といい斑《むら》といい何やらめっぽう疥癬病みめいた黄色い毛皮の肩掛けそっくりだった。御逸品、然に髪の毛とは似ても似つかぬからには、ひょっとして鬘だったやもしれぬ。何者であれよもやかようの頭をひけらかしたがる物好きはまずいまいというのでなければ。御尊顔が呈すささやかな造作の戯れは二、三本のカッチンコの弓形《ゆみなり》にてそいつに深々と刻まれ、御逸品、かくていよよ絡繰めくが落ちであった。額には一つならざる切り欠《ノッチ》があり、さながら自然の女神がいよいよそいつらに感性の、と言おうか洗練の手を入れにかかったはいいが、ふっとムラッ気を起こしたが最後、鑿を押っぽり出し、かく宣ったかのようだった。「もうこの男をアクセク仕上げるなんてうんざり。どうぞこのまま御勝手に」

御尊体の天辺の端にては喉が長きに過ぎ、どん詰まりの端にては踝骨と踵が多きに過ぎ——物腰はギクシャクとためらいがちにして——ガニ股でひょろりひょろり歩き、所謂近眼《ちかめ》で——恐らくはそのせいで如何ほどどっさり、黒の上下とは裏腹に真っ白な木綿の長靴下を衆目に晒しているかとんと御存じないのであろうが——グルージャス氏はそれでいて、総じて人好きのする印象を与える妙ちきりんな天賦の才に恵まれていた。

グルージャス氏は被後見人が通されてみれば、トゥインクルトン嬢御自身の聖なる部屋にてトゥインクルトン嬢の御前に罷り入っているというのでえらくマゴついていた。虫の報せか、何やら難問を吹っかけられ、到底すんなりとはお出ましになれまいとの漠たる胸騒ぎのするせいで、哀れ、この方、くだんの状況の下《もと》なる際には必ずや針の筵に座っているかのようだった。

「やあ、愛しいお前《マイ・ディア》、達者にしていたかね？　久しぶりだな。何とまた一段と見違えるようだことか。椅子を寄せさせておくれ、愛しいお前《マイ・ディア》」

トゥインクルトン嬢は小さな書き物テーブルから腰を上げ、さながら雅やかな全宇宙宛、十把一絡げに愛嬌を振り撒きながら宣った。「では、下がらせて頂いてよろしゅうございましょうか？」

「小生ならば、先生《マダーム》、何卒お気づかいなく。よもや席を外そうなどとは」

「いえ、是非とも席を外させて頂かねば」とトゥインクルトン嬢はたいそうチャーミングにも艶やかにくだんの文言を繰り返しながら答えた。「ですが、せっかくのありがたきお言葉、下がらせて頂くまでもなかろうかと。もしや机をこの隅の窓辺に寄せては、お邪魔でございましょうか？」

「先生《マダーム》！　邪魔だなどとは！」

「それは忝う。——ローザ、あなた、まさか遠慮はなさらないでしょうが」

ここにてグルージャス氏はローザと二人きり炉端に取り残されると、またもや言った。「愛しいお前《マイ・ディア》、達者にしていたかね？　それにしても久しぶりだな、愛しいお前《マイ・ディア》」して彼女が腰を下ろすのを待って、御自身、腰を下ろした。

「こうしてお前を訪ねるのも」とグルージャス氏は言った。「天使の訪れのように――とは言え何もこのわたし自身を天使に準えようというのではないが」

「ええ」とローザは言った。

「ああ、よもや」とグルージャス氏は相づちを打った。「ただ、こうしてお前を訪ねるのも、ごくたまさかにして間遠（トーマス・キャンベル『希望の愉悦』）だと言いたかったまでのことだ。こちらの天使方は、もちろん、皆さん二階にお見えと」

トゥインクルトン嬢はクルリと向き直りざま、何やらぎくしゃく目を凝らした。

「とはもちろん、愛しいお前《マイ・ディア》」とグルージャス氏はさなくば畏れ多くもトゥインクルトン嬢その人を愛しいお前《マイ・ディア》呼ばわりする由々しき狼藉を働いているやに見えるかもしれぬとの戦慄が背筋にゾクリと走るに及び、ローザの手に手をかけながら言った。「外の若き御婦人方のことだがね」

トゥインクルトン嬢はまたもやペンを走らせにかかった。

グルージャス氏は我ながら然るべく小気味好く取っかかりを作れなかったのに内心忸怩たるもののなきにしもあらず、ツルリと、折しも川に飛び込んだばかりにしてギュッと水気を切ってでもいるかのように頭を後ろから前へ撫でつけ――との仕種は、如何ほど無用の長物とは言え、氏の無くて七クセの一つだったが――上着のポケットより手帳を、チョッキのポケットより切り株もどきに寸詰まりの黒鉛筆を取り出した。

「ここにいつものように一つ二つ」と彼は頁を繰りながら言った。「ここにいつものように一つ二つ、覚え書きを綴ってあってな――何せ相変わらずとんと口下手なもので――時折、御免蒙って、当たらせて頂くとするよ。『達者で幸せ』なるほど。だからお前は達者で幸せにしていると、愛しいお前《マイ・ディア》？　見るからにそんな風だが」

「ええ、お蔭様でとっても」とローザは答えた。

「それもこれも」とグルージャス氏は隅の窓辺の方へ頭を倒しながら言った。「こうして晴れてお目にかかっている御婦人の母親さながらの慈しみと常日頃からのお心遣いと思いやりの賜物と、我々心から感謝致さねばなるまいし、事実、謝意を表させて頂こうではないかね」

との切り口上もまた、グルージャス氏よりギクシャクと発せられ、お目当ての向きまではとんと達さなかった。というのもトゥインクルトン嬢は儀礼上、この時までにはそっくりツンボ桟敷にあらねばならぬと思し召し、よってペンの先を噛みながら天界なるミューズ九女神のどなたか御逸品をお裾分けして下さらぬかと霊感が下《くだ》るのを待ち受けてでもいるかのように上方を見上げていたからだ。

　グルージャス氏はまたもやツルリと、剰え滑《すべ》らかな頭を撫でつけるや、手帳のお次の項に当たった。『達者で幸せ』をこれで用済みと、線で消しながら。

『ポンド、シリング、ペンス』とお次にあるな。お若い御婦人には味もすっぽもないネタだが、さりとて素通りする訳にも行かん。人生はポンドと、シリングと、ペンスだ。死は――」ここにていきなり被後見人の今は亡き両親の面影が瞼に彷彿とし、彼ははったと口ごもり、より穏やかな物言いにして、明らかに後知恵として打ち消しをさしはさみながら言った。「死はポンドと、シリングと、ペンスではないが」

　彼の声は御当人同様、カッチンコにしてカラカラに乾涸びていた。或いは空想《ファンシー》は御逸品を遠慮会釈もへったくれもなく、御当人同様、パサパサに干上がった嗅煙草に碾いていたやもしれぬ。がそれでいて、心持ちを表すなけなしの手立て伝《づて》、彼は情け心を表しているかのようだった。せめて自然の女神が最後まで匙を投げずにいて下さっていたなら、折しも御尊顔には情け心の色が浮かんでいたやもしれぬ。がもしや額の切り欠《ノッチ》がいっかな互いに一緒くたになろうとせぬ所へもって、御尊顔がアクセクやりこそすれとんと戯れられぬというなら、哀れ、この男に一体何が出来たというのだろう！

『ポンドと、シリングと、ペンス』だから、小遣いは今のままで足りているかね、愛しいお前《マイ・ディア》？」

　ローザは、ええ、別に欲しいものもありませんので、今のままで十分です。

「で借金もこさえていないと？」

　ローザは借金をこさえるなる考えに思わず声を立てて笑った。何となく、世間知らずの彼女には、これぞ想像力のおどけた気紛れのような気がしたから。グルージャス氏はかく彼女が一件を捉えているものか否か確かめるべく近眼《ちかめ》を目一杯瞠った。「ああ！」と彼はこっそりトゥインクルトン嬢の方へ目をやり、ポンドと、シリングと、ペンスの一項を線で消しながら、注釈として宣った。「だからここは天国も同然と言ったのさ。だからここは天国も同然と！」

　ローザは彼が御逸品を見つけぬとうの先から、お次のメモの中身を気取り、早、真っ紅に頬を染め、戸惑いがちな片手でモジモジ、ドレスの襞を畳んでいた。

『結婚』あへむ！」とグルージャス氏はまずもってツルリ

と、頭から目と鼻にかけ、のみならず顎まで撫で下ろし、やおら椅子を気持ち近寄せ、ここだけの話とばかり気持ち声を潜めて口を利きながら言った。「そろそろ本題に入らねばならんようだ、愛しいお前《マイ・ディア》。というのもこの度はわざわざそのために訪ねて来たようなものだから。さもなければ、とんでもなく四角四面の男のからには、こんなとこまでノコノコ足を運んではいなかったろう。よもやとんとお呼びでない縄張りにお邪魔しようなど。こちらにお通し頂くだけで、何やらクマが――それも腓返りを起こした――若々しいコティヨン*の輪の中に紛れ込んだような気がするよ」

この方ここにてギクシャクとしゃちこばってみれば、それは仰せの通りのクマじみているものだから、ローザは思わずコロコロ笑い転げた。

「やはりお前にもそんな気がするかね」とグルージャス氏は坦々と落ち着き払って言った。「全くもって。がメモに戻れば。エドウィン君は手筈通りこちらへはちょくちょく顔を覗かせていると。お前が四半季毎の手紙で教えてくれている通り。でお前は彼のことが気に入っていて、彼もお前のことが気に入っていると」

「わたしあの方のこととっても気に入ってます」とローザは返した。

「だからそう言っているではないかね、愛しいお前《マイ・ディア》」と彼女の後ろ見は、何せ彼の耳にはくだんのためらいがちな力コブは濃やかに過ぎたから、返した。「結構。でお互い連絡を取り合っていると」

「ええ、手紙をやり取りしてます」とローザは、互いの間の書簡なる諍いを思い出さぬでもなく、口を尖らせながら言った。

「この場合『連絡を取り合って』とはもちろんそういうことだよ、愛しいお前《マイ・ディア》」とグルージャス氏は言った。「結構。万事トントン拍子に行き、時満てば、この次のクリスマス時《どき》には我々が然まで恩義を負うている、あれなる窓辺の世の女性の鑑たる御婦人に、ほんの形式とし、お前が来《きた》る半年後にはここを立ち去らねばならぬ旨の事務的な予告を出さねばなるまい。お前のくだんの御婦人との関係は無論、およそ事務的関係どころではない。がそんな近しき間柄にも事務的澱が残っているからには、事務は飽くまで事務として処理せねばなるまい。このわたしと来てはとんでもなく四角四面の男の所へもって」とグルージャス氏はいきなりふと、然に改めて断らねばならぬと思い当たりでもしたかのように続けた。「モノが何であれ引き渡すのには不馴れだ。もしや、という二つの謂れをもって、どなたか打ってつけの代理がお前を花婿に引き渡して下さるようなら、誠にありがたい限りだが」

ローザは伏し目がちに返した。もしも致し方なければ、どなたか代わりの方が見つかるかもしれません。

「如何にも、如何にも」とグルージャス氏は言った。「例えば、こちらでダンスを教えて下さっている殿方ならば――そちらならば、如何様に雅やかな作法通りこなせられるか御存じだろうでは。その方ならば、式を執り行なう神父や、お前自身や、新郎や、当事者皆にとって得心の行くような物腰で前へ進んでは後ろへお下がりになれようでは。このわたしと来ては――このわたしと来ては、何せとんでもなく四角四面の男のからには」とグルージャス氏はとうとうそいつを絞り出すホゾを固めでもしたかのように言った。「所詮マゴマゴ、マゴつくが落ちだろう」

ローザはじっと、黙って座っていた。恐らく彼女の心は未だそっくりとはくだんの儀式にまで辿り着いていず、そこへの中途でグズグズとためらっていたに違いない。

「ではお次のメモだが。『遺書』さて、愛しいお前《マイ・ディア》」とグルージャス氏は『結婚』の項を鉛筆でお払い箱にすると、メモに当たり、ポケットから紙切れを取り出しながら言った。「既にお前には父上の遺書の中身は教えてあるが、そろそろ検認済みの写しを手渡しておいた方がよさそうだ。エドウィン君もやはりそいつの中身なら御存じだが、そろそろ検認済みの写しをジャスパー殿の手に委ねて――」

「エディー自身の手ではありませんの！」とローザはやにわに目を上げながらたずねた。「写しはエディー自身には手渡せませんの？」

「ああ、もちろん手渡せるとも、愛しいお前《マイ・ディア》、もしもお前が是非ともと言うなら。ただわたしは彼の管財人だからというので、ジャスパー殿の名を上げたまでのことだ」

「でしたら是非ともお願い致します」とローザはすかさず、懸命に言った。「ジャスパーさんには、どんな形であれ、わたし達の間に割って入って頂きたくありません」

「多分」とグルージャス氏は返した。「お前にとってお若い御亭主が誰より掛けがえのないのはいたくごもっとも。如何にも。わたしは、ほら、多分、と言っているだろう。身も蓋もない話が、わたしはとびきり出来そくないの男のからには、自分自身の知識としてはそちら向きとんと疎いもので」

ローザはいささか怪訝げに彼の方を見やった。

「つまり」と彼は説明した。「若者の習いというのはついぞわたしの習いではなかった。わたしはずい分年を食ってからの両親の一人きりの授かり物で、ひょっとしてわたし自身ずい分年を食ったなり産声を上げたのやもしらん。こんなことを言っても、お前がほどなく変えようかという名に妙な言いがかりをつけようというのではないが、大方の人間が蕾《バッド》でこの世にお出ましになるとすれば、わたしはどうやら木端《チップ》の形《なり》をしてお出ましになったようだ。わたしは物心ついた時にはいっぱし木端《チップ》だった――それも乾涸びきった。いずれにせよ、もう一方の検認済みの写しに関しては、お前の仰せの通りにしよう。お前の遺産に関しては、そっくり呑み込んでいるはずだ。そいつは二百五十ポンドの年金で、その貯金とお前の貸方の他の某かの項目を領収証込みで全額、然るべく勘定に繰り込めば、〆て一千七百ポンドは下らぬ大枚を手にすることになろう。わたしはその元手から、お前の結婚のための仕度金を融通する権限を委ねられている。という訳だ、かいつまんで言えば」

「でしたらどうか教えて頂けませんこと」とローザは愛らしく眉を顰めて紙切れを受け取りながらもそいつを開かぬまま、たずねた。「こんなことおたずねしていいのかどうか？　わたしおじ様のおっしゃることなら、法文書に書かれていることよりずっとよく分かりますもの。わたしの天国のパパとエディーのお父様とはたいそう近しく、仲のいい、いつまでも変わらないお友達として、このような手筈を一緒に整え、それはわたし達も、お二人亡き後、やはりたいそう近しく、仲のいい、いつまでも変わらないお友達になってもらうためでしたのね？」

「全くもって、その通り」

「お互い同士いついつまでもまっとうで、いついつまでも幸せでありますようにと？」

「全くもって、その通り」

「お二人が互いにとって大切だったよりもっと大切な間柄になりますようにと？」

「全くもって、その通り」

「この契りはエディーにもわたしにも義務として課されたものでない限りは、たとい――」

「そんなに取り乱すことはなかろう、愛しいお前《マイ・ディア》。たとい心の中で思い描くだにその懐っこい目に涙が浮かぶようなことになろうと――たとい君達が連れ添うまいと――ああ、どちらの側《がわ》でも財産を没収されるようなことはないとも。君は、だとすれば、成人するまでわたしの被後見人だ。というくらいのトバッチリしかかかるまい。それだっていい加減イタダけない星の巡り合わせではあるが！」

「でエディーは？」

「彼はその場合、これまで通り、成年に達すと同時に、父親の代からの共同出資と彼の貸方の滞りを（もしや某かあれば）

手に入れることになろう」

　ローザは小首を傾げて座ったなり、眉を顰め、戸惑いがちに面《おもて》を曇らせながら検認済みの写しの端を噛んでいたが、ぼんやり目を伏せるともなく伏せ、床をモジモジ片足で撫でつけた。

「詰まる所」とグルージャス氏は言った。「この契りは双方の側《がわ》で濃やかに表明された願いであり、心遣いであり、気さくな目論見だ。契りが心からの願いだったことに、契りがトントン拍子に行くようとの切実な思いがあったことに、疑いの余地はない。君達二人は物心つくかつかぬかでそいつに馴れっこになり、契りは事実トントン拍子に行って来た。が状況が変われば事情も変わろう。実の所、今日わたしがこうして足を運んだのも一つには、と言おうか概ね、お前に、愛し《マイ・》いお前《ディア》、若者同士というものは自らの自由意志で、自らの愛故に、自らが心から（とは言え蓋を開けてみれば勘違いかもしらんし、ではないかもしらんが、一か八かやってみる外なかろうから）お互いしっくり来ると、お互いを幸せに出来ると、信じて初めて、結婚の契りを（便宜の、それ故欺瞞と悲惨の問題としてならばいざ知らず）交わせるものだと言う務めを果たすためだった。例えば、君達の父親のいずれかがまだ存命で、一件に何か眉にツバしてかかられたとしよう。父上の考えは、君達の年齢の変化に伴う状況の変化と共に変わらないだろうか？　よもやそんな馬鹿げた、理不尽な、愚にもつかん、途轍もないことがあろうか！」

　グルージャス氏はかく、さながらそいつを声高に読み上げて、と言うよりむしろ説教を復唱してでもいるかのように、宣った。然に面相といい、物腰といい、自づと滔々と迸るような所がさっぱりないからには。

「わたしとしてもこれで漸う、愛しいお前《マイ・ディア》」と彼は『遺書』の一項を鉛筆で消しながら言い添えた。「目下の場合なるほど形ばかりの務めにすぎまいと、それでもかようの場合、務めに変わりないものを果たし果せたようだ。メモに当たれば『希望』。という訳で、愛しいお前《マイ・ディア》、何かお前の方から、わたしに叶えてやれそうな希望はないかね？」

　ローザは、助けを求めるに求められず、ほとんど痛ましいまでにためらいがちな風情でかぶりを振った。

「何かお前達の婚約のことで、聞いておくような指示はあるかね？」

「もしも――もしも、差し支えなければ、まずもってエディーと相談させて下さい」とローザはドレスの襞を畳みながら言った。

「如何にも、如何にも」とグルージャス氏は返した。「お前達二人はありとあらゆる要件に関し一つ心でなければなるまい。あちらはもう直こちらへお見えかね？」

「つい今朝方お帰りになったばかりです。クリスマスには戻ってお見えでしょうが」

「それは何より。お前は、彼がクリスマスに戻って来たら、一緒に細かい手筈をそっくり整えるがよかろう。それからわたしに報せておくれ。ならばわたしはあちらの隅の窓辺に掛けておいでの嗜み深き御婦人に対し事務上の責めを（ほんの事務上の知己として）果たさせて頂くとしよう。くだんの時節には何かと片をつけねばならん要件が持ち上がっていようから」ここにてまたもや掻っ消し屋の鉛筆にお呼びを立てながら。「メモは『暇《いとま》』。如何にも。ではそろそろこの辺りで、愛しいお前《マイ・ディア》、暇《いとま》を乞うとしようかね」

「もしも何か格別」とローザは彼がぎごちなくもグイと、不様なやり口で御尊体を椅子から捩《よじ》くり出すに及び、腰を上げながら言った。「申し上げたいことが出て来たら、クリスマスにこちらへお越し頂けまして？」

「ああ、もちろん、もちろん」と彼は見るからに——などという文言が、もしやとんと目に清《さや》かなる光も影も持ち併さぬ御仁がらみで用いられるとすらば——くだんのお尋ねに気を好くして、返した。「このわたしと来ては、とんでもなく四角四面の男のからには、およそ社交の場にはそぐわぬデクの棒だ。という訳でクリスマス時《どき》には二十五日に、セロリ・ソース仕立ての茹で七面鳥をとんでもなく四角四面の事務員と一緒に食べる外、何の約束もない。というのも事務員の親父というのがノーフォーク州で百姓をやっている関係で、ヤツを（とは七面鳥を）わたしへの贈り物としてノリッジくんだりから送ってくれるもので。お前が会いたいと言えば喜んで馳せ参ずるとも、愛しいお前《マイ・ディア》。地代の取っ立てでメシを食っているだけに、わたしなんぞに会いたがる物好きもまずいまいからには、お招きに与れば慶ばしい限りだ」

然に快く諾って頂いた礼に、恩に篤いローザは彼の両肩に手をかけるや爪先立ちになり、すかさずチュッとキスをした。

「これはこれは！」とグルージャス氏は声を上げた。「ありがとう、愛しいお前《マイ・ディア》！　嬉しいばかりか光栄至極。では、トゥインクルトン嬢、先生《マダーム》、被後見人と心おきなく話をさせて頂き、すっかり得心が行ったからには、そろそろこの辺りで失礼させて頂くとしましょうかな。長らくお邪魔致しました」

「いえ」とトゥインクルトン嬢は艶やかにも恩着せがましげに腰を上げながら返した。「どうかお邪魔などとは。断じてさようのことは。どうかお邪魔などとはおっしゃらずに」

「忝きお言葉、先生《マダーム》。何でも新聞によれば」とグルージャス氏はいささかしどろもどろ閊《つっ》かえながら言った。「名立たる訪問客が（とは言え小生ごときが然ようの客だなどと申しているのではなく。よもや）学舎を訪うと（とは言えこちらが然ようの学舎だなどと申しているのではなく。よもや）客は休日、と言おうか何らかの類の恩赦を請うとか。大姉が映えある長《おさ》たるこちらの——学寮《コリッジ》——では早、日も傾きかけているからには、お若い御婦人方はたとい残りの課業を免除されたとて名目上以外は何ら御利益には与れますまい。が、もしやどなたか若き御婦人がともかくお咎めを受けておいでのようなら、小生の名に免じて——」

「ああ、グルージャス様、グルージャス様！」とトゥインクルトン嬢は操正しくもおひやらかしめかして人差し指を突き立てながら声を上げた。「おお、お宅様方、殿方というものは、殿方というものは！　恥をお知り下さいまし、わたくし共、哀れ、女生徒を厳しくしつけるを本務と心得る者に、ほんの我が身可愛さから、かほどに辛く当たられるとは！　ですがファーディナンド嬢が目下、心の重荷《インキュバス》に打ち拉がれておいでのからには」——トゥインクルトン嬢は或いは、ムッシュー・ラ・フォンテーヌを清書するなるペンとインク－ユバスに、と宣っていても好かったやもしれぬが——「ローザ、あの子の所へ行って、あなたの後見人のグルージャス様のお執り成しのお蔭で、お咎めは免除されたと伝えてお上げなさいまし」

トゥインクルトン嬢はここにてスルスルと、何やらやんごとなき大御脚に摩訶不思議な椿事が出来し、晴れて出発点から三ヤード方《がた》後方にて御逸品より雅やかにお出ましになったかのようなお辞儀を御披露賜った。

クロイスタラムを発つ前にジャスパー氏を訪わねばなるまいと心得ていただけに、グルージャス氏は番小屋へ向かい、裏手の階段を昇った。がジャスパー氏の扉は閉《た》て切られ、紙切れに「大聖堂」とあったので、はったと、折しも礼拝《らいはい》の刻限なる事実に思い当たった。よってまたもや階段を降り、境内を過り、大聖堂の西側の大きな蛇腹扉の前で足を止めた。扉は、泡沫ながら晴れた明るい午後には堂内に風を通すべく、開けっ広げになっていた。

「何ともはや」とグルージャス氏はひょいと中を覗き込みながら言った。「まるで時《とき》の翁の喉元に首を突っ込んでいるようでは」

時《とき》の翁は墓や迫持や丸天井から黴臭い溜め息を吐いて寄越し、物蔭では陰鬱な蔭がいよよ黒々と垂れ籠め始め、湿気があちこちの緑にヌメった接ぎよろしき石から立ち昇り、ステンドグラスから傾きかけた日輪によりて身廊の石畳に投ぜられる宝石は一つまた一つと掻っ消え始めた。内陣の格子扉の内側の、見る間に暗まりつつあるオルガンに茫と頂かれた階段の上手《かみて》に、白い長衣が朧に垣間見え、とある幽《かそ》けき声がブツブツと、嗄れっぽい一本調子にて立ち昇っては降りるのが時折かすかに耳に留まった。自由な外気の直中にて、川や、緑の牧場《まきば》や、褐色の耕地や、連綿たる丘や谷は、真っ紅な夕陽に染まり、片や遙かな風車や農家の家屋敷の小さな窓は明るい金箔の接ぎたりて、キラキラ、キラめいた。大聖堂の内にては何もかもが灰色に、どんよりと霞み、何やら墓所めき、嗄れっぽい一本調子のつぶやきは今わの際の声よろしくブツブツ唸り続けた。と思いきやどっと、オルガンと聖歌隊の音《ね》が響き、唸りを調べの大海原に呑み込んだ。と思いきや、怒濤は鳴りを潜め、今わの際の声はまたもや弱々しく足掻いた、と思いきや大海原は高々と逆巻きざまそいつの息の根を止め、屋根に突っかかり、迫持の直中でウネくり、巨大な塔の高みを劈いた。と思いきや、はっと干上がり、辺り一面シンと死んだように静まり返った。

グルージャス氏はこの時までには内陣の階段に辿り着き、そこにて生身の潮《うしお》がどっと迸り出て来るのに出会した。

「何か変わったことでも?」かく、ジャスパーは何やらやぶから棒に声をかけた。「まさか遣いを立てられた訳では?」

「いや、いささかも、いささかも。自ら進んでやって来たまでのことです。つい今しがた我が愛らしき被後見人の所へ立ち寄り、これから家路に着く所です」

「あちらはさぞやお健やかであられたと?」

「全くもって目映いばかりでした。正しく目映いばかりでした。こちらへはただ、今は亡き両親による婚約は如何なるものか改めて念を押しにやって参ったまでのことです」

「で、それは如何なるものと――後見人の御判断によれば?」

かく問うた唇の何と血の気の失せていることよ、グルージャス氏は目を留めずにいられなかった。が堂内が冷え冷えとしているせいに違いなかろうと決めつけた。

「小生はただ契りはいずれの側《がわ》にせよ、愛情や、契りを実行に移す気持ちに欠けているといったような謂れがあってなお拘束力を持つものではないと言いに参りました」

「憚りながら、何かかようの念をわざわざ押さなければならない格別な謂れでもおありだったのでしょうか?」

グルージャス氏はいささか突っけんどんに返した。「己《おの》が本務を全うするという格別な謂れが、貴殿。ただそれだけのことです」それから言い添えるに。「いや、ジャスパー殿。貴殿が如何ほど甥御殿を心より愛しておいでか、甥御殿に成り代わってすかさず気を回さざるを得ないということくらい存じています。改めてかようの念を押しに参ったとしても無論、甥御殿のことをいささかなり疑っているからでも蔑しているからでもありません」

「そう言って頂ければ」とジャスパーは相手の腕に気さくに手をかけながら返した。「こちらとしても一安心。忝い限りです」

グルージャス氏はツルリと頭を撫でつけるべく帽子を脱ぎ、ツルリとやり果すや、宜な宜なと相づちを打ち、またもや帽子を被り直した。

「まさか」とジャスパーは口許をほころばせながら――とは言え、唇が依然、然に蒼ざめているからにはそいつを気取り、かく口を利く間《ま》にも唇を噛んでは湿らせていたが――言った。「まさか、ローザ嬢はネッドとの婚約を解消したいなどと仄めかされた訳ではないでしょうが」

「もちろん、よもやさようのことは」とグルージャス氏は突っ返した。「恐らくかようの状況の下《もと》にある、母のいない小娘が少々乙女らしくもためらったとて斟酌してやらねばならぬのではありませんかな。かく申す小生はこの手のことにはとんと疎うはありますが。貴殿は如何思われます？」

「仰せの通りかと」

「と言って頂ければ何より。と申すのも」とグルージャス氏はこの間《ま》も終始、ローザがジャスパーその人のことでは何と言っていたか記憶に則り身を処すべく、めっぽう賢しらに探りを入れていた訳だが、先を続けた。「と申すのも被後見人はどうやら手筈は予めそっくりエドウィン・ドゥルード君と自分自身の間で整えたいというささやかながら濃やかな虫の報せを覚えておるらしいもので。とはお察し頂けますかな？　どうやら我々には立ち入ってもらいたくないようで。とはお分かり頂けますかな？」

ジャスパーは胸に手をあてがい、いささかくぐもりがちに言った。「とは私に、では」

グルージャス氏は御自身、胸に手をあてがい、言った。「いや、我々に。という訳で二人には、エドウィン・ドゥルード君がクリスマスにこちらへ戻って来た際、一緒にささやかな打ち合わせや相談をさせ、そこで初めて貴殿と小生とが割って入り、一件に仕上げの手を施そうではありませんか」

「ですから、お宅は被後見人とは、クリスマスにまたこちらへ戻って来る約束を交わされたと？」とジャスパーは宣った。「なるほど！　グルージャス殿、つい今しがたも図星を突かれた通り、甥と私はお互いそれは徒ならぬ絆で結ばれているからには、私は自分自身より愛しい、果報者の、幸せな、幸せなあいつのことが気がかりでなりません。が無論、仰せの通り、何はさておき若き御婦人のお気持ちを慮り、お宅の右に倣わせて頂かねば。という訳で喜んで右に倣わせて頂きます。ですからクリスマスには二人は来る五月に向けて手筈を整え、二人の祝言は彼ら自身の手で最終的な筋書きに乗せられ、我々はただ今のその筋書きに便乗し、晴れてエドウィンが誕生日を迎えた暁には我々の大事な預かり物から形式上お役御免にして頂ける準備万端整うのを待っていればよいと」

「さよう、小生の理解する所では」とグルージャス氏は別れ際、互いに握手を交わしながら頷いた。「神が二人共を祝し給わんことを！」

「神が二人共を救い給わんことを！」

「いや、二人共を祝し給わんと申したのですが」と前者は肩越し振り返りながら物申した。

「いや、二人共を救い給わんと申したのですが」と後者は返した。「何か違いがありますかな？」

第十章　地均し

女性には男性の気っ風を判ず奇しき能力が具わっているとは周知の事実。当該能力は、どうやら本有的にして本能的たる証拠、何ら辛抱強き理詰めの過程を経ることなく達せられ、御自身がらみで何ら得心の行く、と言おうか十全たる説明を成し得ず、男性の側《がわ》なる累積的観察を向こうに回してすらテコでも動かぬ構えにて表明される。が当該能力が（他の人間の属性の御多分に洩れず、或いは誤謬やもしれぬにもかかわらず）概ね自己修正がとんと利かぬというはさまで周知の事実ではない。して一旦、ありとあらゆる人間的叡智によりて追って誤謬たること証さる反対意見を開陳したが最後、その断固御叱正賜るを潔しとせぬ点において偏見と分かち難い。否、如何に些細であれ、正しく反駁、ないし反証の可能性が、固より、当該女性らしき見極めに十中八九、私情に囚われた証人の証言につきものの弱みを添えざるを得ぬ。女性八卦見の蓋し、然まで個人的にして断乎、御自身を己《おの》が八卦と結びつけんとするからには。

「それはそうと、母さん」と小キャノンはとある日、母親が彼の小さな書斎で編み物をしながら座っているとたずねた。

「ちょっとネヴィル君に厳しすぎるとは思われませんか？」

「いえ、ちっとも、セプト」と老婦人は返した。

「折り入って一件がらみで膝を突き合わそうじゃありませんか、母さん」

「膝を突き合わすのはもちろん構いませんとも、セプト。それならいつだって歓迎ですよ」老婦人の帽子は、然れど、胸中にてはかく言い添えんばかりに小刻みに震えた。「ですがいくら膝を突き合わせてみた所で、このわたくしの気が変わるとでも！」

「そいつは願ったり叶ったり、母さん」と息子はなだめすかしがちに言った。「いつだって歓迎とはありがたい限りです」

「もちろん、でしょうとも、お前」と老婦人は見るからにおよそ歓迎ならざる物言いで返した。

「はむ！　ネヴィル君は、例の不運な折には、つい売り言葉に買い言葉で自ら抜き差しならない羽目に陥ってしまいました」

「それと温葡萄酒《マルドワイン》のせいで」と老婦人は言い添えた。

「なるほど温葡萄酒《マルドワイン》のせいもあって。とは言えその点は彼らは二人共、お互い様でしょう」

「いえ」と老婦人は言った。

「それはまたどうして、母さん？」

「そりゃ、お互い様じゃないからです」と老婦人は言った。

「ですが母さんいつだって膝を突き合わさせて頂きますとも」

「ですが、母さん、そんな具合に一点張りでやられたら、どうやってお互い膝を突き合わせばいいんです？」

「でしたらどうかネヴィルさんに文句を言って下さいまし、セプト、母さんじゃなし」と老婦人は厳めしくもケンもホロロに宣った。

「おやおや、母さん！　どうしてまたネヴィル君に？」

「そりゃあの子は」とクリスパークル夫人はまたもや仰《のっ》けの金科玉条に拠って立ちながら言った。「酔っ払って家《うち》に帰り、我が家の面目をつぶし、わたくし達にたいそう不躾な真似をしたからです」

「それはなるほど仰せの通りですが、母さん。彼はそのことではあの時も申し訳ながっていましたし、今だってそうです」

「ジャスパーさんが、さすが嗜み深くも翌日、礼拝《らいはい》が済むと、身廊そのもので、まだ聖服もお脱ぎになっていないというのに、昨夜《ゆうべ》はさぞかしびっくりなされたのではないか、夜もおちおち寝られなかったのではとお声をかけて下さっていなければ、母さんあの不埒な事件のことはこれっぽっち耳に挟まなかったかもしれません」と老婦人は言った。

「正直言って、母さん、わたしは叶うことなら一件を母さんには内緒にしていたでしょうね。はっきりホゾを固めていた訳ではありませんが。あの時もちょうど事件のことで彼と相談して、二人してともかく一件を揉み消した方が好くはないか持ちかけようと、ジャスパー君の後を追っていたら、もう母さんに話しかけていたという次第です。残念ながら一足違いで」

「ほんとに、残念ながら一足違いで、セプト。あの方はまだ、前の晩に御自身の部屋で持ち上がったことではさすが殿方でらっしゃるからには、死んだように蒼ざめておいでででした」

「たとい母さんから一件のことを伏せていたとしても、母さん、それはただ、母さんにいらない心配をかけたくないばっかりに、で若者二人に善かれと思ってしたまでのことです。わたし自身も自分なりの観点に照らして、最もまっとうに務めを果たせるという気もしましたし」

老婦人はすかさず部屋を過り、息子にチュッと口づけをした。「もちろん、愛しいセプト、それくらい分かってますとも」

「ですが、あっという間に町中に知れ渡り」とクリスパークル氏は母親が席と編み物にもろとも戻ると、ゴシゴシ耳をこすりながら言った。「どうにも手の施しようがなくなっていました」

「で母さんはあの時も言いましたし、セプト」と老婦人は返した。「今だって言わせて頂きますが、ネヴィルって子は感心しませんね。であの時も言いましたし、今だって言わせて頂きますが、ネヴィルって子にはいい子になって頂きたいけれど、はてさて如何なものかしら」ここにて帽子はまたもや少なからずピリピリ小刻みに震えた。

「そんな風におっしゃられるとは全くもって残念でなりません、母さん――」

「そんな風に言わなきゃならないとは、ほんと残念でなりませんよ、あなた」と老婦人はテコでも動かぬ構えで編み針を動かし続けながら口をさしはさんだ。「ですが致し方ありません」

「――というのも」と小キャノンは続けた。「彼は文句なく、実に勤勉で熱心で、見る間に長足の進歩を遂げていますし、それは――自分の口から言うのも何ですが――わたしに懐いてくれているもので」

「ことその点にかけては何の取り柄もないでしょうし、あなた」と老婦人はすかさず言った。「もしもそんなことを鼻高々で口にするようなら、ますますもって感心致しません」

「ですが、愛しい母さん、彼は一度だってそう口に出して言ったためしはありません」

「恐らく、でしょうとも」と老婦人は返した。「ですが、それがどうか致しましたかしら」

せっせと編み針を運ぶ愛らしき老陶器を眺めるクリスパークル氏のほがらかな面《おもて》に焦れったそうな所は微塵もなかった。が、なるほど、こいつはとことん膝を突き合わすに打ってつけの陶器ではなかろうとの微苦笑めいた表情が浮かんではいた。

「おまけに、セプト、自分の胸に手を当てて聞いてごらんなさいまし、あの子がお姉さん抜きでは如何ほどのものか。お姉さんがあの子のこと、どれほど言いなりに出来ることか。お姉さんはどんな不思議な力を秘めていることか。あの子は、ほら、あなたと何を読もうと、それをまたお姉さんと一緒に読んでいるじゃありませんか。お姉さんのことをもっと当たり前、高く買ってやってはどうです。だったら弟のことはどれほど持ち上げてやれましょうかね？」

然に問われ、クリスパークル氏は勢い、ささやかな瞑想に耽り、一つならざる光景が瞼に彷彿とした。彼は幾度となく、弟と姉が彼自身の古ぼけた大学時代の本の一冊がらみで篤と話し込んでいる所を目にしていた。今や、いつもの伝で自らに性根を入れてやるべくクロイスタラム堰へ身を切るような巡礼に出かける霜白の朝《あした》に、今やお気に入りの物見櫓たる、僧院の廃墟のグイとせり出した残骸まで登り詰め、日没の夕風に真っ向から挑むくすんだ夕《ゆうべ》に。さらば二つの勤勉な人影は、町の炉火や明かりがその光景をいよよ侘しくさすが落ちながら早、瞬いている川っ縁伝いに眼下を過って行ったものだ。そう言えば何といつしか、一方を教える上で双方を教えているような気になっていたことか。何と自分の説明を両の知性に――片や彼自身の知性が日々接しているそいつと、片やそいつ伝《づて》でなければ近づけぬ知性に――ほとんど我知らず合わせていることか。ふと、尼僧の館《やかた》から小耳に挟んだ風聞も脳裏を過った。何とヘレナは、てっきりめっぽう高飛車で血の気が多いと思い込んでいたものを、妖精じみた花嫁に（と彼は呼び習わしていた訳だが）我が身を委ね、彼女からありたけ知っていることを教えてもらっているそうではないか。あの、外見はさても似ても似つかぬ二人の何と絵のように美しく、互いにしっくり来ることか。が何よりかより、こうしたこと一切合切は、出来してものの数週間しか閲していないというのに、己《おの》が人生の肝心要の端くれになってしまっているとは！

セプティマス牧師がとっくり物思いに耽り出すと必ずや心

優しき母親はこれぞ「気付け」がお入り用な紛うことなき徴《しるし》と受け留めた。によって花も恥じろう老婦人は一杯のコンスタンシア*と手造りビスケットに具現さる御逸品を取り出すべく、いそいそ台所の戸棚へ向かった。そいつはクロイスタラムにも小キャノン・コーナーにも一向見劣りのせぬとびきりゴキゲンな納戸であった。上方では房々の鬘のヘンデルが、さも納戸の中身なら先刻御承知の訳知り顔して、さすが音楽家ならでは、そいつの和音をそっくりとある甘美な遁走曲《フーガ》に一緒くたにしてやろうとの音楽的ムラッ気でも起こしているかのようにこちらをにこやかに見下ろしている。いきなりパッと開けられる代わり、何一つちびりちびりとはお出ましにならしてくれぬ、蝶番に寄っかかった下卑た扉のおよそありきたりの納戸どころではなく、当該世にも稀なる納戸は中空で錠が下り、そこにて二枚の垂直な――片や引き下げられ、片や押し上げられる――滑り板《スライド》が出会すようになっていた。上っ側の滑り板《スライド》は引き下げられるや（下っ側を二層倍謎めかして下さる訳だが）、ズラリと、ピクルスの壷や、ジャムの瓶や、ブリキの缶や、香辛料の箱や、砂糖漬けのタマリンド*と生姜の美味な埘たる青と白の素敵に異国情緒たっぷりの器の並んだ奥深き棚をひけらかす。当該奥処の慈悲深き住人はどいつもこいつもどでっ腹に御芳名をデカデカやられている。ピクルスは、濃い褐色のダブルの打ち合わせの上着に、黄色かくすんだトビ色のブリーチズの出立ちだが、ほてっ腹の御尊体を大文字の刷り物にてクルミ、小キュウリ、オニオン、キャベツ、カリフラワー、混成《ミックス》、その他くだんの高貴な一門の他の面々なる旨触れ回っている。ジャムは、さすがさまで雄々しき気っ風ならず、髪巻き紙に身をくるんでいるからには、そっと、幽《かそけ》き囁きさながら、嫋やかな飾り文字にてラズベリー、グースベリー、アプリコット、プラム、インシチアスモモ、リンゴ、モモたること囁きかけて来る。これら婀娜女方にスルスルと幕が下り、下方の滑り板《スライド》がスルスル引き上げられるや、オレンジが、その酸っぱさを（とはもしや熟れていなければ）和らぐべく、ごってり漆の塗られた砂糖小櫃に付き従われたなりお出ましになる。手造りクッキーがこれら列強の宮廷にどデカいプラム・ケーキの欠片や、スイート・ワインにポチャンと浸してチュッとキスさるべき（キーツ『帽子と鐘』）色取り取りのほっそりとした棒菓子《レディスフィンガー》共々傅く。いっとうどん底にては小ぢんまりとした鉛製丸天井がスイートワインと果実酒《コーディアル》の仕込みを祭り、そこよりはダイダイ、オレンジ、レモン、アーモンド、ヒメウイキョウなる囁きが洩れる。当該納戸の中の納戸には幾星霜もの間《かん》、大聖堂の鐘とオルガンによりてくだんの神さびた蜂方が蓄えのありとあらゆるものを崇高な蜂蜜に醸すまでブンブンと説きつけられでもしたかのような極め付きの風情が漂い、(前述の如くめっぽう深々としているからには頭から、肩から、肘からを呑み込んでしまわんばかりの)棚に潜り込む者は誰しも必ずや、またもやまろやかな御尊顔のなりお出ましになり、甘ったるい変化《へんげ》の呪《まじな》いでもかけられたかのようなる様が見受けられたものである。

セプティマス牧師は当該映えある食器戸棚に対すに劣らず唯々諾々と、これまた陶製女羊飼いによりて取り仕切らる吐き気催いの薬草納戸への贄として我が身を捧げていた。何たるリンドウと、ペパーミントと、ナデシコと、セージと、パセリと、タイムと、ヘンルーダと、ローズマリーと、タンポポの瞠目的煎じ薬に彼の勇猛果敢な胃袋は我が身を委ねて来たことよ！ 万が一にも母親が愛息子に歯痛を気取ろうものなら、何と幾層もの乾燥した葉を畳み込んだ摩訶不思議な包帯にこの方、御自身のバラ色の満ち足りた御尊顔を包《くる》んで来たことか！ 万が一にも愛しき老婦人が愛息子にそこなる有るか無きかのニキビを見咎めようものなら、何たる青臭い植物性の絆創膏をこの方、陽気にペタリと、頰なり額なりに貼りつけて来たことか！ 当該、上階へ通ず階段の踊り場なる薬草尽くしの懺悔所《ざんげどころ》へと——乾燥させた葉の束が天井の錆だらけの鉤から吊る下がったり、物々しき瓶と仲良く棚一面に広げられている、低くせせこましい水漆喰の独房へと——セプティマス牧師はさても長らく従順に殺戮の場へと引っ立てられて来た名にし負う仔羊(『イザヤ書』五三：七)よろしくしおしお引っ立てられ、そこにて、くだんの仔羊とはてんでアベコベに、御自身を措いて他の何人《なんぴと》をもうんざり来させなかったものだ。老婦人が嬉々として忙しなく立ち回れる限りは、くだんの手にすら出ず、彼は与えられるものを不平一つ鳴らさぬまま端《はし》から呑み下し、中和剤とし、ほんの両手と顔を乾燥したバラの葉の大鉢とこれまた乾燥したラヴェンダーの大鉢につけてもって善しとし、そこでいざ、マクベス夫人が逆巻く大海原の力をもってしても能うまいと匙を投げた(『マクベス』II、2)に劣らずクロイスタラム堰の甘美な効験あらたかなることに全幅の信頼を寄せつつ、表へ繰り出したものである。

目下の場合、奇特な小キャノンはすこぶるつきの上機嫌でコンスタンシアを一杯呑み干し、かくて母親の得心の行くよう「気付け」を頂戴するや、せっせと日課の残りに身を入れにかかった。かくて几帳面な時間厳守の習いに鑑み、晩禱と黄昏が然るべく訪れた。大聖堂はめっぽうひんやりとしていたので、彼は礼拝《らいはい》が済むやキビキビ、挙句お気に入りの廃墟の端くれに突撃をかけるべく、速歩《はやあし》で駆け出した。何せそいつは息を吐く間《ま》もなく一気呵成に襲いかかってやらねばならなかったから。

彼は僧院の成れの果てを物の見事に攻め落とし、その期に及んでなお一向息を切らした風もなく、川を見下ろしながら立ち尽くした。川は、クロイスタラムにて海にめっぽう近いからには今にしょっちゅう海草がどっさり打ち揚げられる。いつになく夥しき量のそいつらが先の潮で浜に揚がり、そこへもって海が荒れ、騒々しいカモメ共が落ち着かぬげに水に潜ったり羽をバタつかせ、見る間に真っ黒に姿を変えつつある褐色の帆の艀の向こうの沖の辺りが怒ったようにギラついているとあって、晩方は嵐が吹き荒れること一目瞭然だ。彼は胸中、荒らかで騒々しい大海原と静かな港めいた小キャノン・コーナーを引き比べていた。するとヘレナとネヴィル・ランドレスが眼下を過るのが目に入った。彼は終日、姉弟のことをつらつら惟みていたこともあり、すかさず二人に声をかけるべく丘を駆け下りた。足場は、覚束無い明かりの下《もと》、健脚の登攀者のそれをさておけば如何なる足にとってもめっぽう悪かった。が小キャノンは少々の男には引けを取らぬほど健脚の登攀者であるからには、幾多の健脚のそいつらが未だ半ばも下山していまい頃合いに早、二人の傍に立っていた。

「荒れ模様の宵ではありませんか、ランドレス嬢！　これではいつもながらの弟さんとの散歩も、一年のこの時分にしてはやけに吹きっ晒しで寒すぎるとは思われませんか？　と言おうかともかく、日が沈んで、風が沖から吹きつけて来るとあらば？」

ヘレナは、いえ、別に。こちらはわたくし達のお気に入りの散歩道ですし、とってもひっそりしていますもの。

「なるほど実にひっそりしています」とクリスパークル氏はここぞとばかり、二人と肩を並べて歩き出しながら相づちを打った。「他処のどこより邪魔を入れられる心配もなく口を利くに打ってつけの。とはこのわたしにとって願ったり叶ったりなことに。ネヴィル君、君はもちろん、わたし達の間でどんな言葉がやり交わされようと姉上には何もかも打ち明けているんだろうね？」

「ええ、何もかも、先生」

「ということはつまり」とクリスパークル氏は言った。「姉上はわたしが君に再三再四にわたってあの、君がここへ来た晩に持ち上がった不運な出来事のことでは何らかの謝罪をするよう説きつけていることも御存じと」

然に話しかけながら、彼は弟ではなく姉の方を見やった。よってかく返したのは弟ではなく姉であった。

「ええ」

「一件を不運な、と言ったのは、ヘレナ嬢」とクリスパークル氏は仕切り直した。「そのせいで確かにネヴィル君に対する偏見が生まれているからです。彼は抑えの利かない荒くれた気っ風の、およそ穏やかならざるほど頭に血の上り易い奴だという評判が広まっています。実の所、そういう危険人物として皆に胡散臭がられています」

「かわいそうに、先生のおっしゃる通りですわ」とヘレナはさも、それでは余りに不当な仕打ちではなかろうかとばかり、弟の方を誇らかな憐れみを込めて見やりながら言った。「先生御自身がそうおっしゃるからには、もちろんそうに違いありませんが、それでなくとも毎日、行く先々でそれとなく陰口を叩かれたり当てこすられたりしています」

「さて」とクリスパークル氏はまたもやきっぱり、となが穏やかに説きつけがちに仕切り直した。「このような事態は全くもって遺憾で、何とか改めなければならないのではないでしょうか？　ネヴィル君はまだクロイスタラムへ来て日も浅く、必ずやそんな偏見を掻い潜り、何もかも誤解だったと身をもって証してはくれるでしょう。があやふやな時を頼みにするより、直ちに事を起こす方がどれほど遙かに賢明なことか！　ばかりか、その方が得策だというのはさておいても、それこそまっとうな身の処し方というものです。というのもネヴィル君が悪かったことに疑いの余地はないのですから」

「この子は挑発されただけです」とヘレナは物申した。

「先に手を出したのは彼です」とクリスパークル氏は物申した。

彼らはしばし黙々と歩き続けた。がほどなくヘレナが小キャノンの面《おもて》へ目を上げ、ほとんど咎め立てんばかりに言った。

「おお、クリスパークル先生、先生はネヴィルにドゥルードさんの足許に、それともあの子のことを毎日悪しざまに触れ回っているジャスパーさんの足許に、身を投げ出して欲しいとでもおっしゃいますの？　まさか心の中では、そんなおつもりはないはずですわ。まさか心の底からは、そんな真似はお出来にならないはずですわ、もしも先生があの子だったら」

「もうクリスパークル先生には、ヘレナ」とネヴィルはちらと指導教官《チューター》の方を恭しく見やりながら言った。「もしも心の底からそう出来るものなら、そうしますと言ってあるのさ。けど僕にはお手上げだし、ネコを被るのは真っ平だ。けど姉さんは忘れてるみたいだぜ、クリスパークル先生にもしも先生が僕だったらなんて言ったら、まるで先生が僕のした通りのことをなさってただろうと決めつけるようなもんだって」

「申し訳ありませんでした、先生」とヘレナは言った。

「君達は、ほら」とクリスパークル氏は、控え目にして濃やかなやり口ながら、またもやここぞとばかり機に乗じて宣った。「二人ともネヴィルが悪かったことは本能的に認めているじゃないか。だったらどうして中途半端な真似をして、大っぴらに認めようとしない?」

「大らかなお心に屈するのと」とヘレナは気持ちためらいがちにたずねた。「卑しい、というかちっぽけな心に屈するのは一つことでしょうか?」

奇特な小キャノンが然なる微妙な区別立てがらみで何と返したものか未だ踏んぎりがつかずにいると、ネヴィルが割って入った。

「僕がクリスパークル先生に身の証を立てるのに手を貸しておくれ、ヘレナ。僕の方から折れて出たんじゃネコ被ってウソつくことになるって分かって頂くのに手を貸しておくれ。でこの性根がそっくり入れ替わらない限りそいつはお手上げだし、この僕の性根はこれっぽっち変わってやしない。僕は口では言えないくらいひどい侮辱を受けて、これでもかこれでもかって追い撃ちをかけられて、お蔭で腸煮えくり返らせてる。正直、僕はまだ、あの晩のことを思い出すと、あの晩と変わらない腸が煮えくり返ってしまうんです」

「ネヴィル君」と小キャノンは顔色一つ変えぬまま、それとなくたしなめた。「君はまたあのわたしのたいそう嫌いな手の仕種を繰り返しているよ」

「済みません、先生、ついうっかりやっちまってました。ですから僕はまだ腹が立って仕方ないんです」

「だからわたしは」とクリスパークル氏は言った。「そろそろ頭を冷やしてくれるものと思っていたよ」

「御期待に副えなくて申し訳ありませんが、先生、先生を騙すのはもっといけないことでしょう。で、ことこいつがらみで、僕が先生のお蔭でお手柔らかになってるって風したら、それこそネコっ被りもいいとこです。いつかその内、先生もとっくに素姓を御存じの厄介な生徒ですら、先生のありがたい御利益に与れる日が来るかもしれません。けど今んとこそいつはまだやって来てません。じゃないかな、それもこの僕は散々僕自身に抗ってるっていうのに、ヘレナ?」

彼女は、黒々とした目でじっと、果たして弟の口にしたことをどう受け留めているかクリスパークル氏の顔を覗き込んでいたが——弟に、ではなくクリスパークル氏に——返した。「ええ、その通りですわ」してしばし押し黙っていたと思うと、弟の目に浮かんだ有るか無きかの訝しげな表情に応え、劣らずコクリと、有るか無きか頭を倒した。さらば弟は仕切り直した。

「ほんとは初っ端先生とこの件がらみでお話しした時に包み隠さず打ち明けてなきゃならなかったんですが、先生、僕には意気地がなくてまだ申し上げてないことがあります。口にするのはお易い御用じゃありませんし、何だかバカげて見えるんじゃないかって気がしたもので。今の今までそんな気持ちをズルズル引きずって、姉が側《そば》にいてくれなきゃ、こうしてる今だってそっくりとはバラせてなかったかもしれません。――僕は、バッド嬢にそりゃぞっこんなもんで、先生、あの方が高飛車に、っていうかぞんざいに、あしらわれるのに堪忍ならないんです。で、たとい僕自身のためにあのドゥルードって青年に傷つけられてるって気がしなくても、あの方のために傷つけられてるって気はしてるでしょう」

クリスパークル氏はすっかり呆気に取られ、今のは本当かとばかりヘレナの方を見やり、彼女の表情豊かな面《おもて》に太鼓判、のみならず忠言への訴えを見て取った。

「君の口にしている若き御婦人は、君も知っての通り、ネヴィル君、間もなく嫁ぐ身だ」とクリスパークル氏は真剣な面持ちで言った。「それ故、君のあの方への憧憬は、たとい今の文言から察するに格別な手合いのそれだとしても、言語同断も甚だしい。ばかりか、君が許婿《いいなづけ》を向こうに回し、若き御婦人の擁護役を買って出ようなどとは身の程知らずもいい所だ。のみならず君は二人にはほんの一度しか会っていない。若き御婦人は姉上とは早、近しい間柄だ。一体またどうして姉上ともあろう方が、あちらの御婦人に成り代わってでも君のこのやみくもな、罪深き気紛れに待ったをおかけにならなかったものか」

「姉はもちろん、先生、待ったをかけようとしましたが、土台叶いっこありませんでした。夫だろうとなかろうと、あいつは人形みたいにあしらってるあの美しい娘さんに僕が掻き立てられたような気持ちは抱けっこありません。正直、あいつはあの方に相応しくないのといい対、そんな気持ちなんて抱けっこありません。正直、あの方はあんな男にくれられるなんて、ネコに小判もいいとこです。正直、僕はあの方にぞっこんで、あいつのことはとことん見下げ果てて、シャクでシャクでならないんです！」かく、それはカッと頬を真っ紅に染め、それは荒らかな仕種もろとも口にしたものだから、姉は思わず弟の脇へ回り、腕をつかみながらたしなめた。「ネヴィル、ネヴィル！」

かくてはっと我に返るや、彼はすかさず、血の気の多い気っ風に利かせていた抑えをすっかりかなぐり捨てていたものと察し、面《おもて》に片手をあてがった。惨めったらしくも悔悛に駆られた者たりて。

クリスパークル氏はじっと彼に目を凝らし、同時に何と先を続けたものか思案に暮れながらしばし、黙々と歩き続けていた。と思いきや口を開いた。

「ネヴィル君、ネヴィル君、君の中にまだ、今や迫りつつある夜に劣らず不機嫌で、熱り立った、荒らかな気っ風の名残が留められているのを目の当たりにしなければならないとは残念至極だ。そいつらあんまり聞き捨てならないからには、君がたった今打ち明けてくれた血迷いをおよそ軽々に扱う訳には行くまい。従って事を慎重に考え、相応に口を利かせてもらうが、この君とドゥルード君との反目はこれきり断ち切らねばならん。君の口から直に何を聞かされたか知らぬでなし、しかも君はわたしとは一つ屋根の下《もと》で暮らしているからには、こいつをこれ以上黙認する訳には行かん。君がただやみくもに焼きモチを焼く余り、彼のことをまっとうな謂れもないまま、どんな風に捻くれた目で見ているかしらんが、あれはざっくばらんで気さくな青年だ。その点はわたしが請け合おう。さて、どうかこれから言うことをよく聞いてくれ給え。考え直してみれば、そして姉上の話を聞いてみれば、なるほどドゥルード青年と仲直りしようというなら、向こうからも半ば歩み寄ってもらう筋合いはありそうだ。このわたしが責任をもって、ドゥルード青年には必ずや、それもまずもって彼の方から頭を下げてもらうことにしよう。この条件が満たされたら、どうかこの諍いには君の側《がわ》では永遠にケリがついたものと、キリスト教徒の殿方の名誉にかけて誓ってくれ給え。彼に手を差し延べる際、君の心をどんな思いが過っているかは全ての人心の究め主《ぬし》（『ローマ書』八・二七）のみぞ知る。がもしやそこに何らかの欺瞞が宿っているようなら、およそ君に吉とは出まい。この件に関しては、そこまで。お次は、わたしとしてはまたもや君の血迷いとしか呼んでやれないもののことだが。そいつはわたしに内々に打ち明けられたのであって、まさか姉上と君自身を措いては外の誰にも知られていないだろうな。というのは間違いないと？」

ヘレナは低い声で返した。「ここにこうして御一緒しているわたくし達三人しか知りません」

「姉上の友達である若き御婦人も全く御存じないと？」

「誓って、全く！」

「だったらその件に関しても、どうか、ネヴィル君、目下のまま君自身の胸の内だけに仕舞っておくと、神かけて誓ってくれ給え。一件がらみでは君の心から拭い去ろうと（それも心底懸命に）努めるという以外如何なる手にも出ないと。もちろん、そいつはすぐ様吹っ切れるだろうなどと言うつもりはない。そいつはほんの一時《いっとき》の気紛れだなどと言うつもりは。そんな傍惚《おかぼ》れは血の気の多い若者の間では今メラメラッと来たかと思えばお次の瞬間には冷めるものだなどと言うつもりは。きっと君の思っている通り、そいつほど狂おしい奴はほとんど、と言おうかどこを探してもないだろう。しぶとく君に付き纏って、ちょっとやそっとではお払い箱に出来まい。だからこそ、君がわたしが求めている誓いを心底立ててくれるというなら、それだけそいつに重きを置いてやろうというものだ」

若者は二、三度口を利こうとした。が詮なかった。

「ではこの辺りで別れようか。そろそろ姉上を尼僧の館《やかた》へお連れする時間だろう」とクリスパークル氏は言った。「よければ、わたしは部屋に独りきりいるよ」

「どうかまだお行きにならないで下さいまし」とヘレナが引き留めた。「どうかもうしばらく」

「もしも先生がこんなにも僕のこと辛抱して下さっていなかったら」とネヴィルは顔に手をあてがいながら言った。「こんなにも僕のこと思いやって下さっていなかったら、こんなにもさりげなく心から、親身になって下さっていなかったら、クリスパークル先生、もうほんのしばらくだってお引き留めしてはいなかったでしょう。おお、もしも小さな時分に、こんな先達と巡り合えていたなら!」

「今こそその方についてお行きなさいな、ネヴィル」とヘレナはつぶやいた。「天までついてお行きなさいな!」

彼女の物言いには心優しき小キャノンの声を途切れささずばおかぬ所があった。さなくばそいつは、そんなに買い被って頂いてはと物申していたろう。が然にあらざるからには、彼はそっと唇に人差し指を押し当てながら、彼女の弟の方を見やった。

「今の両の誓いを、クリスパークル先生、心底立てると口で言ってみた所で、僕の心の中にはどんなペテンも蟠っていないと言ってみた所で、何の足しにもならないでしょう!」かくネヴィルは感極まって声を上げた。「さっきはついカッとなってしまって、ほんとに申し訳ありませんでした」

「わたしに謝ることはないよ、ネヴィル、わたしに謝ることは。許しが、こよなく気高き属性として、一体どなたに帰せられるものかは君も知っていよう。ヘレナ嬢、あなたと弟さんは双子の姉弟だ。二人共同じ気質を具えて生を受け、同じ逆境の中で幼気な日々を共に過ごして来た仲だ。御自身において克服なさったものを、弟さんにおいて克服出来ないということがあるだろうか? 御覧の通り、彼の行く手には大きな巌が立ちはだかっています。姉上を措いて一体どなたに彼の身をそいつから守って差し上げられるでしょう?」

「先生を措いて、一体どなたに、先生?」とヘレナは返した。

「わたくしの感化など、と言おうかちっぽけな智恵など、先生のそれに比べれば一体何だというのでしょう?」

「姉上には愛の叡智が宿っています」と小キャノンは返した。「それこそ、忘れないで下さい、この世で知られる最も気高き叡智ではないでしょうか。このわたしのはと言えば――が、そんなありきたりの代物のことなど言わぬが花。では失敬!」

彼女は彼の差し出した手を取ると、感謝の、と言おうかほとんど崇敬の念を込めて、唇にあてがった。

「チェッ!」と小キャノンはそっと舌打ちした。「これでは身に余る光栄!」して踵を回らせた。

大聖堂の境内に引き返しながら、彼は暗がりを縫う間《ま》にも、自ら成し遂げると約束した事を、何としても成し遂げねばならぬ事を、如何にすればいっとう首尾好く全う出来るか探り当てようとした。「どうせ二人を連れ添わすお鉢はわたしに回って来るだろう」と彼は胸中つぶやいた。「いっそ二人してとっとと連れ添って、どこかへ失せてくれぬものか!　がまずはこいつが先決」彼は就中、ドゥルード青年に一筆認めたものか、それともジャスパーに話をしたものか思い惑った。我ながら大聖堂の面々には覚え目出度いからには後者の手続きを踏む方へ軍配は挙がり、恰も好し、番小屋の窓に明かりが灯っているのが目に入ったせいで、すぐ様その手に出るホゾを固めた。「鉄は熱い内に鍛えよ」と彼は独りごちた。「この足で彼に会おう」

裏手の階段を昇り、扉にノックをしても返事がないので、クリスパークル氏はそっと把手を回し、中を覗き込んだ。するとジャスパーは炉端の寝椅子で微睡んでいた。遙か後程、何とジャスパーのガバと夢現の朦朧とした状態で寝椅子から跳ね起きざまかく、声を上げたことか、彼は、宜なるかな、思い起こすこととなった。「一体何事だ?　どいつの仕業だ?」

「ほんのわたしだよ、ジャスパー君。いきなり起こして申し訳なかったが」

彼の目は爛々とギラついていたものを、次第に相手が何者か見極め、彼は炉端への道を空けるべく、椅子を一、二脚動かした。

「次から次へと妙な夢ばかり見ていたもので、消化不良の食後の仮眠から目を覚まして頂いて何よりでした。牧師ならばいつだって歓迎なのは申すまでもなく」

「忝い。とは言え、果たしてわたしの用向きの方も」とクリスパークル氏はそのためわざわざ据えられた安楽椅子に腰を下ろしながら返した。「わたし自身ほど一目で歓迎して頂けるものかどうか。実は、こうして訪ねたのも執り成し役を務めるためで、一旦執り成し役を買って出たからには後には引けまい。早い話が、ジャスパー君、わたしは例の二人の若者を仲直りさせたいのさ」

めっぽう当惑した表情がジャスパー氏の面《おもて》に浮かんだ。と同時にめっぽう当惑させられる表情も。というのもクリスパークル氏はそいつを何と解《げ》したものかさっぱりだったから。

「どうやって?」とジャスパーは一時《いっとき》押し黙っていたと思うとゆっくり、低い声でたずねた。

「その『どうやって』をこうして相談しにやって来たのさ。どうか是非とも一肌脱いで、甥御との間に立ってくれないか(わたしは既にネヴィル君との間には立っているもので)、で彼に君宛、ネヴィル君とは喜んで握手をしようと、例の活きのいい調子で一筆認めさせてもらえないだろうか。わたしはもちろん、彼がどんなに気さくな奴で、君が彼に対してどんなに睨みが利くかくらい知っているつもりだ。ネヴィル君の肩を持つ気はさらさらないが、彼がひどく挑発されたのは我々誰しも認めざるを得まい」

ジャスパーはくだんのめっぽう当惑した面《おもて》を炉火の方へ向けた。クリスパークル氏は相変わらずそいつにじっと目を凝らし、先にも増していよよ当惑せざるを得なかった。というのも胸中やたら細かい(そんなはずもなかろうに)ソロバンを弾いているようだったから。

「もちろん君がネヴィル君のことを快く思っていないのは知っているとも」と小キャノンは続けた。さらばジャスパーは待ったをかけた。

「それも無理からぬことではないでしょうか。仰せの通り、快く思っていません」

「如何にも。で、わたしとしても彼が嘆かわしいほど気性が荒いのは認めよう。とは言えそいつには彼とわたし二人の間で抑えを利かすつもりだ。実は彼からつい今しがた、もしも君が間に立ってくれるようなら、甥御には今後二度と手は出さないという実に厳粛な約束を取りつけて来たばかりだ。彼のことだ、きっと約束は守ってくれよう」

「牧師に限り、まさか武士に二言はないでしょうが、クリスパークル牧師、ほんとうにそんなにまで確信を持って彼のことを請け合って大丈夫でしょうか?」

「もちろん」

めっぽう当惑した、して相手を当惑させずばおかぬ表情はふっと掻っ消えた。

「ならば一安心。大きな胸のつかえが取れました」とジャスパーは言った。「一肌脱がせて頂きましょう」

クリスパークル氏は一件があっという間に、それもケチのつけようのないほど物の見事に落着したのに気を好くし、すこぶる鷹揚な文言で礼を言った。

「一肌脱がせて頂きましょう」とジャスパーは繰り返した。「この胸に正直、疑心暗鬼を生じていましたが、それも取り越し苦労と太鼓判を捺して頂いたからには。お笑いになるかもしれませんが――牧師は日記をつけておいででしょうか？」

「一日一行ほど。ほんのその程度なら」

「こんな何の変哲もない人生なら、神様も御存じだ、私だって一日に一行で事足りるどころではないでしょう」とジャスパーは机からとある冊子を取り出しながら言った。「もしも私の日記は、実の所、ネッドの人生の日記でもあるというのでなければ。こんなことを綴るなど噴飯物かもしれませんが、いつ綴ったかは難なくお察しになれようかと。

「真夜中過ぎ――つい今しがた目の当たりにしたことが瞼に焼きついて離れぬからには、愛しいあいつの身に何か恐ろしいことが降り懸かるのではなかろうかと妙な胸騒ぎがしてならない。いくらそいつはほんの戯事と、理詰めで説きつけようと、如何様に抗おうと、土台叶はぬ。いくら気を鎮めようと努めてもお手上げだ。このネヴィル・ランドレスという若者の何と悪魔さながら激しやすいことか、一旦激昂したが最後、何と凄まじい暴力を揮うことか、怨恨の相手の息の根を止めんものと何と前後の見境もなく怒り狂うことか、思い出すだに身の毛がよだちそうだ。恐るべき印象が余りに生々しく刻まれているせいで、私はあれからというもの二度ほど愛しいあいつの部屋へ行き、無事寝息を立てているか、よもや血だらけになって縡切れてはいまいがと、確かめたほどだ」

「こっちは翌朝の記載です。

「ネッドは早々に起きて立ち去った。相変わらず上っ調子で能天気なまま。あいつは私がクギを差すと声を立てて笑い、このぼくってのはいつ何時であれネヴィル・ランドレスといい対善人じゃないかいと言った。私はたといそうかもしらんが、あれほどの悪人ではあるまいと返した。あいつは一件を軽く受け流し続けたが、私は能う限り遠くまで見送り、後ろ髪を引かれる思いで別れた。この暗澹たる得体の知れぬ虫の報せをどうにも振り払えない――もしや明々白々たる事実に基づく感情を虫の報せなどと呼べるものなら」

「何度も何度も」とジャスパーは締め括りに、そいつを片づけるお膳立てとし、日記の頁をペラペラめくりながら言った。「私はこうした塞ぎの虫に取り憑かれて来ました。外の記載を御覧になればお分かり頂ける通り。ですがこうして外ならぬ牧師に太鼓判を捺して頂いたからには、そいつを解毒剤代わりに日記に綴り、塞ぎのムシの奴の息の根を止めてやるとしましょう」

「今のその解毒剤とやらのお蔭で」とクリスパークル氏は返した。「塞ぎのムシの奴をいずれメラメラ焼べる気になってもらえればもけの幸い。君がこんなにも快くわたしの願い出に応じてくれた今晩に限って、アラを探そうというのではないが、それでも、ジャスパー君、君は甥っ子に御執心な余り、日記に大げさなことを書き過ぎてはいないかね」

「牧師には」とジャスパー氏は両肩を竦めてみせながら言った。「私があの晩、日記をつけるべく腰を下ろす前にどんな心理状態にあったか、そいつをどんな文言で書き表さざるを得なかったか、ありのままを御覧に入れました。お忘れではないでしょうが、牧師は私の用いたとある文言が余りに大仰すぎると異を唱えられました。あれほど大仰な文言はこの日記のどこを探してもありません」

「やれやれ。いずれにせよ今のその解毒剤を試してみてくれ給え」とクリスパークル氏は返した。「お蔭で君が一件をもっと明るくまっとうに見てやれるようになることを祈るばかりだ。この話は今はもうこれでたくさん。わたし自身、ずい分気を楽にして頂いた。ありがとう。心から礼を言うよ」

「必ずや」とジャスパーは互いに手を握り締めながら言った。「牧師の達ての願いを半端どころではなし、やり遂げさせて頂きましょう。ネッドにはともかく折れるとなったらとことん折れさせてみせます」

然なる会話が交わされて三日目、ジャスパーは以下の如き手紙を携えてクリスパークル氏を訪うた。

「親愛なるジャック

「ぼくの心から尊敬するクリスパークル牧師と色々話をつけてくれたとはありがたい限りだ。正直に認めるよ、なるほどぼくはあの晩、ランドレス君とどっちもどっち前後の見境がなくなってしまっていた。何もかも水に流して、是非とも彼と仲直りしたいものだ。

「一つお願いがあるんだが、愛しいジャック、どうかランドレス君をクリスマス・イヴに（ってのはとびきりの日にあやかって）ディナーに招待してくれないかな。ぼく達三人きりでまた会って、その時その場でグルリッと握手を交わして、それきり一件にはそっくりケリをつけようじゃないか。

敬具

愛しいジャックへ

エドウィン・ドゥルード

「追而　プッシー嬢には次の音楽のレッスンの時にでもぼくから愛を込めてって伝えておくれ」

「その時にはもちろん、ネヴィル君も快く来てくれるはずと?」とクリスパークル氏はたずねた。

「もちろん、ではないでしょうか」とジャスパー氏は返した。

第十一章　肖像画と指輪

ロンドンはホウボーンの数世紀を閲す切妻造りの家屋敷が今に天下の目抜き通りをしょんぼり、干上がって久しき旧渓《オールド・》流《ボーン》*を探し求めてでもいるかのように打ち眺めて立っている、わけても神さびた界隈の裏手に、ステイプル・イン*と呼ばる二棟の歪《いびつ》な方庭を囲む建物よりなる小さな奥まりがある。それはかの、人馬でどよめき返った表通りから折れるや、ほっと一息吐いた歩行者が耳には木綿を詰め、長靴にはヴェルヴェットの底をあてがったかのような感懐に見舞われる奥まりの一つである。それはかの、二、三羽の煤けたスズメが煤けた木の中でお互いチュンチュン、「さあ、田舎ごっこをしようよ」と声をかけ合ってでもいるかのように囀り、ものの二、三フィートの庭地とものの二、三ヤードの砂利のお蔭でちっぽけな脳ミソへのくだんの気散じなる狼藉を働かせて頂ける奥まりの一つである。のみならず、それはかの、法的奥まりなる奥まりの一つにして、その端くれたる小さな玄関広間の屋根には小さな明かり取り《ランタン》が嵌めこまれている。が果たして御逸品、如何なる邪魔っ気な目論見の下《もと》、如何なる大枚叩いて取り付けられたものか、当該冒険譚の与り知る所ではない。

　クロイスタラムが遙か彼方の鉄道の存在にかの、我々ブリテン人の身上たる繊細な気質を脅かすとして心証を害せし当時――世界の何処にて如何なるものの身に如何なる運命が降り懸かろうとかっきり同程度、ブツブツ不平を垂れられ、ビクビク気を揉まれ、タラタラ鼻にかけられるというがその聖なる名物につきものの奇しき星の巡り合わせの訳だが――くだんの往時、如何なる御近所ののっぽの建物も未だステイプル・インに影を投ずべく聳やいではいなかった。西に傾く太陽は夕陽を赤々と降り注ぎ、南西風は誰憚ることなく吹き込んだ。

　風も太陽も、しかしながら、とある十二月の夕刻六時に垂んとする頃、ステイプル・インにはつれないことこの上もなく、辺り一面、濛々と霧が立ち籠め、ロウソクはインの当時人の住まっていた続きの貸間という貸間の窓越しに――就中その不様な入口の上に白と黒で次なる謎めいた銘をひけらかしている小さな内側の方庭の角っこの屋敷なる続きの貸間よりは――霞んだ仄暗い光線しか降り注いで下さってはいなかった。

P
J　T
1747.

当該続きの貸間にて、たまさかそいつをちらと見上げては、ひょっとして御逸品、恐らく《パハップス》ジョン・トーマスの謂なりや、それとも恐らく《パハップス》ジョー・タイラーの謂なりや*と首を捻るのをさておけば銘のことなどとんとお構いなしにて、グルージャス氏は炉端に腰を下ろしたなりペンを走らせていた。

　一体どこのどいつに、グルージャス氏の御尊顔を目にしただけでこの方、野望や失望を味わったためしがあるか否か言い当てられたろう？　彼は生まれながらにして弁護士業の焼きを入れられ、事務所業務に就くべく刻苦勉励し、捺印証書を作成し、ピストルの言い種ではないが「賢者呼ばわる所の譲渡《コンヴェイ*》」しようとした。が譲渡証書作成業《コンヴェイアンシング》と御当人とはてんでソリが合わず、互いの合意の下《もと》に縁を切った――とは固より連れ添いもせぬに縁を切れるものなら。

　然り。思わせぶりな譲渡証書作成業《コンヴェイアンシング》はいっかなグルージャス氏の方へなびこうとしなかった。求愛されたが、くどき落とされては下さらず、かくて御両人、それきり袂を分かった。

が調停《アービトレーション》業が何やら摩訶不思議な風によりて彼の下《もと》へ吹き寄せられ、彼がくだんの業務において倦まず弛まず正義を究め正義を為す者として大いなる信用を博すに及び、お次にめっぽう実入りのいい管財人職《レシーヴァシップ》がより出所の定かなる風によりてポケットに舞い込んだ。かくて、たまたま、打ってつけのクチにありついた。今や二つの莫大な遺産の管財人兼代理人《レシーヴァ・アンド・エイジャント》たりて、その法的業務を懐に入れるだけのことはあろう額にて階下の事務弁護士事務所へ委託し、彼は己《おの》が野望なるロウソクを消し（とは仮にそもそもそいつに火を灯していたとしての話）、ロウソク消し共々、余生を一七四七年に鋤を入れしP・J・Tの乾涸びたブドウとイチヂクの木の下《もと》にて安らけく（『列王記第二』四：二五）送っていた。

　仰山な勘定書と会計簿に、仰山な書簡の綴じ込みに、一つならざる金庫が、グルージャス氏の部屋に華を添えていた。面々は、その整然とした並べられ方たるや然ても良心的にして正確極まりないからには、およそグルージャス氏の部屋に嵩張っているとは言えなかったろう。いきなりポックリあの世へ身罷り、とある事実なり数字なりともかくやりくさしのまま、と言おうか曖昧なままこの世を去るやもしれぬと思っただけでもグルージャス氏はいつ何時であれ、床に縡切れたなり大の字に伸びていたろう。信託物件に能う限り忠誠を尽くすことこそこの男の生き血であった。世に、より速やかに、よりほがらかに、より艶やかに流れる生き血ならばごまんとあろう。が体の中を駆け巡るにかほどにまっとうな生き血はまずあるまい。

　彼の部屋に贅沢品は一つこっきりなかった。その居心地の好さですら、部屋そのものがカラリと乾燥して暖かく、色褪せてはいるものの小ぢんまりとした炉端を具えている点に限られていた。部屋の私生活と呼べるやもしれぬ顔触れは暖炉と、安楽椅子と、さなくばテラテラのマホガニー製の楯よろしく引っくり返されたままの片隅より営業時間が退《ひ》けるや炉敷の上に引こずり出される古めかしい予備の丸テーブルくらいのものであった。かくて守勢を取っている際には楯の背後に、概ね何か気の利いた酒の仕舞われた食器戸棚が控えていた。外っ側の部屋は事務員の部屋で、グルージャス氏の寝室は共同階段の向こうにあり、彼は共同階段のどん底に某か空っぽならざる地下室を有していた。一年の内、少なくとも三百日、彼はディナーを認《したた》めに向かいのファーニヴァルズ・イン*の旅籠へと過り、ディナーを認《したた》め果すやまたもや取って返した。営業日が今一度、一七四七年に溯るP・J・T宛、白々と幕を明けるまでこれら飾りっ気のない面々の御利益に目一杯与るべく。

くだんの夕べ、グルージャス氏が氏の炉端に座ってペンを走らせている如く、グルージャス氏の事務員は彼の炉端に座ってペンを走らせていた。蒼白い、むくみ面《づら》の、髪の黒々とした三十男で、大きな黒っぽい目にはとんと光沢がなく、不平タラタラの生焼けっぽい顔色は、とっととパン屋へ送ってくれとでも言わぬばかりだったが、当該お付の者はグルージャス氏に何やら摩訶不思議な睨みの利く得体の知れぬ男であった。奴をお払い箱にせよとのお呼びのかかった際にポシャった呪《まじな》いによりてドロンと、御伽草子の使い魔よろしく立ち現われでもしたかのように、男はグルージャス氏の床几にひしとしがみついていた。ことグルージャス氏の快楽と便宜に関せば、男をあっさりお役御免にすれば氏もさぞや好都合な上から肩の荷が下りていたろうものを。髪の毛のモジャモジャの辛気臭い男で、引っくるめれば何やらかの、全植物界が束になってかかっても敵わぬほどどっさりウソ八百を匿って来たウパスなる有毒の木の*蔭の下《もと》にて手塩にかけられたげな所があった。にもかかわらず、グルージャス氏は男を如何でか、下にも置かず懇ろに扱っていた。

「はて、バザード」とグルージャス氏は事務員が入って来るや、その夜は一先ず書類に片をつける間《ま》にもそいつらから顔を上げながらたずねた。「何か霧の外《ほか》に風の便りは？」

「ドゥルード氏が」とバザードは言った。

「彼がどうした？」

「お見えになりました」とバザードは言った。

「ならばこちらへお通ししてくれていてもよかったろうに」

「ただ今そうしている所であります」とバザードは言った。

客《まろうど》はよって姿を見せた。

「これはこれは！」とグルージャス氏は対《つい》の事務用ロウソクの向こうから横方《よこざま》顔を覗かせながら声を上げた。「てっきり、せっかく訪ねて来てもほんの名前を告げたきり行ってしまったものと思っていたよ。調子はどうだね、エドウィン君？いやはや、何やら噎せ返っているようでは！」

「霧がこんなに濛々と立ち籠めてるんじゃ」とエドウィンは返した。「目だってカイエンヌ・ペッパーを食らったみたいにヒリヒリですよ」

「げにそこまでひどいとは？　どうかマフラーから何から脱いでくれ給え。暖炉がこんなにパチパチ燃え盛っていてもっけの幸い。それもこれもバザード君があれこれ面倒を見てくれているお蔭だが」

「いえ、さようの覚えは」とバザード氏は戸口で宣った。

「ああ！　だったらわたしが知らず知らずの内に自分で自分の面倒を見てやっていたのだろうさ」とグルージャス氏は言っ

た。「どうかわたしの椅子に掛けてくれ給え。いや。どうか！　そんな身を切るような外気の中からやって来たばかりだ、どうかわたしの椅子に掛けてくれ給え」

　エドウィンは片隅の安楽椅子に腰を下ろし、彼がもろとも引っ提げて来た霧と、外套とマフラーごとかなぐり捨てた霧は、メラメラと燃え盛る炉火に瞬く間に舐め尽くされた。

「何だか」とエドウィンは笑みを浮かべて言った。「長居を決め込みにやって来たみたいですね」

「――ということなら」とグルージャス氏は声を上げた。「いや、済まん、口をさしはさんで。是非とも長居をして行ってくれ給え。霧はもう一、二時間もすれば晴れるだろう。ホウボーンのすぐ向かいからディナーを取ろうじゃないか。どうせカイエンヌ・ペッパーを食らうなら、外よりここでの方が好かろう。是非とも腰を据えて、晩飯を食って行ってくれ給え」

「そいつは願ったり叶ったり」とエドウィンは目新しくもゴキゲンな手合いのジプシーめいた晩餐会がおっ始まりそうだと思えば如何せん勇み立ち、部屋をざっと見渡しながら言った。

「礼には及ばんよ」とグルージャス氏は言った。「こちらこそ願ったり叶ったりだ。よりによってこんな貸間住まいのチョンガーとカンカンガクガクやりながら、あり合わせの食事にまで付き合ってくれようというなら。で、せっかくだ」とグルージャス氏は声を潜め、何やらパッと名案がひらめきでもしたかのように目をキラキラ輝かせて口を利きながら言った。「バザードにも声をかけよう。さもなければツムジを曲げてしまうやもしらん。――バザード！」

　バザードはまたもや姿を見せた。

「ドゥルード氏とわたしと一緒にそろそろ晩飯にするとしようじゃないか」

「先生の御命とあらば、もちろん、御一緒させて頂きます、先生」というのが鬱々たる返答であった。

「これはまた何ということを！」とグルージャス氏は声を上げた。「わたしは別に命令している訳ではなかろう。一つどうかと誘っているだけだ」

「忝いお言葉、先生」とバザードは言った。「でしたら、御一緒させて頂いても構いません」

「ならば決まりと。で、済まんが」とグルージャス氏は言った。「ファーニヴァルズの旅籠まで一っ走りして、クロスを広げるネタを届けるよう言って来てくれんかね。ディナーに仕度出来る限り熱くてこってりしたスープの蓋付き深鉢《チュリーン》と、おススメの限りいっとう気の利いた取り合わせ料理と、骨付き肉の塊と（そう、例えばマトンの腰肉のような）、ガチョウか、シチメンチョウか、ともかくその手の何かささやかな、たまたまメニューに載っているような詰め物料理を頼むと――早い話が、何でもいいから手頃なものを見繕ってくれと」

かく、椀飯振舞いの命《めい》を、グルージャス氏は例の調子で在庫目録を読み上げているか、説教を復唱しているか、ともかく何であれソラでやりこなしているかのように下《くだ》した。バザードは丸テーブルを引こずり出すや、すは、仰せに従うべくその場を辞した。

「実は、ほら、いささか気が引けたもので」とグルージャス氏は事務員が姿を消すと声を潜めて言った。「あいつを糧食徴発にやらす、と言おうか兵站《へいたん》部の仕事に狩り出すのは。お蔭でツムジを曲げてしまうやもしらんからには」

「何だかあの方、好きにやってらっしゃるって感じですね」とエドウィンは宣った。

「好きにやってらっしゃる?」とグルージャス氏は返した。「おお、まさか！　かわいそうに、とんだお見逸れもいい所だよ。もしもあいつが好きにやっていたなら、今頃こんな所にはおるまい」

「だったら一体どこにおいでなものやら！」とエドウィンは胸中、惟みた。が彼はただ胸中、惟みるきりだった。というのもグルージャス氏は近寄って来るなり、暖炉の反対の隅に背《せな》をもたせ、肩甲骨を炉造りにあてがったなり陣取るや、いざ気さくに四方山話に花を咲かすべく上着の裾をたくし上げたからだ。

「さして八卦見の才はないが、君は、ほら、あちらへ行く前にちょっと立ち寄って――先方ではさぞやお待ちかねだろうから――もしもわたしからチャーミングな被後見人に何かささやかな言伝でもあればそいつを託かろうと、で多分、どんな手続きがらみにせよわたしにちょっとしたカツを入れにやって来たのではないかね？　えっ、エドウィン君?」

「あちらへは一応、礼を失《しっ》しちゃならないってんで行く前に、先生、こちらへ伺わせて頂きました」

「一応、礼を失《しっ》しては！」とグルージャス氏は声を上げた。「ああ！　もちろん、居ても立ってもいられないからというのではなく?」

「居ても立ってもいられない、先生?」

グルージャス氏は剽軽玉でも飛ばしてやろうとの腹づもりの下《もと》――とは言え、そんな素振りをちらとでも見せたという訳ではないが――まるでその他大勢のヤワな烙印がカッチンコの金属に焼きつけられる如く、御自身の剽軽玉の効験をしこたま御尊体に焼きつけようとでもいうかのように且々耐えられるか耐えられぬか、炉火に近づいていた。が客《まろうど》の落ち着き払った面《おもて》と物腰を前に剽軽玉は敢えなく吹っ飛び、炉火ばかりがしぶとく残った。よってハッと飛び退きざま、ゴシゴシ御尊体をさすった。

「実はつい先日あちらへ行って来たばかりでね」とグルージャス氏はまたもや上着の裾をたくし上げながら言った。「それもあって、向こうでは君のことをさぞやお待ちかねだろうと言ったのさ」

「ああ、ってことだったんですか！　でしょうとも。あの子《プシー》のことだ、きっと首を長くして待っててくれてるはずです」

「君はあちらにネコでも飼っているのかね？」とグルージャス氏はたずねた。

エドウィンはいささか頬を染めぬでもなく言い繕った。「ぼくはローザのことあの子《プシー》って呼んでるんです」

「おお、そういうことかね」とグルージャス氏はツルリと御尊顔を撫で下ろしながら言った。「そいつはまたやけに愛想のいいことに」

エドウィンはちらと、果たしてこの方、くだんの呼称に本気で異を唱えておいでなものやら俄には判じかね、相手の顔を見やった。がいっそ時計の文字盤をちらとやった方がまだ増しだったやもしれぬ。

「言ってみりゃ愛称ですよ、先生」と彼はまたもや申し開きにこれ努めた。

「はむふ」とグルージャス氏はコクリと頷きながら言った。がそれは諸手を挙げて諾っているとも但書き付きで首を振っているともつかぬやり口でコクリとやったものだから、客《まろうど》は面食らうこと頻りであった。

「ですからプローザは――」とエドウィンは体勢を立て直すべく切り出した。

「プローザ？」とグルージャス氏はオウム返しに声を上げた。

「あの子《プシー》って言いかけたんですけど、止しました。――で彼女はランドレスのことじゃ何か言ってましたか？」

「いや」とグルージャス氏は返した。「ランドレスとは何だね？　地所かね？　別荘かね？　農場かね？」

「姉弟です。姉さんの方は尼僧の館《やかた》にいて、めっぽう仲良くやってます、ってプ――」

「プローザとはと」とグルージャス氏は御尊顔をピクともさせぬまま口をさしはさんだ。

「すこぶるつきのべっぴんで、先生、てっきり噂話を聞かされるか、ひょっとして引き合わされたかと思ってましたが？」

「いや、いずれも、残念ながら」とグルージャス氏は言った。「が、どうやらバザードが戻って来たようだ」

バザードは二人の給仕を――手を拱いた給仕と、腰の座らぬ給仕を――お供に戻り、三人してどっとばかり霧を引っ連れてお越しになったものだから、勢い炉火はメラメラと新たに燃え盛った。腰の座らぬ給仕は、一切合切、肩に背負《しょ》ってやって来ていたが、目にも留まらぬ早業にして物の見事にクロスを広げ、片や手を拱いた給仕は、何一つ背負《しょ》って来ていなかったが、相方のアラばかり探した。胆の座らぬ給仕はそれから、持って来ていたグラスを端《はし》からピッカピカに磨きにかかり、手を拱いた給仕はまさか曇ってはおるまいがと、グラスを光にかざしてしげしげやった。腰の座らぬ給仕はそれから、スープを取りにホウボーンをすっ飛んで行き、またもや取って返すと、取り合わせ料理を取りにすっ飛んで行き、またもや取って返すと、骨付き肉とトリ料理を取りにすっ飛んで行き、またもや取って返し、その合い間合い間にあれやこれや色取りの品を取りに散々おまけにすっ飛んで行っては舞い戻った。というのもしょっちゅう手を拱いた給仕がそいつら一切合切忘れて来たのが発覚したからだ。が腰の座らぬ給仕は、如何ほど空《くう》を切って行ったり来たりしようと、帰って来るなり必ずや手を拱いた給仕に霧をもろとも引っ連れて舞い戻ったと、息をゼエゼエ切らしておるではないかとどっちめられた。宴が締め括られるや――その時までには腰の座らぬ給仕はてんでアゴを出していたが――手を拱いた給仕はテーブルクロスを勿体らしく小脇に掻き寄せ、腰の座らぬ給仕がせっせときれいなグラスを並べているのを（腹立たしげに、とは言わぬまでも）苦々しげに、見守っていたと思うと、グルージャス氏の方へかく言わぬばかりに訣れの一瞥をくれた。「改めて申すまでもなかりましょうが、お客様、心付けを賜るなら何卒わたくしめへ。この奴《やっこ》にはビタ一文くれてやるまでもございません」して腰の座らぬ給仕を背《せな》から小突きつつ、部屋から姿を消した。

とは、我らが政府の、如何なる類であれ最高司令官職なる繁文縟礼省の閣下方を物せし一点の非の打ち所もなき筆致の細密画のようなもの。国立美術館にて蓋し、ドンピシャ目の高さに吊る下げられて然るべき目からウロコのちゃちな絵を地で行っていた。

さながら霧のお蔭で当該贅を凝らした宴が張られることとなったと言っても過言ではなかろう如く、霧は並べて絶妙なソースの役をこなした。戸外の事務員共が嚔《くさめ》を放《ひ》ったり、ゼエゼエ喘いだり、砂利の上で足踏みしているのを耳にするは、厨人《キッチナー》博士*のソースの遙か上を行く醍醐味であった。ブルリと身を震わせながら、お気の毒な腰の座らぬ給仕に戸を開け果せもせぬ内から閉《た》てろと命ずは、ハーヴィ*より芳《かんば》しき風味の香辛料であった。してここにて因みに申し添えておけば、当該若者の大御脚は扉にあてがわれる上でこよなく繊細な触角を露にすることに、必ずや御当人と盆より僅か数秒ほど（何やら釣り糸を垂れる要領にて）先を行き、必ずや御当人と盆が姿を消してなおグズグズとためらっていた。さながらダンカンを殺害すべく不承不承、舞台より下りる御尊体にお供する段のマクベスの大御脚（『マクベス』Ⅱ、2）よろしく。

持て成し役はいつの間にやら地下倉庫に下り、霧とは縁もゆかりもなき土地にて遙か昔、熟成し、爾来仄暗き片隅にて微睡み続けて来たルビー色や、琥珀色や、黄金《こがね》色の酒のボトルを抱えて戻って来ていた。然ても長きうたた寝より目覚めるやキラキラ、キラめき渡ってはチリチリ、音を立てながら、連中、栓抜きに手を貸すべく（暴徒が門をコジ開けるのに手を貸す囚人《めしうど》さながら）コルクに突っかかりざま、どっと陽気に踊り出た。仮にP・J・Tが一七四七年、であろうと他の如何なる往年であろうと、かようのワインを聞こし召していたなら――さらば、定めてP・J・Tもめっぽう浮かれ返って《Pretty・Jolly・Too》いたろうに。

外っ面だけからすれば、グルージャス氏はこうした目に綾なる年代物ワインに一向まろやかにして頂いている風にはなかった。氏が連中を呑んでいるというよりむしろ連中こそ、パッサパサに乾涸びきった嗅煙草の形《なり》なる氏に降り注がれたはいいが、お蔭で御尊顔にチラつく光と影だけからすれば正しく焼け石に水だったやもしれぬ。氏の物腰にしてからが一向連中の御利益に与っていなかった。が持ち前の木偶じみたやり口にてそれなりエドウィンに抜け目なく目を光らせてはいた。それが証拠、ディナーが済むと、エドウィンに炉端の片隅の御自身の安楽椅子に戻るよう手招きし、エドウィンがほんの形ばかり異を唱えながらもすんなりヌクヌクと御逸品に身を沈めるや、氏自身も椅子を暖炉の方へ向け、ツルリと頭と顔を撫でつけ下ろす段には、撫でつけ上手の指の間から客《まろうど》の様子をこっそり窺っている様が見受けられたやもしれぬ。

「バザード！」とグルージャス氏はいきなり彼の方へ向き直りざま声をかけた。

「はい、しかとついて行っております、先生」とバザードは、大方黙々とではあれ、呑み食いなる仕事を職人めいたやり口で坦々とこなしていたが、返した。

「君に乾杯と行こう、バザード。エドウィン君、バザード氏の成功を祈念して！」

「バザード氏の成功を祈念して！」とエドウィンは、とんと筋合いもなきまま仲良く気炎を上げる風を装い、口には出さねど胸中、かく言い添えながらオウム返しに声を上げた。「一体全体何事がらみでさ！」

「して願はくは！」とグルージャス氏は続けた——「勝手にバラしてはならんからには——願はくは！——何せ天下の口下手。まともな落ちもつけられそうにないが——願はくは！——何か洒落れた文言でもひらめけばいいものを、とんと洒落っ気に見限られているからには——願はくは！——心痛の棘《とげ》ならまだしも的外れではあるまい——願はくは、そいつが晴れてお出ましになりますよう！」

バザード氏は苦虫を噛みつぶしながらも炉火宛、ニタリと口許をほころばせ、まるでそこにこそ心痛の棘《とげ》が御座るかのようにモジャモジャの房毛に片手を突っ込み、それから御逸品、まるでこちらにこそ御座るかのようにチョッキに片手を突っ込み、はたまた御逸品、そちらにこそ御座るかのようにポケットに片手を突っ込んだ。こうした一挙手一投足において、彼はエドウィンの目にひたと追われていた。まるでくだんの殿方、棘《とげ》が蠢く所を一目拝ませて頂かんものと固唾を呑んででもいるかのように。お目当ての代物は、しかしながら、お出ましにならず、バザード氏はただポツリと返すきりだった。「はい、しかとついて行っております、先生。ありがとうございます」

「何はさておき」とグルージャス氏はチリンチリン、片手でテーブルの上のグラスを鳴らし、もう一方の手の蔭の下《もと》、エドウィンに耳打ちすべく斜《はす》に屈み込みながら言った。「我が被後見人の健康を祝して杯を干す所だが、まずはバザードに敬意を表したまでのことさ。さもなければツムジを曲げてしまうやもしらん」

とは、謎めいたウィンクもろとも口にされしもの。と言おうかもしやグルージャス氏の手にかかってなおそこそこ素早くやりこなされていたならウィンクだったやもしれぬものもろとも。よってエドウィンも、御自身然なる真似をしてどういう気なものやらチンプンカンプンのままウィンクを返した。

「でお次は」とグルージャス氏は言った。「チャーミングな麗しのローザ嬢に満杯を捧げようではないか。バザード君、チャーミングな麗しのローザ嬢に乾杯！」

「はい、しかとついて行っております、先生」とバザードは言った。「で先生に乾杯！」

「でぼくも！」とエドウィンは言った。

「いやはや」とグルージャス氏はその後、当然の如く続いた沈黙を破りながら声を上げた——とは言え一体何故《なにゆえ》こうした合い間が必ずしも自省や意気阻喪に与すとは限らぬながら、如何なるささやかな社交的儀礼を執り行なおうと我々を見舞わねばならぬものか何人《なんぴと》に言えようぞ？——「わたしはとんでもなく四角四面の男だが、それでも何となく気紛れを起こして（とはもしや気紛れのキの字も持ち併さぬクセをして、そんな文言を使って差し支えなければ）今晩という今晩は、真の恋人の心境の絵が画けそうな気がするよ」

「では我々もしかとついて行き、先生」とバザードが言った。「その絵を拝見させて頂こうでは」

「エドウィン君が、もしや間違っていたなら、御叱正賜り」とグルージャス氏は仕切り直した。「生身のそいつから二、三筆を入れて下さろう。恐らく細かな点ではあちこち間違っていて、生身のそいつから二、三どころではない筆を入れてもらわねばなるまいが。何せこっちは生まれながらの木端《チップ》なだけに、ヤワな共感もヤワな経験も持ち併せていないからには。やれやれ！　ひょっとして、真の恋人の心というものは情愛の愛しき相手によってすっかり奪われているのではあるまいか。ひょっとして、相手の愛しき名は男にとってはかけがえがなく、耳にしたり繰り返されたりするだに心がときめき、聖なるものとして崇められているのではあるまいか。仮に男が相手のために何か格別な愛称を持っているとすれば、それはそこいらの連中の耳ではなく、彼女の耳のためにこそ取っておかれているのではあるまいか。目映いばかりの彼女自身と二人きりの時に、その名で呼べることは特権であろうから、そいつをどこか他処で猥りに口にするのは図々しい、と言おうか思いやりに欠ける、と言おうかつれない、と言おうかほとんど裏切りとも呼べるのではあるまいか」

一見の価値あったろう、グルージャス氏が両手を膝に突き、ピンと背筋を伸ばしたなり椅子に掛け、当該御託をひっきりなし御尊体よりポツリポツリ小間切れに繰り出しているの図は。恰もめっぽう記憶力のいい慈善学校生が教義問答を念仏よろしくソラで唱えているはいいが、時折ピクピク、鼻の先っちょをかすかにピクつかすのをさておけば、何らそれ相応の情動を露にせぬ如く。

「絵の先を」とグルージャス氏は仕切り直した。「続けさせてもらえば（とはもちろん君に、エドウィン君、御叱正賜りながら）、真の恋人というものは情愛の愛しき相手の側《そば》に、或いは近くに、いたいといつも焦れったがっているのではあるまいか。男は他のどんな交わりにおいてもくつろぎたいなどとは思わず、ひたすら彼女の存在を求めるものではあるまいか。仮にわたしが男はちょうど鳥がその塒を求める如くそいつを求める、などと言ったらとんだお笑い種だろう。というのもそうでもした日には自ら詩と解釈しているものを侵害することになろうから。わたしはいつ何時《なんどき》であれ詩の縄張りを侵すどころでないからには、我ながら、ついぞその一万マイル以内に立ち入ったためしがない。おまけに鳥の習いにはとんと疎いと来る。とは、自然の女神の慈悲深き御手によりてわざわざ連中のためにこさえられたのではない出っ張りの上や、雨樋や煙突の通風管の中に塒を求めるステイプル・インの小鳥をさておけば。という訳で、どうか鳥の巣は天から端折らせて頂いているものと諒解してくれ給え。がわたしの思い描く所の真の恋人というものは、情愛の愛しき相手の存在とは分かち難い日々を過ごしているからには、同時に二層倍の生活と片手落ちの生活を送っているのではあるまいか。とはどういうことかはっきり分かってもらえぬとすれば、土台口下手なだけに思う所を言い表しそくねているからか、それとも土台思う所がないだけに言い表しそくねているものを端《はな》から心底思っていないからの二つに一つ。よもやその後者ではあるまいが」

エドウィンは当該一幅の絵のここかしこ明るみに出るにつれ、さっと頬に紅みが差したり引いたりしていた。彼は今や炉火にじっと目を凝らして座り、下唇を噛んだ。

「所詮、四角四面の男の下種の何とやらだ」とグルージャス氏は相変わらず先とそっくり同様ピンと背筋を伸ばしたまま口を利きながら仕切り直した。「かほどに大仰なネタがらみではとんだドジを踏んでいよう。が恐らく（もちろんこれまで同様、エドウィン君にいつでも御叱正賜らねばならんが）、真の恋人には冷ややかさとか、懶さとか、疑わしさとか、無関心とか、心の中で半ばブスブス燻っては半ばメラメラ燃え盛っているといったどっちつかずの所はからきしないのではあるまいか。さあ、どうだろう、この絵はともかく当たらずとも遠からずかね？」

いきなり取っかかったり仕切り直したりしたと同様、いきなり締め括るや、グルージャス氏はグイと、エドウィンに当該質問を吹っかけ、まだまだまくし立てている真っ最中《さなか》と思しき所ではったと口をつぐんだ。

「このぼくにどうかとお尋ねなら、先生」とエドウィンはしどろもどろ返した。「ぼくとしては――」

「ああ、そうとも」とグルージャス氏は言った。「そのスジの権威として、君に尋ねているのさ」

「でしたら、ぼくとしては、先生」とエドウィンは戸惑いがちに続けた。「正直、先生のお画きになった絵は大方正しいと思いますが、ひょっとしてお気の毒な恋人にちょっと手厳しすぎるんじゃないでしょうか」

「かもしらんな」とグルージャス氏は相づちを打った。「かもしらんな。何せこっちは根っからこっぴどい奴と来る」

「ひょっとしてそいつは」とエドウィンは言った。「思ってるまんまを顔に出さないかもしれませんし、ひょっとして――」

そこにて彼がその先を何と続けたものかそれは長らくためらっているものだから、グルージャス氏はかくいきなり助け船を出すことにて彼の難儀を一千層倍膨れ上がらせて下さった。

「ああ、なるほど。ではないやもしらん！」

とのクチバシが容れられた所で三人は皆して黙りこくった。バザード氏の沈黙はうたた寝より惹き起こされしものではあったが。

「とは言え、責任は実に重大だろう」とグルージャス氏はとうとう、じっと炉火に目を凝らしたなり言った。

エドウィンは彼の目をじっと炉火に凝らしたなり相づちを打った。

「で男には誰一人ぞんざいに扱ってはいないものと」とグルージャス氏は言った。「男自身にせよ、他の何者にせよ、心してもらわねばなるまい」

エドウィンはまたもや下唇を噛み、依然炉火にじっと目を凝らしたまま座っていた。

「ゆめ宝物を慰み物にしてはなるまい。万が一にもかようの真似をするとしたら、男に災いあれかし！　ということはくれぐれも胆に銘じてもらわねば」とグルージャス氏は言った。

以上の文言を彼は前述の絵空事の慈善学校生が『箴言』から一、二節復唱していたやもしれぬ如く口にしたが、彼が今や火格子の中の真っ紅に燃え盛った石炭宛、右手の人差し指を振り、またもや黙りこくった風情にはどこかしら（さても字義通りの男にしては）夢見がちな所があった。

彼は、しかしながら、長らく黙りこくっていた訳ではない。椅子の中でピンと背筋を伸ばしたなり身動ぎ一つせぬまま座っていたと思いきや、いきなりポンと、どこぞの妙ちきりんな偶像《ジョス》か何かの彫り物が瞑想から覚めでもしたかのように両膝を打ちざま言った。「そろそろこのボトルを空にしようではないか、エドウィン君。グラスに注がせてくれ給え。バザードにも注いでやろう。あいつめなるほど鼾をかいてはおるが。さもなければツムジを曲げてしまうやもしらん」

彼は彼ら二人共のグラスになみなみ注ぎ、御自身のにもなみなみ注ぐと一気に呑み干し、グラスを折しもそれもて青バエを捕らまえでもしたかのようにひょいと、テーブルの上に底を天辺にして伏せた。

「でそろそろ、エドウィン君」と彼はハンカチで口と手を拭いながら続けた。「ささやかな事務的要件に入らせて頂くとしよう。君は先日、ローザ嬢の父上の遺書の検認済みの写しをわたしから受け取った。中身については以前から知っていたが、一応事務的手続きとして写しを受け取った。仮にローザ嬢が是非とも君に直接送ってくれと言ってでもいなければ、ジャスパー殿に送っていた所だが。写しは確かに受け取ったね？」

「はい確かに、先生」

「君は写しを受領した旨認めて然るべきだった」とグルージャス氏は言った。「世界中、事務は事務なもので。がまだ受領を認めていない」

「今日初っ端こちらへ伺った時は、先生、受領を認めるつもりでした」

「それはまた事務的やり口とは程遠いが」とグルージャス氏は返した。「そいつはさておこう。さて、くだんの文書には君も気づいていようが、忝くも二言三言、いつ何時であれわたしが然るべきと思う頃合を見計ってさる、口約束でわたしに委ねられたささやかな任を果たすよう認《したた》めてある」

「はい、先生」

「エドウィン君、実はちょうど今しがた、炉火を見つめる内にふと、今ほどくだんの任を果たすに打ってつけの頃合いはないような気がして来てな。ほんの一時《いっとき》付き合ってもらえるかね」

彼はポケットから鍵束を取り出すと、ロウソク明かりの下《もと》、御所望の鍵を選り出し、それから、ロウソクを手に、蓋付きの事務机、と言おうか書き物机へ向かい、錠を外し、小さな秘密の引き出しの撥条に触れ、そこより指輪を一点収められるしごくありきたりの指輪ケースを取り出した。して御逸品を手に、椅子に戻ったが、若者にほら、御覧とかざした段には小刻みに手が震えていた。

「エドウィン君、このダイアモンドとルビーが金に精妙に嵌め込まれた薔薇はローザ嬢の母上の指輪だった。指輪はわたしの目の前で、叶うことなら終生二度と目にしたくないほど狂おしくも悲しみに打ち拉がれて、彼女の綷切れた手から外された。わたしも相当の堅ブツだが、そいつに耐えられるほど堅ブツではない。ほら、こいつら宝石の何とキラキラ目映いばかりに輝いていることか！」とケースを開けながら。「がそれでいてこいつらよりあれほど遙かに明るく、こいつらをあれほどしょっちゅう軽やかにして誇らかな心ときめかせて眺めていた手は早、灰を灰に、塵を塵に帰せられて（『祈禱書』埋葬の儀）幾歳《いくとせ》にもなるとは！　万が一にもわたしが想像力を持ち併せていたなら（とは言うまでもなく、無いものねだりもいい所だが）或いはこいつら宝石の永久《とこしへ》の美しさはほとんど酷いとすら想像していたやもしらん」

彼は然に口を利きながら指輪ケースの蓋を閉じた。

「この指輪は麗しく幸せな人生の然ても時ならずして溺死した若き御婦人に、初めて互いに契りを交わした際に夫から贈られたものだ。彼女の無意識の手から指輪を外したのは彼であり、自らの死期が迫った際に指輪をわたしの手に委ねたのは彼だった。わたしは指輪を君とローザ嬢が成人し、互いの婚約が順調に進み、晴れて結ばれる日が来たら、彼女の指に嵌めるよう君に手渡してくれと頼まれた。目出度く然なる顚末と相成らなかった際には、わたしがそのまま預かるということにして」

グルージャス氏がじっと彼に目を凝らしながら指輪を渡す間《ま》にも、若者の面《おもて》には少なからず当惑が、若者の手の仕種には少なからずためらいが、窺われた。

「君が彼女の指に指輪を嵌めれば」とグルージャス氏は言った。「生者のみならず死者に対す厳正な忠誠に厳かな封印をすることになろう。君はいよいよ君達二人の結婚のためのこれきり取り返しのつかぬ最後の仕度をするために彼女の下へ向かうからには、こいつを、ほら、持って行き給え」

若者は小さなケースを受け取り、胸許に仕舞った。

「万が一にも不備が生じたら、万が一にもほんの些細な手違いでも生じたら、万が一にも君が胸中、我ながらほんのこいつを楽しみにして待つのにとうの昔に馴れっこになっているからという理由以上に気高き謂れもないままこの手続きを踏もうとしているとしたら、その時は」とグルージャス氏は言った。「今一度、生者と死者の名にかけて、君に言っておくが、どうかその指輪をわたしに返してくれ給え！」

ここにてバザードが御自身の鼾にてハッと目を覚まし、そうした折の御多分にもれず、よもやおぬし、俺が眠りこけていたなどとあげつらう気ではあるまいがとばかり、卒中然と虚空を睨め据えたなり座っていた。

「バザード！」とグルージャス氏は常にも増してすげなく言った。

「はい、しかとついて行っております、先生」とバザードは返した。「ずっと、しかとついて来ております」

「さる信任を果たすに、わたしは今エドウィン・ドゥルード君にダイアとルビーの指輪を手渡した所だ。ほら、いいかね？」

エドウィンはまたもや小さなケースを取り出し、蓋を開け、さらばバザードはケースを覗き込んだ。

「お二人共にしかとついて行っております、先生」とバザードは返した。「して、しかとこの目で見届けさせて頂きました」

とっとと暇を乞い、独りきりになりたがっているのは一目瞭然、エドウィン・ドゥルードは今や再び外套に身を包むと、何やらブツブツ、約束の時間がどうのこうのつぶやいた。霧は一向晴れていないと（コーヒー利害における思惑がらみの飛行より下り立った腰の座らぬ給仕によりて）報じられたが、彼はその直中へと出て行き、バザードは、御自身の流儀に鑑み、「しかとついて」行った。

グルージャス氏は独りきり取り残されると、一時間は下らぬ、部屋をゆっくり行きつ戻りつした。彼は今晩は落ち着かず、何やら浮かぬ面《つら》を下げていた。

「あれで好かったんだろうか」と彼は独りごちた。「どうしても一言、クギを差しておかねばならぬような気がしたもので。指輪を手離すのは辛かったが、どのみち早晩、手許を離れてはいたろう」

彼は溜め息まじりに空っぽの小さな引き出しを閉じ、書き物机を締めた上から錠を下ろし、孤独な炉端に引き返した。

「果たして彼女の指輪は」と彼は続けた。「あいつは、この手に戻って来るものやら？　今晩は彼女の指輪のことがやけに頭にこびりついて離れぬ。が、それも無理からぬことではないか。あんなに長らく手許に置き、あんなに大切に仕舞っていたからには！　果たして――」

彼は落ち着かぬと同時に悩ましい心持ちにもあった。というのもそこまで言いかけるやはたと口ごもり、またもや行きつ戻りつしたにもかかわらず、再び腰を下ろすと、首を捻りにかかったからだ。

「果たして（これが一万度目、でこのわたしの何と意気地無しにもタワケたことよ。何せそいつが今となっては何の意味があるというのか！）あいつが自分達の孤児《みなしご》の娘をわたしに預けたのは、そもそも知っていたからだろうか――いやはや、あの娘の何と母親そっくりになって来たことか！

「果たしてあいつはいきなり横合いから割って入って彼女を掻っさらった時、どいつかぞっこんのクセをして口説き言の一つも言えずに岡惚れしている男がいるのを気取ってすらいたものやら、果たしてその気の毒な男がどいつなものか思い寄ってすらいたものやら！

「果たして今晩は眠れるものやら！　がともかく布団を引っ被って世の中締め出して、物は試しに床に就くとしよう」

グルージャス氏は階段を過り、ほどなく寝仕度を整えた。霧のかかった深い闇へ引き取り、ひんやりと底冷えのする霧深い闇へ引き取り、ほどなく寝仕度を整えた。靄のかかった姿見に映った御尊顔がぼんやり目に留まるや、しばしそいつにロウソクをかざした。

「なるほどきさまそんな役所でどいつかの頭の中にお邪魔するにはとんだらしい奴ではないか！」と彼は声を上げた。「そら！　そら！　そら！　とっとと床に就いて、この老いぼれ、無駄口を叩くのは止さんか！」

かく独りごちたと思いきや、彼はロウソクを消し、布団を引っ被り、またもや深々と溜め息を吐きざま世の中を締め出した。がそれでいて、今にこの世にまたとないほどらしくない奴にも、かの老いぼれ火口っぽい嫩葉《わくらば》めいたP・J・Tとて一七四七年かそこいらにちょくちょく、ひょっとしてかく《Possibly・Jab》無駄口を《bered・Thus》叩いたやもしらぬような誰一人分け入ったためしのなきロマンティックな奥処があるものだ。

第十二章　ダードルズとの一夜《ひとよ》

サプシー氏は黄昏時、手持ち無沙汰にして、一件の広大さにもかかわらず御自身の深遠さを打ち眺めるのがいささかダレを見せて来るに及び、間々大聖堂の境内とそこいらを気散じがてら歩き回る。氏は勿体らしい所有主風を吹かせて教会墓地を過り、胸中、かの奇特な借地人たるサプシー夫人に鷹揚に振舞うに、夫人に大っぴらに褒美を賜ったことではある種椀飯振舞いの地主めいた感懐を焚きつけては得々とする。のみならず、はぐれ者の顔が一つ二つ、手摺り越しに中を覗き込み、恐らくは御自身の碑銘を読んでいるのを目にしては。他処者が足早に教会墓地から出て来るのに出会そうものなら、掛け値なく得心する。てっきりそやつめ、碑銘に宣はれている如く「赤面して立ち去って」いるものと。

サプシー氏の勿体にはいよよ拍車がかかっている。というのもクロイスタラム町長に任ぜられたからだ。町長なくしては、しかも仰山なそいつなくしては、全社会機構が――サプシー氏は因みに、くだんの強かな言葉の綾を自らでっち上げたものと信じ切っているが——瓦解すること論を俟たぬ。町長なるもの従来、君主宛ぶつ、英文法に大胆不敵にも砲弾から榴弾からをぶち込む火器たる一席を携えて「上京」することにてナイト爵を授けられて来た。サプシー氏は一席携えて「上京」*するやもしれぬ。腰を上げよ、サー・トーマス・サプシー！ 地の塩とは然なる者達のものなるからには。*

　サプシー氏は初っ端ポートと、墓碑銘と、バックギャモンと、牛肉と、サラダに共に舌鼓を打つべく顔を合わせて以来、ジャスパー氏との親交を深めている。サプシー氏は番小屋にて劣らず手篤き持てなしを受け、その折ジャスパー氏はピアノの前に腰を下ろすと、自慢の喉を震わせ、彼の耳を——とは擽《こそばゆ》くして差し上げるに寸詰まりでだけはない長ずっこい奴だが*——擽《こそばゆ》くして——とは物は喩えで——下さった。サプシー氏がくだんの若者にあって気に入っているのは、常日頃から先達の叡智の御利益に与るにおよそ吝かどころではなく、根っから、貴殿、まっとうな気っ風をしておる所でしてな。それが証拠、あの若者は例の夕べ、我らが祖国の敵共にウケのいいちゃちな小唄ごときではなく、生粋のジョージ三世の御世の国産物《もの》を聞かしてくれましたわ。してやつがれを（「我が雄々しき奴らよ」として）大海原を四方八方掃射するのみならず、我らが島国以外の島国という島国を、おまけに大陸から、半島から、地峡から、岬から、他の一切合切の地形からを十把一絡げに木端微塵に吹っ飛ばせよと焚きつけてくれまして。詰まる所、神慮は堅忍不抜のオークの心より然に小さな国家を築き、片や然に幾多のウジ虫もどきの国民をこの世に在らしめ賜うたことでは紛うことなき過ちを犯されたことを明々白々と申し立ててくれましたわ。

　サプシー氏は当該ジメついた夕べ、赤面して立ち去る他処者はおらぬかと、両手を後ろ手にしたなり漫ろ教会墓地の際を歩きながら角を曲がり、代わりに、押し出しのいい首席司祭が聖堂番とジャスパー氏と話し込んでいる所に出会す。サプシー氏は取っておきの会釈をすると、やにわにヨークやカンタベリーの如何なる大主教より遥かに聖職者然とふんぞり返る。

「君はどうやら我々についての本を一冊物す気のようではないかね、ジャスパー君」と首席司祭は宣う。「我々についての本を一冊。はむ！ 我々はめっぽう神さびているからには、なるほど読み出のある本にはなろう。我々は齢《よはい》におけるほど懐《ふところ》が暖《ぬく》い訳ではないが、多分、そこの所はわけても本に盛り込んで、我々が如何ほど冷や飯を食わされているか皆の注目を集めてくれような」

トープ氏は、本務の命ずがまま、然なる軽口に大いに腹を抱える。

「私は物書きにも考古学者にも」とジャスパーは返す。「鞍替えする気はさらさらありません、司祭。こいつはほんの私の気紛れにすぎぬばかりか、そもそもこんな気紛れを起こしたのも私自身というよりこれなるサプシー殿の責任です」

「おや、それはまた一体どうして、町長殿?」と首席司祭は己《おの》が生魑魅にコクリと気さくに頷いてみせながらたずねる。

「それはまた一体どうしてでしょうの、町長殿?」

「はてさて」とサプシー氏はキョロキョロ、とは果たしてどういうことかとばかり辺りを見回しながら宣う。「畏れ多き首席司祭殿はやつがれの何のことをおっしゃっているものやらして御本尊を穴の空くほどしげしげやりにかかる。

「ダードルズ」とトープ氏が水を向ける。

「如何にも!」と首席司祭はオウム返しに声を上げる。「ダードルズ、ダードルズ!」

「実を申すと、首席司祭」とジャスパーは説明する。「私がそもそもあの男に興味を覚えたのも、元を正せばサプシー殿のせいでして。サプシー殿が人間というものを熟知なされ、男にどこかしら世捨て人めいた、と言おうか奇矯な所があろうものなら何であれ引き出す才に長けておいでなばっかりに、初めて私もあの男のことを取り合ってやる気になった次第で。なるほど、申すまでもなく、ここいらではひっきりなし出会してはいましたが。と申しても、驚かれるには値すまいかと、首席司祭殿、もしや司祭殿がその目で、サプシー殿が如何様に御自身の茶の間であの男を手玉に取られたか、私同様、御覧になっていれば」

「おおっ!」とサプシーは御自身に向かって投げられた玉を得も言はれず得々として勿体らしく拾い上げながら声を上げる。「如何にも、如何にも、畏れ多き首席司祭がおっしゃっていたのはそのことと? 如何にも。やつがれはたまたまダードルズとジャスパー殿を引き合わせましたぞ。ダードルズという男は、それにしても、なかなかの曲者では」

「いくら曲者とは言え、サプシー殿、サプシー殿の手にかかっては面白いほど地を出してくれますが」とジャスパーが間の手を入れる。

「いや、さほどでも」と魯鈍な競売人は返す。「ひょっとしてあの男に少々睨みは利くかもしれませんし、ひょっとしてあの男の本性を少々見抜いてやれるかもしれません。畏れ多き首席司祭も御記憶の通り、これでも伊達や酔狂で世の中渡って来た訳でないからには」ここにてサプシー氏は上着のボタンを篤と眺めるべく気持ち、首席司祭の背《せな》に回る。

「はむ！」と首席司祭ははてさて己《おの》が猿真似氏は如何なされたかとばかり、キョロキョロ辺りを見回しながら言う。「何卒、町長殿、同じあのダードルズという男とは長年の付き合い、裏の裏まで見透かしておいでとあらば一つ、そいつを笠に着て、あの男にはくれぐれも我らが奇特にして貴き聖歌隊長の首を折らんようクギを差しておいて頂けませんかな。そうでもされた日にはたまったものではありません。聖歌隊長の頭と声は我々にとってかけがえがないからには」

トープ氏はまたもやカンラカラ腹を抱え、平身低頭、クックと痙攣《ひきつけ》もどきに笑い声を立て、やがてブツブツ恭しげにつぶやいた。かようの権威よりかようの世辞を賜れるとあらば如何なる殿方といえども御自身の首をへし折られるくらい悦びにして誉れとしか存じ上げぬでしょうな。

「ジャスパー君の首なら」とサプシー氏は居丈高に宣う。「やつがれが責任を持って守らせて頂こうでは。ダードルズには間違ってもカスリ傷一つ負わさぬよう重々クギを差しておきましょうぞ。あやつめやつがれの言うことなら何でも聞こうからには。して目下、問題の首は如何様の危険に晒されておると？」と彼は物々しき後ろ楯風を吹かして辺りを見回しながらたずねる。

「ただ月夜の晩にダードルズと一緒に墓や、地下納骨所や、塔や、廃墟を歩き回っているだけのことです」とジャスパーは返す。「ほら、覚えておいででしょう、町長自ら我々を引き合わせて下さった晩に、私もそこそこ絵心があるからには、それも一興かもしれぬとおっしゃったのを？」

「如何にも、そう言えば！」と競売人は声を上げる。してしかつべらしきド阿呆者は事実記憶に留めているものとげに得心する。

「ありがたき御教示に則り」とジャスパーは続ける。「あの奇矯な老いぼれとは何度か昼の日中にあちこちさ迷いましたが、外ならぬ今晩、月明かりの下《もと》に窖だの物蔭だのシラミ潰しに探りを入れてみようということになっています」

「して噂をすれば何とやら」と首席司祭が言う。

ダードルズが、手に弁当の包みを提げたなり、蓋し、こちらへズッコリズッコリお越しになるのが見える。していよズッコリ、間近にお越しになり、首席司祭の姿が目に入るや、ひょいと帽子を脱ぎ、御逸品を小脇に抱えたなり、ズッコリ立ち去りかける。がサプシー氏が待ったをかける。

「おい、やつがれの馴染みのことはくれぐれもよろしく頼むぞ」というのがサプシー氏の石工宛、差し賜うクギなり。

「だんなのどの馴染みがポックリ行きなすったってんで？」とダードルズはたずねる。「だんなの馴染みがらみじゃからき

し注文は頂えてねえが」

「馴染みというのはあちらの生身の殿方のことだ」

「おいや！　あちらの?.」とダードルズは言う。「ジャアスパーのだんなならてめえの面倒くれえてめえでごらんになれるんじゃ」

「だが、君もくれぐれも面倒を見て差し上げてくれたまえ」とサプシー氏は言う。

ダードルズは先方をむっつり（何せ物言いがやたら高飛車なからには）頭の天辺から爪先まで眺め渡す。

「首席しせえ殿に御免蒙って、もしやだんながてめえがらみのネタにかかずらって下さりゃ、サプシーのだんな、ダードルズの奴だって奴がらみのネタにかかずらいやしょうが」

「今日は何やら腹のムシの居所が悪いようではないか」とサプシー氏は、如何にこの男を易々手懐け果すかさて御覧じろとばかり、一座にウィンクしてみせながら言う。「馴染みというものはやつがれがらみのネタで、ジャスパー殿はやつがれの馴染みだ。でおぬしもやつがれの馴染みではないか」

「いつもの悪いクセで、やたらふんぞりけえるなお止しになっちゃあ」とダードルズはコクリと、しかつべらしくもクギ差しめかして頷きながら突っ返す。「そいつあその内だんなの手に負えなくなりやすぜ」

「今日は何やら腹のムシの居所が悪いようでは」とサプシー氏はまたもや、カッと気色ばみながらもまたもやパチリと一座宛ウィンクしてみせながら言う。

「んりゃだろうじゃ」とダードルズは返す。「何せ図々しいなあイケ好かねえもんで」

サプシー氏はこれが三度目パチリと、さも「ほれ、如何ですかな、あやつめグウの音も出んでは」とでも言わぬばかりに一座宛ウィンクすると、スタスタ、押し問答よりシッポを巻く。

ダードルズは、さらば首席司祭に、んじゃここいらでと言い、帽子を被り直しながらかく言い添える。「あしゃ、ジャアスパーのだんな、約束通り、御用の時はいつでも家《うち》にいやしょうぜ。こっから一フロ浴びに引っけえすからにゃ」してほどなくズッコリズッコリ姿を消す。当該、一フロ浴びに引っけえすなる手続きは、この男と厳然たる事実との間につけられし摩訶不思議な折り合いの一つなり。何せ、御当人と、帽子と、長靴と、一張羅は、ついぞ一フロ浴びた痕跡を留めるどころか、仲良くどこからどこまで塵と砂利まみれのからには。

街灯点灯夫が今や静かな境内に点々と芥子粒もどきの明かりを灯し、そのためわざわざ小さな梯子を大童で駆け昇《のぼ》っては駆け降りる段ともなれば——その不都合の聖なる蔭の下《もと》、幾世代もの連中がスクスク育ち、そいつをお払い箱にするなど考えただけでもクロイスタラム中があんぐり口を開けて呆気に取られていたろうが――首席司祭はディナーに、トープ氏はお茶に、ジャスパー氏はピアノに、散り散りに散る。そこにて、ジャスパー氏は二、三時間ほど炉火の明かりを措いてロウソク一本灯さぬまま、低く美しい声で聖歌隊の唄を朗々と歌いながら座る。即ち、日はとうに暮れ、月がいよいよ昇らんとする時分まで。

そこで彼はそっとピアノの蓋を閉じ、上着をそっと、いっとうどデカいポケットにそこそこ大振りな柳技細工の角瓶の突っ込んである船乗り合羽《ビー・ジャケット》に着替え、山の低い垂れ縁付き帽子を被ると、そっと表へ出る。何故《なにゆえ》今晩に限り然までそっと忍び足で歩かねばならぬ？ 表向き然なる謂れは一切見受けられぬ。果たして胸中、何やら一脈通ず謂れが暗澹と蟠っているからか？

ダードルズの出来そくないの塒、と言おうか市壁に空いた穴ぼこへ向かい、中に明かりがぽつんと灯っているのを目にするや、彼はそっと、早ここかしこ、昇りつつある月が斜《はす》に照りつけている中庭の墓石や、墓碑や、石のガラクタの直中を足音を忍ばせて縫う。職人御両人はどデカい鋸を石の塊に押っ立てたなり放ったらかし、或いは「死の舞踏*」から飛び出した職人のガイコツ御両人が哨舎の暗がりにてニタニタ、お次にクロイスタラムであの世へ身罷る定めの二人の人間の墓石を滅多無性に挽きに挽いてやらんものと手ぐすね引いて待っているやもしれぬ。よもやお次の御両人、目下はこの世で、恐らくピンシャン浮かれて御座ろうからにはそんなことなど夢にも思っていまいが。一体御両人が――と言おうか内一人が――何者か、下種の何とやらを働かすのも御一興！

「おい！ ダードルズ！」

明かりが揺らめき、御当人がロウソクを手に戸口に姿を見せる。この方、どうやら酒瓶と、水差しと、タンブラーの助太刀の下《もと》「一フロ」浴びていたと思しい。何せ客の請じ入れられる、頭の上では垂木が剥き出しになり、漆喰の天井の影も形もなきがらんとしたレンガ造りの部屋にはそれきり沐浴の道具らしきものは皆目見当たらぬから。

「仕度はいいか？」

「へえ、ジャアスパーのだんな。じっつあま方にゃあくやしかったらお出ましになって頂こうじゃねえですかい。あしらがあちらの墓の間あウロつき回るとなりゃよ。あしの気《け》ならいつでもよござんすぜ」

「とは酒気の方か元気の方か？」

「おいや、どっちもおなしこっちゃあ」とダードルズは返す。

「ってえこって、どっちもどっちお待ちかねですぜい」

ダードルズはカンテラを鉤から外し、もしやお呼びがかかれば火を灯せるようマッチを一、二本ポケットに突っ込み、二人は共々弁当ごと、繰り出す。

蓋し、不可解千万な遠出もあったものでは！　ダードルズ自身が、何せ年がら年中、食屍鬼よろしく古ぼけた墓や、廃墟の直中をほっつき回っているからには——やっこさんが、お目当て一つなきまま登ったり、潜ったり、さ迷ったりすべくこっそり繰り出すのは珍しくも何ともない。が聖歌隊長であれ他の何者であれ、ともかくやっこさんに付き合い、かようの道連れ共々月明かりの効験たるや如何にと研鑽を積む酔狂を起こすとあらば話は別。故に、蓋し、不可解千万な遠出もあったものでは！

「あすこのあの、中庭の門の脇の土饅頭に気いつけなすって、ジャアスパーのだんな」

「ああ。あれは一体何だ？」

「石灰で」

ジャスパー氏はつと足を止め、道連れがお越しになるのを待つ。というのも後ろでグズグズためらっているから。「所謂、速効性生石灰と？」

「へえ！」とダードルズは言う。「だんなの長靴なんざあっという間にペロリとやっちまわあな。ちょいと小器用に混ぜくりけえしてやりゃ、だんなの骨だってあっという間によ」

二人は歩き続け、ほどなく『旅人《たびにん》二ペンス亭』の赤い窓を行き過ぎ、「修道士のぶどう園」の皓々たる月明かりへと這い出す。こいつを過ると、小キャノン・コーナーに突き当たる。が、その大方は月がもっと高々と昇るまでは暗がりに包まれている。

屋敷の表戸を閉《た》てる音が耳に留まり、男が二人出て来る。クリスパークル氏とネヴィルだ。ジャスパーは面《おもて》にいきなり妙な笑みを浮かべ、ダードルズの胸に掌をあてがい、そのなり待ったをかける。

小キャノン・コーナーのくだんの端は目下の月明かりの下《もと》にては黒々とした蔭に包まれている。くだんの端にはまた、いつぞやは庭たりしが今や大通りたるものの唯一の名残の境界を成すほんの胸の高さまでしかない古ぼけたちんちくりんの壁の端くれがある。ジャスパーとダードルズはお次の瞬間にはこの壁を曲がっていたろう。がひたと足を止めたせいで、その背後に立ち尽くす。

「あの二人はただブラついているだけだ」とジャスパーは耳打ちする。「じき月光の中へ出るだろう。我々はここでおとなしく息を潜めておこう。さもなければあいつら足止めを食わすか、一緒に連れて行ってくれと言い出すか何かするかもしれん」

ダードルズはコクリと頷き、弁当の包みから何か食いくさしをモグモグ頬張りにかかる。ジャスパーは壁の天辺で腕を組み、その上で頬杖を突いたなり、じっと見守る。小キャノンのことは歯牙にもかけていないが、ネヴィルをじっと、さながら片目を充塡済みのライフルの引き鉄にあてがい、獲物を射程内に置き果せたからには今にもズドンとやろうとでもいうかのように見守る。相手の息の根ならいつでも止めてやれるといった表情がそれはありありと面《おもて》に浮かんでいるものだから、さしものダードルズとてモグモグやっていた中途でひたと止《や》め、モグモグやりくさした奴を頬張ったまま、相方の方を見やる。

片やクリスパークル氏とネヴィルは静かに話をしながら行きつ戻りつする。何を口にしているか、脈絡を追っては聞き取れぬが、ジャスパー氏は早、一再ならず彼自身の名を聞き分けている。

「今日は週の初めで」とクリスパークル氏が二人して引き返しながら言っているのがはっきり聞こえる。「週末はクリスマス・イヴだ」

「僕だったら大丈夫です、先生」

くだんの箇所において、谺はこちらの肩を持ってくれた。が二人が近づくにつれ、話し声はまたもや入り乱れる。「信頼」という文言が、谺によりてバラかされながらもなお接ぎ合わされるが、クリスパークル氏によって口にされる。二人がいよよ近づくにつれ、返答の次なる端くれが聞こえる。「まだそいつには値しないかもしれませんが、きっとその内、先生」彼らがまたもや遠ざかるにつれ、ジャスパーはまたもやクリスパークル氏の文言に紛れて彼自身の名が口にされるのを耳にする。「くれぐれも忘れないでくれ給え、君のことはわたしが責任を持つと言ったのを」それから話し声はまたもや入り乱れ、彼らはしばし足を止め、何かネヴィルの側《がわ》にて懸命な仕種が続く。二人して今一度歩き出すと、クリスパークル氏が空を見上げ、前方を指差すのが見える。彼らはそれからゆっくり姿を消し、小キャノン・コーナーの反対端にて月光の直中へと出て行く。

二人が姿を消して初めて、ジャスパー氏は身動ぎする。がさらばダードルズの方に向き直り、いきなりゲラゲラ、腹を抱える。ダードルズは依然例の食いくさしを頬張ったまま、とんとカンラカラやる筋合いがないとあってグイと、相手を睨め据える。がとうとうジャスパー氏は両腕に面《おもて》を突っ伏しざま一頻り笑い転げる。さらばダードルズは食いくさしを捨て鉢気味にゴクリと、挙句胃がもたれようとままよとばかり呑み下す。

くだんの人気《ひとけ》なき奥まりは日が暮れてからはほとんどそよと戦ぎも動きもせぬ。昼の日中とていい加減ひっそり静まり返っているものの、夜分ともなればほとんど物音一つ聞こえぬ。陽気に賑わう本町通り《ハイ・ストリート》がその場とほぼ平行に走り（古めかしい大聖堂は御両人に挟まれて聳やいでいるが）、クロイスタラムの往来が流れる自然な経路となっているのにかてて加えて、夜の帳が下りてからは神さびた大伽藍や、回廊や、教会墓地には何がなし、よほどの物好きでもなければ出会したがるまい由々しき静けさが漲っている。真っ昼間にあちこちの通りで行き当たりばったりに出会す仰《のっ》けのクロイスタラム町民百人にお化けを信じるか否か聞いてみるがいい。さらば連中、否と答えよう。が夜分に、くだんの薄気味悪い境内と、店で賑わう大通りのどちらか選べと迫ってみれば、九十九人の連中がより遠回りにしてより人通りの多い道に軍配を挙げよう。のは何故《なにゆえ》か、境内に纏わる如何なる御当地の迷信にも手がかりはつかめぬが――なるほど腕に赤子を抱え、首からダラリとロープを垂らした謎の御婦人が、御当人に劣らず捕まえ所のない一人ならざる証人によりてそこいらをヒラヒラ、ヒラついている様が見受けられてはいるものの――未だ生《せい》の息吹きを内に有す塵が既に生《せい》の息吹きの失せた塵から本能的に後込みする点のみならず、次なる広く遍く人口に膾炙しているにもかかわらずほとんど劣らず広く遍くおスミ付きに見限られている警句に見出せるやもしれぬ。「仮にあの世の者が、如何なる状況の下《もと》であれ、この世の者に見えるとすれば、ここはそいつに然ても打ってつけのグルリのからにはこちとら、この世の者は、とっとと尻に帆かけるに如くはなかろう」

よって、ジャスパー氏とダードルズが、後者が鍵を持っている小さな脇扉より地下納骨所《クリプト》に降りる前につと、周囲を見回すべく足を止めてみれば、月明かりに照らし出された四方八方、人っ子一人見当たらぬ。ひょっとして生《せい》の潮《うしお》はジャスパー氏自身の番小屋にて塞き止められたのやもしれぬ。その向こうにて潮《うしお》のつぶやきがブツブツと聞こえはするが、その上にて彼のランプが番小屋こそ灯台でもあるかのようにカーテン越しに真っ紅に燃えている拱道からこちらへは波の一つこっきり打ち寄せぬ。

二人は中に入ると内側から錠を下ろし、ゴツゴツの階段を下り、早、地下納骨所《クリプト》の中だ。カンテラにお呼びはかからぬ。というのもガラス一枚嵌まっていない、その朽ちた窓枠だけが地べたに図柄を投じている穹窿《グロイン》の窓から月光が射し込んでいるから。天井を支えるずっしりとした円柱はさすがに黒々とした巨大な影を落とすが、その間《はざま》には光の小径が走る。当該小径を二人して行きつ戻りつしながら、ダードルズは未だ掘り起こせるものと当てにしている「じっつあま方」をダシに御託を並べては「御一家丸ごと」――とはこの方、くだんの一族の近しき馴染みででもあるかのように――石で固めて土寄せされていると思しき壁をピシャピシャぶち上げる。普段無口なダードルズの舌が当座滑らかなのは、ジャスパー氏の柳枝細工の角瓶の為せる業。というのも御逸品、淀みなく循環して下さるから――とは即ち、御逸品の中身がダードルズ氏の血の循環に淀みなく流れ込むという意味において。片やジャスパー氏はほんの一度口を濯ぐきりで、その一口も吐き捨てる。

　二人はこれから巨大な塔に昇ることになっている。大聖堂まで昇り詰める階段の上にてダードルズは新たに息を溜め込むべく、立ち止まる。階段はめっぽう暗いが、暗がり越しに二人には自分達が過って来た光の小径が垣間見える。ダードルズはとある段に腰を下ろす。ジャスパー氏は別の段に腰を下ろす。柳枝細工の（今や如何でかダードルズの手に渡っている）角瓶からほどなくプンと芳香が立ち昇るからには、早コルクが抜かれていると思しい。がこれは視覚にては確かめられぬ。何せいずれも相手が見極められぬ始末だから。がそれでいて言葉を交わす段には、さながら面《おもて》同士、ツーカーでやれるかのように、二人は互いに向き合う。

「こいつあすこぶるつきの酒じゃあ、ジャアスパーのだんな！」

「だろうとも。わざわざそのため買い求めたからには」

「あいつら姿は、ほら、見せねえんで、じっつあま方あよ、ジャアスパーのだんな！」

「もしもそんなことでもされた日には、さぞかし世の中、今どころではなしこんぐらかろうな」

「ああ、んりゃあれやこれや一緒くたになろうじゃ」とダードルズは然に口にしながらもひたと、さながらお化けなるものついぞ、御家庭的にせよ年代記的にせよ、単に不都合な観点よりは念頭に浮かんだためしがないかのように口ごもりながら相づちを打つ。「けど男や女じゃなし、外の奴らのお化けだっているかもしれねえたあお思いになりやせんか？」

「とはどんな奴らの？　花壇や如雨露の？　馬や頭絡の？」

「いや。物音の」

「どんな物音の？」

「叫び声の」

「とはどんな？　椅子直しの呼び声のとでも？」

「いやさ。金切り声の。さてっと、よござんすか、ジャアスパーのだんな。ボトルをシャンとさすんで、ちょいとお待ちを」ここにて紛うことなくポンと、またもや栓が抜かれ、またもや捻じ込まれる。「そら！　これでよしっと！　ちょうど去年の今時分のこと、たあ言ってもほんの二、三日後だったかもしんねえが、あしゃたまたまクリスマスの奴ら、そいつが当てにして当たりめえ手篤く迎えてやろうってんでえらくまっとうな真似えしてた。するってえとあいつら性懲りもねえガキの奴らが滅多無性に襲いかかって来やがった。あしゃやっとこあいつらに逃げえ食わしてこけえ潜り込んだ。んでグースカ眠りこけちまった。けんど何でギョッと目が覚めたか？　叫び声のお化けじゃねえか。身の毛もよだつような金切り声のお化けが聞こえたと思やあ、犬の遠吠えのお化けがダメえ押しやがる。ってな、どいつかあの世へポックリ行った時に上げるそいつみたよな長ったらしい辛気臭え御愁傷サマげな遠吠えの。ってのがあしの去年のクリスマスの前の晩のこって」

「とはどういうことだ？」というのがめっぽうぶっきらぼうな、猛々しいとも言えよう逆ネジなり。

「ったあ、んだから、あしゃあっちこっちで探りい入れたが、一人こっきり今のその叫び声と今のその遠吠ええ耳にした奴あいなかった。ってこったらありゃどっちもお化けだったんで。何であしにだけ聞こえたのかあ、今の今までさっぱりだが」

「てっきりお前は別クチの男なものと思っていたがな」とジャスパーはさも見下したかのように言う。

「あしだってよ」とダードルズは例の調子で平気の平左、返す。「けどあしだけカモにされたんで」

ジャスパーは、とはどういうことだと尋ねた際、いきなり腰を上げていた。して今や言う。「そら、こんな所にじっとしていては凍え死にそうだ。とっとと案内しないか」

ダードルズは、千鳥足めかぬでもなく、仰せに従い、先刻使った鍵で階段の天辺の扉を開け、かくて大聖堂と水平の、内陣の脇の通路へと這い出す。ここにて、月光はまたもやそれは皓々と照りつけるものだから、最寄りのステンド・グラスの色が二人の顔に投ぜられる。さながら墓所からでもあるかのように道連れがついて来るのに開けっ広げの扉に手をかけて待っている知らぬが仏のダードルズの見てくれは、面《おもて》に紫の帯が走り、額に黄色い跳ねが飛んでいるとあって、いい加減薄気味悪い。がいくら道連れが御自身、委ねられている、巨大な塔の階段へ通ず鉄門の鍵はどこかと、あちこちポケットを弄りながらもしげしげ食い入るように顔を覗き込もうと何のその、とんと魯鈍な面《つら》を下げている。

「そいつと酒瓶と両方では邪魔っ気だろう」と彼は鍵をダー

ドルズに渡しながら言う。「包みをこっちへ寄越せ。私の方がお前より若いし、息も長い」ダードルズは弁当と酒瓶の間でしばしためらうが、よっぽどか打ってつけの道連れとして酒瓶に軍配を挙げ、素面っぽい荷を聖堂巡りの相方の手に委ねる。

そこでいざ、二人は巨大な塔の螺旋階段を四苦八苦、グルグル、グルグル回っては、頭上の階段やそいつらが螺旋を巻いているゴツゴツの石の枢軸を躱すべく頭を下げながら昇り続ける。ダードルズは早シュッと、ひんやりした硬い壁よりかの、万物に潜む摩訶不思議な火の粉を頂戴することにてカンテラに火を灯しているが、彼らは当該芥子粒を頼りに、クモの巣や塵の直中を上へ上へと昇る。二人は妙な場所を次から次へと掻い潜る。二、三度、月光に照らされた身廊を見下ろせる水平の低い迫持造りの回廊に這い出し、ここにてダードルズはカンテラを揺らすことにて何やら二人の行方を見守っているかのような屋根の持出し《コーベル》の上なる一つならざる天使の頭を揺らす。とこうする内、より狭く険しい階段へと折れるや、夜気が吹きつけ始め、どこぞの胆を潰した小ガラスか、びっくり仰天したミヤマガラスが甲高い鳴き声を上げたと思いきやバタバタ、せせこましい奥まりで羽搏く音が聞こえ、ついでにパラパラと塵や藁を頭にお見舞いして下さる。とうとう、とある階段にカンテラを置き去りにし——というのもこなる高みにて風はビュービュー生半ならず吹きつけて来るから——彼らは月光を浴びた目に綾なるクロイスタラムを見下ろす。塔の袂にては死者の毀たれし住まいや聖域が広がり、その向こうにては生者の苔むした赤瓦の屋根や赤レンガの家々が犇き合い、川は水平線上の霧から、さながらそいつこそ源ででもあるかのようにウネクネと流れ、とうに大海原に近づいているのを不穏に気取ってでもいるか、やたら逆巻いている。

それにしても、不可解千万な遠出もあったものでは、こいつ！　ジャスパーは（何ら目に清《さや》かなる謂れもなきまま絶えずそっと足音を忍ばせているが）くだんの眺めを、わけてもかの、大聖堂の蔭が黒々と垂れ籠めているどこよりひっそり静まり返った箇所を見守る。が劣らず興味津々食い入るようにダードルズをも眺め、さしものダードルズとて時折、相手にしげしげやられているのを気取る。

ほんの時折。というのもダードルズは寝ぼけ眼になりつつあるから。さながら軽気球飛行士が上昇したければ提げている荷を軽くする如く、ダードルズもまた上へ昇るにつれて柳枝細工の角瓶を軽くしてやっている。たまさかウツラウツラ睡魔に襲われるせいでハッと足許が覚束無くなったり、おしゃべりの途中で舌が縺れる。お手柔らかな熱帯地方熱《キャレンチャー》＊の発作に見舞われ、お蔭でてっきり、遙か下方の地べたが塔と水平なものと思い込み、いっそ塔から空中へと歩き出したきムラッ気を起こす。といった為体《ていたらく》である、二人して下に降り始める段には。してさながら軽気球飛行士が下降したければ御自身を重くしてやる如く、ダードルズもまたそれだけ易々下へ降りられるよう、柳枝細工の角瓶の中身でいよ御自身を満タンにしにかかる。

鉄門に辿り着き、錠が下ろされるや——とは言えその前にダードルズが二度ほどヨロヨロ蹴躓き、一度などパックリ眉を切って初めて——彼らはまたもや地下納骨所《クリプト》へと、入って来たままに繰り出す意図の下《もと》、下りて行く。が、くだんの光の小径の直中にて引き返す間《ま》にもダードルズは足許といい、呂律といい、それは覚束無くなるものだから、ずっしりとした円柱の一本の傍らにそいつといい対ずっしり、半ば倒れ、半ば身を投げ出し、道連れにしどろもどろ、ほんの一時《いっとき》うたた寝させてくれんかと言う。

「もしもそうしたい、と言おうかそうせねばおれんというなら」とジャスパーは答える。「ここに置き去りにはせん。勝手に寝るがいい。その間《ま》にここいらほっつき回っていよう」

ダードルズはすぐ様眠りこけ、うつらうつら夢を見る。

そいつは、夢の国の広大な版図とその不可思議な生り物のことを思えばさしたる夢ではない。特筆すべきと言ってもただ、やたら落ち着かず、やたら現《うつつ》めいていることくらいのものだ。彼はそこにぐっすり眠りこけたなり横たわりながらも、それでいて相方が行きつ戻りつする足音を数えている夢を見る。足音が時と空間の遙か彼方へ遠ざかり、何かが自分に触れ、何かが手からスルリと落ちる。それから何かがカチリと鳴り、手探りし、独りきりあんまり長らく放ったらかされているものだから、月がズンズン傾くにつれ光の小径が新たな方角を取る夢を見る。その後に続く無意識から、寒け故ののろまな不穏の夢へと移り、あちこちズキズキ疼かぬでもなくハッと目を覚ましてみれば、先の小径が——夢の中で見たままに事実変わり——ジャスパーがその直中にて両手を打ち合わせては足を踏み締めながら歩いているのに気づく。

「おいや！」とダードルズは間の抜けた具合に胆を冷やして素っ頓狂な声を上げる。

「とうとう目が覚めたか？」とジャスパーは近寄りながらたずねる。「お前の一時《いっとき》とやらは千時《せんどき》もいい所じゃないか？」

「まさか」

「いや、どころか」

「今何時で？」

「聞け！　ちょうど塔の鐘が鳴る所だ！」

鐘は四半時を四つ打ち、それから親玉の鐘が刻《とき》を告げる。

「二時たあ！」とダードルズはむっくり起き上がりざま声を上げる。「何で起こそうとなさんなかったんで、ジャアスパーのだんな？」

「起こそうとしたさ。がいっそあの世の人間を——上のあすこの片隅のお前自身の黄泉の国の一族を——起こそうとした方がまだ増しだったろうな」

「あしに手えかけなすったと？」

「手をかけた！　ああ。揺すぶり上げたさ」

ダードルズは夢の中で、前述の如く何かが触れたのを思い起こすにつれ、石畳を見下ろし、地下納骨所《クリプト》の扉の鍵が御自身横たわっていたすぐ間際に転がっているのが目に入る。

「あしゃてめえを落っことしちまったと？」と彼は御逸品をつまみ上げ、夢のかの端くれを思い起こしながらつぶやく。してまたもやすっくと、と言おうかともかく踏ん張れる限りにおいてせいぜいすっくと、背《せな》を伸ばすや、またもや道連れにしげしげやられているのに気づく。

「で？」とジャスパーはニタリと口許を歪めながら言う。「そろそろ大丈夫か？　焦ることはないが」

「弁当をちゃんと括ってやりゃあ、ジャアスパーのだんな、いつでもお供しやすぜ」

彼は弁当を改めてしっかと結わえ直す間《ま》にも、またもや穴の空くほどしげしげやられているのに気づく。

「あっしの何い勘繰っておいでなんで、ジャアスパーのだんな？」と彼はへべれけの心証を害してたずねる。「ダードルズに眉にツバしてかかる奴らにゃとっとと何がクセえか口い割って頂こうじゃ」

「お前にこっから先眉にツバしてかかっている訳ではないが、我が奇特なダードルズ殿よ、ひょっとして私の酒瓶には我々のどちらも思いも寄らなかったほどキツい奴が詰めてあったのかもな。ばかりかこいつは」とジャスパーは酒瓶を石畳から拾い上げ、底を上に引っくり返しながら言い添える。「空っぽのようでは」

ダードルズは当該御叱責を耳にカンラカラ腹を抱え賜い、一頻り腹を抱え果してなお、我ながら蟒蛇もどきもいい加減にせんかとばかりクツクツ忍び笑いを洩らしながら扉にヨロヨロ近づくや、錠を外す。彼らは共々外に這い出し、ダードルズは扉にまたもや錠を下ろし、鍵をポケットに仕舞う。

「ゾクゾクするほど興味深い晩だった。恩に着るぞ」とジャスパーは彼に手を差し延べながら言う。「独りで帰れそうか？」

「だろうじゃねえですかい！」とダードルズは返す。「もしかダードルズにヌケヌケけえり道教えようもんなら、奴あいっかならうちにゃあけえんねえでしょうな。

ダードルズは朝までうちにゃあけえるめえ。っと来りゃダードルズはいっかならうちにゃあけえるめえ。*

ああ、ダードルズの奴あよ」とこいつは、文句があったらかかって来いとばかり。

「なら、お休み」

「ああ、お休みなすって、ジャアスパーのだんな」

お互い家路へ踵を回らす。とその途端、甲高い口笛が黙《しじま》を劈き、金切り声なる戯言《たわこと》が叫《おら》び上げられる。

「やい、やい、そら！
じゅっ－うじい－すっぎても－ウッロつえて
やい、やい、ほら！
そっれでも－いっかな－けえっん－ねえなら
オイラあ－つっぶてえ－うってやる
やい、やい、いいか、気っいつっけな！」

と思いきや、飛礫がガンガン、立て続けに大聖堂の壁めがけて打たれ、むくつけき小童が向かいでピョンピョン、月光の中、躍り跳ねている様が浮かび上がる。

「何だと！　あの悪魔の赤子め、あんな所で見張っていやがるとは！」とジャスパーは怒髪天を衝くが如く声を上げる。が然てもやにわに熱り立ち、然てもやにわに拳を固めるものだから、御自身一年《ひととし》食ったそいつかと見紛うばかりだ。「あのクソ忌々しい悪タレめ、タダではおかん！　ええい、目に物見せてやる！」一発ならざる飛礫を浴びようと何のその、彼はデピュティーに突っかかりざまむんずと襟首を捕らまえ、ズルズル引っ立てようとする。がデピュティーはそう易々とは引っ立てられて下さらぬ。どころか然なる姿勢の何がいっとう強みか悪魔まがいに咄嗟に見て取るや、喉元をむんずとやられるや否やクルリと大御脚を巻き上げ、襲撃者をして無理矢理御当人の首を締めさせ、ゴロゴロ喉を鳴らしては早、絞殺の仰《のっ》けの苦悶に耐えかねてでもいるかのように御尊体をウネクネ捩《よじ》くらせてはのたうち回る。と来てはむんずとやった手を離す外あるまい。小僧はすかさず体勢を立て直し、ダードルズの方へ後退り、ギリギリ、口の正面のどデカい穴をさも小意地の悪げにして腹立たしげに軋らせながら襲撃者宛叫《おら》び上げる。

「マジ、きさまなんざ目つぶし食らわしてやる！　マジ、きさまなんざ目ん玉あえぐり出してやる！　もしかドめくらにしてやらねえってなら、オイラあコテンパンにぶちのめしやがれ！」同時にひょいとダードルズの背《せな》に回ってはジャスパー宛、今や石工のこちら側から今やあちら側から、唸り上げながら。いつ何時であれ、もしや襲いかかられようものならウネクネ、ありとあらゆる方角へ尻に帆かけんものと。してもしやとうとうとっちめられたら地べたに這い蹲いざまかく叫《おら》び上げる手ぐすね引いて。「さあ、ぶっ倒れてるとこぶちやがれ！　ああ、くやしかったらよ！」

「どうかお手柔らかになすって、ジャアスパーのだんな」とダードルズは衝立てよろしく小僧をかばいながらせっつく。

「頭あ冷やしなすって」

「こいつめ今晩我々が初っ端ここへ来た時からつけてやがったな！」

「ウソつけえ。んなこたねえやい」とデピュティーは何とかの一つ覚えの丁重な口応えの形《なり》にて物申す。

「さてはあれからずっと我々の側《そば》をウロつき回っていたな！」

「ウソつけえ。んなこたねえやい」とデピュティーは返す。

「オイラたんだ息抜きがてらフラリと出て来てみりゃだんなら二人がでっえせっえどおっからお出ましになってただけじゃあ。もしか

じゅっ-うじい-すっぎても-ウッロつえて！

(とはひょいひょい、ダードルズの背《せな》にて身を翻しながらも、お馴染みのリズムとステップにて)「そいつあオイラのせえかよ、えっ？」

「なら、そいつを家《うち》まで連れて帰れ」とジャスパーは己に生半ならず抑えを利かせながらも猛々しく突っ返す。「で、この目の前からとっとと失せせんか！」

デピュティーはまたもや甲高くピュルルーッと、一石二鳥でやれやれこれで一安心とばかり、してダードルズ氏にまだしもお手柔らかな飛礫打ちをお見舞いしにかかる合図とし、口笛を吹くや、いざ、くだんの奇特な御仁を不承不承の牡牛よろしく飛礫を打ち打ち我が家へと追っ立て始める。ジャスパー氏はむっつり塞ぎ込んだなり番小屋へ引き返す。かくて万事にケリがつく如く、不可解千万な遠出にもケリがつく——当座。

第十三章　いっとうまっとうなる二人

トゥインクルトン嬢の学舎はいよいよ長閑けき静謐に包まれんとしていた。クリスマス休暇が間近に迫っている。博学のトゥインクルトン嬢自身によりてすらいつぞや、それもさして遠からぬ昔「半学年《ハーフ》」と呼ばれていたものの今やより艶やかにしてより貞淑に高等教育めいているというので「学期《ターム》」と呼ばるものが明日、お開きとなる。ここ二、三日というもの尼僧の館《やかた》には風紀の著《しる》き弛《たる》みが漲っている。寝室では社交晩餐の宴が張られ、下拵えをされた舌《タン》肉が鋏で切り分けられた上から巻き毛鏝もてグルリに振舞われていた。小分けに装ったマーマレードもまた、髪巻き紙より成る食器一式にて供され、キバナノクリンザクラ酒が小さな（生まれつき体の弱い下級生の）リキッツちゃんが毎日鉄分水薬を飲まされる小さなずんぐりむっくりの計量グラスから痛飲されていた。小間使い達にはベッドの食べクズの口止め料とし、色取り取りのリボンの端切れや、多かれ少なかれ踵の拉げたあれやこれやの靴がこっそりソデの下にて渡された。こうしたお祭り気分の折ともなればとびきり軽やかな衣裳が纏われ、恐い物知らずのファーディナンド嬢など一座をあっと言わすに独り、櫛と髪巻き紙の伴奏にて自慢の喉を震わせすらした――挙句二名の流れるような御髪の執行吏によりて御自身の枕の中にて息の根を止められるまで。

といった辺りのみが皆が散り散りになる先触れではない。梱や櫃が（外の時ならば御法度もいい所だが）寝室にお出ましになり、詰められる量からすればお門違いなほどどっさりの荷造りが出来する。残り物のコールドクリームや髪油《ポマード》、ばかりかヘアピンの寄せ集めの形《なり》をした椀飯振舞いの祝儀がお付の者の間にて惜しげもなく配られる。他言は無用のクギ差しの下《もと》、仰《のっ》けの機会に「内輪の招待会《アット・ホーム》」にお越しになるはずの我らが英国の前途洋々たる若人に纏わる内緒話が交わされる。ギグルズ嬢は（何せおセンチな所がこれっぽっちないからには）御自身がらみでは、かようの臣従の礼にもって返すに前途洋々たる若人方にしかめっ面をして差し上げるまでよ、と蓋し、宣う。が、宜なるかな、総スカンを食う。

お開きの前夜はいつも必ずや誰一人床に就いてはならず、お化けがありとあらゆる手練手管で焚きつけらるが面目問題として標榜される。が当該盟約はいつも決まってポシャり、若き御婦人方は揃いも揃って早々《そうそう》に床に就き、めっぽう早々《はやばや》目を覚ます。

締め括りの儀式は出立の日の正午に執り行なわれ、さらばティッシャー夫人をお供に従えたトゥインクルトン嬢が御自身の(天・地球儀の早、褐色のオランダ布にてすっぽり包まれた)部屋にて接見会を催し、そこにては白ワインのグラスと小さく切り分けたパウンドケーキの皿がテーブルの上に並んでいる。トゥインクルトン嬢はさらば宣う。皆さん、またもや巡り来る一歳《ひととせ》がわたくし共をかの、わたくし共の性《さが》の最初の感情がわたくし共の——トゥインクルトン嬢は例年「胸」と言い添えようとするが、例年くだんの表現の一歩手前ではったと思い留まり、「心」にすげかえるが——心に、さよう、わたくし共の心に、あへむ! 沸き立つ祝祭の季節に連れ来《き》りました。またもや巡り来る一歳《ひととせ》が、皆さん、わたくし共を勉学の——願はくは長足の進歩を遂げている勉学の——休止へと連れ来《き》りました。して帆船の船乗りや、天幕の戦士や、土牢の囚人《めしうど》や、様々な乗り物なる旅人《たびびと》さながら、わたくし共は我が家を恋うています。かようの折、わたくし共はアディソン氏の感銘深き悲劇*の冒頭の文言にてかように申しましょうか?

黎明には叢雲が垂れ籠め、朝《あした》は険しく、

日は暗澹たる雲に包まれて訪う、

偉大にして軽々ならざる日は——

否。地平線から天頂に至るまで、万物がわたくし共の縁者と友人の気配をそこはかとなく偲ばすからには薔薇色に染まっています。願はくは皆の、わたくし共の願うがままに栄え、わたくし共の、皆の願うがままに栄えんことを! 皆さん、では、互いへの愛を込めて、再び会う日まで互いに幸《さひは》いを祈りつつ暇を乞おうではありませんか。してかの——あの——その——勉学に改めて勤しむ時の来《き》らば(ここにてグルリには並べて意気阻喪の気《け》が差すが)——さらば敢えて名指すでもなき戦において、スパルタの将軍によりてここにて繰返すには陳腐に過ぐ文言にて口にされし条《くだり》*を思い起こそうではありませんか。

晴れの帽子を被った館《やかた》の小間使い達はさらば盆を手渡し、若き御婦人方はすすってはポリポリ頬張り、予約してあった馬車が続々と通りに詰め寄せ始める。さらば暇乞いにはそそくさとケリがつけられ、トゥインクルトン嬢は一人一人お若い御婦人の頬にキスを賜る上で、御当人の法律上の近友に宛て、片隅に「トゥインクルトン嬢より深甚なる敬意を込めて」と綴られたやたら小ざっぱりとした手紙を委ねた。当該信書を手渡すに御逸品、勘定書きとは縁もゆかりもなく、何やら濃やかにして愉快な驚きの質《たち》の代物ででもあるかのような風を装いつつ。

それは幾度となくローザはかようの帰省を目の当たりにして来た上、それはほとんど外に如何なる我が家も知らぬとあって、このまま館《やかた》に留まって一向差し支えなかったし、ついぞなかったほどこれっぽっち差し支えなかった。というのも今やいっとう知り合って間もないお友達が側《そば》にいてくれたから。がそれでいて、いっとう知り合って間もないお友達との間には如何せん気取らずにはいられぬ洞《うろ》がぽっかり空いていた。ヘレナ・ランドレスは、弟がローザがらみで思いの丈を打ち明けた場に立ち会い、かくてクリスパークル氏とは秘密厳守の盟約を結んでいただけに、ともかくエドウィン・ドゥルードの名が口にされるのから後込みした。何故《なにゆえ》然に後込みするのか、はローザにとって謎だった。がその事実は紛うことなく見て取っていた。が然なる事実さえなければ、ヘレナに秘密を打ち明けることにて彼女自身の小さな戸惑いがちな胸から疑念やためらいを幾許かなり取っ払ってやれていたやもしれぬ。が然にあらざるからには、そいつは無いものねだりというもの。彼女にはただ自らの難儀につらつら思いを馳せ、二人の若者のコジれた仲もエドウィンさえこちらへやって来れば直して頂けると知っている今や――ヘレナはそこまでは教えてくれていたから――何故《なにゆえ》エドウィンの名が然にいつまでも避けられねばならぬのかいよよ、いよよ首を捻ることしか叶わなかった。

然ても幾多の愛らしき少女が尼僧の館《やかた》のひんやりとした玄関ポーチにてローザにキスをし、くだんのにこやかなおチビさんが（御当人を竪樋や切妻に刻まれた狡っこそうな顔また顔がこっそり覗き見しているなど知らぬが仏で）玄関ポーチより顔を覗かせ、さながら御自身こそその閑散たる留守の間《ま》も館《やかた》を明るく暖かく保ってやるべくその場に留まるバラ色の初々しさの精の成り代わりででもあるかのように立ち去りつつある馬車宛手を振っているの図は、蓋し、愛らしき一幅の絵となっていたろう。嗄れっぽい本町通り《ハイ・ストリート》は色取り取りの珠を転がすような声になる「さよなら、可愛いローズバッド！」との叫びでさんざらめき、向かいの出入口の上のサプシー氏の御尊父の彫像は世の男性宛かく宣っているかのようだった。「さて紳士方、これなる独り置き去りにさるチャーミングな小さな最後の山を御覧じろ。してこの折に然るべき気概もて競り落とされよ！」それから落ち着き払った通りは、もののさざ波めいた束の間、然ても常になくキラキラ、キラめき、若やぎ、瑞々しかりしものを、コロリと干上がり、クロイスタ

ラムはまたもやお馴染みのしかつべらしき面《つら》を下げた。

仮にその四阿なるローズバッドが穏やかならざる心持ちにてエドウィン・ドゥルードのお越しを待っていたとしたら、エドウィンは彼なりおよそ心穏やかではなかった。固より、かの発声投票によりて満場一致にてトゥインクルトン嬢の学舎の妖精女王に選ばれしあどけなきべっぴんさんより遙かに意志の力に見限られてはいたものの、彼にも良心というものがあり、そいつをグルージャス氏がちくりと疼かせていた。彼のような場合において、果たして何が真っ当で何が逆しまかを巡るくだんの殿方の確乎たる確信は、少々苦虫を噛みつぶしたり、笑い飛ばしたりするくらいではおいそれとは追っ立てられて下さらなかった。と言おうかデンと腰を据えたが最後テコでも動きそうになかった。ステイプル・インでの夕食さえなければ、上着の胸ポケットに突っ込まれた指輪さえなければ、彼はただ何もかもこのなりトントン拍子に行くものと漫然と高を括り、これきりつと足を止めてまでまともに取り合ってやろうともせぬまま結婚式当日へと漂い着いていたろう。が然ても真剣に生者と死者へ誠を尽くすよう迫られたからには、ひたと立ち止まらざるを得なかった。指輪をローザに渡すか、持ち帰るかの二つに一つ。かくて切羽詰まってみれば奇しきことに、彼はついぞ慮ったためしのないほど己《おのれ》に対して申し立てて然るべきローザの言い分を慮り始め、これまでののん気な日々をそっくりひっくるめてもついぞなかったほど己自身が覚束無くなり始めた。

「で要は、あの子が何と言うか、お互いどんな成り行きになるか次第だ」というのが番小屋から尼僧の館《やかた》へ徒《かち》で向かいながら彼の下した結論であった。「どんな顚末になろうと、彼の言葉を胆に銘じ、生者にも死者にも誠を尽くすとしよう」

ローザは散歩用に身繕いを整えていた。早、お待ちかねの証拠。霜の置いた明るい日で、トゥインクルトン嬢は既に忝くも外出のおスミ付きを賜っていた。かくて二人はトゥインクルトン嬢、もしくは大司祭代理たるティッシャー夫人が『礼節』の社《やしろ》にかのお定まりの供物の一つとて捧ぐが肝要とならぬ間《ま》に共々連れ立った。

「ねえ、エドウィン」とローザは二人して本町通り《ハイ・ストリート》から折れ、大聖堂と川の近くの静かな散歩道に紛れ果すや言った。「わたしとっても真面目な話があるの、ずっとずっと考えて来たんだけど」

「ぼくも君相手に大真面目にやりたくってね、愛しいローザ。今度ばかしは大真面目で本腰だ」

「ありがとう、エディー。でわたしから切り出すからってまさかわたしのこと冷たいなんて思ったりしないわよね？　わたしが真っ先に口利くからって、まさか身勝手なことばかり言うなんて思ったりしないわよね？　だったらつれないっていうものじゃなくって、ほら？　であなたはてんでそんな人じゃないはずよ！」

彼は返した。「ああ、まさか君相手につれないってことはな、ローザ」彼は最早彼女のことをプシーとは呼ばなかった。二度と再び。

「だしお互いケンカする心配もないわよね？」とローザは畳みかけた。「だって、エディー」と彼の腕にギュッと手をかけながら。「わたし達そりゃどっさり、お互いにとっても優しくしなきゃならない訳があるんですもの！」

「ああ、当たりきな、ローザ」

「まあ、何て感心なこと言ってくれるの、いい子だったら！エディー、ってことでお互い勇気を持ちましょうよ。お互い今日から兄妹ってことでやりましょうよ」

「これきり夫と妻にはならずに？」

「ええ、これきり！」

二人共、しばし口ごもっていた。がしばらくするとエドウィンはやっとの思いで言った。

「って二人ともずっと思って来たって、もちろん、知ってるとも、ローザ、でもちろん正直打ち明けなきゃならないが、言い出しっぺは君でもない」

「ええ、でもあなたでもなくってよ、あなた」と彼女は痛ましいほど懸命に返した。「お互い同士いつからともなく思ってたことだわ。あなたはわたしと婚約しててもほんとは幸せじゃなくって、わたしはあなたと婚約しててもほんとは幸せじゃないって。おお、ほんとにほんとにごめんなさい！」ここにて彼女はワッと泣き出した。

「ぼくだって心底、済まないと思ってるさ、ローザ。君に心底、済まないと」

「わたしだってあなたに、かわいそうなあなた！　わたしだってあなたに！」

然なる穢れなき瑞々しい感情は、然なる互いの、それぞれに対す優しく辛抱強き感情は、自らと共に、彼らの立場に降り注ぐやに思われる和やかな光において報いをもたらした。然なる光に包まれてみれば、彼らの関係は依怙地とも、気紛れとも、てんでイタダけぬ代物とも映らなかった。何かより我が事はそっちのけの、あっぱれしごくな、懐っこい、まっとうな代物に高められていたから。

「もしもお互い」とローザは涙を拭いながら言った。「わたし達自身が選んだ訳じゃないこんな間柄じゃ二人共何だかおかしいって昨日分かってたら、だしほんとに昨日も、そのまた昨日も昨日も分かってたはずだけど、今日、その間柄を変えるほどまっとうなことが出来て？　わたし達お互い辛い思いをするのは当たり前だし、二人共、ほら、何て心から辛い思いをしてることかしら。でも、だったら、辛い思いをするより今、辛い思いをする方がどんなにずっとまっとうかしら！」

「だったら、っていつさ、ローザ？」

「手遅れになってしまってから。そしたら、わたし達おまけに腹を立てていたでしょうよ」

またもや二人は黙りこくった。

「で、だったら、ほら」とローザは他愛なく言った。「あなたわたしのこと好きではいられなくなってるはずよ。でも今ならいつだってわたしのこと好きでいられるわ。だってわたし、あなたにとっての足手まといでも、気苦労でも何でもなくなるもの。だし今ならわたしいつだってあなたのこと好きでいられて、あなたの妹は決してあなたを焦らしたり、からかったりはしないはずよ。ってわたしあなたの妹じゃなかった時はしょっちゅうやってたけど。でほんとにあんなことしてごめんなさい」

「お互いその話は言いっこなしだ、ローザ。さもなきゃ、ぼくの方こそ願い下げなほど頭を下げなきゃならなくなっちまう」

「あら、ちっともそんなことなくってよ、エディー。それじゃあんまり、この気前のいい坊やったら、自分にこっぴどすぎるわ。さあ、ここの崩れた岩の上に腰を下ろして、お兄さん、わたし達これまで一体どんな風だったかわたしの口から言わせて頂だいな。わたしそのことだったら、自分なりに分かってるつもりよ。だってあなたがこの間ここに来てからっても の、そりゃああでもないこうでもないって考えて来たんですもの。あなたわたしのこと好きだったわね？　あなたわたしのことゴキゲンなおチビさんだって思ってたわね？」

「誰だってそう思ってるさ、ローザ」

「あら、ほんとに？」彼女はつと物思わしげに眉を顰めた。がいきなりパッと、然なる明るいささやかな帰納法がひらめいた。「はむ。でも、だったら一応そういうことにして。確かにあなた、ほんの外の人達が思うようにしかわたしのこと思えないって物足りなかったはずよ。さあ、じゃなくって？」と言われてはグウの音も出まい。ああ、物足りなかったさ。

「で、そこだわ、ちょうどわたしの言おうとしてるのは。ちょうどそういうことだったのよ、わたし達って」とローザは言った。「あなたはわたしのことっても気に入って、わたしに馴れっこになって、わたし達結婚するんだっていう考えにも馴れっこになってしまってたの。あなたはそんな星の巡り合わせをこっちには手の出しようもない成り行きだって受け留めてたの、じゃなくって？　どうせそうなるはずのものなら、ってあなたは考えてたの、今さらジタバタしたって始まらないって？」

自らを彼女かざす所の鏡にさてもまざまざと映し出されるのは目新しく、奇しきことであった。彼はいつも相手は所詮、小娘、相応の智恵しか回るまいと高を括り、後ろ楯風を吹かせていた。それもまた、二人してその下《もと》に一生涯の束縛へと流されていた条件なるとんでもなくお門違いな所の証ではないか？

「あなたは、ってことにして言ってることはそっくりわたしのことでもあるの、エディー。さもなきゃこんなこと言う意気地は端《はな》からなかったでしょうよ。ただ、お互い違うのは、わたしにはいつの間にか少しずつこのことお払い箱にするんじゃなくて、あれこれ考えるクセがついて来たってことくらいのもの。わたしって、ほら、あなたみたいに忙しなくないし、あなたみたいにどっさり考えることないんですもの。だからこのことではそりゃあれこれ考えて、そりゃたくさん涙もこぼして来たわ（って、もちろん、あなたのせいなんかじゃなくってよ、かわいそうな坊や）。そんな時、いきなり後ろ見の方がこちらへいらっしして、いずれ尼僧の館《やかた》を出る仕度をするようにっておっしゃるの。わたしは何とかあの方にまだすっかりとは踏んぎりがついてないって分かって頂こうとしたけれど、グズグズしてる内に言いそびれてしまったせいで、ほんとの気持ち、分かって頂けなかったみたい。でも何てほんとに、ほんとにいい方だったら。でどんなにわたし達、こうした成り行きの中で真剣に考えなきゃならないか、それは御親切に、でもそれはきっぱり教えて下さったものだから、わたし次にあなたと二人きり、真面目になれたらすぐにでもこのこと話そうって心に決めたの。で、たといわたしがあんまりいきなりこのお話持ち出してるからっていうので、今の今はそりゃすんなり持ち出してるように見えても、どうかほんとにそうだなんて思わないで頂だいな、エディー、だっておお、そりゃとってもとっても辛かったんだし、おお、そりゃとってもとってもごめんなさいって思ってるんですもの！」

彼女はまたもや思い余ってワッと泣き出した。彼は彼女の腰に腕を回し、彼らは二人して川っ縁を歩いた。

「君の後見人はぼくにも色々話をして下さったよ、愛しいローザ。実はロンドンを発つ前に、あの方に会って来たんだ」彼の右手は胸に突っ込まれ、指輪を弄っていた。がかく惟みながら、その手をひたと止めた。「もしも戻す気なら、どうしてこいつのこと、言わなきゃならない？」

「でそのお蔭でこのこともっと真剣に考えようって気になったって訳ね、エディー？　で、もしもわたしの方からこんな風に持ち出してなけりゃ、自分の方から持ち出してただろうって？　きっとそうに決まってるわね？　だって何もかもそっくりわたしのせいだなんて思いたくないんですもの。いくらわたし達にとってはその方がほんとにずっとまっとうだからって」

「ああ、きっとぼくの方から持ち出してただろう。何もかも君にぶちまけてただろう。何せその気でこっちへやって来たからには。けど君がやってくれたようにはとてもじゃないけどやってやれなかったろうな、ローザ」

「ってまさか、エディー、あんなにつれなく、っていうかあんなにそっけなく、って言うんじゃないでしょうけど」

「いや、どころかあんなに弁えがあって濃やかには。あんなに賢くて優しくは」

「あら、それでこそわたしの大好きなお兄さんだことよ！」

彼女はつい浮かれた弾みにチュッと彼の手に口づけをした。

「お友達のみんなはさぞかしがっかりするでしょうけど」とローザは明るい目にキラキラ、露のような涙を一杯に溜めたなり、コロコロ声を立てて笑いながら言い添えた。「そりゃみんなして楽しみにしてたんですもの、かわいそうに！」

「ああ、けどジャックは、どころじゃなしがっかりするだろうな」とエドウィン・ドゥルードははっと身を竦めざま言った。「ジャックのことコロリと忘れてたけど！」

彼がくだんの文言を口にした際の彼の方へちらとやったローザの素早く懸命な眼差しは、電光のキラめきさながらこれきり御破算には出来なかったろう。がどうやら彼女は叶うことなら、やにわに御破算にしたがってでもいるかのようだった。というのも戸惑いがちに目を伏せ、トットと早く息を吐き出したからだ。

「まさかジャックにとってショックじゃないなんて思ってるんじゃないだろうな、ローザ？」

彼女はかく返すきりだった。しかもはぐらかし気味にしてそそくさと。どうしてそんな風に思わなきゃならなくって？　ってほとんど考えてもみなかったけれど。だってあの方、このこととはほとんど何の関係もないみたいですもの。

「そりゃないぜ！　まさかジャックがぼくにぞっこんなほど――ってなトープ夫人の言い種で、ぼくのじゃないけど――どいつか外の奴にぞっこんな奴が、ぼくの人生がこんなにいきなりガラリと変わっちまっても度胆を抜かれないとでも？　いきなり、って言ったのは、ほら、彼にとってはそりゃいきなりだろうから」

彼女は二、三度頷き、唇はさながら相づちを打っていたろう如く開いた。が一言も口にせず、息遣いはおよそゆっくりなるどころの騒ぎではなかった。

「ジャックには何て打ち明けよう?」とエドウィンは思案に暮れながら言った。仮に然までそいつにかまけていなければ、彼女が妙な具合に取り乱しているのに目を留めてはいたろうが。「ジャックのことコロリと忘れてた。あいつには巷の金棒曳きが嗅ぎつけない内に打ち明けなきゃならない。愛しいあいつとは明日《あす》と明後日《あさって》――クリスマス・イヴとクリスマス当日――晩メシ食うことになってるんだけど、せっかくのお祭り気分を台無しにするってのはてんでイタダけない。あいつはぼくのことじゃいつだってあれこれ気を揉んで、どんなちっぽけなことででもやたら猫っ可愛がりしてくれる。こいつを聞いたらそりゃ泡食っちまうだろうな。一体全体どうやってジャックに打ち明けたものやら?」

「あの方にはだから、どうしても言わなきゃならないのよね?」とローザはたずねた。

「おやおや、愛しいローザ! ジャックじゃなくて、一体どこのどいつにぼく達のことバラさなきゃならないってのさ?」

「もしも手紙を書いてお願いしたら、わたしの後見人はこちらへいつでも来るって約束して下さってるの。わたしあの方にお手紙書いてみようかしら。あの方にそっくりお任せするっていうのはどう?」

「そりゃいいや!」とエドウィンは声を上げた。「もう一方の管財人ってことで。これほど自然なこともないだろう。君の後見人はこっちへやって来て、ジャックのとこへ行って、ぼく達が二人してどうすることにしたか打ち明けて、ぼく達よりずっと上手に一件のこと話して下さるだろう。あの方はとうに君に親身になって口利いて、ぼくにもとうに親身になって口利いて下さってるからには、ジャックにも一件をそっくり親身に打ち明けて下さるはずだ。ああ、その手に限る! ぼくは意気地なしじゃないつもりだけど、ローザ、ここだけの話、ちょっとジャックのことがおっかなくってさ」

「おお、まさか! あなたがあの方のことおっかないだなんて!」とローザはいきなり血の気を失い、両手をひしと握り締めながら声を上げた。

「ああ、妹のローザ、妹のローザ、塔から一体何が見えるっ*てのさ?」とエドウィンはからかい半分、言った。「君としたことが!」

「だっていきなりびっくりさせるんですもの」

「なんて気はさらさらないのに、その気だったたってのと変わらない済まないことした。けど、君はまさか、ぼくが例の調子でおひゃらかしめかして言ってるだけなのに、我が親愛なる甥っ子思いの奴のことほんとにおっかながってるってちらとでも勘繰ったんじゃないだろうな？　ぼくが言いたかったのは、あいつは時々引きつけ、っていうか発作を起こすもんで——っていつだったかこの目で見たからには——そんな寝耳に水の報せが、しかもこんなにぞっこんのぼく自身の口から直《じか》にぶちまけられたら、きっとまた発作に見舞われるんじゃないかってことさ。それもあって——ってのがぼくがバラそうとしてた秘密だけど——君の後見人には是非とも間に立って頂かなきゃならない。あの方ならそりゃ手堅くて、細かくて、几帳面なもんで、ジャックの頭の中だってあっという間にきちんと片づけて下さるだろう。けどこのぼく相手となると、ジャックはいつだって抑えが利かなくて、せっかちで、こう言っちゃ何だが、ほとんど女々しいってくらいのもんだ」

　ローザはどうやら得心が行ったようだった。恐らく、ことジャック」がらみでは彼女自身たいそう異なる見解を抱いているからには、グルージャス氏が自分と彼との間に割って入ってくれるとは心強い限りと、ほっと胸を撫で下ろした。

　して今や、エドウィン・ドゥルードの右手はまたもやギュッと、小さなケースに収められた指輪を握り締め、またもやかく惟みることにて待ったがかかった。「これでとうとう、こいつを後見人に戻すのは本決まりと。だったらどうして彼女に指輪のことバラさなきゃならない？」共に幸せになるガキじみた希望の立ち枯れにおいて彼のことを然ても親身に慮れ、かつての世界の花が萎んだ今や、晴れてそいつが蕾をつけることになるやもしれぬ手合いの花で瑞々しき花輪を編むべく独りぼっち新たな世界に放り出されてなお然ても穏やかに自らの定めを受け留められるかの愛らしく、思いやりのある性《さが》が、くだんの憂はしき宝石によりて悲しみに打ち拉がれてよいものか、それも如何なる詮あって？　して何故《なにゆえ》に？　こいつらほんの潰えた悦びと、他愛もない目論見の証にすぎぬ。正にその美しさにおいて（あの誰よりらしくない人物の言っていた通り）人間の愛や、望みや、胸づもりへのほとんど酷き当てこすりにすぎぬ。何せ何の先触れともなり得ぬ代わり、ほんのそれだけの脆き塵に外ならぬというなら。こいつら放っておくがいい。彼女の後ろ見がやって来たら、返すまでのことだ。後ろ見は後ろ見で、さらば、こいつらまたあんなにも不承不承取り出した飾りだんすに戻すまでのことだ。してそこにて連中、今は昔の手紙か、今は昔の誓約書か、それともその手の何ら埒の明かなかった今は昔の高望みの記録よろしく放ったらかされ、畢竟、何せそこそこ値が張るからには、またもやいつぞやの筋書きを堂々巡りすべく、売った買ったと世の中に出回されるが落ちだろう。

こいつら放っておくがいい。この胸に、一切口にせぬまま、仕舞っておくがいい。如何ほど明瞭に、或いは曖昧に、こうした思いを巡らそうと、彼は然なる結論に達した。こいつら放っておくがいい。夜となく昼となく、時と状況の大いなる鉄工場で永久《とは》に鍛えられ続ける厖大な量の摩訶不思議な鎖に紛れ、くだんのささやかな結論の下されし折しも、とある鎖が鍛えられ、天地の礎に打ち込まれたが最後、しぶとく持ち堪え、弛まず引きずられる不屈の力を授けられた。

彼らは川っ縁を歩き続けた。して互いの計画を口にし始めた。彼はなるたけさっさと祖国を発とうと、彼女は今居る所に、少なくともヘレナが留まる限りは留まろうと。かわいそうな愛しいお友達のみんなにはそれはがっかりのネタを、なるたけやんわりバラして上げなければならないでしょうし、仰《のっ》けのお膳立てとし、トゥインクルトン先生にはグルージャスさんがまたもやお越しにならない内にすら、自分の口から打ち明けなくては。だし自分とエドウィンとはとびきりの仲良しだって、みんなに分かってもらわなくては。初めて契りを交わしてからというもの、こんなにお互い同士和やかに心を開き合ったためしはなかったのだから。がそれでいて、いずれの側《がわ》にてもとある係留事項があった。彼女の側《がわ》にては、後見人を介し、直ちに音楽教師の指南から身を引かせてもらおうとの。彼の側《がわ》にては自分は事実早、果たして今後ランドレス嬢ともっとお近づきになることがあるのだろうかと、取り留めもなく思いを巡らせているとの。

霜の置いた明るい日は彼らがおしゃべりしながら漫ろ歩くにつれて傾き、散歩もそろそろ終わりに近づく頃には太陽が二人の遙か後方でジュッと川に沈み、古めかしい町は前方に真っ紅に広がっていた。彼らが岸辺を離れようと踵を返す段には、呻き声を上げている海は二人の足許に海草を朧に打ち揚げ、ミヤマガラスは黒々とした帳の下りつつある外気の直中なるより黒々とした染みたりて頭上をヒラついては嗄れっぽい鳴き声を上げた。

「ジャックにはあっという間にトンボ返りする心構えをさせとくよ」とエドウィンは声を潜めて言った。「で君の後見人とはお越しになったらほんの顔を合わせて、それから二人が額を寄せ合わない内にお暇するとしよう。ぼくが側《そば》にいない方がトントン拍子に行くだろうから。とは思わないかい?」

「ええ、きっと」

「ぼく達これでよかったんだろうか、ローザ?」

「ええ」

「今ですら、お蔭でもっと上手く行ってるんだろうか?」

「だし、きっとその内ずっと、ずっと上手く行くでしょうよ」とは言いながらも彼らは胸中、今しも明け渡さんとしているかつての立場へのそれはためらいがちな優しさが蟠っていたものだから、訣れを引き延ばした。して前回共に腰を下ろした、大聖堂の際のニレの木蔭に紛れると、どちらからともなく足を止め、ローザは懐かしき日々にはついぞ上げたためしのなき如く——何せ御両人、早、いっぱし年を食っていたから——エドウィンの面《おもて》に面《おもて》を上げた。

「あなたに神様の御加護がありますよう、愛しいエドウィン! さよなら!」

「君に神様の御加護がありますよう、愛しいローザ! さよなら!」

二人は熱き口づけを交わした。

「さあ、どうかわたしを家《うち》まで送って、エドウィン、独りきりにさせて頂だいな」

「振り向いちゃダメだぜ、ローザ」と彼は彼女の腕を抱え込み、さっさと引っ立てながら言った。「ジャックの姿が目に入らなかったかい?」

「ええ! どこに?」

「あすこの木の下さ。ぼく達がさよならって言い合ってるのをじっと見てたぜ。かわいそうに! ぼく達別れたって夢にも思ってないなんて。こいつはマジで肩透かしもいいとこだろうな!」

彼女はセカセカ、一息も吐かぬまま歩き続け、そのなり番小屋の下を潜り、表通りへ出るまで歩き続けた。が一旦そこまで来るとたずねた。

「あの方まだわたし達のことつけてらっして? あなたならそれとなく振り向けるでしょ。まだ後ろにいらっして?」

「いや。じゃなくって、やっぱりいるよ! ちょうど門口から出て来たとこだ。さてはあの愛しい親身な奴め、ぼく達のこといつまでも見てたいんだな。だからさぞかしがっかりするだろうって言ってるのさ!」

彼女は嗄れっぽい古びた鈴《りん》の把手をそそくさと引き、門はほどなく開いた。別れ際、これが最後大きく目を瞠り、彼の顔を訝しげに覗き込んだ。さながらかく、拝み入らんばかりに力コブを入れて問うてでもいたろう如く。「おお! あなたほんとに分からないの?」かくてくだんの眼差しを最後に、彼は彼女の視界から失せた。

第十四章　この三人、いつまた出会う？*

クロイスタラムにおけるクリスマス前夜。あちこちの通りには見知らぬ顔がちらりほらり。また別の半ば見知らぬ、半ば見覚えのある顔も――いつぞやはクロイスタラムの子供の顔たりしが、今や久方振りにグルリの世界より舞い戻ってみれば、町がその間《ま》にてんで洗いが利かなかったかのようにやたらちんちくりんに縮み上がっている所に出会して目を丸くしている男や女の顔も――ちらりほらり。連中にとって、大聖堂の鐘の時を打つ音や、カーカーと、大聖堂の塔から聞こえるミヤマガラスの鳴き声は幼かりし日々の声のようなもの。こうした連中にあっては未だ来《きた》らぬ今わの際において、臥処の床が境内のニレの木より舞い落ちた秋の葉で敷き詰められているような錯覚を覚えて来たものだ。人生の輪がほぼ辿り尽くされ、仰《のっ》けと仕舞いがいよいよひたと結び合わされんとするに及び、いっとう幼かりし印象が然てもまざまざと蘇って来るからには。

季節の印が町中に溢れ返っている。小キャノン・コーナーの格子窓ではここかしこ赤スグリの実が輝き、トープ夫妻はさながら首席司祭と参事会員方の上着のボタンホールに御逸品を挿す要領で、セイヨウヒイラギの小枝を大聖堂の信者席の彫り物や突き出し燭台に艶やかに挿して回っている。店にはわけてもフサスグリや、干しブドウや、香辛料や、砂糖漬けピールや、湿糖といった売り種がふんだんにひけらかされている。青物屋の店先にはどデカいヤドリギの束が吊る下がり、焼き菓子職人の店にては一人頭一シリングにて富クジに加わるべく、天辺にハーレキンの人形の押っ立てられたいじけたちんちくりんの十二日節前夜祭祝い菓子《トゥエルフス・ケーキ》がお待ちかねとあって――それはやたらいじけたちんちくりんのそいつなものだからいっそ二十四分の一《トゥエンティフォース》ケーキか四十八分の一《フォーティエイトゥス》ケーキとでも呼んでやりたいほどだが*――常ならざる慇懃と放蕩の気配が漂っている。公の愉しみ事にも事欠かぬ。中国の皇帝の思索的精神に然ても深き感銘を与えし蠟人形展は日頃の御愛顧に応え、横丁のどん詰まりの身上潰しの貸馬車屋の亭主の地所にてクリスマス週間のみ展示され、片や新作一大クリスマス無言喜劇が芝屋にて上演されることになっている。後者は、因みに「明日は御機嫌麗しゅう？」と宣う道化役者シニョール・ジャクソニーニがほとんど等身大にしてほとんどいい対惨めったらしくカマをかける肖像によりて賑々しく喧伝されてはいる。詰まる所、クロイスタラムは上を下への大騒ぎ。とは言え当該準えの埒外なるはハイ・スクール*とトゥインクルトン嬢の館《やかた》なり。前者の学舎より学徒は一人残らずトゥインクルトン嬢の（そんなことなどとんと御存じない）若き御婦人方のどなたかに恋をしたなり帰省した後にして、後者の窓にてはほんの小間使いが時折ヒラつくきりだ。これら乙女方は、ところで、トゥインクルトン嬢の若き御婦人方と女性性《せい》の現し身たるを分かち合っている時よりかく己《おの》が性《せい》に身をもって成り代わっている時の方がなお、とは礼節の羽目を外さぬ限りにおいて、いそいそ、はしこく立ち回る。

三人は今晩、番小屋で落ち合うことになっている。三人はそれぞれ如何様にそれまでの暇をつぶすか？

ネヴィル・ランドレスは当座、クリスパークル氏に書籍より赦免されてはいるものの――何せくだんの師の瑞々しき性《さが》たるやおよそ祝日なるものの魅力に無頓着ではいられぬだけに――自分の静かな部屋で午後二時まで、脇目も振らず読んだり書いたりする。彼はそこでテーブルの上を片づけ、本を整え、書きくさしや反故を裂いては燃やしにかかる。不様なゴミの山はそっくりお払い箱にし、引き出しという引き出しを整理し、勉強に直接関わるようなメモをさておけば覚え書きや紙切れを端から処分する。こいつにケリがつくや、衣裳ダンスに取っかかり、普段着を某か選り出し――中には散歩用の丈夫な靴とソックスの替えも紛れているが――一切合切ナップサックに詰める。このナップサックは新《さら》で、昨日本町通り《ハイ・ストリート》で買い求めたばかりだ。また同時に、同じ店で、がっちり握れるよう、把手の頑丈な、石突きに鉄を着せた重い散歩用のステッキも調達した。彼はこいつをブンと、物は試しに振り、グイと空《くう》にかざし、ナップサックと一緒に窓下腰掛けの上に置く。この時までには仕度はすっかり整っている。

彼は外出の身繕いを整え、今しも外に出ようとする――実の所、部屋を後にし、階段でばったり、同じ階の寝室から出て来た小キャノンと鉢合わせになる――が、やっぱりそいつを持って行こうと思い直し、散歩用のステッキを取りにまたもや踵を返す。クリスパークル氏は、階段でつと足を止めていたが、すかさずまたしても姿を見せた弟子の手にステッキが握られているのを目の当たりに、そいつを手に取り、笑みを浮かべながらたずねる。ステッキを選ぶ決め手は何だね？

「正直、ことステッキにかけてはさっぱりです」と彼は答える。「こいつは、重いからってんで選びましたが」

「こいつは、それにしても重すぎるよ、ネヴィル。それにしても重すぎるよ」

「長い散歩の途中で寄っかかるにしても、先生?」

「寄っかかる?」とクリスパークル氏はすかさず徒《かち》の姿勢を取りながらオウム返しに声を上げる。「ステッキというのは寄っかかるものではない。ただこいつでバランスを取るだけだ」

「だったら、習うより慣れろ。実地にやってみます、先生。何せ、ほら、散歩向きの国で育ってないからには」

「なるほど」とクリスパークル氏は言う。「少々鍛えておき給え。いずれ一緒に四、五十マイルほどやりこなそうではないか。今だとどこに置いてけぼり食わすか知れたものじゃない。夕飯の前に一旦戻って来るかね?」

「いえ。早くから始めることになってるもんで」

クリスパークル氏は晴れやかにコクリと返し、陽気に、じゃ、行っておいでと言う。さも(とは恐らく故意に)心底信頼しているからにはのん気に構えているよとばかり。

ネヴィルは尼僧の館《やかた》に立ち寄り、ランドレス嬢に弟が約束通り訪ねて来ている由、取り次ぎを頼む。彼は門口を過りすらせぬまま、門の所で待つ。というのもローザには近づかぬよう堅く誓いを立てているから。

姉は彼らが二人して引き受けた責めを少なくとも弟の能うに劣らず心しているからには、すぐ様取り次ぎに応じる。姉弟はひしと抱き締め合い、そこにいつまでもグズグズする代わり、上手《かみて》の奥地へ向けて歩き始める。

「なるたけ禁断の地には足を踏み入れないようにするつもりだけど、ヘレナ」とネヴィルは、二人して一時《いっとき》歩き続け、今や踵を回らせながら言う。「きっとすぐにピンと来てくれるよな、やっぱり僕はどうしたってこの僕の――何て言ったらいいんだろう?――血迷いのこと口にしない訳には行かない」

「その話は避けた方が好くはなくって、ネヴィル? わたしは、ほら、一言だって耳を貸す訳には行かないもの」

「けどクリスパークル先生が耳を貸して、おまけになるほどって言って下さったことなら、姉さんだって耳を貸せるんじゃないのかい」

「ええ、そこまでは」

「はむ、だったらこういうことさ。僕はただ僕自身が腰が座らなくてクサってるだけじゃなし、我ながら外のみんなを居たたまらなくさせて、お邪魔ムシになっちまってるみたいだ。ひょっとして、こんなお気の毒なヤツさえいなけりゃ、姉さんや――で――で、こないだのパーティーで一緒だった外のみんなは、って僕達のとびきりイカした後ろ見のタヌキおやじを除けにすりゃ、明日は小キャノン・コーナーでゴキゲンにディナーを食べられるかもしれない。いや、身も蓋もない話が、そうに決まってる。僕は先生の母上にはてんで覚え目出度くないってのは嫌というほど知ってるし、せっかく母上が御自身の小ざっぱりとしたお宅でみんなを手篤く持てなそうってのに厄介千万にも——それもよりによって一年のこの季節に——とんだミソつけること受け合いだ。何せ僕と来てはこの人から引き離しとかなきゃなんない、あの人の側《そば》へ寄らせちゃなんない、そりゃ御大層なワケがある、おまけにまた別の誰それさんがらみじゃおよそゾッとしない評判が立ってる、とか何とかだってなら。っていうようなことを僕はそれとなく、クリスパークル先生に言ってみた。何せ先生の自分そっちのけのやり口なら姉さんも知ってるだろうから。けどどのみち言うだけのことは言ってみた。ってだけじゃなし、ずっと力コブを入れて念を押しておいたのさ、僕は惨めったらしいほど僕自身と組み打ってるもんで、ちょっと気晴らしがてらフラリとどこかへ姿を暗ませばまだしもこいつを上手く掻い潜れるかもしれないって。ってことで、日和も明るくてパリパリ身を切るように冷たいからには、僕は明日の朝、徒《かち》で旅に出て、この僕自身をどいつもこいつもの（って、叶うことなら、この僕自身も含め）邪魔にならない所へ引っ連れてってやるよ」

「いつ戻って来るつもり？」

「二週間ほどしたら」

「独りぼっちで出かけるの？」

「たとい姉さん以外どいつか付き合ってくれる物好きがいたとしても、愛しいヘレナ、独りきり行くのに越したことはないだろう」

「だからクリスパークル先生はそっくり賛成して下さっているというのね？」

「ああ、そっくり。そりゃひょっとして仰《のっ》けはこいつは何だかシケた腹づもりで、むっつり塞ぎ込んだ奴にはロクなことにならないってお思いだったかもしれない。けどこないだの月曜の晩、こいつがらみでゆっくり話をしようってんで月明かりの下《もと》で散歩をした際に、ありのままを打ち明けたのさ。僕は自分自身の上手《うわて》に出てやりたい、で今晩を何とかやりこなせたら、きっと今んとこここにいるよりどこか他処へ行った方がずっといいに決まってるって。どうせそこいらを誰かさん達が仲良く歩いてるとこに出会さずにはいられないだろう。そいつはてんでイタダけないし、当たり前、どなたかのこと忘れるやり口じゃない。こっから二週間もすりゃ鉢合わせになることも、当座、まずないだろうし、これきりまたそんな羽目になりそうになりゃ、ああ、その時はまた姿を暗ますまでのことさ。おまけに、僕はほんとに体動かして自分にカツ入れてやって、気持ち好くクッタクタになりたいんだ。姉さんも知ってるだろう、クリスパークル先生は御自身、健全な肉体に健全な精神を宿らせようってんでそういったことを目一杯大切にしてらっしゃる。であのまっとうな精神が御自身のためにこれこれの自然の法則を申し立てておきながら、僕には別のそいつを押しつけられっこない。僕が正直、大真面目だって得心が行ったら、先生は僕なりの一件の捉え方に肩持って下さった。ってことで、先生のおスミ付きの下《もと》、僕は明日の朝、出発するとするよ。信心深い町の人達が教会に行く頃には通りから姿を消してるばかりか、鐘の音《ね》だって聞こえないとこまで行ってられるよう、夜が明けるか明けないかでさ」

ヘレナは一件を篤と惟み、得策と考える。クリスパークル氏が得策と考えるなら、彼女も然に考えていたろう。が彼女は固より、自らの見解に照らし、一件を弟の自己を矯めようとする真摯な努力と積極的な試みを証す健やかな目論見として、得策と考える。弟が、哀れ、大いなるクリスマスの祝祭の折に独りきり立ち去らねばならぬとは憐れを催さざるを得ぬ。が彼を励ますことこそ遙かに理に適っていると心得る。よって事実、弟を励ます。

じゃあ、きっと手紙をくれるわね？

ああ、必ず一日おきに手紙書いて、どんなおっかないことや、楽しいことに出会したかそっくり報せるよ。

前もって着替えを送っておくつもり？

「いや、愛しいヘレナ。巡礼の徒よろしく合財袋と杖こっきりで旅をするよ。僕の合財袋には――っていうかナップサックには――もう荷が詰めてあって、後はひょいと背負《しょ》うだけだ。で、ほら、こいつが僕の杖だ！」

彼は御逸品を姉に手渡し、姉はクリスパークル氏同様、ずい分重いのねと言い、彼に返しながらたずねる。何の木で出来ているの？　何かやたら硬い奴だろう。

この時点まで、彼はすこぶる陽気だ。恐らくは、姉に対し己《おの》が言い分を通し、故にそいつをいっとうお目出度な観点から示さねばならぬと思えばこそ意気が昂っていたに違いない。恐らくは、首尾好く然にやり果せた安堵には生半ならぬ揺り返しが伴って然るべきだろう。夜闇が迫り、町の明かりがあちこち眼前でパッと躍り上がり出すにつれ、彼はむっつり塞ぎ込む。

「ほんとはこの晩飯に行かずに済むものならな、ヘレナ」

「愛しいネヴィル、何をそんなに気に病むことがあって？　何てあっという間に片がつくことか考えてもみてごらんなさいな」

「何てあっという間に片がつくことか！」と彼は鬱々と繰り返す。「ああ。けど気が乗らないものは乗らないのさ」

ほんの一時《いっとき》はギグシャクするかもしれないけれど、と姉はほがらかに説きつける、それもきっとほんと一時《いっとき》のことでしょうよ。あなたは、あなた自身のことでは大丈夫なんですもの。

「この僕自身が大丈夫ってほど、外の何もかも大丈夫って気になれるものならな」と彼は答える。

「何て妙なこと言うったら、あなた！　一体どういうこと？」

「ヘレナ、さあな。僕に分かってるのはただ気が乗らないってことだけさ。何てそこいら中やたらずっしりシケ込んでやがるったら！」

　姉は川の向こうのくだんの赤銅色の雲を指差し、風が強くなりそうよと言う。弟はそれきり、尼僧の館《やかた》の門で姉に暇を乞うまでほとんど口を利かぬ。姉は弟と別れてからもなお、すぐには中に入ろうとせず、じっと弟が通りを遠ざかる後ろ姿を見送り続ける。二度ほど、弟は入って行くのに二の足を踏み、番小屋の前を行き過ぎる。がとうとう、大聖堂の時計が四半時を打つや、クルリと踵を返し、セカセカ駆け込む。

　かくて彼は裏手の階段を昇る。

　エドウィン・ドゥルードは孤独な一日を過ごす。何か思いも寄らなかったほど掛けがえのないものが人生から失せていた。してそいつを偲んで、昨夜《ゆうべ》は夜っぴて、彼自身の寝室の黙《しじま》の中で涙を流した。なるほど、ランドレス嬢の姿が依然心の後方でヒラついてはいるものの、想像していたより然ても遙かにしっかり者で賢い、小さな愛らしき懐っこい奴がその拠を占めている。彼女のことを思い浮かべ、仮に自分がしばらく前にもっと真剣だったなら——仮に彼女のことをもっと高く買っていたなら——仮に自らの人生における星の巡り合わせを当然の遺産として受け入れる代わり、その真価を認め、より高めるべくまっとうな道を切り開いていたなら、自分達は互いにとってどうだったやもしれぬか思い浮かべれば、如何せん自らの不甲斐なさばかりが目につく。がそれでいて、にもかかわらず、して然に思えば鋭い胸の疼きを覚えざるを得ぬにもかかわらず、若気の虚栄と気紛れは心の後方にかのランドレス嬢の麗しき姿を留め続ける。

　それにしてもあの、門の所で別れ際にローザの浮かべた眼差しは、奇妙なそいつだったたではないか。果たして彼女は彼の想念の表面下の、仄暗い水底《みなそこ》までお見通しだったということとか？　いや、そんなはずはない。というのもあれはびっくりして真剣に問いかけるような眼差しだったから。やけに意味シンではあったが、何を言いたかったかはさっぱりお手上げと、彼はサジを投げる。

今やただグルージャス氏のお越しを待つばかりで、彼に会ってしまえば直ちに立ち去ることになろうからには、彼は古めかしい町とそこいらにフラリフラリ、散歩がてら暇を乞う。お互いほんの子供同士、契りを交わしているというので何やら鼻高々でここかしこローザと歩き回っていた時分のことを思い起こす。ああ、何てかわいそうな奴らだったことよ！　彼は悲しき憐れを催しつつ、惟みる。

懐中時計が止まっているのに気づき、彼は螺子を巻き、時間を合わせてもらおうと宝石商に立ち寄る。宝石商はことブレスレットなる一件にかけてはめっぽう抜け目ない。というのも、憚りながら、こちらのブレスレットでございますが――とさも漠然めかし、てんでさりげない物腰で――吹っかけて来るから。如何でございましょう。こちらなど（と水を向けるに）お若い花嫁には文句なくお似合いかと。わけてもいささか小ぢんまりとした姿形の佳人であられるなら。ブレスレットが歯牙にもかけられぬと見て取るや、宝石商は殿方用の指輪の盆に注意を促す。これなどは、ほら、当世流行りの型でして――たいそう典雅な認印付き指輪でございます――皆様、身の上をお変えになる際にはたいそう好んでお求めになる。実に落ち着いた趣きの指輪かと。内側に結婚式の日付を刻めば、他の如何なる類《たぐい》の記念の品よりお好みになる殿方も少なからずお見えでございます。

指輪もまたブレスレットといい対すげなく打っちゃられる。エドウィンは商い上手の店主に父の形見の鎖付き懐中時計と、後はシャツ・ピンしか、宝石は身に着けないのだと言う。

「ということは存じておりました」というのが宝石商の返答なり。「と申すのもジャスパー殿が先日、文字盤ガラスを求めにお立ち寄りになり、実の所、手前共ではこちらの商品をお見せ致し、もしや何か格別な折ということで御親族の殿方にプレゼントをなさりたければ――と申しましたところ、にこやかに微笑みながら、これまで御親族の殿方が身につけて来た宝石類の目録ならそっくり頭の中に入っているが、詰まる所、鎖付き懐中時計とシャツ・ピンにすぎぬとおっしゃっていたもので」とは申せ（手前共に致せば）如何に目下の場合はさようであろうと、いつ何時であれさようとは限りませんので。「二時二十分過ぎに、ドゥルード殿、時間を合わせておきました。今後はくれぐれも螺子の巻きをほぐれさされぬよう」

エドウィンは時計を受け取り、ポケットに突っ込み、胸中かくつぶやきながら店を出る。「愛しいジャック！　ぼくがネック・クロスに格別な襞一つ寄せたって、お見逸れだけはしないだろうな！」

彼はディナーの刻限までの暇をつぶすべく、そこいらをあちこちほっつき回る。どういう訳かクロイスタラムは今日に限って彼に恨みがましげだ。まるでそいつのことをまっとうに扱ってやっていなかったかのようにアラを探してくれる。が彼がらみで腹を立てているというよりむしろ遙かに心悲しげだ。いつもならば無頓着なはずが、彼は古めかしい史跡や廃墟を端《はし》から侘しげに眺めてはつらつら思いを馳せる。じき遙か海の向こうへ渡るからにはこいつら二度と目にせぬかもしれぬと惟みる。哀れな奴よ！　哀れな奴よ！

辺りが薄暗くなろうかという頃、彼は修道士のぶどう園を漫ろ歩く。大聖堂の組み鐘《チャイム》で優に三十分は行きつ戻りつし、辺りもとっぷりと暮れて初めて、女が一人、片隅の回り木戸の傍の地べたに蹲っているのに気づく。木戸は黄昏時にはほとんど人気《ひとけ》のない脇道の交差路に面し、人影はずっとそこに蹲っていたに違いない。彼はほんの次第に、つい今しがた、気づいたばかりではあるが。

彼はくだんの小径に折れ、回り木戸まで歩いて行く。間際のランプの明かりで、彼には女がげっそり痩せさらばえ、皺だらけの顎を両手にもたせ、じっと前方に――瞬き一つせぬまま、何やら盲《めしい》がひたとやる要領で――目を凝らしているのが見て取れる。

いつも心優しいながら、今宵はわけても優しい心持ちに衝き動かされ、出会す子供や老人に誰彼となく優しい言葉をかけて来たからには、彼はすかさず腰を屈め、この女に話しかける。

「気分でも悪いのかい？」

「いや、あんさん」と女は彼の方へはちらともやらず、相変わらずじっと、盲《めしい》さながら妙な具合に目を凝らしたなり返す。

「目が見えないのかい？」

「いや、あんさん」

「道に迷うか、家《うち》がないか、気が遠くなったのかい？　ともかくどうしたのさ、こんなにいつからってことなし冷たい所にじっと座ってるなんて？」

ゆっくり、ギクシャク、やっとの思いで、女はどうやら目が彼に留まるまで、焦点を合わせようとしていると思しい。がさらば、妙な膜がさっと垂れ籠め、ワナワナ震え出す。

彼はやにわに腰を伸ばし、一歩後退り、胆をつぶした上から怖気を奮って女を見下ろす。というのも何がなし、見覚えがあるような気がするから。

「何てこったい！」と彼はすかさず惟みる。「あの晩のジャックそっくりじゃないか！」

彼が女を見下ろすと、女は彼を見上げながらメソつく。「ああ、この肺腑と来ちゃヘナヘナだたあ。この肺腑と来ちゃボロボロだたあ。何てこったい、何てこったい、この咳と来ちゃカラッカラにひからびてるたあ!」それが証拠、凄まじくゴホゴホ噎せ返る。

「どこから来たんだい?」

「ロンドンからで、あんさん」(依然ゴホゴホ、体が劈かれんばかりに咳《しはぶ》きながら。)

「どこへ行くのさ?」

「ロンドンへ引っ返すんで、あんさん。あたしゃここへ干し草山に紛れちまった針をめっけにやって来たんだが、やっぱめっからなくってよ。ほら、あんさん、三と六ペンスめぐんどくんな。あたしのこた心配ゴ無用。だったらロンドンに戻って、どいつにもトバッチリかけやしないから。あたしゃ商いやってて——ああ、何てこったい! そいつあてんで、てんでシケちまってて、景気はどん底と来る!——けどお蔭でやっとこ食い扶持だけは稼いでんのさ」

「アヘンを吸うのか?」

「ああ、やってるよ」と女は依然ゴホゴホ噎せ返りながら四苦八苦、返す。「どうか三と六ペンスめぐんどくんな。だったら割好く叩《はた》いてやって、引っ返すから。三と六ペンスめぐんでくんないってなら、いっそビタ一文おめぐみじゃないよ。んでもしか三と六ペンスめぐもうってなら、ちょいと垂れ込んで差し上げようじゃ」

彼はポケットから金を数え出し、女の手に突っ込む。女はやにわにギュッと金を握り締め、シメシメとばかり嗄れっぽく声を立てて笑いながらむっくり起き上がる。

「あんがとよ! ほら、いいかい、愛しい若さん。お宅の洗礼名は何とお言いで?」

「エドウィン」

「エドウィン、エドウィン、エドウィン」と女はその名をダラダラと、眠たげに繰り返しながらつぶやく。と思いきや、いきなり切り返す。「そいつをつづめりゃエディーと?」

「時にそんな風に呼ばれることもあるな」と彼はパッと顔を紅らめながら答える。

「かわいいあの娘《こ》がそうお呼びだって?」と女は篤と惟みながらたずねる。

「さあな、どうだか?」

「あんれ、ホの字のお相手はらっしゃらないんで?」

「ああ、てんで」

女はまたもや「あんがと、恩に着るよ、あんさん!」と言いながら立ち去りかける。すると彼は言い添える。「何か垂れ込んでくれるんじゃなかったのか。そいつをバラしてくれてもいいだろう」

「そう言や。そう言や。なら、はむ。ここだけの話。あんさんネッドって名じゃなくてもっけの幸い」

彼はかくたずねながらも食い入るように女の顔を覗き込む。

「それはまたどうして？」

「何せそいつは今んとこ名乗るにゃてんでイタダけない名なもんで」

「どんな風にイタダけない？」

「ウラミツラミい買ってる名なもんで。危なっかしい名なもんで」

「憎まれっ子世に憚る、っていうじゃないか」と彼は冗談めかして軽く受け流す。

「だったらネッドってのは——あんさんにこうして口利いてる今の今、どこにらっしゃろうと、あんなにウラミツラミい買ってるからにゃ——さぞかしいついつまでもハバかられようじゃ！」と女は答える。

女はかく耳打ちすべく、彼の目の前で人差し指を振り振り前屈みになっていたものを、今やごっそり体を抱え込むや、またもや「あんがと、恩に着るよ！」と言いながら、『旅人《たびにん》木賃宿』の方へヨロヨロ立ち去る。

こいつは、それでなくとも辛気臭い一日にゴキゲンな落ちがついたものではないか。独りきり、古《いにしへ》の時代と老朽の名残に囲まれた人気《ひとけ》ない場所に取り残されてみれば、お蔭でゾクリと背《せな》に悪寒が走った。彼はまだしも明るい街灯の灯った表通りへと歩き出し、道すがらホゾを固める。こいつのことは今晩の所はオクビにも出さず、明日になったらジャックに（何せ唯一自分のことをネッドと呼ぶからには）ほんの妙な偶然の一致として——無論、もっと記憶に留めて然るべきこととしてではなく、ほんの偶然の一致として——話してやろう。

がそれでいて一件は遙かに記憶に留めて然るべき幾多のネタがついぞ付き纏わなかったほど彼に付き纏う。彼はもう一マイルかそこいら、ディナーの刻限まで外をブラついて暇をつぶす。が橋を渡り、川っ縁を漫ろ歩く段には、女の文言は立つ風に、怒った空に、荒れた波に、チラつく明かりに谺する。大聖堂の組み鐘《チャイム》に乗ってすら、そいつの厳かな谺が聞こえるかのようだ。何せはっと、番小屋の拱道の下へと折れしな、彼の胸にいきなり不意討ちを食らわすから。

かくて彼は裏手の階段を昇る。

ジョン・ジャスパーは二人の客のいずれより心地好く陽気な日を過ごす。祝祭の時節にはつけるべきピアノの稽古もないだけに、大聖堂での礼拝《らいはい》をさてておけば時間はそっくり自分のものだ。彼は早々に商店主の間に紛れ、ささやかながら甥のお好みの食卓の贅を注文する。甥はもう直また行ってしまうからには、と彼は食品問屋の連中に言う、目一杯、猫っ可愛がりしてやらねば。持てなし心に篤い仕度を整えている道すがら、彼はサプシー氏の所へ立ち寄り、愛しいネッドと、クリスパークル氏の所の例の血の気の多い若僧とは今晩一緒に番小屋でディナーを認め、仲直りすることになっているのだと告げる。サプシー氏は血の気の多い若僧にはおよそお手柔らかどころではない。あの若僧の顔色は「英国風らしからぬ」と宣う。してこの方、一旦、何であれ「英国風らしからぬ」と決めつけたが最後、御逸品、未来永劫、奈落の底(『ヨハネの黙示録』二〇：一)へ沈んだものと思し召す。

ジョン・ジャスパーはサプシー氏がかく宣うのを聞いて心底残念がる。何せサプシー氏が口を利くとなると、必ずや意味深長にして、氏が正鵠を射る微妙なコツを呑み込んでいるとは先刻御承知だから。サプシー氏は(奇しき星の巡り合わせもあったものだが)、正しく見解を一にしている。

ジャスパー氏は今日はまた格別声の調子が好い。己《おの》が心の自づとこの則《のり》を守らんことを*と哀愁的に訴える上で、その旋律的力量もて仲間を瞠目さす。未だかつて今日の讃美歌におけるほど巧みにして朗々と難しい曲を歌ったためしはない。固より神経質な気っ風だけに、難しい調べをこなすとなるとややもすれば気持ち速めになる。が今日は、その調子たるや一点の非の打ち所もない。

こうした結果は恐らく、精神の大いなる平静の為せる業。単なる喉の絡繰だけからすれば、そいつはいささかヒリつき易い。何せ聖歌の長衣を纏うにせよ普段着を纏うにせよ、丈夫な、目の詰んだ絹の大きな黒いスカーフを緩やかに首に垂らしているから。がそれは見るからに坦々と落ち着き払っているものだから、クリスパークル氏は祭服室から二人して出て来ながら思わず、一件に触れる。

「今日は見事な歌を聞かせてもらい、ジャスパー、全くもってありがたい限りだ。実に美しい歌声では！　実に惚れ惚れするようでは！　これまでにないほどの出来映えのからには、さぞかし体調が優れているに違いない」

「なるほど願ってもないほど」

「どこと言ってむらのある所も」と小キャノンは滑らかに手を動かしながら言う。「落ち着かない所も、わざとらしい所も、はぐらかした所もない。どこからどこまで完璧な自制を利かせ、徹頭徹尾、物の見事にやりこなされていたでは」

「ありがとうございます。我ながら、などと口幅ったいことを言って好ければ」

「ひょっとして、ジャスパー、例の時折見舞われる持病に何か新しい特効薬でも試しているのではあるまいが」

「おや、これはこれは？　見事に図星をつかれました。というのも事実、試しているからには」

「だったらしばらく続けてみることだ、君」とクリスパークル氏は気さくにポンと、ハッパのかけがてら肩を叩きながら言う。「しばらく続けてみることだ」

「そうしてみましょう」

「いずれにせよ」とクリスパークル氏は二人して大聖堂から出て来ながら続ける。「お目出度う」

「重ね重ねありがとうございます。もしも差し支えなければ、コーナーまでグルッと御一緒させて頂いてよろしいでしょうか。我が客《まろうど》方が来るまでにはまだたっぷり間《ま》があります。一言、お耳を拝借したいことがあるもので。お蔭でさぞや安心して頂けましょうが」

「とは一体何だろうね？」

「はむ。先達ての晩、私の塞ぎのムシのことでお話ししました」

クリスパークル氏は面《おもて》を曇らせ、嘆かわしげにかぶりを振る。

「私は、ほら、牧師をそいつらの解毒剤にさせて頂きたいものだと申し上げました。すると牧師は是非ともそいつらメラメラと焼べてやってくれ給えとおっしゃいました」

「で今でもそう思っているとも、ジャスパー」

「全くもって仰せの通り！　今年の日記帳を大晦の日に灰にするつもりです」

「というのも――？」とクリスパークル氏はかく切り出しながらもパッと晴れやかになる。

「ええ、図星です。というのも我ながら不機嫌で、陰鬱で、怒りっぽくて、クサクサ気に病んだり何だかだしていたという気がするからには。牧師は確か私が事を大げさに考えすぎだとおっしゃいました。確かにその通りです」

クリスパークル氏の晴れやかな面《おもて》はいよよ晴れやかになる。

「あの時はおっしゃることがよく呑み込めませんでした。何せ、事実腹のムシの居所が悪かったもので。ですがこうしてずっと健やかな気分になってみれば、なるほどおっしゃる通りだったと認めざるを得ません、それも喜んで。確かに私は実に些細なことを大げさに考えすぎていました。というのは紛れもない事実です」

「君の口からそう言ってもらえるとは」とクリスパークル氏は声を上げる。「全くもって何より！」

「人間、何の変哲もない生活を送り」とジャスパーは続ける。

「一旦、神経にせよ、胃の調子にせよ、狂ってしまうと、一つ考えをクサクサ、そいつが馬鹿デカくなるまで、こねくり回すものです。というのが例の一件がらみでの私の場合でした。という訳で日記帳が一杯になったら、そんな自分がどうかしていた証拠を灰にして、もっと晴れやかな心持ちでお次の奴に取りかかるとします」

「こいつは」とクリスパークル氏は握手を交わすべく御自身の戸口でつと足を止めながら言う。「願ったり叶ったりどころではないな」

「ああ、それも当然ではありませんか」とジャスパーは返す。「私がもっと御自身みたいになれそうだなんて、ムシのいい話もあったものです。牧師はいつだって身も心も水晶のように澄み渡るようにと御自身を鍛え、事実、いつだって水晶のように澄んでいらして、ちっとも変わらない。が一方この私は、泥まみれで、独りぼっちの、てんでシケた奴と来る。ですが何とか今のその塞ぎのムシも厄介払いしてやりました。ここでちょっとお待ちしますので、ネヴィル君はもう私の塒へ向かったか聞いてみて頂けませんか？　まだのようなら、一緒にグルリと引き返せるというものだ」

「多分」とクリスパークル氏は玄関扉の鍵を回しながら言う。「しばらく前に出たはずだ。少なくとも彼が出かけたのは知っているし、恐らく、こっちへは戻って来ていないだろう。聞いてみるだけは聞いてみるが。ついでに寄って行かないかね？」

「我が客《まろうど》方がお待ちかねのからには」とジャスパー氏は笑みを浮かべて言う。

小キャノンは姿を消し、ほどなく取って返す。やっぱり、戻っていないな。実の所、そう言えば、番小屋へは多分、真っ直ぐ行くと言っていたっけ。

「こいつはとんでもない持てなし役もいたものだ！」とジャスパーは言う、「我が客《まろうど》方は一足お先にあっちへ着いているとは！　いくらお賭けになります、戻ってみたら二人して抱き締め合っていないということでは？」

「何なら賭けてもいいが——と言おうか事実、山を張るとしての話」とクリスパークル氏は返す。「君の客《まろうど》方は今晩は実に愉快な主人に持てなして頂くことになろうな」

ジャスパーはコクリと頷き、声を立てて笑いながら言う、では失敬！

彼は大聖堂の扉まで元来た道を引き返し、扉を行き過ぎると番小屋の方へ折れる。道すがら、低い声で、濃やかな哀感を込めて口遊む。依然、今宵は調子っ外れな音は彼の手の内にはなく、何一つ彼を急かせも遅らせも出来ぬかのようだ。

かくて塒の迫持造りの入口の下までやって来ると、しばし物蔭で足を止め、くだんの大きな黒いスカーフを外し、クルリと輪にして腕にかける。くだんの束の間、眉は険しく顰められる。がまたもや歌を口遊み、歩き始めるや、たちまち面《おもて》は晴れやかになる。

　かくて彼は裏手の階段を昇る。

　真っ紅な明かりが忙しなき生活の潮《うしお》の際のかの灯台にては一晩中ずっと燃え続ける。くぐもった物音や、往来のブンブンと唸るような音が灯台を行き過ぎては人気《ひとけ》ない境内へと気紛れに流れ続ける。が外にはほとんど、激しい陣風をさておけば、行き過ぎるものはない。嵐催いの突風が吹き荒れ出すのは一目瞭然。

　境内はついぞさして煌々と照明の利かされたためしはないが、激しい陣風のせいでランプの多くが吹き消されているとあって（場合によっては枠まで粉々に吹っ飛ばされ、ガラスが地べたに木端微塵に砕け散っているものもあるが）、今晩は常にも増して暗い。そこへもって大地からは塵が舞い上がり、木からは乾涸びた小枝が捥ぎ取られ、遙か塔の高みのミヤマガラスの巣からは大きなボサボサの屑が舞い落ちて来るだけに、闇はいよいよ黒々と不穏に垂れ籠める。木々それ自体とて闇の当該影も形もある端くれが狂ったようにグルグル回るにつれてそれはキーキー軋んでは右へ左へゆっさゆさ揺れるものだから、今にも大地から引っこ抜かれかねぬ勢いだ。かと思えばしょっちゅうボキッと来てはどうど倒れる音がするからには、どこぞのどデカい大枝が嵐に音《ね》を上げたに違いない。

　冬のここ幾晩も風が然まで猛々しく吹き荒れたためしはない。あちこちの通りで煙突はグラリと傾ぎ、人々は足許を掬われては大変と、鉄柱や街角に、互い同士に、しがみつく。激しい突風はおよそお手柔らかになるどころか真夜中までいよよ間断なく、いよよ狂ったように吹き荒れ、さらば通りからはそっくり人気《ひとけ》が失せ、嵐はビュービュー我が物顔で突き抜け、掛け金という掛け金をガタつかせては、鎧戸という鎧戸を引っ剥がしにかかる。さながら、住人に屋根にドサッと脳天の上へ落ちかかられるよりむしろいっそ床《とこ》から跳ね起き、オレ様と一緒に飛び去ってはどうかと嗾けてでもいるかのように。

　依然、真っ紅な明かりは静かに燃え続ける。真っ紅な明かりを措いて何一つじっとしているものはない。

　夜っぴて風は吹き荒れ、一向収まらぬ。が朝未だき、東の空が辛うじて明るみ、星を霞まそうかという頃、次第に凪ぎ始める。その刻を境に、深傷を負った今はの際の怪物よろしく、たまさか牙を剥いて突っかかっては来るものの、ガックリ膝を突きざまくずおれ、とうとう白日の下《もと》、緯切れる。

さらば大聖堂の時計の針が捥ぎ取られ、屋根からは鉛板が引っ剥がされ、クルリと巻き上げられた上から境内に吹き飛ばされ、巨大な塔の天辺の石が某か崩れ落ちているのが目に入る。いくらクリスマスの朝《あした》とは言え、被害の程度を確かめるべく職人を遣らねばならぬ。連中は、ダードルズを筆頭に、遙か高みへと登り、片やトープ氏を初め早起きのノラクラ者は小キャノン・コーナーにワンサと群がり、目に手をかざしながら男衆が上方に姿を見せるのを今か今かと待ち受ける。

当該人だかりはいきなりお開きとなることに、ジャスパー氏の手によりて掻き分けられ、じっと空《くう》に凝らされていた目はそっくり、彼が開け放たれた窓越しにかくクリスパークル氏に大声でたずねることにて、地べたに引き下ろされる。

「甥はどこです?」

「ここには来ていないが。君と一緒ではないのかね?」

「いえ。昨夜《ゆうべ》ネヴィル君と嵐の様子を見に川まで下りて行き、それきり戻って来ません。ネヴィル君を呼んで下さい!」

「彼なら今朝方早く出かけたよ」

「今朝方早く出かけた? 中へ入れて下さい、中へ!」

今やこれきり塔を見上げる者はない。人だかりの目という目は、死んだように蒼ざめ、着替えもそこそこに、大きく肩で息を吐きながら小キャノンの屋敷の前の手摺りにしがみついているジャスパー氏に凝らされる。

第十五章　糾弾

ネヴィル・ランドレスはめっぽう早々に出立し、めっぽう足早に歩き続けたものだから、クロイスタラムの教会の鐘の音《ね》が朝の礼拝《らいはい》を告げ始めた頃には八マイル方《がた》遠ざかっていた。ほんのパンの欠片を腹の足しに繰り出していただけに、この時までには空腹を覚え、一息吐くべくお次の路傍の旅籠に立ち寄った。

朝食がお入りの客は――馬や牛ならばいざ知らず。何せくだんの手合いの客のためには水槽《みずおけ》と干し草の形《なり》にてふんだんに仕度されているから――『幌付き荷馬車亭』をそれはめったなことでは御贔屓にして下さらぬとあって、荷馬車殿をガラガラ、紅茶とトーストとベーコン行路へと駆け出さすにはずい分手間取った。ネヴィルは手持ち無沙汰の御一興、砂敷きの談話室《パーラー》に掛け、一体自分が立ち去って如何ほど長らく経ってから、湿気た粗朶《そだ》の噯催いの炉火はどなたか外の客の体を温《ぬく》めにかかるものやらと首を捻っていた。

実の所、とある丘の頂なるひんやりとした旅籠としての『幌付き荷馬車亭』は――そこにて玄関扉の前の地べたは湿った蹄と踏みしだかれた藁で捏ねくり返され――そこにてケンツク女の女将は酒場でピシャピシャ、ビショついた（片一方の足だけ真っ紅なソックスを履き、片割れの影も形もなき）赤ん坊を引っぱたき――そこにてチーズはある種鋳鉄製のカヌーに収まったカビ臭いテーブルクロスと緑の把手のナイフと仲良く棚の上にて坐礁し――そこにて別のカヌーに収まった生っ白い御尊顔のパンは己《おの》が難破をダシにポロポロ、パン屑の涙をこぼし――そこにて御一家のリンネル類は、半ば洗われ半ば干されたなり、そこいら中に天下御免で取り散らかされ――そこにて酒という酒はマグから呑まれ、その他一切合切はマグとの＊押韻を仄めかしているとあって――『幌付き荷馬車亭』は、以上全てを勘案すらば、およそ人馬共にすこぶるつきの宿と食を供すとの看板になる約言を果たしているとは言えなかった。しかしながら、目下の場合、こと二本脚に関せば、小うるさい方《ほう》でないからには、ただなけなしの持てなしをありがたく頂戴すると、一息どころではない吐かせて頂いた挙句、またもや旅を仕切り直した。

彼は旅籠から四半マイルほど行った所で足を止め、果たしてこのまま街道を行ったものか、それとも両脇をのっぽの生け垣に挟まれた荷馬車道を行ったものか逡巡した。というのも荷馬車道は風の戦ぐヒースの斜面を突っ切り、とこうする内またもや街道に折れるのは一目瞭然だったからだ。かくて後者の行路に軍配を挙げ、坂は急な所へもって深い轍だらけとあって、少なからず四苦八苦、歩き続けた。

独り、ぬかった道を辿る内、彼は背後から数名、徒《かち》の旅人が近づいて来るのに気がついた。して自分より足早にやって来ていたので、連中をやり過ごすべくのっぽの堤の一方にへばりつくようにして道をあけた。が連中の物腰はめっぽう妙だった。内四人しか行き過ぎず、残る四人はズルズル歩を緩め、彼が歩き出したら後をつけようとでもいうかのようにグズグズとためらっていた。一行のそれ以外の（恐らくは五、六名の）連中は踵を返し、セカセカ、足早に引き返した。

彼は、後方の四人を見やり、前方の四人を見やった。さらば連中は皆して彼を睨み返した。彼はまたもや歩き始めた。前方の四人はひっきりなし振り返りながら先を行き、後方の四人はひたと追って来た。

彼らが一人残らずせせこましい荷馬車道からヒースの開けた斜面へと散開し、彼が気の向くまま、どちらの側《がわ》へ逸れようと当該隊形が崩れぬとあって、最早彼がくだんの連中に包囲されていることに疑いの余地はなくなった。彼はこれきり物は試しに立ち止まり、さらば連中も一斉に立ち止まった。

「どうしてこんな具合に僕を付け回すんだ？」と彼は一行に、誰ということなくたずねた。「きさまら盗人の一味か？」

「返事をするんじゃない」と連中の内一人が言った。彼にはどいつか分からなかったが。「黙っておけ」

「黙っておけ？」とネヴィルはオウム返しに声を上げた。「とはどいつの言い種だ？」

誰一人答えなかった。

「きさまらコソ泥風情のどいつであれ、授けてやるには傑作なお智恵もあったものじゃないか」と彼は熱り立って続けた。「そこの四人と、こっちの四人、きさまらにおとなしく挟まれてたまるか。そこをどけ。ともかく突っ切らせてもらうぞ、そこの正面の四人」

彼らは皆じっと立ち止まったままだった。彼自身も含め。

「もしも二人であれ、四人であれ、八人であれ、束になって一人の男に襲いかかろうというなら」と彼はいよよ怒り心頭に発して続けた。「そいつは連中のどいつかに目に物見せてやる外なかろう。で、この僕は、神かけて、目に物見せてやる、これ以上待ったをかけられたら！」

ずっしりと重い杖を肩に担ぎ、歩を早めるや、彼は行く手の四人を突っ切るべく飛び出した。連中の内いっとういかつく、腕っぷしの強い男がすかさず彼がやって来る側《がわ》へ身を移し、巧みに組み打ちざまもろとも倒れ込んだ。が重い杖をしこたま食らってからのことではあった。

「手を出すんじゃない！」とこの男は芝草の上で揉み合う間《ま》にも、声を殺しながら叫んだ。「助太刀は無用！　こいつはオレの形《なり》に比べりゃ尼っこみたようなもんだ。おまけに背《せ》にゃあサックを担いでやがる。手を出すんじゃない。オレが片をつける」

激しく組み打ち、お蔭で二人共、顔からタラタラ血を滴らせながら一時《いっとき》転げ回っていたと思うと、男はネヴィルの胸から片膝を外し、かく宣いながら腰を上げた。「そら！　どいつか二人、左右から腕を抱えろ！」

との仰せはすかさず従われた。

「あしらが盗人の一味だってことにかけちゃ、ランドレスの若だんな」と男はペッと血を吐き、御尊顔からも血を拭いながら言った。「まさか昼の日中に旅人《たびにん》を襲う奴らもいますめえ。もしか若だんなからけしかけなけりゃあ、あしらあ若だんなに指一本触れてやしなかったでしょう。こっから、どのみち、グルリッと回って本街道へお連れしやすぜ。すったら盗人共から身を守って下さる手ならいくらでも借りられやしょう。ってなもしかそいつがお入り用なら。――さあ、どいつか若だんなの顔を拭って差し上げろ。ほら、何てえタラタラ滴ってやがる！」

顔を拭って頂いて初めて、ネヴィルには話し手がかのクロイスタラム乗合い馬車の御者たるジョーだということが分かった。わずか一度、それも到着した日に、会ったきりではあったが。

「んでどうかしばらかあ身のためと思って、口利かねえどくんなせえ、ランドレスの若だんな。本街道で馴染みがお待ちかねでやしょう――あしらが二手《ふたて》に分かれた時にもう一方の道から先回りしてなさるもんで――んであちらとお会いになるまじゃウンともスンともおっしゃらねえに越したこたねえ。どいつか手の空いてる奴、あの杖え持って来な。んでそろそろ行こうじゃねえか！」

すっかり途方に暮れ、ネヴィルは辺りをグイと睨み回したが、一言も口を利かなかった。左右から腕を抱えている二人の案内手《あないて》の間に挟まれて歩きながら、彼は夢現で歩き続け、とこうする内またもや本街道へ、して小さな人だかりの直中へとやって来た。先刻引き返していた連中が一団に紛れていたが、就中際立っているのはジャスパー氏とクリスパークル氏の姿だった。ネヴィルの案内手《あないて》御両人は彼を小キャノンの所まで連れて行き、そこにてくだんの殿方への臣従の礼とし、彼の腕を放した。

「こいつはそっくり何事です、先生？ 一体どうしたってんです？ まるでこの頭はどうかなっちまったみたいだ！」とネヴィルは一団にひしと取り囲まれるや声を上げた。

「甥はどこだ？」とジャスパー氏が狂ったように詰め寄った。

「甥御さんはどこだ？」とネヴィルは繰り返した。「どうして僕におたずねになるんです？」

「君にたずねるのは」とジャスパーは突っ返した。「君が最後まであいつと一緒にいた人間で、あいつはあれきり行方が知れないからだ」

「あれきり行方が知れない！」とネヴィルは腰を抜かさぬばかりに胆をつぶして声を上げた。

「待ち給え、待ち給え」とクリスパークル氏が言った。「済まんが、ジャスパー。ネヴィル君、君は動顚して取り乱しているな。どうか落ち着いてくれ給え。まずもって頭を冷やして、それからわたしの話を聞いてくれ」

「やってみますが、先生、何だか僕は気が狂れちまったみたいです」

「君は昨夜《ゆうべ》エドウィン・ドゥルード君と一緒にジャスパー氏の家《うち》を出たな？」

「ええ」

「何時に？」

「夜中の十二時だったでしょうか？」とネヴィルは戸惑いがちに頭に手をあてがい、ジャスパーに訴えかけながらたずねた。

「如何にも」とクリスパークル氏は言った。「ちょうどジャスパー氏もそうおっしゃっていた。君達は川まで一緒に下りて行ったと？」

「ええ、確かに！ あっちじゃ風はどんなにビュービュー吹き荒れてるんだろうかってんで」

「で、それから？ あそこにはどれくらいいたのかね？」

「十分ばかし。せいぜいそれくらいだったと思います。それから二人で先生のお宅まで一緒に歩いてって、彼とは玄関先で別れました」

「彼はまた川に戻るとか何とか言っていたかね？」

「いえ。真っ直ぐ引き返すって言ってました」

傍に立っている連中は互いを、してクリスパークル氏を見やった。彼に、ジャスパー氏は、それまでじっとネヴィルに目を凝らしていたものを、低く、きっぱりとした、胡散臭げな声でたずねた。「彼の服の上のあの染みは何です？」

皆の目は一斉にネヴィルの服に散った血の方へ向けられた。

「で、ほら、この杖にも同じ染みが散っているではありませんか！」とジャスパーは杖を手にしていた男の手から御逸品を引っつかみながら言った。「これが彼のものだということは知っています。彼は昨夜《ゆうべ》も提げていましたから。一体これはどういうことです？」

「神の御名にかけて、どういうことだか言い給え、ネヴィル！」とクリスパークル氏は説きつけた。

「僕はつい今しがたあの男と」とネヴィルは先刻組み打った相手を指差しながら言った。「杖を取り合ったんです。あいつにも、ほら、同じように血が散ってるはずです、先生。いきなり八人の男に前後から挟まれたら、一体何をどう考えればよかったってんです？　どうして本当の訳に思い寄ったでしょう、あいつらこれっぽっち教えてくれないってのに？」

彼らは、なるほど下手に口を利かぬに如くはなかろうと心得たと、事実、男とネヴィルは揉み合ったと認めた。がそれでいて喧嘩を目の当たりにしていた正しくその男共にしてからが、明るい冷気のお蔭で早干上がっている染みを暗澹と見やった。

「そろそろ引き返さねばならん、ネヴィル」とクリスパークル氏は言った。「君はもちろん、身の証を立てるために喜んで引き返してくれるな？」

「ええ、もちろん、先生」

「ランドレス君にはわたしの脇を歩いてもらおう」と小キャノンは辺りを見回しながら続けた。「さあ、来給え、ネヴィル！」

彼らは元来た道を引き返し始め、外《ほか》の連中も、一人を除き、ダラダラと様々な距離を置いて後に続いた。ジャスパーはネヴィルの反対側を歩き続け、ついぞくだんの持ち場を離れなかった。彼はクリスパークル氏が一再ならず先の質問を繰り返す間《ま》も、ネヴィルが先の返答を繰り返す間《ま》も、ばかりか、彼らが共々まだしも辻褄の合いそうな臆測を働かす間《ま》も、押し黙ったきりだった。彼は頑に口を閉ざしていた。というのもクリスパークル氏の物腰は彼にともかく会話に加わるよう直接、訴えかけていたにもかかわらず、いくら無言の内に訴えかけられようと強張った顔の筋一本動かそうとはしなかったからだ。彼らが町に近づき、小キャノンが直ちに町長を訪うに越したことはなかろうと持ちかけると、彼はコクリと、険しく頷いた。が皆してサプシー氏の茶の間に通されるまで、一言も口を利かなかった。

サプシー氏がクリスパークル氏によりて如何なる次第で彼らが自ら進んで御前にて見解を審らかにさせて頂きたいと望むに至ったか説明を受け果すや、ジャスパー氏は初めて沈黙を破るにかく滔々とまくし立てた。自分はサプシー殿の炯眼に、人知の限り、全幅の信頼を寄すものであります。何故《なにゆえ》甥が突然失踪したものか何ら然るべき謂れが思い当たりません。とはもしやサプシー殿が何ら然るべき謂れをおっしゃれぬとあらば。さらば一も二もなく首肯致しましょうが。よもや甥が川に引き返し、暗がりの中でうっかり足を取られて溺れたとは考えられません。とはもしやサプシー殿が然に思し召されぬ限りは。さらば、またもや、一も二もなく首肯致しましょうが。自分としてはありとあらゆる恐るべき疑念から能う限り清らに我が手を洗って（『マタイ』二七：二四）はおります。とはもしやサプシー殿が何かかようの嫌疑は甥が姿を晦ます直前まで一緒にいた（予てより折り合いの好もしくなかった）道連れとは分かち難いと思し召されぬ限りは。さらば、今一度、一も二もなく首肯致しましょうが。私自身の心持ちは、我ながら疑心暗鬼を生じ、陰鬱な危惧に苛まれているからには、およそ軽々には信頼致せません。がサプシー殿のお心持ちならば心より信頼致せます。

　サプシー氏は一件は実に暗澹たる様相を呈しているとの、詰まる所（してここにて氏の目はじっとネヴィルの面《おもて》に凝らされたが）英国風らしからぬ相を浮かべているとの卓見を審らかになされた。して当該大いなる自説を開陳し果すや、世の町長ですらよもや御自身好き好んで耽けられようとは思われぬほどこんぐらかった戯けの煙霧と迷路にさ迷い込み、そこより同胞《はらから》の命を奪うとは固より貴殿の身上ならざるものを奪うことなりとの才気煥発たる発見もろともお出ましになった。氏はそれからフラフラと、由々しき嫌疑の下《もと》、即刻ネヴィル・ランドレスを投獄する令状を発布すべきや否や天秤にかけ始め、事実、発布する所まで行っていたやもしれぬ。もしや小キャノンが義憤に燃え、異議を申し立ててでもいなければ。小キャノンはかくて、若者には自宅に滞まらせ、召喚されればいつ何時であれ、この手で身柄を引き渡そうと請け合った。ジャスパー氏はそこでサプシー殿は、自分の諒解する所、以下の如く提案なさるのではなかろうかと申し立てた。曰く、川は直ちに浚わるべし。岸は徹底的に調査さるべし。失跡の詳細は近隣の全域、のみならずロンドンにまで報ぜらるべし。立て札や広告にて全国津々浦々、エドウィン・ドゥルードに、もしや何らかの知られざる理由によりて叔父の住まいと付き合いより身を隠したとすれば、せめてくだんの甥思いの縁者の痛ましき喪失と悲嘆を慮り、ともかく何らかの手立てにて未だ存命中である旨報せよと触れ回らるべし云々。サプシー氏は一から十まで諒解されていた。というのもこれぞ正しく（一件がらみではウンともスンとも宣っていなかったにもかかわらず）氏の言わんとする所だったからだ。かくて同上の目的を実行に移す措置が直ちに講ぜられた。

果たしていずれがより恐怖と驚愕に苛まれていたか決すは至難の業だったろう、ネヴィル・ランドレスとジョン・ジャスパーの。ジャスパーは立場上、忙しなく立ち回らざるを得ず、片やネヴィルは立場上、忍の一字を決め込まざるを得ぬという点を措いて、両者の間に選ぶものはなかったろう。いずれ劣らず意気消沈し、打ち拉がれていた。

翌朝、夜が明けるか明けぬか、男衆は早、川面《かわも》で持ち場に就き、外《ほか》の――大方は自ら助っ人を買って出ていた――連中は、堤を限なく調べていた。日がな一日、捜索は続いた。川面《かわも》にては、艀と竿と、引っ掛け錨と網もて。泥だらけの葦の生い茂る岸辺にては、ジャック・ブーツと、手斧と、鋤と、綱と、犬と、想像し得る限りのありとあらゆる手具足もて。日が沈んでからですら、川は点々とカンテラに照らし出され、炎で不気味にギラついた。潮が変わるにつれて打ち寄す遙か彼方の入り江にては、寄り集まった見張りの連中がひたひたと水の寄す音に耳を傾け、何かそいつが荷を運んでは来ぬかと目を光らせた。海に近い遠方の砂利だらけの土手道や、沖で逆波の立つ人気《ひとけ》なき岬にては、翌日が明けてなお、常ならざる篝火の炎が燃え、目の粗い上っ張りの人影が屯していた。が陽は昇れど、エドウィン・ドゥルードの行方は杳として知れなかった。

その日もまたもや終日《ひねもす》、捜索は続いた。今や艀や小船に乗り、今や岸辺の柳を掻き分け、奇妙な見てくれの孤独な水位標や立て札が亡霊よろしく突っ立っている汀の沼地にて泥や杭やゴツゴツの石ころの間を踏みしだきながら、ジョン・ジャスパーは労を厭わず、身を粉にして探し回った。が詮なかった。というのも陽は昇れど、エドウィン・ドゥルードの行方は杳として知れなかったから。

潮の変化という変化に注意おさおさ怠りなく目を光らせるよう、その夜のためにまたしても見張りを立たすや、彼はクタクタにくたびれ果てて帰宅した。喉元ははだけ、髪はざんばらに乱れ、あちこちこびりついた泥はとうに干上がり、服はズタズタに引き裂かれたなり安楽椅子にへたり込んだか込まぬか、グルージャス氏が目の前に立っていた。

「こいつは妙な報せでは」とグルージャス氏は言った。

「妙なばかりかそら恐ろしい報せです」

ジャスパーは然に返すべくほんの重たい目を上げはしたものの、今やまたもや伏せた。と思いきや安楽椅子の片側にぐったり、疲れ果ててもたれかかった。

グルージャス氏はツルリと頭と顔を撫で下ろし、じっと炉火に目を凝らしたなり立ち尽くした。

「お宅の被後見人はどうしていらっしゃいます？」とジャスパーはしばらくすると、消え入るような、疲れ切った声でたずねた。

「かわいそうに！　どれほど悲嘆に暮れているかはお察しになれようかと」

「彼の姉にはお会いになりましたか？」とジャスパーは先と同様たずねた。

「とは誰の？」

当該反対尋問の何と突っけんどんなことか、然に切り返しながらグルージャス氏が何と冷ややかにしてゆっくり炉火から相手の面《おもて》へ目を移したことか、他の如何なる折であれ、癇に障ってはいたろう。目下の如く意気阻喪している所へもって疲労困憊のからには、しかしながら、ジャスパーはただ目を開け、返すきりだった。「容疑者の若者の」

「では貴殿は彼のことを怪しいと睨んでおいでと？」とグルージャス氏はたずねた。

「いえ、何をどう考えていいものかさっぱりです。何とも見極めかねるからには」

「小生も」とグルージャス氏は言った。「だが貴殿は彼のことを容疑者呼ばわりするからには、げに見極めをつけておいでなものと思いましたが――ああ、つい今しがたランドレス嬢に会って来た所です」

「どんな様子です？」

「嫌疑を悉くはねつけ、弟御に全幅の信頼を寄せておいでです」

「気の毒に！」

「だが」とグルージャス氏は続けた。「小生がわざわざこうしてやって参ったのはあの方の話をするためではありません。要は小生の被後見人ですぞ。こんなことを申したら、さぞやびっくりなされようが。少なくとも小生はびっくり致したもので」

ジャスパーは呻き声もろとも溜め息を吐きながら椅子の中で懶げに向き直った。

「明日まで延ばしましょうかな？」とグルージャス氏はたずねた。「ですから、くどいようですが、さぞやびっくりなされようからには！」

グルージャス氏がまたもやツルリと頭を撫で下ろし、またもや――とは言え今やキュッと、決然たる物腰で唇を引き結んだなり――炉火にじっと目を凝らすのを目の当たりにするや、ジョン・ジャスパーの目はまだしも焦点が定まり、散漫でなくなった。

「そいつは何です？」とジャスパーは椅子の中ですっくと背

を伸ばしながらたずねた。

「なるほど小生ももっととっくの昔に」とグルージャス氏はじっと炉火に目を凝らしながら、小憎らしいほどゆっくり、独りごつかのように言った。「気づいていてもよかったものを。あの子は取っかかりを作ってくれていた。というに小生は何せとんでもなく四角四面の男のからには、ちらとも思い寄らなかった。何もかも当然の如く受け留めていたもので」

「ですから、話というのは何です?」とジャスパーはまたもやたずねた。

グルージャス氏は両手を炉火で温《ぬく》めながら代わる代わる掌を開いたり閉じたりし、じっと相手を斜《はす》に睨め据えていたが、以下の如く続ける上でついぞ仕種も眼差しも変えぬまま、やおら仕切り直した。

「この若者同士は、行方知れずの若者と、小生の被後見人であるローザ嬢は、かほどに長らく契りを交わし、かほどに長らく互いに契りを交わしていることを認め合い、かほどに結婚を間近に控えていたというに——」

グルージャス氏は安楽椅子の中にてそっくり血の気の失せた面《おもて》がカッと目を剥き、そっくり血の気の失せた唇が小刻みにピリピリ震えるのを目にし、泥だらけの両手がむんずと椅子の腕につかみかかるのを目にした。くだんの手がなければ、およそ面《おもて》に見覚えがあるとは思えなかったろう。

「——この若者同士は、次第に(恐らくはいずれからともなく)目下の暮らしにおいてであれ先行きのそいつにおいてであれ、夫と妻としてよりむしろ仲の好い友達として、と言おうか兄と妹として、やって行った方が遙かに幸せでまっとうなのではあるまいかという気がして来ました」

グルージャス氏は安楽椅子の中の面《おもて》が鉛色に変わり、そいつの上に一面、鋼かと見紛うばかりの凄まじき雫、と言おうか泡が吹き出すのを目の当たりにした。

「この若者同士はとうとう、互いに気づいていた今のそういったことをざっくばらんに、弁えをもって、濃やかに打ち明けようとの健やかな結論に達し、わざわざそのために会いました。一時《いっとき》他愛なくも大らかに話し合った末、目下の、して先行きの関係を、この先いついつまでも解消しようということになりました」

グルージャス氏はあの世じみた人影ががっくり顎を落としたなりヨロヨロと安楽椅子から腰を上げ、両手を突き出しざま頭の方へかざすのを目の当たりにした。

「この若者同士の内一人は、とはつまり貴殿の甥御は、しかしながら、貴殿が固より自分のことを猫っ可愛がりしているからには、かくも筋書きとは大きく懸け離れた顛末になればさぞやがっかりするだろうと思い、二、三日はこの秘密を打ち明けるのを控え、小生が貴殿と話をつけにやって来たら——その時には自分はもう姿を消していようから——小生の口から貴殿に打ち明けてもらうことにしました。して小生はこうして貴殿と話をつけ、彼は姿を消してしまったという訳です」

　グルージャス氏はこの世ならざる人影が頭を仰け反らせ、両手で髪につかみかかり、身を捩《よじ》くらせながら彼に背を向けるのを目の当たりにした。

「これで申し上げるだけのことは申し上げたようですな。後はただ、この若者同士は貴殿が最後に二人を見かけた晩に、お互い悲しみに打ち拉がれ、涙をこぼさぬでもないながら気丈に別れたと言い添えれば」

　グルージャス氏は凄まじき金切り声を耳にした。が如何なるこの世ならざる人影も、座っていようと立っていようと、目の当たりにしなかった。彼が目の当たりにしたのはただ、どうど床にくずおれた、泥だらけの、ズタズタに引き裂かれた衣服の山ばかりだった。

　その期に及んでなおつゆ仕種を変えぬまま、彼は両手を温《ぬく》めながら掌を開いたり閉じたりし、くだんの山をじっと見下ろしていた。

第十六章　全身全霊

ジョン・ジャスパーは発作、と言おうか失神から意識を取り戻してみれば、トープ夫妻に看病されていた。というのも夫妻を客はわざわざそのため呼び立てていたからだ。客自身は片や、木偶《でく》じみた面《つら》を下げ、両手を膝に突いたなり、ギクシャク椅子の中にて身を強張らせ、じっと彼が持ち直すのを見守っていた。

「ほら！　やっとこお気づきになりましたかね」とトープ夫人は涙ながらに言った。「そりゃとことんくたびれ果ててらっしたんですよ、それも当たり前！」

「とことんくたびれ果てるのも」とグルージャス氏は例の調子で説教を復唱してでもいるかのような風情で言った。「無理からぬことでは、夜もろくろく眠らず、精神を過酷に苛み、肉体を酷使すれば」

「さぞかしびっくりなさったのではないでしょうか？」とジャスパーは安楽椅子の中へと抱え起こされるや、消え入らんばかりに詫びを入れた。

「いや、忝いが、全く」とグルージャス氏は答えた。

「そんな風に言って頂くとは恐縮ですが」

「いや、忝いが、全く」とグルージャス氏はまたもや答えた。

「どうかワインと、ほら」とトープ夫人は言った。「コンソメ・ゼリーを召し上がって下さいましな、ってせっかく仕度したのにお昼にはどうしても口をつけて下さろうとしなかった、でそんなことでもなすったらどんなことになるか重々申し上げてたってのに。それも朝御飯だってろくすっぽお上がりになってないってなら。で、もしも一回こっきり引き下げてるとすりゃそれこそ二十度は下らない引き下げられてる炙りドリの手羽も。そっくり、ものの五分でお仕度致しますから。そしたらこちらの御親切な旦那様がしばらく付き添って、お宅が召し上がるとこ見てて下さいましょうよ」

こちらの御親切な旦那様は返事代わりにブウと——然りとも、否とも、何か言わんとしているとも、何も言わんとしていないともつかぬ具合に——鼻を鳴らし、お蔭でトープ夫人もさぞやキツネにつままれていたことだろう。もしやせっせと脇目も振らずにテーブルの仕度を整えてでもいなければ。

「一緒に何か召し上がりませんか?」とジャスパーはクロスが広げられるとたずねた。

「せっかくですが、一口も喉を通りそうにありませんな」とグルージャス氏は答えた。

ジャスパーはほとんどむしゃぶりつかんばかりに飲み食いした。盲滅法忙しなく掻っ込んでいる所へもって、見るからに何を口にしようと味のことなどとんとお構いなしのからには、味覚を満足させるためというより遙かに、またもや何か意気地が失せるようなことがあっては大変と、腹拵えをしているのは火を見るより明らかだった。グルージャス氏は片や、ぬっぺらぼんの面《つら》を下げ、頭の天辺から爪先まである種強張った、飽くまで丁重ながらテコでも動かぬげな異議申し立ての気配を漲らせたなり、すっくと背筋を伸ばして座っていた。四方山話に花を咲かす誘い水を向けられているのに応えてかく返してでもいるかのように。「せっかくですが、如何なるネタがらみでもこちらからは一切口を利く気はありませんので」

「実は」とジャスパーは皿とグラスを押しやり、しばし物思わしげに座っていたと思うと言った。「実は、さっきはあんまり寝耳に水なものですっかり泡を食ってしまいましたが、それでもお話にはそれなりせめてもの慰めがあるのでは?」

「ほう?」とグルージャス氏は口には出さねど然に言い添えているのは一目瞭然の態にて返した。「生憎、小生にかけてはそうは問屋が!」

「愛しいあいつがらみで、それは全くもって思いがけない、それはあいつのために築き上げて来た空中楼閣という空中楼閣をそっくり打ち砕いてしまう寝耳に水の報せを受けたショックから立ち直ってみれば――改めて頭を冷やしてみれば――如何にも」

「是非とも今のそのせめてもの慰めとやらの御相伴に与らせて頂きたいものですな」とグルージャス氏はすげなく言った。

「あれでもこんな風には考えられないでしょうか――もしも私の勘違いならはっきりそうおっしゃって、徒に苦痛を引き延ばさないで頂きたいものですが――あれでもこんな風には考えられないでしょうか、あいつはいざこの新たな立場に収まってみれば、嫌でもこちら向き、あちら向き、そちら向き、厄介千万にもくどくど説明して回らなければならないのに気づき、それが嫌さに姿を晦ましたとは？」

「というようなことはあるかもしれませんな」とグルージャス氏はっと思いを巡らせながら言った。

「というようなことなら掃いて捨てるほどあるでしょう。よくある話ではありませんか、いくら連中、人の噂も七十五日とは言え、なまくらなお節介焼きに身の証を立てて回らなければならないのが面倒なばっかりに、ふっつり姿を晦ましたが最後、長らく無しのツブテだったなどというのは」

「なるほど、かようの話なら掃いて捨てるほど」とグルージャス氏は依然つらつら惟みながら返した。

「まさか行方知れずの愛しいあいつが」とジャスパーは新たな筋書きをひたぶる追いながら続けた。「この私から何か隠し事をしていたなんて――それもよりによってこんな肝心要のネタがらみで――思いも寄らなかったし、寄りようもなかった時に、黒々とした空一面、一体どんな一筋の希望の光明が射してくれたというのです？　てっきり許嫁はここにいて、結婚も間近に迫っていると思い込んでいる時に、一体どうしてあいつが、あんなにも摩訶不思議で、気紛れで、酷たらしそうなやり口で自らこの地を去れようなど信じられたというのです？　ですがこうしてお話を伺ってみれば、ほんのわずかにせよ陽の光の洩れ込む小さな割れ目はないでしょうか？　あいつは自ら進んで姿を晦ましたと思えば、その方がずっと辻褄が合って、酷たらしくもないのではありませんか？　お宅の被後見人とちょうど別れたばかりだというなら、それだけとっとと立ち去る筋合いがあろうというものです。だからと言って、なるほど、あんな具合に突然目の前から消えられておきながら、この私がそれだけ辛い思いをしなくて済む訳ではないにせよ、許嫁はまだしも救われるのではありませんか」

グルージャス氏は然に畳みかけられ、首肯せざるを得なかった。

「でとこの私にかけても」とジャスパーは依然ひたぶる新たな筋書きを追い、然に追う間《ま》にも希望で面《おもて》を輝かせながら続けた。「あいつはお宅がこうして私の所へおいでになるのを知っていた。あいつはお宅が事実わたしに打ち明けて下さったことを打ち明けるよう依頼されているのを知っていた。仮にお宅が一件を打ち明けて下さったお蔭で、この戸惑った頭の中ですら新たな脈絡を辿れるようになったとすれば、やっぱりあいつだって、その同じ前提から、私が導き出すはずの臆測に目星をつけていたかもしれません。あいつは事実そいつに目星をつけていた。とすれば少々この私が辛い思いをさせられたのだって――で、この私が一体何者だというのです！――たかが音楽教師のジョン・ジャスパーじゃありませんか――そっくり水に流せるというものだ！」――

またもや、グルージャス氏は然に畳みかけられ、首肯せざるを得なかった。

「私はあることないこと勘繰り、実にそら恐ろしいことまで勘繰っていました」とジャスパーは言った。「ですがただ今のお話を聞いてみれば――なるほど最初はずい分ショックを受けましたが――あいつは自分のことをこんなにも猫っ可愛がりしている私から大きな肩透かしのネタを伏せていたと分かったからには、この胸の中にも何やら希望らしきものが仄見えて来ました。で、さっきからそいつを口にしても、お宅は仄明かりを揉み消すどころか、まんざら空頼みでもないと認めて下さっている。こうとなっては何となく」ここにてギュッと両手を組み合わせながら。「あいつは自ら進んで我々の間から姿を消してしまったのかもしれない、ひょっとしてまだ達者で元気にしているかもしれないという気がして来ました」

クリスパークル氏が折しも入って来た。彼にジャスパー氏は繰り返した。

「あいつはひょっとして自ら進んで我々の間から姿を消して、まだ達者で元気にしているかもしれないという気が」

クリスパークル氏が椅子に腰を下ろし、「一体それはまたどうして？」と尋ねるや、ジャスパー氏はつい今しがた開陳したばかりの論法を繰り返した。たといそいつらが然までもっともらしくなかったとて、心優しき小キャノンは己《おの》が不運な弟子の濡れ衣を晴らしてくれるものとして、一も二もなく飛びついていたろう。が彼もまた、行方知れずの若者が失踪する正しく直前に彼の目論見と事情に通じていた皆に対し新たな、ぎごちない立場に置かれていたことに事実、重きを置き、かくて一件は彼にとっても新たな様相を呈すかのようだった。

「サプシー氏の下《もと》へ伺った際にも申し上げた通り」とジャス

パーは蓋し、然に報告した如く、言った。「最後に顔を会わせた際、二人の若者の間に口論や諍いらしきものは一切持ち上がりませんでした。我々誰しも知っている通り、彼らの最初の出会いは残念ながらおよそ和気藹々たるものではありませんでした。が最後に二人が私の家で一緒に過ごした際には何もかも平穏無事に運びました。なるほど愛しいあいつはいつもほど元気ではありませんでした。と言おうか何やらしょげていました——ということには気づいていましたし、これからは、しょげ返る格別な理由があったと分かっただけに、ますますその状況にこだわらざるを得ないでしょう。お蔭で、ばかりか、あいつは自ら姿を晦まそうという気になったのかもしれないと思えば」

「願はくは神よ、畢竟、然ならんことを！」とクリスパークル氏は声を上げた。

「全くもって願はくは神よ、畢竟、然ならんことを！」とジャスパーは繰り返した。「牧師も御存じの通り——でグルージャス殿にも今や同様に知っておいて頂きたいものですが——私はネヴィル・ランドレス君には例の最初の折に荒っぽい手に出られたせいで、大いなる反感を抱いていました。私は愛しいあいつのために、彼の常軌を逸した荒くれように心底恐れをなし、牧師の下《もと》へ伺いました。彼は一旦、前後の見境がなくなったらどんなことをしでかすやもしれぬと暗澹と日記にすら綴り、くだんの箇所をお見せしました。といった辺りのことはグルージャス殿にもそっくり知っておいて頂かなければなりません。私の側《がわ》で何か伏せていたがために、一件のこいつはカジっていてもあいつはさっぱりだなどということがあってはなりません。グルージャス殿には是非とも、私は胸中、この謎めいた事件が出来する以前はランドレス青年にずい分好もしくない印象を抱いていたにもかかわらず、今や事実を打ち明けて頂いたお蔭で我ながら取り越し苦労だったような気がして来たものと御理解頂きたいと存じます」

かくて公明正大に胸の内を明かされ、小キャノンは内心忸怩たるものがあった。自らの身の処し方において然まで大っぴらでないような気がした。如何せん良心の疚しさを覚えずにいられなかったことに、これまで二つの点を伏せていた——即ち、ネヴィルの側《がわ》で二度目にエドウィン・ドゥルードへの怒りがぶちまけられたとの、して彼自身紛うことなく知っている如く、ネヴィルの胸中にはエドウィンに対す嫉妬の炎が燃え上がっているとの。この悍しき失踪のどこを取ってもネヴィルの潔白たること信じて疑わなかった。がそれでいて、然ても幾多の些細な状況が積み重なり、然ても痛ましいほど彼に不利に働いているだけに、剰えずっしり嵩ばった分《ぶ》の悪さにこれら二点を加えるのは憚られた。彼はまたとないほど嘘偽りのない男であった。が胸中、そいつの大いに滅入ったことに、この時点で自ら進んで真実のこれら二つの端くれを打ち明ければ、真実の代わりに虚偽を接ぎ合わすことになりはすまいかと思い悩んでいた。

　しかしながら、今や眼前には恰好の手本があるではないか。最早、二の足を踏んでいる場合ではない。グルージャス氏に、謎に光明をもたらすことにて権威の座に収まった御仁として訴えかけながら（との思いもかけぬ御身分に祭り上げられたと見るや、この方、常にも増してギクシャクと四角四面になったが）、クリスパークル氏はまずもってジャスパー氏の厳正なる正義感に証を立て、次いで弟子が早晩、如何なる些細な嫌疑からも身の潔白を証されよう全き確信を表明しつつ、くだんの若き殿方に対す信頼は当人の気っ風がこよなく荒らかにして猛々しいものと内心心得ているにもかかわらず寄せられている旨、してくだんの気っ風は同じ若き御婦人に思慕を寄せているものと思い込んでいるが故に、真っ向からジャスパー氏の甥御への敵愾心に燃えることとなった旨、審らかにした。ジャスパー氏における紛うことなき楽観的な反応は然に思いもかけず打ち明けられようとつゆ揺らぐでなかった。彼はなるほど、束の間蒼ざめた。が飽くまでグルージャス氏によりてもたらされた一縷の望みにすがろうと、たとい愛しいあいつの行方が突き止められず、故にやはり拉致されたのではなかろうかとの臆測を働かさざるを得ぬ状況になろうと、自分は最後の最後まで、甥は自らの向こう見ずな意志で姿を晦ましたのやもしれぬとの考えに藁にも縋る思いでしがみつこうと繰り返した。

　さて、クリスパークル氏はたまたま、依然めっぽう気がかりにして、我が家にある種監禁状態に置いている若者のために大いに頭を悩ませながら、当該会談の場を後にすると、忘れ難き夜の散歩に出た。

　彼はクロイスタラム堰へと向かった。

　彼はしょっちゅうクロイスタラム堰へ行っていたからには、足が自ずとそちらへ向かおうと何ら特筆すべき所はなかった。が頭の中は一件のことで一杯なだけに、およそ意図的に道を選ぶ、と言おうか通りすがりの事物に目を留めるどころの騒ぎではなかった。よって、仰《のっ》けに堰の側《そば》まで来ているのに気づいたのはすぐ間際で水が落ちている音がしたからにすぎぬ。

「どうやってここまで来たものやら！」というのが彼の足を止めながらの最初の思いであった。

「どうしてここまで来たものやら！」というのがお次の思いであった。

それから彼はじっと水音に耳を澄ませて立ち尽くした。人の名を朗す幽《かそけ》き舌（ミルトン『コーモス』二〇八行）に纏わるお馴染みの朗読の一節がそれは不意に耳に留まったものだから、思わずそいつを、手に触れられでもするかのように払い除けた。

それは星月夜《ほしづくよ》の宵だった。堰は若者達が嵐の様子を見に下りて行った箇所より優に二マイルは上手《かみて》にあり、さすがにここまで捜査の手は回されていなかった。というのもクリスマス前夜のくだんの刻限に潮は激しく下手《しもて》へ流れ、仮にかようの状況の下《もと》にて致命的な事故が出来していたとしても、まずもって死体の発見されそうな場所はそっくり――潮が引こうと、再び満ちようと――くだんの箇所と海の間にあったからだ。水は、目には清《さや》かならねど、ひんやりとした星月夜《ほしづくよ》の常の音を立てて堰越しにやって来た。がそれでいてクリスパークル氏はふと、何か常ならざるものがその辺りに引っかかっているような妙な胸騒ぎを覚えた。

彼は自らに理詰めに質した。ならば一体何だ？　どこにある？　証してみせろ。一体どの感覚にそいつは訴えている？

如何なる感覚に照らそうと、そこに何ら常ならざるものはなかった。彼はまたもや耳を澄ませたが、如何ほど耳を欹てようと、またもや水がひんやりとした星月夜《ほしづくよ》の常の音を立てながら堰を越えてやって来る音しか聞こえなかった。胸中、疑心暗鬼を生じているだけに自づとその場にも何やら憑かれたような雰囲気が漂っているのやもしれぬとは先刻御承知。彼は、我が目を疑う訳ではないが、じっと持ち前のタカの目を凝らした。していよよ堰に近づき、お馴染みの杭や材木を覗き込んだ。これっぽっち徒ならぬものは何一つ窺われぬ。が翌朝早々戻って来ようと心に決めた。

堰は夜っぴて途切れがちな眠りの直中を流れ続け、彼は夜明けと共にまたもやくだんの場所に引き返した。明るい、霜の置いた朝《あした》だった。昨夜《ゆうべ》立った所に立ってみれば、眼前の構図はその最も微細な細部に至るまでまざまざと見はるかせた。一時《いっとき》、具に辺りを眺め渡し、今にも目を逸らしかけたその拍子、そいつらはとある箇所に鋭く惹かれた。

彼は堰に背《せな》を向け、遙か天空へ、大地へ、目をやり、それからまたもやくだんの一箇所に目を凝らした。そいつはまたもやすかさず彼の目に留まり、彼は一心に目を凝らした。なるほど光景の中のほんの芥子粒にすぎなかったものの、今や彼はそいつを見失うべくもなかった。彼の目はさながら見込まれたように釘づけになった。両の手は上着をかなぐり捨て始めた。というのもふと、くだんの箇所で――堰の片隅で――何かがキラキラ輝いているような気がしたからだ。キラめき渡る水滴と共に流れてこちらへやって来る代わり、じっと一箇所に引っかかったなり。

　然なる旨、得心が行くと、彼はやにわに上着を脱ぎ捨て、氷の張った水の中に飛び込み、くだんの箇所へ向けて抜き手を切った。材木を攀じ登り、そいつらから、隙間に鎖で絡まっている金時計を掬い上げた。裏にはＥ・Ｄと刻まれていた。

　彼は時計を堤に持ち帰り、またもや堰まで泳ぎ、攀じ登りざま飛び込んだ。水底《みなそこ》中の穴という穴は、隅という隅は、勝手知ったるもの。冷たさに最早耐え切れなくなるまで潜りに、潜りに、潜った。のは、死体を発見しようとの意図の下《もと》。が見つけたのはほんの泥と粘土《ねばつち》に突き挿さったシャツ・ピン一本きりだった。

　これら発見物を手にクロイスタラムに引き返すと、彼はネヴィル・ランドレスを連れて真っ直ぐ町長の所へ向かった。ジャスパー氏が呼びにやられ、時計とシャツ・ピンはエドウィンの持ち物たること確認された。ネヴィルは拘留され、彼に纏わるとんでもなく突飛にして愚にもつかぬ醜聞が飛び交った。あの若造はそれは恨みがましく、血の気の多い気っ風なものだから、哀れ、弟に唯一睨みの利く、してその目の届かぬ所では何をしでかすか知れたものではない姉がいなければ、日毎、人をあやめていたろう。イギリスに来る以前、彼のせいで死ぬまで鞭打たれた「原住民」は——今やアジアを、今やアフリカを、今や西インド諸島を、今や北極を流離う遊牧民は——クロイスタラムにてはただ漠然と、必ずや黒人にして、必ずや大いなる徳を具え、必ずや自らのことを『あし《ミー》』と、他の誰しもを（性《せい》に応じ）『マッサ』ないし『ミッシ』と呼び、必ずやとびきり曖昧模糊たる中身の小冊子を途切れがちな英語で読み、が必ずやとびきり雑じりっ気のない母語にては正確に理解しているものと思い込まれている連中は——数知れまい。あの若造はすんでにクリスパークル夫人の白髪を悲しみの余り墓所まで連れ行き（『創世記』四二：三八）かけた。（との独創的な文言はサプシー氏のものであるが。）あいつは口癖のようにいっそクリスパークル氏の息の根を止めてやりたいものだとうそぶいていた。いや、口癖のようにいっそどいつもこいつもの息の根を止めてやりたいものだと、して事実上この世で最後の男になってやりたいものだとうそぶいていた。あいつはロンドンからクロイスタラムまで、とある名にし負う博愛主義者によりて連れて来られた、のは何故《なにゆえ》か？　何とならばくだんの博愛主義者はかく明々白々と宣っていたからだ。「我が輩は同胞《はらから》に、ベンサムの文言を借りれば*、最大少数にしか最大危険の及ばぬ地へあの若造をやる責めを負うている」

　こうした粗忽者の粗忽銃より発砲さる不規則間隔小銃射撃ならば彼に致命傷は負わさなかったやもしれぬ。が彼はまた一分の狂いもなくぴたりと照準の合った手練れの砲撃にも耐えねばならなかった。彼が行方知れずの若者を脅していたとは周知の事実にして、さても彼のために心を砕いている彼自身の律儀な友人にして指導教官《チューター》の審らかにする所によらば、くだんの悲運の若者に対し（自ら種を蒔き、自ら口にしていた）根深い怨恨を抱く謂れがあったそうではないか。彼は由々しき晩には物騒な武器に身を固め、翌朝、出立の仕度を整えるや早々に町を後にしていたはずだ。皆の前に連れ戻された時にはあちこち血痕がついていた訳だが、なるほど、血痕はそっくり彼自ら申し立てている謂れによるものやもしれぬが、また同時に然にあらざるやもしれぬ。彼の部屋や衣服等々を調べるべく家宅捜索令状が発行されてみれば、彼は失踪の正しくその午後に全ての書類を破棄し、全ての持ち物を整理し直していた。堰で発見された時計は宝石商によりて同上の午後、エドウィン・ドゥルードのために螺子を巻き、二時二十分過ぎに合わせた時計と同定され、時計は川に投げ込まれる前に巻きがほぐれていたことから、螺子は二度と再び巻かれることはなかったというのが宝石商の断固たる見解であった。となならば、時計はエドウィンがジャスパー氏の家を真夜中に、彼と一緒にいる所を最後に見かけられた人物と共に後にしてほどなく奪われ、数時間隠し持たれていた末、遺棄されたとの仮説は裏づけられよう。では何故《なにゆえ》遺棄されたのか？　仮にエドウィンが殺害され、犯人の腹づもりでは彼の身につけているものからをさておけば身元確認が不可能なほど巧妙に破損、もしくは隠蔽、もしくは破損の上隠蔽されたとすれば、犯人は当然の如く遺体から最も長持ちし、最もよく知られ、最も本人の持ち物と確認し易いものを取り去ろうとするであろう。時計とシャツ・ピンこそくだんの代物に外なるまい。ことネヴィルが時計とシャツ・ピンを川に捨てる機会に関せば、仮に彼がこうした嫌疑の的であるなら、機会はいくらでもあったろう。というのも彼は幾多の人々によって惨めな、何がなし半ば取り乱したような物腰で町のかの側《がわ》を――実の所、町のありとあらゆる側《がわ》を――さ迷っている所を目撃されていた。遺棄の場所の選択に関せば、明らかに、かようの有罪を証す物件は自らが身につけているか所持している所を発見されるよりむしろ何処であれ勝手に発見されるよう運を天に任すに越したことはなかろう。二人の若者の間に設定された会談の和解的な質《たち》がらみで、ランドレス青年に与すようなネタはほとんど上がらなかった。というのもどうやら会談は元を正せば彼ではなくクリスパークル氏によりて発案され、クリスパークル氏によりて説きつけられたもののようだったから。して一体誰に言えようか、無理強いされた弟子が如何に不承不承、と言おうか如何にむっつり不機嫌にそちらへ向かったか？　彼の立場は探りを入れられれば入れられるほど、ありとあらゆる点において分《ぶ》が悪くなるかのようだった。行方知れずの若者は自ら失踪したというかなり大雑把な臆測ですら、彼がつい二、三日前に別れた若き御婦人の証言によらば、彌が上にも覚束無くなった。というのも尋問を受けた際、彼女は心底懸命にして悲嘆に暮れながら何と訴えていたろうか？　彼は彼女と共に、彼女の後ろ見たるグルージャス氏がやって来るのを待とうときっぱり、熱っぽく計画を立てていたというではないか。がそれでいて、彼は、御注意あれかし、くだんの殿方が姿を見せぬ内に忽然と行方を晦ましたとは。

嫌疑が然に申し立てられ、支持されるに及び、ネヴィルは拘留され、再拘留され、捜査はありとあらゆる手に委ねられ、ジャスパーは昼夜を舎かず捜し回った。がそれきり何一つ発見されなかった。行方知れずの若者の死亡を証す証拠一つ上がらなかったからにはとうとう、彼をあやめた容疑のかかっている人物を釈放する外なくなった。さらば、クリスパークル氏の予め嫌というほど懸念していた事態が出来した。ネヴィルはこの地を去らねばならぬ。というのも土地の者は皆彼を避け、村八分も同然だったから。たとい然にあらずとも、愛しき老陶製女羊飼いは息子への危惧のみならず、かようの同居人を置いていることで惹き起こされる漠たる怯え故に死ぬほど気を揉んでいたろう。たとい然にあらずとも、小キャノンが公務上崇め奉っている権威が一件にケリをつけて下さってはいたろう。

「クリスパークル君」と首席司祭は宣った。「人間の正義は過ちを犯すやもしれぬが、そいつは己《おの》が光明に照らして身を処さねばなるまい。聖域に逃げ込む時代は終わった。この若者は我々の下《もと》なる聖域に逃れてはなるまい」

「とはつまり我が家を去らねばならないと、司祭？」

「クリスパークル君」と慎重な首席司祭は返した。「わたしは君の屋敷への権限まで申し立てるつもりはない。わたしはただ君の目下置かれている、この若者から君の忠言や指導という大いなる利点を奪わねばならぬ痛ましき必然性について相談しているまでのことだ」

「とは実に遺憾なことです」とクリスパークル氏はきっぱり言った。

「如何にも、全くもって遺憾なことだ」と首席司祭は相づちを打った。

「そして仮にそれがお言葉通り必然性ならば――」とクリスパークル氏は口ごもった。

「さよう、君自身残念ながらそう思っている通り」と首席司祭は返した。

　クリスパークル氏は従順に頭を倒した。「彼の一件を不当に速断するのは酷というものでしょうが、司祭、どうやら――」

「全くもってその通り。どこからどこまで。君の言う通り、クリスパークル君」と首席司祭は坦々と相づちを打ちながら口をさしはさんだ。「外に打つ手はなかろう。もちろん、もちろん。さすが御明察通り、外に手の施しようは」

「にもかかわらず、司祭、わたくしは彼の潔白を心底信じています」

「あはーむ!」と首席司祭は気持ちここだけの話とばかり声を潜め、ちらと辺りを見回しながら言った。「わたしならば概して、そうは言わんだろうな。概して、そうは。彼には少なからず容疑がかかっているからには――ああ、わたしならば概して、そうは」

　クリスパークル氏はまたもや頭を倒した。

「我々聖職者なるものは、恐らく」と首席司祭は続けた。「徒党めいた真似をしてはなるまい。さよう、徒党めいた真似をしては。我々聖職者というものは常に心は暖かく、頭は冷たく保ち、飽くまで聡明な中庸を行かねばなるまい」

「ただし、わたくしが何か新たな疑念が掻き立てられるか、この尋常ならざる一件において何か新たな状況が明るみに出ようものなら、必ずや彼はこの地に再び姿を見せるだろうと断固、公然と申し立てたとしても差し支えないと?」

「一向」と首席司祭は返した。「がそれでいて、いいかね、わたしならばまず」とくだんの一語にめっぽう微妙にして小ぢんまりとした力コブを入れながら。「わたしならばまず断固、申し立てはすまいな。申し立てる? 如何にも! が、断固? いいや。わたしならばまず。実の所、クリスパークル君、我々聖職者というものは常に心は暖かく、頭は冷たく保っているからには、何事であれ断固、行なう要はなかろう」

　かくて小キャノン・ロウ*はそれきりネヴィル・ランドレスに相見ゆことはなく、彼は己《おの》が名と誉れに暗い立ち枯れを負うたまま何処なり、行きたい所へ、行ける所へ、行った。

　その期に及んで初めて、ジョン・ジャスパーは聖歌隊の持ち場に黙々と戻った。げっそり痩せこけ、目を血走らせているからには、望みは悉く潰え、楽観的な気分は去り、最悪の懸念がそっくりぶり返したのは一目瞭然。一、二日後、長衣を脱ぎながら、彼は上着のポケットから日記を取り出し、頁をめくり、曰く言い難き面差しを浮かべ、一言も口にせぬまま当該記載を読むようクリスパークル氏に手渡した。

「私の愛しいあいつは何者かにあやめられた。時計とシャツ・

ピンが発見されたからには、甥はあの晩殺され、宝石類は然なる手立てによりて身元確認を阻むべく甥から奪い去られたに違いない。許嫁と別れた根拠の下《もと》に懸けていた徒望みは悉く潰えた。この致命的な発見を前に跡形もなく消え失せた。私は今や証を立て、当該頁に呪《のろ》いを綴る。私は手がかりをこの手に握るまでは金輪際この謎について他の何人《なんぴと》とも言葉を交わすまい。黙秘において、捜索において、断じて気を緩めまい。今は亡き愛しいあいつをあやめた罪を飽くまで殺害者に帰そう。して、その者の破滅に全身全霊を賭さん」

第十七章　博愛——専門的《プロフェショナル》、並びに非専門的《アンプロフェショナル》

優に半年が来ては去り、クリスパークル氏はハニーサンダー氏に拝謁賜るまで『博愛の避泊港』本部の待合室に座っていた。

　体の鍛錬に明け暮れた大学時代、クリスパークル氏は拳闘なる高貴な術《わざ》の指南役《プロフェサー》を存じ上げ、先達方のグラブを嵌めての集いにも二、三度参加したことがある。彼は今や晴れて篤と拝見させて頂いたことに、後頭部の骨相学的形状に関せば、誓約《プロフェシング》の上帰依した博愛主義者は拳闘家とウリ二つであった。己《おの》が同胞《はらから》に「連打を浴びす」性癖を成す、と言おうかそいつにつきもののくだんの器官全てにおいて、博愛主義者はめっぽう造化の神の覚え目出度かった。信仰告白者《プロフェサー》の中にはクリスパークル氏がボクシング愛好家の社交の輪の中にてしかと記憶に留めているのとそっくり同じ、たまたま手近にいる如何なる新参者といつ何時であれ一戦交える気満々の喧嘩腰にて出入りする者もあった。どこぞの田舎の巡回区のささやか

な道徳的拳闘仕合いのための仕度が整えられつつあり、信仰告白者《プロフェサー》の中にはまた、あれやこれやのヘビー級選手に是々然々の「演説ぶち上げパンチ」に打ってつけとしてそれは山っ気な酒場の亭主そっくりの物腰で一か八か賭け金を張っている者もあるからには、ひょっとして目論まれている決議はリング上の勝負《ラウンド》だったやもしらぬ。演壇なる機略において夙に名高い、こうした派手派手しき興業の大っぴらな座頭など、クリスパークル氏の目から見れば、かの今は亡き人類の恩恵者、その昔ロープと杭もて「魔法の輪っか」をこさえる指揮を執りし、いつぞやは「あばた面《づら》のフォーゴ」として名を馳せし傑人*と（黒づくめながら）ウリ二つであった。当該修道士《プロフェサー》とくだんの拳闘家《プロフェサー》との間に欠けている似通いの条件はわずか三点。一つ、博愛主義者はいたく練習不足とあって、ほてっ腹に過ぎ、御尊顔においても体躯においても、本職の拳闘家の間にては「牛脂プディング」として知らるるものの過剰の相を呈していた。二つ、博愛主義者は拳闘家ほど気っ風が穏やかならず、より悪しき文言を用いた。三つ、彼らの戦闘の規約体系には大いなる梃入れの要があった。何せ連中、相手をロープ際まで追い詰めるのみならず錯乱の際まで追い詰め、ばかりか膝を突いてなおパンチを食らわし、どこであれ、如何様にであれパンチを食らわし、蹴っては、踏んづけては、目玉を抉り出しては、情容赦もへったくれもなく背《せな》に回って殴打をお見舞いすることを許されていたからだ。これら最後の事項において「高貴な技《わざ》」の指南役《プロフェサー》は「博愛主義」の修験者《プロフェサー》より遙かに高貴であった。

クリスパークル氏はこうした似通いや似て非なるものにそれはすっかり我を忘れて思いを馳せ、そこへもって有象無象の輩が何やらどいつかから何かをふんだくりはするものの、ついぞどいつにも何一つ恵んでやらぬという実に微笑ましき用向きにてお越しになっては脇を行き過ぎるのを見守るのにかまける余り、名前が二度呼ばれて初めて耳に留まった。とうとう返事をするに及び、彼は実に惨めったらしくもみすぼらしい形《なり》をした（たとい人類の公然の敵の下《もと》に奉公していたとてかほどにうらぶれられはしなかったろう）、薄給の博愛主義者殿によりてハニーサンダー氏の部屋へと請じ入れられた。

「貴殿」とハニーサンダー氏は覚え目出度からざる生徒に命《めい》を下す校長よろしく、持ち前の破れ鐘声にて宣った。「どうぞお掛けを」

クリスパークル氏はお言葉に甘えさせて頂いた。

ハニーサンダー氏が相当数の無産家族にいざ前へ歩み出で、即刻金を収め、博愛主義者に為り変われ、さなくば地獄へ堕ちよと宣ふ二、三千に上る同文通牒の残る四、五十通に署名をし果すや、別のみすぼらしい形《なり》をしたタダ働き同然の（たとい本腰だったとてやたら素知らぬ風情の）博愛主義者が同上を籠に掻き寄せ、もろともスタスタ立ち去った。

「さて、クリスパークル殿」とハニーサンダー氏は二人きりになると椅子を半ば客の方へ向け、両手を両膝に突いたなりグイと腕を突っ張り、さも貴殿ならばとっとと片をつけさせて頂きますのでとでも言い添えぬばかりに険しく眉を顰めながら言った。「さて、クリスパークル殿、どうやら我々は、貴殿と我が輩は、貴殿、こと人命の尊厳にかけては異なる見解を有しておるようですな」

「ほう？」と小キャノンは返した。

「如何にも、貴殿」

「憚りながら」と小キャノンは言った。「会長はくだんの一件に関し、如何様な見解をお持ちなのでしょうか？」

「人命とは聖なるものとして尊ばれて然るべきものでありましょう、貴殿」

「憚りながら」と小キャノンは先と同様続けた。「くだんの一件に関し、このわたくしは一体如何様な見解を有しているとお考えなのでしょうか？」

「これはこれは、貴殿！」と博愛主義者はクリスパークル氏宛、苦虫を噛みつぶす間《ま》にもいよいよグイと腕を突っ張りながら声を上げた。「それは貴殿御自身が一番よく御存じのはず」

「なるほど。しかし会長はまずもって我々二人は異なる見解を有しているとおっしゃいました。ということは（さなくばそもそもかようにはおっしゃれなかったでしょうから）何らかの見解をわたくしの見解と決めつけておいでに違いありません。どうか、一体如何様な見解をこのわたくし自身の見解と決めつけておいでなのでしょう？」

「はてさて、とある人物が——それも若者が」とハニーサンダー氏は、だからこそ一件が目も当てられぬほどイタダけなくなるのであり、まだしも老いぼれが姿を晦ましたのならば易々耐えられていたろうにとでも言わぬばかりに返した。「凶暴な行ないによりてこの地の表《おもて》（『創世記』六：七、『出エジプト記』一〇：五）より払拭されました。貴殿ならばそれを何と呼ばれる？」

「殺人と」と小キャノンは答えた。

「してくだんの狼藉を働いた者を何と呼ばれる、貴殿？」

「殺人犯と」と小キャノンは答えた。

「そこまでお認め頂けるとは何より、貴殿」とハニーサンダー氏は取っておきのイケ好かぬ物腰で突っ返した。「正直に申し上げて、よもやそこまでお認め頂けるとは思いも寄りませんでしたが」ここにて彼はまたもやグイと、苦々しげにクリスパークル氏に苦虫を噛みつぶしてみせた。

「とは全くもって聞き捨てならぬお言葉。どういうことか是非とも御説明頂けましょうか」

「我が輩はわざわざ虚仮威しにかかられるために、貴殿」と博愛主義者は雄叫びもどきに声を張り上げながら返した。「ここに座っておるのではありませんぞ」

「唯一同席させて頂いているもう一人の人間として、わたくしほどその点を重々心得ている者もなかろうかと」と小キャノンはやたら坦々と返した。「ですが失敬、いらぬ差し出口をはさみました」

「殺人！」とハニーサンダー氏はある種叫《おら》びがましき瞑想に耽りつつ演壇風に腕を組み、ものの一語なる短き所感を表明する都度、悍しき思いを巡らせてコクリコクリ演壇風に相づちを打ちながら続けた。「流血！　アベル！　カイン！　我が輩ならば、カインとは一切かかずらわんでしょうな。血にまみれた手が差し出されようものなら、身の毛をよだたせてはねつけるでしょうな」

との合図の下《もと》、公の集会に集うた友愛団体ならばやっていたろう如くやにわに弁士の椅子に飛び込み、声が嗄《か》れるまでやんややんやと囃し立てる代わり、クリスパークル氏はほんの静かに大御脚を組み替え、穏やかに言うだけだった。「どうぞ最後までお聞かせ願おうでは――一旦お始めになったからには」

「モーゼの十戒に曰く、人を危《あや》むべからず（『出エジプト記』二〇：一三、『申命記』五：一七）。人を危《あや》むべからず、貴殿！」とハニーサンダー氏はクリスパークル氏に、あろうことか、モーゼの十戒に曰く、汝《なんじ》少々人を危《あや》めても構わぬが、さらばそこにて思い留まれよときっぱり申し立てた廉にてこっぴどい灸を据えてでもいるかのように演壇風にひたと間を置きながら続けた。

「して虚偽の証を立つべからず（『出エジプト記』二〇：一六、『申命記』五：二〇）とも言われています」とクリスパークル氏は物申した。

「止されい！」とハニーサンダー氏はさぞや集会においてならば満場を唸らせていたろうほど厳めしくも刺々しくガナり上げた。「止-さ-れえい！　晴れて我が元被後見人二名は成人し、我が輩も顧みるだに背筋に悪寒の走らずばおかぬ責めより解かれたからには、これなるは貴殿が彼らに成り代わって受領するよう請け負われた決算報告書にして、これなるは貴殿が受け取るよう請け負われ、如何ほど早々に受け取られようと早すぎはすまい精算明細書ですぞ。してこの際はっきり申し上げておきますが、貴殿、歴たる男《おのこ》にして小キャノンとして、何卒貴殿のより相応しき向きに心を砕かれんことを」ここにてコクリとやりながら。「より相応しき向きに心を砕かれんことを」ここにてまたもやコクリとやりながら。「より-

ふさわーしきー向きに！」ここにてはたまたコクリとやり、〆て三度コクリとやりながら。

　クリスパークル氏はいささか気色ばみながらも、飽くまで自己に抑えを利かせて腰を上げた。

「ハニーサンダー殿」と彼はくだんの証書を受け取りながら言った。「わたくしが目下砕いているより相応しき向きに心を砕こうと砕くまいと、趣味と見解の問題では。会長は或いは、わたくしが会長の協会に加盟すればより相応しき向きに心を砕くことになるとお考えなのかもしれませんが」

「ああ、全くもって、貴殿！」とハニーサンダー氏は凄みを利かせてかぶりを振り振り突っ返した。「もしやとうの昔にそうなさっていたなら貴殿にとっては遙かにまっとうだったでしょうな！」

「わたくし自身はそうは思いませんが」

「或いは」とハニーサンダー氏はまたもやかぶりを振り振り言った。「貴殿の天職にあられる方ならば、くだんの責めを俗人ごときに任すより、自ら罪を暴き罰すことに献身なされた方がより相応しき向きに心を砕くことになっていたやもしれませんな」

「わたくしとしてはわが天職を異なった観点より捉えているからには、その第一義の務めは窮乏と艱難に喘ぐ者に、打ち拉がれ責め苛まれた者に、救いの手を差し延べる（『祈禱書』連禱より）ことにあるものと心得ています」とクリスパークル氏は言った。「が仰々しい信仰告白《プロフェション》をすることこそ己が天職《プロフェション》に悖ろうと紛うことなく心得ているからには、その点については不問に付しましょう。とは言え、これだけはお断りしておかねばネヴィル君にも、ネヴィル君の姉上にも（して遙かに取るに足らぬ度合いながらわたくし自身にも）申し訳が立ちません。わたくしは確かにこの度の事件が出来した際にはネヴィル君が如何様な考えと心持ちにあるか余す所なく打ち明けられ、諒解していました。彼にあって嘆かわしく、矯められて然るべきものをいささかなり粉飾したり隠蔽するつもりはありませんが、わたくしは心底、彼の話は真実だと信じています。真実だと信ずればこそ、飽くまで彼の肩を持たせて頂きます。真実だと信じる限り、彼の肩を持つ所存です。して仮に何らかの謂れ故にこの決意が揺らぐようなら、我ながらの卑しさを恥ず余り、たといかくて世の男性から——いや、女性からも——如何ほど心望を得ようと、わたくし自身のそいつを失った埋め合わせは到底叶いますまい」

　あっぱれしごくな奴よ！　雄々しき奴よ！　しかも然に腰が低いとは。さながら風の吹き渡る校庭でクリケットの捕手を務めて仁王立ちした少年におけるが如く、小キャノンにはったりめいた所は微塵もなかった。彼はただ大きな事例においても小さな事例においても素朴にして屈強に己《おの》が本務に律儀であったにすぎぬ。常に然なるものである、ありとあらゆる律儀な魂というものは。常に然なるものであったし、然なるものであるし、然なるものたらん、律儀な魂という魂は。精神において真に偉大なものにとってこの世に卑小なものは何一つない。

「ならば一体殺人は何者の仕業だとおっしゃるのでしょうの?」とハニーサンダー氏はやぶから棒に食ってかかりながらたずねた。

「いやはや、ある若者の身の潔白を証したいばっかりに」とクリスパークル氏は言った。「軽々に別の人物に罪を着せるなどもっての外! わたくしは何者のことも犯人だと決めつけるつもりはありません」

「チェッ!」とハニーサンダー氏は吐き捨てぬばかりに声を上げた。というのもこれぞおよそ博愛主義的友愛団体が常日頃則り身を処す哲理ではなかったからだ。「して、我々銘記しておかねばならんことに、貴殿、貴殿は固より、私心なき証人ではあられますまい」

「では、どうしてわたくしは私心ある証人なのでしょう?」とクリスパークル氏は如何様に想像したものか途方に暮れ、何ら他意なく微笑みながらたずねた。

「貴殿の弟子に対し、貴殿、貴殿にはさる俸給が支払われておりました。故に貴殿の見極めはいささか歪められているやもしれんでは」とハニーサンダー氏はがさつに返した。

「ひょっとしてわたくしは依然その御利益に与りたがっているとでも?」とクリスパークル氏は何やらパッとひらめきでもしたかのように返した。「ということまでおっしゃりたいのでしょうか?」

「はむ、貴殿」とその道でメシを食っている博愛主義者はガバと腰を上げ、両手をズッポリ、ズボンのポケットに突っ込みながら返した。「我が輩は、せっせと他人様の帽子の寸法を採って回るほど物好きではありませんでな。もしや連中、我が輩が連中にぴったりの帽子を手許に置いているような気がするなら、とっととそいつを引っ被って頭に乗せておかれるが好い*。とはもしやお気に召せば。そいつは連中の知ったことであって、我が輩の知ったことではなかろうかと」

クリスパークル氏は、宜なるかな、義憤に燃えて相手を睨め据えながら、かく物申した。

「ハニーサンダー殿、わたくしはよもやこちらへ伺った際、演壇の物腰や、演壇の手練手管を私生活の嗜み深き忍従の直中に持ち込むやり口について注釈を垂れねばならぬとは思ってもみませんでした。が会長が双方の手本をそれはまざまざと見せつけて下さるからには、わたくしとしても双方に関し黙りを決め込んでいたのではその恰好の餌食にされてしまいましょう。実の所、いずれも疎ましい限りです」

「どうやら貴殿にはしっくり来ぬと、貴殿」

「いずれも」とクリスパークル氏は差し出口などどこ吹く風と繰り返した。「疎ましい限りです。真のキリスト教徒の属性たる正義感のみならず真の紳士の属性たる自制心を甚だしく蹂躙します。会長はこのわたくしが付帯状況を熟知し、わたくしなりに少なからざる謂れがあるからには心底敬虔に無実だと信じている若者によって大いなる罪が犯されたと決めつけておられる。わたくしがくだんの肝要な点に関して見解を異にするからというので、会長は如何なる演壇の方便に訴えられるか？　やにわに食ってかかるや、わたくしには犯罪そのものの罪深さが全く分かっていないと、わたくしはその扇動者にして幇助者なりと決めつけられるとは！　という訳で、また別の折には——わたくしを他の事例における大兄の敵対者の成り代わり呼ばわりし——演壇の担がれ易さを標榜し、何か馬鹿げた妄想、と言おうか逆しまなペテンへの提議・賛同され、満場一致で可決された信仰誓言を掲げられる。わたくしは断じてそいつは信じません。さらば会長はお得意の演壇方便に訴え、わたくしは何一つ信じぬと、自らお作りになった偽りの神に平伏そうとせぬ（『出エジプト記』二〇：三、『申命記』五：七‐八）からというので真の神をも拒むと申し立てられるとは！　また別の折には戦は大いなる災禍なりとの演壇発見を成し、そいつを凧の尻尾よろしく空《くう》に放り上げられた連綿たる捻じくれた決議もて撤廃するよう提唱なさる。わたくしはくだんの発見が会長のものだとは一切認めませんし、会長の救済手段には一欠片の信も置きません。さらばまたもや会長はお得意の演壇方便に訴え、わたくしのことを悪魔の現し身よろしく戦場の恐怖に浮かれ騒いでいるものとしてあげつらわれるとは！　また別の折には、またもや盲滅法、演壇勇み足を踏む上で、素面の男を酔漢として罰っせられる。わたくしは素面の者の快楽と、便宜と、気散じを慮るよう申し立てます。さらば会長はやにわにわたくしは天の生き物を豚や野獣に変えようとの邪な願望を抱いていると演壇宣告を下されるとは！　こうした事例全てにおいて、会長の発頭人や、賛同者や、支持者は——会長のありとあらゆる位階のズブの信仰告白者《プロフェサー》は——その数だけの狂ったマレー人よろしく半狂乱の態で走り回っては、ひっきりなしまたとないほど滅多無性に最も卑しくさもしき動機をあてつけ（とはつい今しがた御自身、身をもってなさった如く、と思えば必ずや赤面なされましょうが）、さながら全てが貸方にして借方の一切あってはならぬ、或いは全てが借方にして貸方の一切あってはならぬ如何なる込み入った勘定書の明細表にも劣らず依怙地なまでに偏っているものと御自身重々心得ておいでの数字を引き合いに出そうとなさる。だからこそ、ハニーサンダー殿、わたくしは演壇というものは公生活においてすらいい加減悪しき手本にして、いい加減悪しき門派だと見なしている訳ですが、一度《ひとたび》私生活に持ち込まれるや、そいつは実に鼻持ちならぬ邪魔物以外の何物でもありません」

「これはまたよくも歯に衣着せずおっしゃって下さるでは、貴殿！」と博愛主義者は声を上げた。

「ならば結構」とクリスパークル氏は返した。「では失敬」

彼はセカセカ、めっぽう足早に『避泊港』から飛び出したが、ほどなくいつものキビキビとした歩調に戻り、ほどなく、果たして陶製女羊飼いは自分がつい今しがたのささやかな活きのいい一戦においてハニーサンダー氏をコテンパンにぶちのめす所を御覧になっていたなら何とおっしゃっていたろうかと想像を逞しゅうする内、道すがら、ニタリと口許を綻ばせた。というのもクリスパークル氏は罪無き己惚れならばそこそこ持ち併せていただけに、我ながら強打をお見舞いしたものとほくそ笑み、博愛主義ジャケットにしこたま打ちかかったと思えば意気揚々とせざるを得なかったからだ。

彼はその足でステイプル・インへ向かったが、P・J・Tとグルージャス氏の所へではなかった。ミシミシと軋む階段を幾段となく昇って漸う、とある片隅の続きの屋根裏部屋に辿り着き、錠の下りていない扉の掛け金を外し、ネヴィル・ランドレスのテーブルの傍に立った。

隠逸と孤独の気配が部屋にも住人にも漂っていた。住人はたいそうやつれ、部屋もまた然り。天井は傾ぎ、嵩張った錠や鉄格子は錆びつき、ずっしりとした木製の櫃や梁は剥き出しになり、おまけに連中、ゆっくり朽ち果てているとあって、やたら獄《ひとや》めいた面《つら》を下げ、住人は住人で囚人《めしうど》よろしきげっそりと痩せこけた面《つら》を下げていた。とは言え、瓦の直中に御自身の庇の突き出た不様な屋根裏窓からは日光が射し込み、その向こうのヒビ割れ、煙にススけた欄干の上では御近所のスズメが数羽、何を勘違いしたものかピョンピョン、塒にこちとらの松葉杖を置き去りにした鳥類の小さな片端者よろしくリューマチっぽく飛び跳ね、手近の未だ枯葉ならざる葉の間には大気を戦がせ、鄙ならば旋律《メロディー》であったろう出来そくないの手合いの調べを醸す戯れがあった。

家具は疎らだったが、本はふんだんに並べられていた。どこからどこまで貧しき学徒の住まいといった態だった。クリスパークル氏が本を選ぶか、貸すか、贈ったか、それともそいつらそっくりやりこなしたのは一目瞭然。何せこの方、敷居を跨ぎながら連中に凝らす側《そば》から目がキラキラ、気さくに輝いたからだ。

「調子はどうだね、ネヴィル？」

「元気にやってますよ、クリスパークル先生、でガンガン読みまくってます」

「叶うことなら君の目がそんなに大きく、そんなに明るくなければいいのだが」と小キャノンは、つかんでいた手をゆっくり離しながら言った。

「こいつら先生の姿を拝まして頂いてるからってんで明るくなっただけです」とネヴィルは返した。「もしも先生が僕からソッポをお向きになったら、あっという間にどんより曇っちまうでしょうが」

「元気を出したまえ、元気を！」と相手はハッパめかして声を上げた。「へこたれてはいかんよ、ネヴィル！」

「たとい虫の息でも、先生に一声かけて頂いたら、僕はきっと息を吹き返すでしょう。たとい鼓動が止まってたって、先生が手を触れて下さるだけで、そいつはまたドクドク脈打ち出すでしょう」とネヴィルは言った。「けど僕は事実持ち直してますし、ハンパじゃなしゴキゲンにやってます」

クリスパークル氏は彼の顔が気持ち日射しの方へ向くよう体の向きを変えてやった。

「ここにもう少し紅みが差せばいいんだが、ネヴィル」と彼は、そうさ、こんな具合に、とばかり御自身の健やかな頰を叩いてみせながら言った。「君にはもっと太陽の光を浴びてもらいたいものだ」

ネヴィルは声を潜めて答える間《ま》にもいきなり項垂れた。「僕はまだそこまでは度胸が座ってません。もうじき度胸が座るかもしれませんが、まだお手上げです。もしも先生だって僕みたいにあのクロイスタラムの通りから通りを縫ってらしたら、もしも先生だって僕みたいにみんなに目を逸らされて、気のいい人達にまでまるで僕に触れられては、っていうか側《そば》へ寄られてはかなわないってみたいにそっと、やたら大きく道を開けられたら、僕が昼の日中にそこいらウロつけなくてもさして不思議じゃないってお思いになるでしょう」

「かわいそうに！」と小キャノンはそれは掛け値なく労しそうな調子で声を上げたものだから、若者も思わず彼の手をひしと握り締めた。「わたしは一度だって不思議だなどと言ったためしもなければ思ったためしもないさ。ただ君にそうしてもらいたいだけのことで」

「ってだけで僕はほんとならそうしようって気になるはずです。けどまだ今んとこお手上げです。このだだっ広い街でほんの擦れ違う見知らぬ人達ですら、僕のことを何か胡散臭い目で見てるって気がしてならないんです。ほんの夜に――って だけしかやってない通り――表へ出たって、何だか札つきのお尋ね者扱いされてるような気がして。けどまだしも暗がりに紛れたら、何となく度胸が座っては来ます」

クリスパークル氏はポンと彼の肩に手をかけ、若者を見下ろして立った。

「いっそこの名を変えられるものなら」とネヴィルは言った。「そうしていたでしょう。でも先生のありがたいお言葉通り、そうする訳には行きません。何せ如何にも身に覚えがあるってみたいですから。いっそどこか遠くへ行けるものなら、お蔭でせめて慰められたかもしれません。がそいつも同じ理由で土台叶わない相談です。どちらの手に出ようと身を潜めてコソついてるって決めつけられるのが落ちでしょう。こんなに二進も三進も行かない、ってのにこの身は潔白だというのはちょっと酷ですが、別にグチってる訳じゃありません」

「だし何か奇跡でも起きて、救いの手を差し延べて頂けようなどと空頼みをしてもならんよ、ネヴィル」とクリスパークル氏は労しそうに言った。

「ええ、先生、それくらい分かってます。自然に時が満ち、状況が整うのを待つしかありません」

「必ず最後は身の証が立てられるとも、ネヴィル」

「だって信じてますし、やっぱりそうだったって分かるまで、死ぬ訳には行きません」

然れど、つい鬱々と塞ぎ込んでいるせいで小キャノンの面《おもて》まで曇っているのを見て取り、自分の肩に掛けられた大きな手が、つい今しがた仰《の》けにポンと触れた際にはそいつ自身の生まれながらの強かさ故にしっかとしていたほどしっかとしていないのを（恐らくは）気取り、若者はパッと晴れやかになると言った。

「どのみち、勉強にはすこぶるつきの環境じゃありませんか！　だし、この僕と来たら、ほら、クリスパークル先生、何てがむしゃらにそいつに捩り鉢巻きでかからなきゃならないことか。先生が、どうせなら少々難しくても法律の勉強をしろって忠言して下さって、僕はもちろん、そりゃとびきりの馴染みにして助っ人のお智恵を一も二もなく拝借させて頂いてるってのは言うに及ばず。そりゃとびきりの馴染みにして助っ人の！」

彼は頼もしき手を肩から外すと、口づけをした。クリスパークル氏は入って来た時ほど晴れやかではないにせよ、にこやかに本の方へ目をやった。

「一件がらみで何もおっしゃらない所を見ると、どうやら僕の元後見人は目クジラ立ててらっしゃると、クリスパークル先生？」

小キャノンの返して曰く。「君の元後見人は――あちらは、それはとんでもなく分からず屋であられるもので、どんな物の分かった人間にとってもどうでもよかろうな、果たして目クジラ立てていようと、エコジだろうと、アベコベだろうと」

「晴れて僕が学を身につけ、汚名を雪いで頂ける日が来るまで」とネヴィルは半ば辟易気味に、半ば陽気に溜め息を吐きながら言った。「つましく食べて行くのに困らないだけのものがあってもっけの幸い！　さもなければ僕は『伸びすぎる秣もあるに馬飢える』を地で行ってしまっていたかもしれません！」

若者はそう言いながら本を数冊開き、ほどなくそいつらの白紙を挟んだり、注釈の付けられた条《くだり》に没頭し、片やクリスパークル氏は彼の傍らに腰を下ろすと、解説したり、訂正したり、忠言したりしにかかった。小キャノンとしての大聖堂における務めがあるからには、こうしてわざわざロンドンまで足を運ぶことはおよそ一筋縄では行かず、数週間おきに訪うのが精一杯だった。がこうした訪問はネヴィル・ランドレスにとって貴重であるに劣らず有益だった。

彼らは目下手がけている手合いの勉強に片をつけ果すや、窓敷居にもたれて立ったなり、猫の額ほどの庭を見下ろした。「来週には」とクリスパークル氏は言った。「君も独りぼっちではなくなり、我が事はそっちのけの相棒が側《そば》にいてくれるという訳だ」

「とは言っても」とネヴィルは返した。「こいつはどう見ても姉を連れて来るのに打ってつけの場所じゃありません」

「さあ、それはどうかな」と小キャノンは言った。「ここにはやりこなさなければならない務めがあるし、ここには女性らしい濃やかさや、弁えや、勇気が欠けていよう」

「僕が言いたかったのはつまり」とネヴィルは説明した。「この辺りはあんまり辛気臭くてむさ苦しいんじゃないか、ヘレナはここにはぴったりの友達一人出来なくて、寂しい思いをするんじゃないかってことです」

「君はただ」とクリスパークル氏は言った。「君は君自身、ここにいて、姉上は君を何としても明るい太陽の下《もと》に連れ出さなければならないということを思い出しさえすればいいのさ」

彼らはしばし押し黙っていた。がほどなくクリスパークル氏は仕切り直した。

「君は我々が初めて一緒に口を利いた際、ネヴィル、姉上は君達のそれまでの生活の逆境からちょうどクロイスタラム大聖堂の塔が小キャノン・コーナーの煙突などより遙か高みにあるように、君の足許にも及ばないほど雄々しく這い上がって来たと言っていたな。ということは覚えていると？」

「もちろん！」

「わたしはあの時はいくら物は喩えでもほどがあろうにという気がしたものだ。今は何と考えていようと。ともかく改めて念を押させてもらえば、こと誇りなる一項にかけて、姉上は君にとって大いなる恰好の手本だ」

「それを言うなら、あっぱれ至極な気っ風になくてはならない全ての項目にかけて」

「だったらそういうことにしておこう。だがこのお手本だけは見習ってくれ給え。姉上は自分の性《さが》にあって誇り高きものにどうやって抑えを利かせば好いかその術《すべ》を心得ている。たといそいつが君への同情を通し傷つけられようと、封じ込めることが出来る。もちろん姉上だって君が実に辛い思いをしたあの同じ通りで実に辛い思いをして来ているに違いない。もちろん姉上の人生にも君の人生に暗澹と垂れ籠めている叢雲が暗澹と垂れ籠めているに違いない。が自らの誇りを傲り昂ってもいなければ喧嘩腰でもない、ただ君と真実への揺るぎない信頼たる大いなる平静へと撓め、今のその同じ通りを辛抱強く縫う内、皆の敬意においてくだんの通りを踏み締める如何なる者にも劣らず聳やかに通りから通りを縫うに至った。エドウィン・ドゥルードが姿を晦ましてからというもの姉上は――君のためにこそ――悪意と愚昧に敢然と、唯一見事に抑えの利かされた雄々しき性《さが》にしか叶はぬやり口で立ち向かって来た。して最後の最後まで立ち向かうだろう。また別の、より脆き類《たぐい》の誇りならば意気消沈して挫けてしまうやもしらん。が姉上のそれのような誇りに限って、よもや。何せそいつは怯むということを知らぬ代わり、断じて姉上の上手《うわて》には出られまいから」

彼の傍らの蒼ざめた頰にはパッと、然に引き比べられ、よって何を暗に言わんとしているか察すに及び、紅みが差した。

「精一杯姉をお手本にしてみます」とネヴィルは言った。

「ああ、そう来なくてはな。で姉上が真に勇敢な女性であるように、君も真に勇敢な男性にならなくては」とクリスパークル氏は屈強に返した。「さあ、そろそろ辺りも暗くなって来た。すっかり日が暮れたら、そこまでわたしに付き合ってくれるかね？　だが！　日が暮れるのを待っているのはこのわたしではないからな」

ネヴィルはこれからすぐにでもお供しましょうと答えた。がクリスパークル氏は、ほんの束の間、儀礼の問題とし、グルージャス氏の事務所に顔を覗かさねばならんので、くだんの殿方の所まで一っ走りし、それから君がそこまで下りて来てくれるようなら君自身の出入口で落ち合おうと言った。

グルージャス氏は例の調子で背筋をピンと伸ばしたなり、黄昏の中、開けっ広げの窓辺に腰を下ろし、ワインを聞こし召していた。ワイングラスとデキャンターは肘先の丸テーブルの上にして、御自身と両の大御脚は窓下腰掛けの上にして、御尊体中、蝶番は靴脱ぎ器よろしく、一つこっきりしかなかった。

「これはこれはようこそ、小キャノン殿」とグルージャス氏は、手篤く客にワインを進めながら――御逸品、差し出されたに劣らず懇ろに断られたが――言った。「して貴殿の預かり物は向かいの続きの間《ま》にて如何お過ごしですかな？　とは小生、僭越ながら適格な空き部屋として御推奨させて頂いた訳ですが」

クリスパークル氏は然るべく返答した。

「お気に召して何より」とグルージャス氏は言った。「と申すのも小生、物の弾みでふと、彼を目の届く所に置いておきたいというある種酔狂を起こしているもので」

グルージャス氏はくだんの続きの間《ま》を拝ませて頂こうと思えば生半ならず目を上方へ向けねばならぬからには、上記の文言は字義通りではなく、比喩的に受け取られたし。

「して彼の地《か》にてジャスパー殿は如何お過ごしです、小キャノン殿？」とグルージャス氏はたずねた。

クリスパークル氏は、達者にしておいでです。

「して最後にお目にかかられたのはどこです、小キャノン殿？」

クリスパークル氏は、クロイスタラムです。

「して最後にお目にかかられたのはいつです、小キャノン殿？」

今朝方です。

「はむふ！」とグルージャス氏は言った。「あちらはお越しになるとはおっしゃっていなかったと？」

「どこへ？」

「例えば、どこであれ？」とグルージャス氏は言った。

「ええ」

「というのもあちらはここにお見えのからには」とグルージャス氏は以上全ての質問を窓辺で一心に外へ目を凝らしたなり吹っかけていたのだが、言った。「して何やら胡散臭げな御様子ではありませんかな、えっ？」

クリスパークル氏はひょろりと窓の方へ首を伸ばしかけた。するとグルージャス氏が言い添えた。

「もしや部屋の暗がりに紛れて小生の背《せな》からこちらへ回り、向かいの屋敷の三階の踊り場の窓へ目をやって頂ければ、恐らく、何やらコソついた人影が見えるはずです。であちらこそ我らが地元の馴染みでは？」

「正しく仰せの通り！」とクリスパークル氏は声を上げた。

「あへむ！」とグルージャス氏は言った。と思いきや、それはやぶから棒にクルリと向き直ったものだから頭があわやクリスパークル氏の頭とぶつかりそうになった。が、言い添えた。「我らが地元の馴染みが一体何を企んでおいでとお思いです？」

　最後に見せられた日記の条《くだり》がやにわに記憶に蘇り、クリスパークル氏は思わず身の毛をよだたせながらグルージャス氏にたずねた。まさかネヴィルはあんな具合にしつこく見張られているのではないでしょうが？

「見張られている？」とグルージャス氏は物思わしげに繰り返した。「如何にも！」

「だとすればそれ自体、彼の生活に祟ってそいつを責め苛むばかりか」とクリスパークル氏は気色ばんで言った。「お蔭で彼は何をしようと、どこへ行こうと、ひっきりなし胡散臭い目で見られなければならなくなります。それでなくとも怪しまれているというのに」

「如何にも！」とグルージャス氏は依然物思わしげに言った。

「で、あちらはどうやら牧師殿を待っておいでと？」

「ええ、御覧の通り」

「でしたら是非ともこれから牧師殿をお見送りすべく腰を上げ、彼と合流し、お二人の行く方へ同行し、挙句我らが地元の馴染みの様子を窺い損ねてしまうのを御容赦願わねば」とグルージャス氏は言った。「と申すのも、物の弾みでふと、今晩は、ほら、あの方をこそ目の届く所に置いておきたいというある種酔狂を起こしているもので」

　クリスパークル氏は曰くありげにコクリと頷くや、仰せに従った。してネヴィルの下《もと》へ行くと、共々立ち去った。彼らは一緒に夕食を認《したた》め、かの未完成にして未開発の鉄道駅*にて別れた。クリスパークル氏は家路に着き、ネヴィルは通りから通りを歩き、あちこちの橋を渡り、気さくな夜闇に紛れてグルリとシティーを一巡りし、かくて我と我が身をくたびれ果てさせてやるべく。

　深夜になって漸う、彼は孤独な散歩から戻り、階段を昇った。その夜は蒸し暑く、階段の窓はどいつもこいつも大きく開け放たれていた。天辺まで辿り着くと、束の間ゾクリと背筋が寒くなったことに（何せ上のそこには彼自身の部屋以外部屋はなかったから）見知らぬ男が、当たり前御自身の首を慮っている素人というよりむしろ恐いもの知らずのガラス屋といった態にて——実の所、階段ではなく雨樋伝《づて》にお越しになったに違いないと思わすほど御尊体を窓の内っ側というよりむしろ外っ側に乗り出させたなり――窓敷居の上に座っていた。

見知らぬ男はネヴィルが自分の扉に鍵を挿すまでウンともスンとも宣はらなかった。が、さらばくだんの所作から人違いでないのを確かめたと思しく、声をかけた。

「申し訳ないが」と男はざっくばらんにしてにこやかな風情で窓からひょいと下りるや、人好きのする物言いで話しかけた。「マメ」

ネヴィルはすっかり途方に暮れた。

「ベニバナ」と客《まろうど》は言った。「インゲン。裏手の隣の」

「おお」とネヴィルは返した。「でモクセイソウとニオイアラセイトウの?」

「仰せの通り」と客《まろうど》は言った。

「どうぞお入り下さい」

「ではお言葉に甘えて」

ネヴィルはロウソクに火を灯し、客《まろうど》は腰を下ろした。顔は若々しいながら、恰幅はそのいかつさと肩幅の広さにおいてより老けて見える、男前の殿方であった。年の頃二十八の、と言おうかせいぜい三十そこらの。それはめっぽう日に焼けているものだから、褐色の御尊顔と、屋外にては帽子で蔭になっている真っ白な額と首巻きの下の真っ白な喉元との対照は、もしや広々としたこめかみと、明るいブルーの目と、房々の褐色の髪と、にこやかな歯がなければほとんど滑稽にすら映ったやもしれぬ。

「実は君が」と客は言った。「――自分、名をターターというが」

ネヴィルは頭を倒した。

「実は君が（こう言っては何だが）ずい分閉じ籠もった生活をしていて、ここの高みのぼくの庭をやけに気に入ってくれているようなもので、もしもっと庭の奴を愛でたいというなら、自分の窓と君の窓の間に二、三本紐や太索《ふとなわ》を渡そうかと思って。そうすればあっという間にインゲンが伝ってくれるだろう。だしモクセイソウとニオイアラセイトウの箱植えもいくつか持っているからには、雨樋伝《づて》に（手持ちの爪竿《つめざお》で）君の窓までグイグイ押して、で水をやったり枝を切ったりしてやらなければならなくなったらまたグイグイ引き戻して、それから小ざっぱり《シップシェイプ》した所でまたグイグイ押し戻してやろうかと思ってさ。だったら君には一切手間はかからないだろう。だがまさか君に無断でそんな図々しい真似も出来っこない。という訳で一言断りにやって来たのさ。隣の、やっぱり屋根裏の、ターター」

「御親切、ありがとうございます」

「いや、ちっとも。こちらこそこんな夜分に伺って済まない。

が君がいつも（こう言っては何だが）夜分に外出すると知ってるもんで、君の帰りを待たせてもらうのが一番迷惑がかからないって気がしたのさ。何せこっちは天下のノラクラ者、いつだって忙しない方々に迷惑かけるのだけは真っ平御免でね」

「ノラクラ者だなんて、そんな風には見えませんが」

「ほお？　ってのは掛け値なしに頂戴しとくよ。実はこう見えても英国海軍育ちで、軍を辞めた時は少佐だった。が軍務に失望した伯父貴がもしも軍を辞めるならって条件で遺産を譲ってくれたもんで、棚ボタを頂いて、第一線から退《の》くことにしたのさ」

「ってのは多分、ごく最近？」

「はむ、ぼくはかれこれ十二年から十五年ほど大海原の荒波に揉まれ続けた挙句、ここへは君より九か月ほど前に転がり込んだ。君がお越しになる前に一度ばかし生り物が穫れたもんで。そもそもどうしてこんな所を塒に選んだかと言えば、最後に服役してたのが小さなコルベット艦*だったからには、ひっきりなしド頭を天井にぶつけてられる所の方がくつろげそうな気がしたからだ。おまけにガキの時分からずっと船に乗って来た男がいきなり贅沢三昧に耽り出すってのはイタダけない。これまたおまけに、生まれてこの方ほとんど陸《おか》に御縁がなかったからにはまずもって箱植えから取っかかって、その内ちびりちびり地所を取り仕切るコツを覚えて行くに越したことはないだろうって気もしてね」

との文言は気紛れに口にされてはいたものの、どことなく浮かれた具合にひたむきな所があるせいで、二層倍気紛れに聞こえた。

「とは言っても」と少佐は言った。「ぼく自身のことはもうたくさんだ。こいつはぼくの柄じゃない。こんなにペラペラやったのも、ただ君にぼくってものをすんなり分かってもらいたかっただけのことだ。だから、今言ったような図々しい真似を許してもらえるなら、人助けだと思ってくれ。何せまだしも暇を持て余さずに済もうから。だしどうか君に何か待ったをかけたり邪魔をしたりすることになるんじゃないかなんて心配もゴ無用。何せそんな気はさらさらないからには」

ネヴィルは御親切ありがとうございますと返し、早速お言葉に甘えさせて頂くことにした。

「ぼくこそ君の窓を綱でグイグイ引っ連れてってやれるとはありがたい限りだ」と少佐は言った。「こっちはせっせと窓辺で土いじりに励んでて、君は君で窓からこっちをじっと見てる時に目にした限りじゃ、てっきり君ってのは（こう言っては何だが）本ばかりコツコツ読んで、病弱なんじゃないかって気がしてたが。ひょっとして、どこか体でも悪いのかい？」

「いえ、ひどく気に病むことがあって」とネヴィルは戸惑いがちに答えた。「お蔭で体の方はピンシャンしてても、今イチ元気が出ないんです」

「済まない、つい立ち入ったことを聞いてしまって」とターター氏は言った。

めっぽう心濃やかにも、彼はまたもや窓云々でお茶を濁すと、内一枚が見えるかとたずねた。ネヴィルが窓を開けるが早いか、彼はすかさず、さながら緊急事態に警備の連中皆と共に檣上に攀じ登りざま、華々しきお手本を示してでもいるかのように飛び出した。

「どうか後生ですから」とネヴィルは叫んだ。「そんな真似なさらないで下さい！　どこへお行きになろうってんです、ターターさん？　木端微塵に吹っ飛んじまいますよ！」

「万事、オッケー！」と少佐は屋根の天辺にて坦々と辺りを見回しながら宣った。「ここは何もかもきちんと小ざっぱり《トート・アンド・トリム》してるぜ。さっき言ってた紐と太索《ふとなわ》の奴らは明日の朝君が起き出さない内にしっかり結わえといてやろう。ここから近道でお暇させて頂いてもいいかな？　じゃお休み」

「ターターさん！」とネヴィルは声を上げた。「どうか！　そんなとこ見てるだけでこっちはクラクラ目が回っちまいそうです！」

がターター氏はさっと手を振るや、猫顔負けのすばしっこさで早、葉一枚傷つけるでなく、御自身のベニバナインゲンの天窓から姿を消し、「船倉に潜って」御座った。

グルージャス氏は御自身の寝室の窓の日除けを手で脇へやったなり、折しもたまたま、その夜はこれきりネヴィルの続きの間《ま》を目の届く所に置いていた。彼の目が屋根の裏手ではなく正面に凝らされていてもっけの幸い。さなくば当該特筆すべき神出鬼没は摩訶不思議な椿事として彼の睡眠をいたく損なっていたろうから。がグルージャス氏はそこにては何一つ、窓辺の明かりですら、目にしなかったので、次第にその目を窓から星へとさ迷わせた。さながら星辰の中に御自身から伏せられた何物かを読み取ろうとでもいうかのように。我々の内、少なからざる者が、叶うことなら、そうしていたろう。が未だ誰一人、星の内に我々の文字すら認めていぬ――と言おうかこの現し世にては、そいつは無いものねだりというものだろう――して如何なる言語もそのアルファベットを習得せぬ限り読み解くこと能うまい。

第十八章　クロイスタラムの新参者

　およそこの時期、クロイスタラムに他処者がやって来た。黒々とした眉と白髪頭の御仁が。淡い黄色の揉み革チョッキと灰色のズボンの上から細身のブルーのフロックコートのボタンを喉元までぴっちり留めているとあって、どことなく軍人風だった。が男は『笏杖亭』にて（とは男が旅行鞄一つで転がり込んだしごくありきたりの旅籠だが）自らを身上を食いつぶして世の中渡っているノラクラ者と称し、のみならずこの、絵のように美しい古びた町に一、二か月ほど部屋を借り、もしも気に入ればそっくり腰を落ち着ける所存だと宣ふた。との両の所信は『笏杖亭』の食堂にてシタビラメのフライと、仔牛のカツレツと、一パイントのシェリーを待ちながら、火の気のとんとない暖炉に背をもたせて立ったなり、他処者によりて全当事者もしくは非当事者宛、表明されしもの。して給仕は（『笏杖亭』にて商いは年がら年中上がったりだったから）全当事者もしくは非当事者に成り代わり、くだんの特ダネをそっくり頂戴した。

　この殿方の白髪頭はやたらどデカく、房々の白髪はやたら蓬々と嵩張っていた。「もちろん、給仕」と殿方はいざ晩飯にありつかんとすニューファウンドランド犬の要領でくだんの蓬髪をゆっさと揺すぶり上げながらたずねた。「この辺りでは、ロクでなしのチョンガーに打ってつけのそこそこ気の利いた貸間なら易々見つかると、えっ？」

　給仕は、はい、もちろん。

「どことなく古めかしくて」と殿方は言った。「ちょっとそこの木釘から帽子を取ってくれんか？　いや、被ろうというのではない。山の中を覗いてみろ。そこに何と書いてある？」

　給仕は読んだ。「ダチェリー」

「というのが、ほら、わたしの名だ」と殿方は言った。「ディック・ダチェリー。で、掛け直しておいてくれ。だから、どことなく古めかしくて、風変わりで妙な所のある――どことなく神さびて、造りが凝っていて、不便な貸間なら願ってもないんだが」

「手前共の町では、お客様、不便な貸間ならばよりどりみどりあろうかと」と給仕は、そちら向き手持ちには事欠くまいと、控え目ながら自信たっぷりに返した。「実の所、お客様が如何ほど選《え》り好みなさろうと、その点まではお気に召して頂けましょう。が造りが凝ったと言われますと！」くだんの点は給仕の頭をいたく悩ませたと思しく、給仕は御逸品を振った。

「ともかくどことなく大聖堂めいていれば構わんのだが、ほら」とダチェリー氏は水を向けた。

「トープ殿ならば」と給仕は片手で顎をさする間《ま》にもパッと晴れやかに面《おもて》を輝かせながら言った。「その点何かと御教示賜れるやもしれません」

「トープ殿というのは何者だ?」とディック・ダチェリーはたずねた。

給仕はかく審らかにした。あちらは聖堂番で、トープ夫人は実の所、いつぞや御自身部屋を貸しておいででした、と言おうか貸そうとなさっていました。が一向借り手がつかぬもので、トープ夫人の窓のビラは、長らくクロイスタラム名物だったものを、いつしか姿を消しました。恐らくはとある日ずり落ち、それきり二度と掲げられておりません。

「夕飯が済んだら」とダチェリー氏は言った。「早速トープ夫人の所へ行ってみよう」

かくて夕飯を平らげ果すと、客は然るべく道筋を教えて頂き、そちら向き繰り出した。が『笏杖亭』はめっぽう内気な気っ風の旅籠にして給仕の説明は由々しきまでに正確極まりないものだから、ほどなく道に迷い、大聖堂の塔の周りをグルグル、グルグル、マゴつき出した。塔がちらとでも目に入ろうものなら必ずやトープ夫人の家はてっきり目と鼻の先なものと漠然とながら思い込み、「舌のトロけるバタ付き熱々ボイルド・ビーンズ*」のゲームの子供達よろしく、あちこち探し回る内、塔が目に入れば「熱く」なり、目に入らねば「冷たく」なりながら。

新参者はお気の毒な羊が一匹、草をムシャついている墓地の端くれに突き当たった時には蓋し、めっぽう冷たくなりかけていた。お気の毒な、というのもむくつけき小童が手摺り越しに石を投げつけ、早、内一本の脚を片端にし、いずれ残る三本の脚もへし折り、かくてそやつをズッコケさせんものとの慈悲深き遊猟家はだしの目論見にてやたら頭に血を上らせていたからだ。

「またっつけたぞ！」と小童は哀れ、羊が跳ね上がるや、声を上げた。「んで毛皮に穴ぼこあけてやれってな」

「止さんか！」とダチェリー氏は言った。「ほら、びっこを引いてるのが見えんのか?」

「ウソつけえ」と遊猟家は返した。「ヤツあ勝手にチンバになっただけだあい。オイラこの目で見てたからにゃ、ヤツにつぶてでクギい差してやってたんだぜ、もうこれきり御主人様のマトンをヘコますんじゃねえってよ」

「こっちへ来い」

「どいつが行くもんけえ。もしか取っつかめえたら、行ってやっけど」

「だったらそこにじっとしてろ。でどいつがトープ殿の家《うち》か教えるんだ」

「何でここにじっとしたまんまどいつがトープシーズのだんなんちか教えられるってのさ、トープシーズのだんなんちってなでっえせっえどおの向こうっかわで、いくつも十字路越えて、んりゃあっちこっち角お曲がんなきゃなんねえってのによ？　へんっ、このトッオヘンボク！　やｰあｰあっ！」

「そこまで案内しろ。駄賃をやる」

「なら、ついて来な」

かくて丁々発止やられ果すや、小童は客の先に立って行き、とこうする内、迫持ち造りの通路から少し離れた所で足を止めながら指差した。

「ほら、あすこさ。窓と扉が見えんだろ？」

「あれがトープの家《うち》か？」

「ウソつけえ。んなこたねえやい。あいつあジャアスパーんちさ」

「まさか？」とダチェリー氏は何やら興味津々、改めて目をやりながら言った。

「ああ。んでオイラあいつにゃこっから先近づかねえからな」

「どうして？」

「んりゃひょいと持ち上げられてズボン吊りいぶったぎった上から息の根止められたんじゃたまんねえからさ。真っ平御免のコンコンコンチキってんだぜ。それもあいつなんざに。今に見てろよ、オイラあいつの浮かれた老いぼれ頭の後ろにしこたま浮かれたかっちんこのつぶてえ打って打って打ちまくってやる！　そら、せれもちの向こうっかわ見てみな。ジャアスパーの扉がある方じゃなし、もう一方のがわあ」

「ああ」

「あっちっかわあちょいとへえると、二段ばかし下りたとこに寸詰まりの扉があって、そいつがトープシーズんちだぜ。んでトープシーズってえ長まるの標札にデカデカやってあらあな」

「なある。さあ、いいか」とダチェリー氏は一シリング取り出しながら言った。「お前はこいつには半分借りがある」

「ウソつけえ。オイラだんなにゃこれっぱかし借りなんてねえやい。生まれてこの方お目にかかったためしもねえってのに」

「こいつに半分借りがあると言ったのは、今ポケットに六ペンスの持ち併せがないというだけのことだ。という訳で今度また会ったら残りの分だけ力になってもらわにゃならん」

「がってん。そいつぁ寄越しな」

「きさま名を何という。で、どこに住んでいる?」

「デピュティー。原っぱの向こうの『旅人《たびにん》二ペンス亭』」

と言ったと思いきや、小童はダチェリー氏の気が変わっては大変と、シリング銭もろとも駆け出した。が、相手が目出度くも御逸品がらみで胸中、穏やかならぬやもしれぬと、安全な所まで来るやつと足を止め、いざ、お生憎様、いくらホゾを噛んでも後の祭りとばかり、悪魔めいたステップを踏みにかかった。

ダチェリー氏はまたもやゆっさと、くだんの蓬々の白髪頭を揺すぶり上げるべく帽子を脱いだが、どうやらサジを投げたと思しく、道筋を教えられた方へと足を向けた。

トープ氏の公務上の住まいは上方の階段でジャスパー氏の住まいと通じ(故にトープ夫人がくだんの殿方の世話をマメに焼いていた訳だが)、慎ましやかにも猫の額ほどしかない所へもって、何やらひんやりとした土牢めいた所があった。神さびた四つ壁はやたらどデカく、部屋は予めともかく連中がらみで設計されたというよりむしろ四つ壁から掘り起こされでもしたかのような趣きがあった。表戸はいきなり、曰く言い難き形《なり》をした穹陵天井《グロイン》の部屋に通じ、くだんの部屋は部屋でまた別の曰く言い難き形《なり》をした、また別の穹陵天井《グロイン》の部屋に通じ、いずれの窓もちんちくりんで、ぶ厚い壁の奥に嵌め込まれていた。これら、こと大気に関せばむっと息詰まるようにして、こと自然の明かりによる採光に関せばどんよりと仄暗い両の間《ま》こそ、トープ夫人がさても長らく鑑賞眼に欠けるる街宛、申し出ていた貸間であった。ダチェリー氏は、しかしながら、およそ鑑賞眼に欠けるどころではなかった。氏はもしや表戸を開け放って座れば、門口伝《づて》行き来する通りすがりの連中とたまさかお近づきになれるばかりか、明かりもそこそこ取り入れられようと思し召した。してもしや上階に住まうトープ夫妻が御自身方の出入りに、せせこましい道にての歩行者なる少数町民が大いに胆をつぶしもすれば、傍迷惑もいい所、外へ向けて開く扉によりてやぶから棒に境内に突っ込む小さな脇階段を使って下さるようなら、別箇の塒に住まうのと変わらぬ孤独であろうとも。のみならず間借り代も手頃にして万事、願ってもないほど妙ちきりんな具合に不都合極まりないと来る。彼は、よって、その時その場で即金にて部屋を借り、翌朝入居することに同意した。とは言え、門口の反対側にて、聖堂番の窖もどきのせせこましい住まいがその付属物、と言おうか副次的な端くれを成す番小屋の住人たるジャスパー氏に照会させて頂いてからとの条件の下《もと》。

お気の毒に、愛しいあの方はたいそう独りぼっちで、たいそう悲しい思いをしておいでてございます、とトープ夫人は言った、ですがきっと「太鼓判を捺して」は下さいましょう。多分、お客様も、ここで昨年の冬に何があったかお聞き及びではございましょうが？

ダチェリー氏はいざ思い出そうとしてみれば、宜なるかな、くだんの一件がらみではほんのこんぐらかった知識しか持ち併さなかった。よってトープ夫人に、もしや事実の要約の詳細という詳細において必要とあらば御叱正賜りたいが、こちらは所詮、能う限りノラクラ身上を食いつぶして世の中渡っているロクでなしのチョンガーにすぎず、世にそれはその数あまたに上る人間がそれはひっきりなしそれはその数あまたに上る外の人間の息の根を止めているからには、根っからのん気なロクでなしが一つならざる事件を一緒くたにせずに記憶に留めておこうと思えば並大抵のことではないのだと申し入れた。

ジャスパー氏は喜んでトープ夫人に太鼓判を捺させて頂きたいとのことだったので、ダチェリー氏は、予め名刺を託けた上、裏手の階段を昇るようお招きに与った。町長も一緒にお見えです、とトープ氏は言った、ですが遠慮は無用、何せ町長とジャスパー殿はめっぽう気のおけぬ仲なもので。

「実に申し訳ない限りです」とダチェリー氏は両の殿方に等しく話しかける間《ま》にも帽子を小脇に抱えたなり片脚を引いて深々とお辞儀をしながら言った。「身勝手な石橋を叩いて渡っておるばっかりに、小生以外どなたにも何ら個人的に興味のなかろう一件に関し、お手を煩わせ。ですが所詮、のん気なノラクラ者。同じ身上を食いつぶして世の中渡るなら、余生はこの美しい土地で長閑にひっそり送りたいと願っているからには、折り入って一つお尋ねさせて頂けば、トープ御夫妻は一点の非の打ち所もなき家主であられようと？」

ジャスパー氏は、その点に関しては一も二もなく請け合わせて頂きましょう。

「ならば結構、貴殿」とダチェリー氏は言った。

「これなる馴染みの町長殿も」とジャスパー氏はダチェリー氏の紹介がてら、くだんの傑人の方へ雅やかに手を振ってみせながら言い添えた。「固よりあちらのお墨付きとあらば私自身のような名もない人間のそれなどより土地に不馴れな方にとっては遙かにモノを言ってくれましょうが、定めて夫妻のことでは色好い証を立てて下さろうかと」

「町長閣下殿」とダチェリー氏は深々と腰を折りながら言った。「さらば恐悦至極に存じます」

「実に奇特な夫妻でしてな、トープ夫妻というのは」とサプシー氏は恩着せがましげに言った。「実に評判の好い。実に品行方正な。実に感心な。首席司祭初め聖堂参事会の覚え目出度き」

「町長閣下殿にかほどの御推奨を賜れば」とダチェリー氏は言った。「夫妻もさぞや鼻が高かろうかと。ところで（憚りながら）町長閣下におたずねさせて頂けば、閣下が忝くも治めておられる当町には大いに興味をそそられる名物のようなものが少なからずございましょうか？」

「我々は、貴殿」とサプシー氏は返した。「古式床しき町にして聖職の町でしてな。我々はさようの町の然るべく立憲的な町にして、我らが映えある特権を尊び、維持しております」

「町長閣下のただ今のお言葉を拝聴致し」とダチェリー氏は深々とお辞儀をしながら言った。「小生ますますこの町のことが知りたくなると同時に、この町で生涯を終えたいの思いを強く致しました」

「陸軍を退役なされたのですかな、貴殿？」とサプシー氏はそれとなくカマをかけた。

「これはまた、町長閣下殿、身に余るお言葉」とダチェリー氏は返した。

「では海軍をと、貴殿？」とサプシー氏はまたもやカマをかけた。

「はたまた、町長閣下殿」とダチェリー氏は繰り返した。「身に余るお言葉」

「外交というのは、それにしても素晴らしい職業ではありませんかな」とサプシー氏は、当たるも八卦と吹っかけた。

「これはこれは、町長閣下はどうやら小生の一枚も二枚も上手であられる」とダチェリー氏は如才ない笑みを浮かべ、またもや深々とお辞儀をしながら言った。「如何ほど外交に長けた鳥でもかようの銃にズドンとやられては一溜まりもなかりましょう」

さて、こいつはまんざらどころではあるまい。これなる殿方は、その立居振舞いと来てはすこぶるつき、とまでは行かずとももめっぽう人好きがし、固より高位貴顕に馴れ親しんでいるとあって、町長相手に如何様に振舞えば好いかげに恰好の手本を示してくれておるでは。同じ話しかけられるにしてもくだんの閣下呼ばわりには何がなしサプシー氏にしてみればわけても己が勲功と高位に一目も二目も置いているげな所があった。

「ですが失敬」とダチェリー氏は言った。「たとい小生、束の間、あろうことか閣下の大切なお時間を拝借し、片や我が宿『笏杖亭』の小生自身の時間に対すつましき申し立てを失念していたとて、何卒お目こぼし賜りますよう」

「お目こぼしなどとは、貴殿」とサプシー氏は言った。「ちょうどやつがれもそろそろ帰宅しようかと思っていた所でしてな。もしや帰りがけに我らが大聖堂の外面《そとづら》なりちらとなさりたければ、喜んで御披露させて頂きますが」

「これはまた何と町長閣下殿の」とダチェリー氏は言った。「忝くも鷹揚であられることか」

ダチェリー氏は、ジャスパー氏に深甚なる謝意を表してなお、閣下より先に部屋を出るを潔しとしなかったので、閣下は先に立って階段を下り、ダチェリー氏は帽子を小脇に抱えたなり、蓬々の白髪頭を夕風になびかせつつ付き従った。

「つかぬことをおたずねするようですが、閣下」とダチェリー氏は言った。「ただ今お別れしたあの殿方は、御近所で小耳に挟んだ所によれば、甥御殿が行方不明になられたせいでいたく心を痛め、意趣返しに執念を燃やしておいでとか?」

「さよう。ジョン・ジャスパー殿は、貴殿」

「これまた立ち入ったことをおたずねするようですが、閣下、何者か強い嫌疑がかかっているのでしょうか?」

「嫌疑がかかっておるどころか、貴殿」とサプシー氏は返した。「やったも同然でしょうな」

「これはこれは!」とダチェリー氏は声を上げた。

「ですが証拠というものは、貴殿、証拠というものは、小石さながら一つ一つ積み重ねて行かねばならんもので」と町長は言った。「やつがれに言わせれば、結末は仕業に報ゆ*。『正義』なるもの道徳的に確実たるだけでは十分ではありません。かの女神は非道徳的にも——とは即ち法的にも——確実であられねば」

「閣下の何と」とダチェリー氏は言った。「法なるものの本質を突いておいでのことか。非道徳的、とは何とも言い得て妙では!」

「やつがれに言わせれば、貴殿」と町長は物々しく続けた。「法の腕《かいな》は強かにして長き腕《かいな》でしてな。さよう、やつがれに言わせば。げに、強かにして長き腕《かいな》でしてな」

「何とまた歯に衣着せぬお言葉!——がそれでいて、またもや、何と正鵠を射ておいでのことか!」とダチェリー氏はつぶやいた。

「してやつがれならば獄《ひとや》の秘密(『ハムレット』I、五)と呼ぶ所のものを暴くまでもなく」とサプシー氏は言った。「獄《ひとや》の秘密というのがやつがれが法廷にて用いた文言ですが」

「して閣下のお言葉以外の一体如何なる文言がそれを表《ひょう》し得ましょうぞ?」とダチェリー氏は間の手を入れた。

「ですから、貴殿、くだんの秘密を暴くまでもなく、やつがれはつい今しがた別れた殿方の鉄の意志を知らぬでなし（その強かなるが故に敢えて鉄と呼ばせて頂きますが）一言、お耳に入れておくと、ことこの一件に関せば、かの長き腕《かいな》は必ずや引っ捕え、かの強かな腕《かいな》は必ずや打ち倒しましょうぞ。――これが、ほら、我らが大聖堂でして、貴殿。如何なる炯眼の目利きといえども我らが大聖堂を誉め称え、我々の町の住民の如何ほどまっとうな連中といえども、我ながら大聖堂のことばかりは鼻にかけておる次第です」

この間終始、ダチェエリー氏は帽子を小脇に抱え、蓬々の白髪をなびかせたなり歩いていた。サプシー氏が今や帽子に触れるや、彼はしばし御逸品のことなどコロリと忘れていたような妙ちきりんな仕種を見せ、ポンと、何やら朧げながらもてっきり別の帽子がそこに乗っかっているはず、とでも言わぬばかりに片手を頭にあてがった。

「どうか帽子をお被り下され、貴殿」とサプシー氏は説きつけた。厳めしくもかく仄めかさんばかりに。「やつがれならばげに、構いませんので」

「忝いお言葉、閣下、ですが小生この方が涼しいもので」とダチェエリー氏は言った。

それからダチェエリー氏は大聖堂を惚れ惚れ打ち眺め、サプシー氏は御自身そいつを設計した上から建設したかのようにあれこれ御教示賜った。実の所、首肯しかねる細部も二、三あるにはあるが、留守の間《ま》に職人連中がドジを踏みでもしたかのように実しやかに言い繕いながら。大聖堂が晴れてお役御免にされるや、町長は教会墓地の際の道を案内し、夕べの美しさを――たまたま――今は亡き令室の墓碑銘のすぐ間際で愛でるべく足を止めた。

「ところで」とサプシー氏はさながら忘れ物の竪琴を拾い上げるべくオリュンポス山からスイと舞い下りて来たアポロよろしくはったと、御逸品を思い出すべくいきなり高みより下り賜うてでもいるかのように言った。「あれは我らがささやかな名物《ライオン》の端くれでしてな。町の連中がどういう訳やらあいつを気に入ってくれておるもので。他処からお越しの方々も間々写しを取っておる様が見受けられるほどです。このやつがれ自身が白黒つける訳には参りません。何せささやかながらやつがれ自身が物したからには。ですが一捻り利かそうと思えば厄介千万ではありましたな。と言おうか艶やかに一捻り利かそうと思えば、およそ一筋縄では行きませんでした」

ダチェエリー氏はサプシー氏の物せし碑銘にそれは陶然となったものだから、余生をクロイスタラムで過ごし、故に恐らくは御逸品の写しを取る機会ならば向後掃いて捨てるほどあったにもかかわらず、その時その場で手帳に書き留めてはいたろう。もしやズッコリズッコリ、碑銘の事実上の作者にして不滅の栄誉を冠らせしダードルズがこちらへお越しになり、サプシー氏がここぞとばかり、目上の者に対し如何様に身を処せば好いか輝かしき手本を示すべく声をかけてでもいなければ。

「ああ、ダードルズ！　こちら石工でして、貴殿。我らがクロイスタラムの名士の一人です。ここいらの者でダードルズを知らぬ者は誰一人おりません。こちらダチェリー殿だ、ダードルズ。この町に腰を落ち着けるおつもりだそうだ」

「あしがそちらならそんな酔狂は起こすめえがよ」とダードルズは唸り上げた。「何せ土地の奴らあみんな味もすっぽもねえからにゃ」

「御自身は、もちろん、さておき、ダードルズ殿」とダチェリー氏は返した。「閣下同様」

「閣下たあどこのどいつで?」とダードルズは物申した。

「あれなる町長閣下では」

「あしゃ生まれてこの方そいつのめえにしょっぴかれたためしゃあねえ」とダードルズはおよそ町長職の律儀な臣下らしからぬ面《つら》を下げたなり言った。「んで閣下呼ばわりすんなそっからでも遅かあなかろうじゃ。それまじゃ、んでそん時、その場まじゃ

　サプシーのだんなってのがあちゃらの名めえ、
　エゲレスがあちゃらの生まれ、
　クロイスタラムってのがあちゃらの住めえ、
　競り落としってのがあちゃらの生ええ《なり》*」

ここにてデピュティーが（ヒューッと空飛ぶ牡蠣殻の先触れもろとも）当該現場にお目見得し、〆て三ペンスが未払いの合法的駄賃とし、直ちにダードルズ氏によりて「放って」寄越されるよう申し立てた。というのも石工殿をいくらあちこち探し回ろうと無駄骨に終わっていたによって。くだんの殿方が弁当の包みを小脇に抱えたなり金をゆっくりめっけ出しては数え上げている片や、サプシー氏は新参者にダードルズの習いと、生業と、住まいと、評判を垂れ込んだ。「恐らく、物見高い他処者が時たまひょっこり、ダードルズ殿、お宅や手がけておいでのものを拝見しに伺っても構わぬと?」とダチェリー氏は、ネタを仕込み果すや、たずねた。

「もしか引っかけんのに二人分提げて来なさるってなら、どこのどなたがどんな夕べにお越しになろうと構いやせんぜ」とダードルズはペニー銭を一枚口にくわえ、半ペンス銭を某か引っつかんだなり返した。「ってえかもしか二人分のそのまた二そうべえにして下さろうってなら、そのべえ構やしねえ

が」

「忝い。さて、デピュティー坊、おぬしこのわたしに何か借りがあったかな?」

「ヤボ用の」

「ならいいか、借りは正直に返すことだ。わたしの気の向き次第、ダードルズ殿の屋敷へ案内しろ」

デピュティーは駄賃の滞りを耳を揃えて頂戴した領収証とし、口を目一杯おっ広げたなり甲高い口笛の一斉射撃をお見舞いしたと思いきや、姿を消した。

閣下と閣下の崇拝者はそれから共々歩き続け、とこうする内閣下の玄関先にて幾多の仰々しき挨拶を交わした末、別れた。その期に及んでなお、閣下の崇拝者は帽子を小脇に抱え、蓬々の白髪頭を夕風になびかせてはいた。

その夜、『笏杖亭』の食堂の炉造りの上なるガス灯に照らされた姿見に映った白髪頭を打ち眺め、御逸品を振り広げながらダチェリー氏は独りごちた。「ノラクラ身上を食いつぶして世の中渡ってる、根っからのん気なロクでなしのチョンガーにしてはおぬし、やたら忙しいない昼下がりだったじゃないか!」

第十九章　日時計の影

またもやトゥインクルトン嬢は白ワインとパウンド・ケーキ同伴にて訣別の式辞を賜り、またもや若き御婦人方は各々我が家目指し出立したばかりだ。ヘレナ・ランドレスは弟の命運に付き添うべく尼僧の館《やかた》を後にし、愛らしきローザは独り取り残されている。

クロイスタラムはくだんの夏の日々、それは明るく燦々と日差しを浴びているものだから、大聖堂と僧院の廃墟は堅牢な壁が透けてでもいるかのようだ。柔らかな火照りは外側から当たっているというよりむしろ、内側から輝いているかと見紛うばかり。暑い麦畑やその直中を遙か彼方で蛇行している烟《けぶ》った街道を見はるかせば、その熟れようと来ては然るからには。クロイスタラム果樹園はたわわに実った果物で頬を染めている。いつぞやは旅の土埃にまみれた巡礼者は群れを成し、町のありがたき木蔭をカタカタと蹄の音も高らかに縫った。が当今、徒《かち》の旅人は干し草作りと収穫期の間《はざま》はジプシーめいた生活を送り、然にめっぽう塵まぶれのからにはさながら地の塵より折しもこさえられたばかりでもあるかのようだが、ひんやりとした戸口の上り段で一息吐きながら、とうに繕いの利かなくなった靴を繕おうとしたり、そいつらをお先真っ暗な代物とばかり、町の溝《どぶ》にくれてやり、藁束にくるんだ未だ手つかずの鎌と一緒に引っ提げている包みの外の奴をガサゴソ探したりしている。より公のポンプというポンプでは、これら遊牧民《ベドウイン》の側《がわ》にて頻りに素足を冷やしたり、片手で水をブクブク、ゴロゴロ口に含んではペッとやられている。クロイスタラム警察は片や、縄張り荒らしはとっととこの町の境界より立ち去り、今一度カンカン照りの本街道でこちらを空揚げの目に会わすがよかろうと、さも胡散臭げにして見るからに焦れったそうに巡回区より斜《はす》に睨め据えている。

とあるかようの日の昼下がりのこと、大聖堂の最後の礼拝《らいはい》が終わり、尼僧の館《やかた》の立っている本町通り《ハイ・ストリート》のかの側《がわ》がその風変わりな古めかしい庭が木々の大枝の間にて西に面している所をさておけば心地好い日蔭に包まれる時分、小間使いがローザに、身の毛もよだつことに、ジャスパー様がお目通り願いたいそうだと告げた。

仮に彼が彼女が不利な立場にある不意を衝く頃合を見計っていたとすらば、かほどに打ってつけの折もまたなかったろう。恐らく、見計っていたに違いない。ヘレナ・ランドレスは去り、ティッシャー夫人は休暇を取り、トゥインクルトン嬢は（その本業ならざる存在状態において）御自身と仔牛パイをとある遊山に貢いでいたから。

「おお、どうして、どうして、どうしてわたしが家《うち》にいるなんて答えてしまったの！」とローザは寄る辺なく声を上げる。

小間使いの返すに、ジャスパー様はローザ様が御在宅かどうかお尋ねになった訳ではございません。ローザ様が御在宅かどうかお見えなのは分かっているので、面会を取り次いで欲しいとしかおっしゃいませんでした。

「一体どうすればいいの！　一体どうすれば！」とローザはひしと両手を組み合わせながら胸中つぶやく。

ある種自棄に駆られ、彼女は次の瞬間には、だったら庭でお会いすることにするわと言い添える。屋敷に彼と閉じ籠ると思うだに背筋が寒くなるが、庭ならば屋敷のあちこちの窓から見晴らしが利き、声が届くのみならず姿も見え、開けた外気の中で金切り声を上げながら駆け去ることも出来よう。というのが狂おしくもハラハラと脳裏を過ったやみくもな考えである。

彼女は惨事の晩以来ついぞ彼に会っていない。ただし町長の前で尋問を受けた際は別で、その折彼は鬱々として油断なく立ち会い、行方知れずの甥に成り代わり、彼の意趣を晴らさんものと復讐心に燃えているとのことだった。ローザは散歩用の麦ワラ帽子を腕にかけ、外へ出る。ポーチから、彼が日時計にもたれているのを目にした途端、彼に無理強いされているとのかつての恐るべき感懐が否応なく彼女を捉える。その期に及んでなお、もしや彼が彼女の足を自分の方へ引き寄せでもせねば、引き返したいと思う。が彼女は為す術もなく、日時計の傍らの庭のベンチに項垂れたまま、腰を下ろす。疎ましさの余り彼の方を見上げることすらままならぬが、黒づくめの喪装に身を包んでいるのは気取っている。彼女もまた然り。当初はそうでなかったが、行方不明の若者はとうにサジを投げられ、爾来、死んだものとして悼まれている。

彼はまずもって彼女の手に触れようとする。彼女はその意を察し、手を引っ込める。彼の目はそれからじっと彼女に凝らされているものと彼女には分かっている。彼女自身の目は芝草以外何一つ見ていないが。

「私はしばらく前から」と彼は切り出す。「君の側《そば》の務めにまた呼び戻されるのを待っていた」

一再ならず、唇で何か他のためらいがちな文言を象ろうと――そいつにじっと彼が目を凝らしていることくらい百も承知だが――動かしながらも挙句、何一つ象れずにいたと思うと、彼女は答える。「務めって？」

「君に手ほどきをし、律儀な音楽教師として君の力になる務めに」

「あのお勉強はもう止《や》めました」

「すっかり止《や》めた訳ではないはずだ。ただ中断しただけでは。君の後見人の話では、君は我々誰しもかほどに痛切に感じて来た衝撃の下《もと》にレッスンを中断したということだった。いつまた再開する気かね？」

「もう二度と」

「もう二度と？　たとい君は私の愛しいあいつを愛していたとしても、それ以上のことは出来なかったろうが」

「わたくしあの方を真実、愛していました！」とローザは思わず熱り立って声を上げる。

「ああ。が必ずしも――こう言っては何だが、必ずしも然るべきやり方では？　当然の如く当てにされ、期待されていたようなやり方では。ちょうど愛しいあいつが不幸にも、余りに己惚れが強く、独り善がりなせいで（ただし、くだんの点においてあいつと君を引き比べようというのではないが）、固より愛して然るべきだったようには、と言おうかあいつの立場にある者なら誰であれ愛していたろうようには――愛していたに違いないようには――愛せなかった通り！」

彼女は相変わらずじっと同じ姿勢で、とは言え気持ちいよいよ後込みしながら、座っている。

「だったら、君が私との稽古を中断したと言われたということは、稽古をそっくり打ち切ったと丁重に断われたということだったと？」と彼はそれとなくたずねる。

「ええ」とローザはやにわに毅然として返す。「丁重におっしゃったのは後見人であって、わたくしではありませんが。わたくしは後見人にお稽古は止めるつもりだと、この気持ちは決して揺らぐことはないだろうと申し上げました」

「で今もってその気持ちは変わっていないと？」

「ええ、今もって。ばかりか、このことではもうこれきり何もおたずね頂きたくありません。ともかく、わたくしこれきりお答え致しません。わたくしにもせめてそれくらいの力はございます」

彼女は彼が自分がかすかに気色ばみ、かくて憤懣やる方ない火照るような紅みが差すのにほくそ笑まんばかりにして惚れ惚れとこちらを見つめているのをそれは手に取るように気取るものだから、意気は揚がる側《そば》からまたもや挫け、ちょうどあの、ピアノの傍の晩さながら、羞恥と、屈辱と、恐怖の意識に抗う。

「そんなにまで君が異を唱えるからには、これきり何も尋ねまい。ただ私はこの胸の内を――」

「もう何もお聞きしたくありません」とローザは腰を上げながら叫ぶ。

この度は彼は事実、手を伸ばして彼女に触れる。彼の手から後込みする上で、彼女はまたもや椅子にへたり込む。

「我々は時に自らの願望に抗ってまで身を処さねばならないこともある」と彼は声を潜めて言う。「ちょうど今の君のように。さもなければ取り返しのつかないほど他の者に災いを及ぼすことになろう」

「どんな災いでしょう？」

「まあそう慌てることはない、そう慌てることは。君は、ほら、私には尋ねているではないかね、私には何も尋ねるなと言っておきながら。そいつは不公平というものだ。にもかかわらず、ほどなくその質問には答えよう。愛しい愛しいローザ！　チャーミングなローザ！」

彼女はまたもややにわに腰を上げる。

この度は彼は彼女に触れぬ。が日時計にもたれ――正に日の面《おもて》に、言わば、黒々とした染みを落として――立ってみれば、彼の顔がそれは邪にして凄みを帯びているものだから、彼女は彼に目をやる間《ま》にも恐怖で竦み上がり、如何ほど駆け出したくても待ったがかかる。

「どれほど多くの窓から我々に見晴らしが利くか忘れていないからには」と彼はちらと窓の方へ目をやりながら言う。「二度と君には触れまい。これ以上君には近づくまい。さあ、座りたまえ。そうすれば、君の音楽教師が懶げに台座にもたれ、君と言葉を交わしながらこれまでの経緯《いきさつ》をそっくり、お互いどんな辛い思いをしたかも含め、思い出しているとしてもさして不思議はあるまい。さあ、座りたまえ、愛しい君」

彼女は今一度、立ち去っていたろう——ほとんど今にも立ち去りかけた——が今一度、彼の面《おもて》に、もしやこのまま立ち去れば如何様なことになるか暗澹と脅され、思い留まる。自らの面《おもて》に束の間凍てつきでもしたかのような表情を浮かべて彼にじっと目を凝らしながら、彼女はまたもや椅子に腰を下ろす。

「ローザ、愛しいあいつが君と契りを交わしていた時ですら、私は君を気も狂れんばかりに愛していた。君を妻として娶る上でのあいつの幸せは揺るがぬものと信じていた時ですら、私は君を気も狂れんばかりに愛していた。あいつにもっと君に身も心も捧げるよう焚きつけていた時ですら、私は君を気も狂れんばかりに愛していた。あいつが自らあんなにもぞんざいにコキ下ろしていた君の愛らしい似顔絵をくれた時ですら——あの絵を私はいつもあいつのために目に入る所に掛けている風を装いながらも君のためにこそ悶々と崇め奉っていた訳だが——私は君を気も狂れんばかりに愛していた。さもしき現実に取り囲まれた白昼の疎ましい労苦において、夜分の寝苦しき悲惨において、それとも君の似姿をこの腕にひしと抱き締めてやみくもに飛び込んだ幻の『楽園』や『地獄』をさ迷いながらも、私は君を気も狂れんばかりに愛していた」

仮に彼の文言をそれ自体悍しい以上に彼女にとって悍しくし得るものがあるとすれば、それは面差しと物言いの激しさとは裏腹に、さも気怠げに装われた姿勢の落ち着き払いようだったろう。

「私は以上全てに黙々と耐えていた。君があいつのものである限り、と言おうかてっきり君があいつのものだと思い込んでいる限り、私はこの胸の秘密を律儀に守り通した。のではなかったかね？」

との虚言は、それが口にされている単なる文言のさても実しやかな片や、それは根も葉もない空言《そらごと》なだけに、ローザにはおよそ耐えられぬ。彼女は怒りの余り頰を染めながら返す。

「あなたは今、嘘をついてらっしゃるままに、ずっと嘘をついてらっしゃいました。あなたはあの方に日々刻々嘘をついてらっしゃいました。御自身御存じの通り、わたくしにしつこく付き纏い、お蔭でわたくし毎日辛い思いをしていました。

御自身御存じの通り、お蔭でわたくし恐くてあの方の大らかな目を覚まして上げられませんでした。人を疑うことを知らない、気のいい、気のいい、あの方自身のために、あなたは本当はとっても悪い、悪い方だということをあの方から隠しておかなければなりませんでした！」

飽くまで気楽な姿勢を保っているからには、ピクピクと引き攣った面《おもて》とブルブル戦慄いている両の手は正しく身の毛もよだつようだったが、彼は猛々しいまでに陶然と返す。

「君は何と美しいんだ！　君は穏やかな時より怒っている時の方がもっと美しい。私は君に愛してくれとは言わない。私に君自身と君の憎しみをくれたまえ。君自身とその愛らしい憤りをくれたまえ。君自身とその魅力的な蔑みをくれたまえ。私にはそれで十分だ」

焦燥に駆られた涙が小刻みに体を震わせている小さな器量好しの目に浮かび、顔は真っ紅に火照り上がる。が彼女がまたもや憤懣やる方なく彼を置き去りにし、屋敷の内なる庇護を求めるべく腰を上げると、彼は、入りたければ入るがよいとばかり、ポーチの方へ片手を突き出してみせる。

「さっきも言ったはずだ、この世にまたとないほど魅惑的な君、愛らしき小悪魔、ここにおとなしく座り、最後まで私の話を聞きたまえ。さもなければ取り返しがつかないほどの災いを招くことになろう。災いとはどんな災いかと君は尋ねた。ここにおとなしく座りたまえ。ならば教えよう。ここから一歩でも動いてみたまえ、タダではおかん！」

またしてもローザは、その意味する所は皆目分からぬながらも、彼の凄まじき形相を前に竦み上がり、じっと座り続ける。今にも息を詰まらせそうなほど大きく肩で息を吐いてはいるものの、昂りを抑えようと胸に手をあてがったまま、じっと座り続ける。

「さっきから打ち明けている通り、私は君を愛する余り気も狂れんばかりだ。それは気も狂れそうなものだから仮に私と愛しいあいつとの間の絆がものの絹糸一本分でも弱ければ、正に君があいつに目をかけてやっているその側《そば》からあいつですら払い除けていたかもしれぬ」

彼女が束の間上げる目は、さながら彼のせいで目眩いを起こしでもしたかのように霞む。

「あいつですら」と彼は繰り返す。「そうとも、あいつですら！　ローザ、君には私の姿が見え、声が聞こえよう。自分で見極めたまえ、果たして私がその命を掌中に握っている他の如何なる崇拝者であれ、君を愛してなお生き存えられるものか」

「とはどういうことでしょう？」

「とはつまり、この愛が如何ほど狂おしいか君に分からせねば。巷の噂によれば、クリスパークル氏があれこれ探りを入れる内、ランドレス青年はあの方に自分は行方知れずのあいつの恋敵だったと告白したそうではないか。などということは私の目からすれば言語道断の罪だ。今のその同じクリスパークル氏は私が手づから、下手人が何者であれ、全身全霊を賭して殺人犯を見つけ出し、断罪してみせると、殺人犯を罠に捕らえる如く雁字搦めに捕り押さえる手がかりをつかむまでは誰ともこの一件に関し論じ合う気はないと綴っているのを御存じだ。私はあれからというもの犯人の周りに辛抱強く罠を仕掛け、そいつはこうして口を利いている今も、ゆっくり、となからグルグル絡まっているという訳だ」

「もしもランドレスさんが犯人だと信じてらっしゃるなら、そのお考えはクリスパークルさんのお考えとは違います。そしてあの方はいい方でらっしゃいます」とローザは言い返す。

「何を信じようと私の勝手だし、そいつを譲り渡す筋合いもなかろう、我が魂の偶像よ！　状況というものは、無実の男に対してすら、それは揺るがし難く積み重ねられるものだから、ぴったり照準を合わされ、鋭く研ぎ澄まれ、鉾先を向けられたが最後、男はあの世へ葬り去られるやもしれぬ。有罪の男を暴くに唯一欠けている輪が辛抱強く突き止められれば、それまでは如何ほど証拠が取るに足りまいと、罪は暴かれ、男は極刑に処せられる。ランドレス青年はいずれにせよ、抜き差しならぬ羽目に陥っている」

「もしもわたくしがランドレスさんのことを」とローザはいよよ血の気を失いながら彼に訴える。「好意的に思っているとか、ランドレスさんがこれまでともかく何らかの形でわたくしに思いの丈を明かされたことがあると真実お考えなら、お心得違いです」

彼は何を戯けたことをとばかり、口を歪め、さっと、さも見下したように片手を振る。

「私はだから、如何ほど気も狂れんばかりに君を愛しているか分かってもらおうとしていた所だ。ついぞなかったほど気も狂れんばかりに。というのもそいつを君と分かち合うべく私の人生に立ち現われた第二の目的を喜んで放棄し、これからはこの世に君以外の如何なる目的も抱かぬ気でかかっているからには。ランドレス嬢は君の無二の親友だ。君は無論、彼女の心の平穏を願っていると？」

「わたくしあの方を心から愛しています」

「君は彼女の令名が守られることを願っていると？」

「ですから申し上げている通り、わたくしあの方を心から愛しています」

「つい我知らず」と彼はかくて彼の会話が窓からは（顔が時折そこを行きつ戻りつしているから）すこぶる陽気で茶目っ気たっぷりなものと見えるよう、日時計の上で両手を組み、その上で頬杖を突きながら笑みを湛えて言う――「つい我知らず、またもや質問をすることで君の機嫌を損ねてしまっているようだ。これからは、だから、質問をする代わり、ただ言い分を述べるに留めよう。君は無二の親友の令名が気がかりで、彼女の心の平穏を願っている。ならば彼女から絞首台の影を取っ払ってやってはどうだ、愛しい君！」

「もしや敢えてわたくしに――」

「可愛い君、そうとも、私は敢えて君に持ちかけているのさ。だが、その先は無用。もしも君を崇め奉るのが悪いことだとすれば、私はこの世にまたとないほどの悪人だ。もしもそれが善いことだとすれば、私はこの世にまたとないほどの善人だ。他の如何なる愛も私の君への愛の足許にも及ぶまい。他の如何なる真《まこと》も私の君への真《まこと》の足許にも及ぶまい。どうか私に希望と寵愛を与えてくれ。だったら私は君のために誣告者となろう」

ローザはこめかみに両手をあてがい、髪を後ろへ押しやりながら彼の方を狂おしくも身の毛をよだたせて見やる。さながら彼女にほんの断片でしか呈さぬことこそ彼の腹黒き意図たるものを懸命に接ぎ合わそうとしてでもいるかのように。

「今はただ私がその愛らしき足許に擲とうとしている犠牲以外、我が天使よ、数え上げないでくれ。というのも君の愛らしき足にならば私は如何ほど穢れた燃え殻の直中に平伏してでも口づけをし、哀れな蛮人さながら頭に押し当てられようから。そら、あいつが死んでからの愛しいあいつへの我が忠誠だ。こいつなんぞ踏み躙るがいい！」

かく、何やら掛けがえのないものを擲ってでもいるかのように両手を振り下ろしながら。

「そら、君への我が憧憬に対する言語道断の罪だ。こいつなんぞ撥ね除けるがいい！」

かく、またもや両手を振り下ろしながら。

「そら、艱難辛苦の六か月にわたる正当な復讐という大義名分の下《もと》なる我が労苦だ。こいつなんぞ粉々に打ち砕くがいい！」

かく、またもや両手を振り下ろしながら。

「そら、過去と現在の我が潰えた人生だ。そら、我が心と魂の荒廃だ。そら、我が平穏だ。そら、我が絶望だ。こいつらそっくり踏み躙って塵芥に砕いてしまうがいい。ただ君が私を受け入れてくれさえすれば。たといそいつが死ぬほど私を忌み嫌うことになろうと！」

今やその絶頂に達したこの男の恐るべき激しさはさても剰

え彼女を怯え竦ませたものだから、彼女をその場に釘づけにしていた呪《まじな》いをすら解く。彼女はやにわにポーチの方へ動きかける。が立ち所に彼は彼女の傍らに寄り添い、耳許で囁く。

「ローザ、私はまた己に抑えを利かせている。屋敷までこうして、ほら、君の傍を穏やかに歩いているだろう。いずれ何か色好い返事を返してくれるのを待とう。急いては事を為損じよう。さあ、ちゃんと私の話が呑み込めている素振りを見せたまえ」

彼女はかすかに、ぎごちなく手を動かす。

「今日のことは誰にも一言もしゃべってはならん。さもなければ夜が朝《あした》に続く如く、確実に災いがもたらされよう。さあ、もう一度、私の話が呑み込めている印に合図をしたまえ」

彼女はまたしても手を動かす。

「私は君を愛している、愛している、愛している！　たとい君がこの場で私を振り払おうと――などという真似は断じてすまいが――金輪際、厄介払いすることは叶うまい。他の何人《なんぴと》といえども我々の間に割って入らすものか。私は君を死ぬまで追い求めよう」

小間使いが客のために門を開けに出て来ると、彼は訣れ際、挨拶代わりに淡々と帽子を脱ぎ、お向かいのサプシー氏の御尊父の彫像といい対これきり取り乱した風もなきまま立ち去る。ローザは階段を昇る途中で気を失い、手篤く部屋まで運ばれ、ベッドに横たえられる。かわいそうに、べっぴんさん、きっと嵐が近くて、と小間使い達は口を揃えて言う、空気がむっと蒸し暑いせいで気分が悪くなってしまったんでしょうよ。それもそのはず。わたし達の膝だって、ほら、一日中ガクガクしてるんですもの。

第二十章　逃避行

　ローザは意識を取り戻すや否や、先刻のやり取りがそっくり、まざまざと瞼に彷彿とした。一件は無意識の中へまで彼女を付け狙い、片時たりその意識をお払い箱には出来なかったかのようだ。どうすれば好いのか、彼女は怯え竦む余り途方に暮れた。胸中、唯一はっきりしているのは、ともかくこの恐るべき男から逃げねばならぬということだけだった。が一体どこへ難を逃れれば好いというのか？　してどうやって行けば？　あの男が恐くてならぬということはついぞヘレナを措いて誰にもオクビにも出したためしはなかった。仮にヘレナの所へ行き、何が持ち上がったか話せば、正にその行為そのものが、あの男が自らもたらす力があると脅し、もたらす意志にも事欠かぬと彼女自身、百も承知の取り返しのつかぬ災いを招くことになるやもしれぬ。自らの取り乱した記憶と想像にとって男が悍しく映れば映るほど、彼女の責任は抜き差しならなくなるかのようだった。何か事を起こすにせよ、機を逸すにせよ、彼女の側《がわ》でほんのわずかなり過ちを犯せば、男の意趣がヘレナの弟にいつ何時晴らされぬとも限らぬからには。

　この六か月間というもの、ローザの心は嵐の如く激しく掻き乱されていた。胸の内にだけ秘めた曖昧模糊たる疑念が、胸中不穏に揺らめき、今や水面《みなも》へうねり上がったかと思えば今や水底《みなそこ》へ沈み——今や手応えを得たかと思えば、今や失った。ジャスパーが如何に甥の生前、彼を溺愛し、彼が如何なる手段によってあやめられたか——とは事実、何者かによってあやめられたとすれば——突き止めようと昼夜を舎かず探し回って来たか、この辺りでは広く遍く知れ渡ったネタだけに、誰一人としてよもや彼自身が手を下したなどと勘繰れる者はいないかのようだった。彼女はしょっちゅう自らに問うたものだ。「わたしって心の中で、外の人達には思いも寄らない逆しまなことを思い描けるほど逆しまな娘なのかしら？」それから惟みたものである。そもそもこんな風に勘繰るようになったのは、事件が起こる前からあの男から後込みしていたせいじゃなくって？　もしもそうだとすれば、それ自体、そんな勘繰りがネもハもない証にはならないかしら？　それから思いを巡らせたものである。「もしもわたしが怪しいと睨んでいる通りだとしたら、一体あの男にはどんな動機があるというの？」

して胸中かく答えるだに恥じ入った。「このわたしを手に入れるという！」してほんの仮初にせよ、然ても取るに足らぬ虚栄心を拠に殺人の罪を着せようとするとはほとんど劣らず大きな罪を犯してでもいるかのように両手に顔を埋《うず》めたものである。

　彼女はまたもや、庭の日時計の側《そば》であの男の口にしていたことをそっくり復習《さら》ってみた。あの男は時計とシャツ・ピンが発見されてからというもの終始一貫して大っぴらに身を処して来た如く、甥の失踪を飽くまで殺人と決めつけていた。仮に犯人が突き止められることを恐れているとすれば、むしろ甥が自ら姿を晦ましたという考えをこそ焚きつけようとするのではないだろうか？　あの男はのみならず、仮に自分と甥との絆が然まで強くなければ「あいつをすら」彼女の傍らから払い除けていたやもしれぬとまで言っていた。とは男が自ら事実、手を下したようだろうか？　あの男は正当な意趣返しの大義名分の下《もと》なる六か月に及ぶ労苦を彼女の足許に擲とうと言っていた。仮にその労苦がほんの見せかけにすぎぬとしたら、あんなにまで怒り狂ったようにそんなことを口にしていたろうか？　その労苦を自らの荒み切った心と魂や、可惜潰えた人生や、心の平穏と絶望と一緒くたにして口にしていたろうか？　自ら彼女のために成しているものとうそぶいていた正に最初の犠牲は、今は亡き愛しいあいつへの忠誠ではなかったか。なるほどこうした一切合切は敢えて自らを仄めかそうとすらせぬ気紛れが立ち向かうには強かに過ぎた。がそれでいてあれは何と恐ろしい男だことか！　詰まる所、哀れな少女は（というのも彼女に一体、犯罪者心理の何が分かるというのだろうか、その公然たる学究ですらそいつを別箇の恐るべき驚異と見なす代わり、飽くまで凡庸な人間の凡庸な心理と適合させようとすらばこそ常に誤謬に陥るというなら）如何なる経路にても、あれは事実恐るべき男であり、ともかくその下《もと》より逃がれねばならぬという外、如何なる結論にも達せなかった。

　彼女はこれまでずっと、ヘレナを支え、慰め続けて来た。いつも自分は彼女の弟の無実を心から信じていると、濡れ衣を着せられるとは気の毒でならないと言って来た。がエドウィンの失踪以来、彼には一度も会っていなければ、ヘレナもローザに関し弟がクリスパークル氏に胸の内を明かした事実については一言も口にしていなかった。くだんの逸話は事件の興味の端くれとして広く遍く知れ渡ってはいたものの。彼女にとって、彼はヘレナの気の毒な弟であり、それ以外の何ものでもなかった。悍しき求愛者に捺した太鼓判は（今にして思えば）あんな具合に請け合わずに済んでいたなら、それに越したことはなかったろうに、偽らざる真実だった。明るく華奢なおチビさんはあの男に恐れをなしてはいたものの、男が彼女自身の口からくだんの事実を聞き知ったと思えば口惜しくてならなかった。

が一体どこへ行けば好いのか？　あの男の手の届かぬ所ならどこへでも、というのは何ら質問に対す答えになっていなかった。ともかくどこか考えつかなければ。彼女は後見人の所へ、それも時をかわさず、行こうと心に決めた。初めてお互い胸の内を明かした晩にヘレナに打ち明けた気持ちは——この身は男の危険に絶えず晒され、古き尼僧院の堅牢な四つ壁とて男が幽霊さながら自分を付け回すのを締め出すにはてんで歯が立つまいとの危惧は——さても強かに彼女に取り憑いているものだから、自ら何と理詰めに説きつけようと然なる怯えは如何とも鎮め難かった。忌避にさても長らく魅入られたように囚われ、そいつが今やさても暗澹と絶頂に達しているとあって、彼女はさながら男には自分を呪《まじな》いによって金縛りに会わす力があるかのような気がした。今ですら着替えをしようと腰を上げ、窓辺から外を眺めれば、男が思いの丈を迸らせながら寄りかかっていた日時計を目にするだに背筋が寒くなり、思わずそいつから後込みした。まるで男は男自身の性《さが》から何か由々しき質《たち》を日時計に授けでもしたかのように。

彼女はそそくさとトゥインクルトン嬢宛、すぐ様後見人に会わなければならない要件が突然持ち上がったので、彼の下《もと》へ行った旨、一筆認め、くだんの奇特な御婦人にはどうかくれぐれも心配しないで欲しい、何もかも恙無く行っているからと書き添えた。してそそくさと、めっぽう小さな鞄にてんで役立たずの手荷物を二、三詰め込むや、走り書きを目につき易い場所に置き、表へ飛び出し、飛び出した後からそっと門を閉《た》てた。

彼女はそれまで一度としてクロイスタラム本町通り《ハイ・ストリート》ですら独りきり縫ったためしがなかった。がそいつのウネクネと曲がりくねった小径や横丁ならば勝手知ったるもの、乗合い馬車が出立する街角まで真っ直ぐ駆けつけた。馬車は折しも鞭をくれられる所であった。

「ちょっと待って、お願い、どうかわたしを乗せて頂だいな、ジョー。どうしてもロンドンへ行かなきゃならないの」

瞬く間に、彼女はジョーの護衛の下《もと》、一路、鉄道駅へと向かっていた。そこへ着くや、ジョーは彼女に恭く傅き、彼女を無事、客車に乗せ、ちんちくりんの手提げをさながら御逸品、彼女が罷り間違っても持ち上げようなどという了見を起こしてはならぬ幾ハンドレッドウェイト（約五〇・八キロ）もあるどデカいトランクか何ぞでもあるかのように彼女が乗り込んだ後から手渡した。

「向こうへ戻ったら寄り道して、トゥインクルトン先生にわたしを無事見送ったって言ってくれて、ジョー?」

「へえ、合点で、嬢さん」

「わたしから愛を込めてって、ジョー」

「へえ、嬢さん——んであっしゃそいつならてめえが頂でえしても構わねえが!」とは言え、ジョーは最後の条《くだり》は口には出さず、ほんの胸中、つぶやくきりだった。

今や目眩くロンドンへひた向かい始めてみれば、ローザは慌ただしく身仕度を整えたせいで中断されていた思案にまたもやゆっくり暮れ出した。憤懣やる方なくも、あの男の愛の告白によってこの身は穢され、その不浄の染みは正直でまっとうな人間に訴えることでしか雪がれまいと惟みれば当座、意気の揚がった勢い怯えは失せ、こんなに取るものも取り敢えず飛び出してしまったのも強ち間違ってはいなかったのだという気がした。が夜闇がいよよ黒々と、黒々と、垂れ籠め、都大路がいよよズンズン、ズンズン近づくにつれ、かようの場合の御多分に洩れず、胸中、気が気でなくなり始めた。こんなにやみくもに飛び出したのはやはり、軽はずみではなかったか? グルージャスさんは果たして何とお思いになるだろうか? ロンドンに辿り着いたはいいが果たしてあの方に会えるだろうか? 万が一留守ならどうすれば好いのか? こんなにもゴミゴミと立て込んだ見知らぬ土地で独りぼっちどうなるんだろう? もしもまずもってほんの頭を冷やして、相談に乗ってもらっていたなら、どうなっていただろう? もしも今引き返せるものなら、喜んでそうしていないだろうか? などという不穏な臆測が次から次へと立ち現われるにつれ、心はいよよ、いよよ千々に乱れた。とうとう汽車は家々の屋根越しにロンドンに到着し、遙か下方では暑く明るい夏の夜には未だとんとお呼びでない街灯に煌々と照らされたなり、ザラっぽい都大路が伸びていた。

「ロンドンのステイプル・インのハイラム・グルージャス殿」としか、彼女は行く先のことでは知らなかった。がものの一言そう告げただけで、またもや辻馬車《キャブ》でガラガラ、ザラっぽい索漠たる通りから通りを駆られることとなった。というのもそこにては幾多の人々がまだしも涼しい風に当たろうと、袋小路や脇道の角に屯し、また別の幾多の連中は熱い舗石の上をズッコリズッコリ、惨めったらしくも一本調子な音を立てて歩き、誰も彼も、連中を取り巻く何もかもが、それはザラっぽく、それはみすぼらしかったから!

ここかしこ楽の音《ね》は響いていたが、お蔭で景気の一向好くなるでなかった。如何なる手回し風琴も世の中にカツを入れねば、如何なる大太鼓も懶き心労を追っ払っては下さらなかった。やはりここかしこで鳴っている礼拝堂の鐘同様、そいつらただレンガの表《おもて》から谺を、万物から塵を、呼び覚ますが落ちのようだった。こと調子っ外れな管楽器に関せば、祖国を恋い焦がれる余り心にも魂にもビリビリ、ヒビが入ってしまったかのようだった。

彼女のジャラけた乗り物はとうとうきっちり閉《た》て切られた門口で停まった。が御逸品、めっぽう早々床に就いた、押し込みに怖気を奮い上げているどなたかの御身上ででもあるかのようだった。ローザは馬車をお役御免にすると、くだんの門口をおずおずノックし、ちんちくりんの手提げごと夜警に通された。

「グルージャス氏はこちらにお住まいでしょうか？」

「グルージャス殿はあちらにお住まいです、令嬢《ミス》」と夜警はもっと奥の方を指差しながら言った。

よってローザはもっと奥の方まで入り、時計が十時を打っている折しも、P・J・Tの戸口の上り段に佇んだ。果たしてP・J・Tは御自身の表戸に何をなさったのだろうかと訝しみながら。

ペンキでデカデカやられたグルージャス殿なる御芳名を頼りに、彼女は階段を昇り、そっと、扉を一再ならずノックした。がどなたも姿を見せねば、グルージャス氏の扉の把手はちょっと触れるだけですんなり開いたので、勝手にお邪魔させて頂き、さらば後見人は笠付きランプを遙か離れた片隅のテーブルに据えたなり、開けっ広げの窓辺の窓下腰掛けに座っていた。

ローザは部屋の薄暗がりの中を、彼に近寄った。後見人は彼女の姿を目の当たりに息を潜めてつぶやいた。「これはまた何と！」

ローザは涙ながらに彼の首にすがりつき、さらば後見人もひしと彼女を抱き締めながら言った。

「おやおや！　てっきり母上かと思ってしまったよ！――だが一体、一体、一体」と彼は慰めがちに言い添えた。「どうしたというんだね？　どうしてまたこんな所までやって来たんだね？　どいつに連れて来てもらったんだね？」

「どなたにも。わたし、独りでやって来ました」

「いやはや！」とグルージャス氏は素っ頓狂な声を上げた。「独りでやって来ただと！　どうして一筆寄越して、迎えに来てくれと言わなかったのかね？」

「そんな暇なかったんです。いきなり思い立ったものですから。おお、かわいそうな、かわいそうなエディー！」

「ああ、かわいそうな奴め、かわいそうな奴め！」

「わたしあの人の叔父さんに言い寄られました。もう辛抱しきれません」とローザはいきなりワッと涙に掻き暗れ、コツンと、小さな足で地団駄踏みながら言った。「あの人のこと恐くて身の毛もよだちそうです。わたし、わたしや外のみんなをあの人から守って頂くためにこうしてやって来ました、って守って頂けるものなら?」

「ああ、任しておきたまえ」とグルージャス氏はいきなりカッと、とんでもなく勇み立って声を上げた。「ええい、畜生!

「あやつの手管に呪いあれ!
やくざな手練を打ち砕け!
汝に想いを懸けようとは?
おまけにも一つ、ええい、畜生!*」

との途轍もなく奇妙奇天烈な啖呵を切ったと思いきや、グルージャス氏はてんで我を忘れたなり、ひたぶるセカセカ部屋の中を歩き回った。どこからどう見ても、果たして愛国的熱狂の発作と喧嘩腰の弾劾のそいつのいずれに見舞われたものか踏ん切りがつかぬかのように。

彼はひたと立ち止まり、御尊顔を拭いながら言った。「いや、済まん、愛しいお前《マイ・ディア》。だが心配御無用、もう大丈夫だ。今の所はもうこれきり何も言わないでおくれ。さもなければまたやらかしてしまうやもしらん。が、さぞかしお腹が空いてしょぼくれていよう。最後に食べたのは何かね? 朝食かね、昼食かね、夕食かね、お八つかね、夜食かね? でお次は何を食べるかね? 朝食かね、昼食かね、夕食かね、お八つかね、夜食かね?」

何と恭しくも心濃やかに彼女の前で片膝を突き、この方、ローザが帽子を脱ぎ、御逸品より愛らしき髪を振りほどくのに手を貸してやったことか、は蓋し、騎士道的な眺めであった。がそれでいて、一体どこのどいつが、氏を表向きしか存じ上げずして、騎士道精神を——しかも擬いのではなく、ズブの手合いのそいつを——グルージャス氏が持ち併せているなど思いも寄ったろう?

「宿も見繕わねばな」と彼は続けた。「でファーニヴァルズ一愛らしい部屋をあてがってやるとしよう。細々とした身の回りのものも見繕って、底無しの小間使い頭《がしら》が——とはつまり、こと出費にかけては底無しの小間使い頭《がしら》が——買い求められる限りのものをあてがってやろう。そいつは、ところで、手荷物かね?」と手提げをしげしげやりながら。実の所、御逸品、仄暗い部屋でともかくお目にかかろうと思えばしげしげやってやらねばならなかったから。「でそいつがお前の身上と、愛しい《マイ・ディア》お前?」

「ええ。自分で提げて来ました」

「さして大ぶりな鞄とも言えんが」とグルージャス氏は腹蔵なく言った。「カナリアの一日分の餌を入れるには正しく打ってつけではあろうな。ひょっとしてカナリアを連れて来たのかね?」

ローザは笑みを浮かべ、かぶりを振った。

「もしや連れて来ていたなら、大歓迎だったろうに」とグルージャス氏は言った。「我らがステイプル雀の向こうを張らそうというので外の釘に吊る下げていたなら、そいつめさぞかし有頂天だったろうに。というのもあいつらの御披露賜っているものと言えば、お世辞にもそっくり腹づもりに見合っているとは言うてやれんもので。とは我々人間も他人様《ひとさま》のことを言えた柄ではないが！　だが、何を食べたいか言ってくれておらんでは、愛しい《マイ・ディア》お前。いっそそいつら一緒くたにしたゴキゲンな奴でもお上がり」

ローザは礼を返しながらも、ほんのお茶しか頂けそうにありませんと答えた。グルージャス氏はマーマレードだの、卵だの、クレソンだの、塩漬け魚だの、カリカリに揚げたハムだのといった付け合せの種々《くさぐさ》を口にすべく一再ならず駆け出してはまたもや駆け戻っていたと思うと、帽子も被らぬままファーニヴァルズまで突っ切り、あれやこれやの注文を賜った。してほどなく、注文は目に清かなる現し身となり、食卓にはふんだんな馳走が並べられた。

「いやはや」とグルージャス氏はテーブルの上にランプを据え、ローザの向かいの席に腰を下ろしながら声を上げた。「哀れな四角四面の老いぼれチョンガーにとっては何と目新しい感じだことか！」

ローザの訝しげな小さな眉はたずねた。ってどういうことでしょう?

「ここにいきなり愛らしく若々しい妖精が舞い下りて来て、グルリに水漆喰を塗って、ペンキを掃いて、壁紙を貼って、金箔で飾り立てて、挙句御殿みたようにしてくれるというのは！」とグルージャス氏は言った。「いやはや！　いやはや！」

彼の溜め息にはどことなく憂はしげな所があったので、ローザはそっと茶碗で彼に触れる上で思いきって小さな手でも触れてみた。

「ありがとう、愛しい《マイ・ディア》お前」とグルージャス氏は言った。「あへむ！　さあ、おしゃべりしようではないか！」

「ここにいつも住んでらっしゃいますの?」とローザはたずねた。

「ああ、愛しい《マイ・ディア》お前」

「で、いつも独りきり?」

「いつも独りきり。ただし昼間はうちの事務員の、バザードという名の殿方が付き合ってくれるがね」

「その方ここには住んでらっしゃいませんの?」

「ああ、仕事が退けたら好きなようにやっているよ。実は目下《した》、ここではそっくりお役御免だが、階下の、仕事柄取り引きのある会社が代わりの者を寄越してくれているのさ。バザードの後釜に座ろうと思えば並大抵のことではなかろうが」

「さぞかしおじ様のこと気に入ってらっしゃるんでしょうね」とローザは言った。

「もしやそうだとしたら、実にあっぱれ至極な心意気でそいつを封じ込めているものだ」とグルージャス氏は一件を篤と惟みていたと思うと、返した。「が、そいつは怪しいものだ。いや、さして気に入ってくれてはおるまい。あいつは、ほら、かわいそうに、不平タラタラなもので」

「どうして不平タラタラでらっしゃいますの?」というのがしごくごもっともなお尋ねであった。

「何せ役不足のからには」とグルージャス氏はやたら意味シンに返した。

ローザの眉はまたもや訝しげにして戸惑いがちに吊り上げられた。

「あんまり役不足なもので」とグルージャス氏は続けた。「いつもあいつには頭が上がらないのさ。であいつは(そんなことはオクビにも出さんが)さもありなんと思っているよ」

グルージャス氏はこの時までにはそれはめっぽう意味シンになっていたものだから、ローザは何と続けたものか途方に暮れた。かくてつらつら惟みている内、グルージャス氏はこれが二度目、いきなりグイと御尊体より出し抜けに捩《よじ》くり出した。

「さあ、おしゃべりしようではないか。我々は、ほら、バザード君のことを話していたのではなかったかね。こいつは秘密で、おまけにバザード君の秘密だが、このテーブルに可愛いお相手が舞い下りて来てくれているせいで、それはいつになくざっくばらんな気分になっているからには、そいつをここだけの話ということでバラさねばそれこそ水臭いというものだろう。バザード君が一体何をしでかしおったと思うね?」

「おお、どうしましょう!」とローザは気持ち椅子を引き寄せ、胸中、ジャスパーのことを思い起こしながら声を上げた。

「まさか恐ろしいことではないでしょうけど?」

「あいつは芝居の脚本を書き上げおってな」とグルージャス氏はしかつべらしげに声を潜めて言った。「悲劇の」

ローザはほっと胸を撫で下ろしたかのようだった。

「というに誰一人そいつをいっかな舞台に乗せようとせん」

ローザは物思わしげな面持ちになり、ゆっくり頷いた。「世の中ってそうしたものですわ。どうしてかは分かりませんが！」とでも言わぬばかりに。

「さて、お前も知っての通り」とグルージャス氏は言った。「このわたしは劇の脚本なんぞ天からお手上げだ」

「って恐い劇は？」とローザはまたもや小さな眉を吊り上げたなり、何ら他意なくたずねた。

「いや。たとい打ち首の宣告を受けて、いよいよ即刻首を刎ねられそうになって、そこへ特使が立てられ、もしや劇の脚本を物したら死刑囚グルージャスを許すという恩赦状を手に駆けつけたとしても、このわたしと来てはまたもや打ち首台に首を乗せ、執行人にとっととととことん行く所まで行ってくれと――いや、その、つまり」とグルージャス氏はクイと顎の下に手を沿わせながら言った。「とことんとは言っても、この端くれまでは行ってくれと拝み入るより外なかろうな」

ローザは万が一にも自分がくだんの妙ちきりんな窮地に立たされたら如何様に身を処せばいいものか惟みているかのようだった。

「という訳で」とグルージャス氏は言った。「バザード君は如何なる状況の下《もと》であれ、わたしは彼の足許にも及ばんと思っていよう。がよりによって彼の主人の御身分に収まっているというなら、そいつはますますイタダけんのではないかね」

グルージャス氏は、なるほど御自身火種なれど、運が悪いにも程があろうとばかり、由々しくかぶりを振った。

「どうしてそもそもその方をお雇いになりましたの？」とローザはたずねた。

「とたずねるのもいたくごもっとも」とグルージャス氏は言った。「さあ、おしゃべりしようではないか。バザード君の父親は、ノーフォーク州で百姓をやっているんだが、もしや息子が劇の脚本を書いたなどとどちらとでも仄めかそうものなら殻《から》竿《さお》か、干し草用の股鍬《またすき》か、ともかく襲いかかるに打ってつけの農具という農具を狩り出して、滅多無性に打ちかかっていたろうな。という訳でせがれは、わたしの所へ親父さんの地代を持って来て（そいつをわたしはありがたく頂戴している訳だが）秘密をバラして、きっぱり言うのさ、自分は飽くまで天賦の才を究めるつもりだが、お蔭で食うや食わずにならんとも限らん、でそいつには端《はな》から生まれついておらんとな」

「って御自身の天賦の才を究めるようには？」

「いや、愛しいお前《マイ・ディア》」とグルージャス氏は言った。「食うや食わずの目に会うようには。なるほどこちらとしても、自分は食うや食わずの目に会うようには生まれついておらんと言われてはグウの音も出まい。バザード君がそこで言うには、是非ともわたしに自分と、そんなにも端《はな》から生まれついておらん星の巡り合わせとの間に割って入ってもらえぬものか。という訳でバザード君はうちの事務員になり、お蔭でいたく感じ入っているという訳さ」

「あの方がそんなにありがたがってらっしゃるとは何よりですわ」とローザは言った。

「いや、必ずしもそういう訳では、愛しいお前《マイ・ディア》。つまり、彼は我が身の零落れ果てようにいたく感じ入っているという訳さ。バザード君は外の天才方とも付き合いがあって、連中、やはり悲劇を物しているんだが、例の調子でどこのどなたもそいつらいっかな世に出して下さろうとせん。がこうした選りすぐりの劇作家連中はお互い深甚なる賛辞を尽くして自分たちの劇を仲間に捧げ合っているのさ。バザード君自身も、こうした献呈の一つに与っている。が、このわたしと来ては、ほら、ついぞそんなものに与ったためしはない！」

ローザは叶うことならこの方、一千作もの献呈に与ってらしたなら、とばかり後見人の方を見やった。

「という訳でまたもや、当然のことながら、バザード君の気持ちは逆撫でされ」とグルージャス氏は言った。「彼は時にわたしにやたら突っけんどんに当たることもある。そんな時、わたしは胸中つぶやくのさ、ああ、あいつはこんな風に思っているんだろうな。『このデクの棒が俺の主人だと！　打ち首にすると言われたって悲劇一つ物せんクセをして！　金輪際、後の世の代々崇め奉られよう云々と口を極めた祝詞と共に悲劇一つ献呈されんクセをして！』いや、情けない話が、情けない話が。とは言え、彼にあれこれ指図する上で、わたしは予め篤と惟みるのさ。『ひょっとしてこいつは気に入らんかもしらん』とか『こんなことを頼んだらツムジを曲げるやもしらん』そのお蔭もあって、我々はめっぽう上手く行っているという訳さ。実の所、願ってもないほど上手く」

「その悲劇には題がありますの？」とローザはたずねた。

「断じて外の誰にもバラしてはならんが」とグルージャス氏は答えた。「すこぶる打ってつけの題がついておってな。『心痛の棘』という。だがバザード君の――してかく言うわたしの――胸算用では、そいつもとうとう世に出そうだ」

果たしてグルージャス氏がバザード物語をかくも微に入り細にわたって審らかにしているのは御自身のざっくばらんにして和気藹々とやりたいとのムラッ気を満たすに少なくとも劣らず被後見人に当座、せめてもの慰めに、かくてここまで逃げ延びる羽目となったネタを忘れさせてやるためだったのか、は神のみぞ知る。

「でそろそろ、愛しいお前《マイ・ディア》」と彼はこの期に及び、とうとう言った。「もしやさして疲れていないからには、一体昼間どんなことが持ち上がったのか話して聞かせられそうだというなら——だが、いいかね、ほんとにすっかり大丈夫という気がするなら——是非ともそいつを聞かせてもらいたいものだ。もしも一晩かけてつらつらやってやれば、もっとよく呑み込めるやもしらん」

　ローザは今やすっかり落ち着きを取り戻していたからには、昼間の出来事をそっくりありのまま打ち明けた。グルージャス氏はそいつが審らかにされる間《かん》、しょっちゅうツルリと頭を後ろから前へ撫でつけ、かの、ヘレナとネヴィルに纏わる条《くだり》は繰り返し言うよう請うた。してローザが締め括るや、しばし、しかつべらしげに、黙々と、物思わしげに座っていた。

「よくぞ理路整然と話して聞かせてくれたものだ」としかこの方、挙句、返さなかった。「でここにも劣らず理路整然と」と、またもやツルリと頭を撫で下ろしながら。「片づけてやりたいものだが。ほら、愛しいお前《マイ・ディア》」と彼女を開けっ広げの窓辺へ連れて行きながら。「あそこさ、二人が暮らしているのは！　向かいの仄暗い窓の所だ」

「明日、ヘレナの所へ行ってもいいでしょうか？」とローザはたずねた。

「その点についてもこれから一晩かけてじっくり床《とこ》の中で智恵を絞るとしよう」と彼はいささか覚束無げに答えた。「だが何はさておきお前をお前自身の寝床に連れて行かせておくれ。さぞや疲れていようから」

　と言ったと思いきや、グルージャス氏はまたもや彼女が帽子を被るのに手を貸し、とんと役立たずのめっぽう小さな手提げを腕にかけ、彼女の手を（何やらそよろ、メヌエットのステップでも踏もうかというように厳めしくもギクシャクと）取り、いざファーニヴァルズ・イン目指し、ホウボーンを突っ切った。して旅籠の玄関にて、彼女を底無しの女中頭《がしら》の手に委ね、彼女が部屋を見に上がっている片や自分は階下《した》で待たせてもらおうと、もしや別の部屋と取り替えて欲しいか、何か足らぬものがあるやもしれぬのでと言った。

　ローザの部屋は風通しが好く、清潔で、快適で、ほとんど陽気ですらあった。底無し殿はめっぽう小さな手提げに欠けているものをそっくり（とは即ち、彼女が恐らくは必要としたであろう何もかもを）調達して来ていた。よってローザはまたもやその数あまたに上る階段をツツッと爪先立ちで駆け下りるや、後見人に至れり尽くせり濃やかなお心遣いありがとうございますと礼を述べた。

「いや、礼には及ばんよ、愛しいお前《マイ・ディア》」とグルージャス氏はいたく御満悦の態にて返した。「お前がチャーミングにも打ち明け話を聞かせて、チャーミングにもお茶に付き合ってくれたことでは礼を言わねばならんのはこちらの方だ。明日の朝食は小ざっぱりとして、小ぢんまりとして、愛らしい小さな（お前の姿形にぴったりの）居間に仕度してもらうことになっている。わたしは朝十時にやって来よう。だがまさか、この見知らぬ宿でめっぽう心細い思いをしてはいまいな」

「おお、ちっとも。それは心強い限りですわ！」

「ああ、如何にも、階段には防火材が使ってあるし」とグルージャス氏は言った。「万が一火の手が上がっても、必ずや夜巡りの連中が見つけて消火してくれよう」

「いえ、そういうことではなくって」とローザは返した。「つまり、ここまではまさかあの男も追っては来れないだろうって」

「なるほど、あの男を締め出してくれる鉄桟の渡った頑丈な門もあれば」とグルージャス氏は言った。「ファーニヴァルズは格別見張りと照明が利いている所へもって、このわたしがすぐ向かいに住んでいると来る！」屈強な遍歴の騎士も顔負けに、彼は最後の助っ人さえ御座れば鬼に金棒と思し召してでもいるかのようだった。して劣らず鼻息も荒らかに、出て行きしなに門番に告げた。「もしもどなたか旅籠にお泊まりの方が夜中に道の向こうのわたしの所まで遣いを立てたいというなら、いつでもその者に一クラウン遣わそう」劣らず鼻息も荒らかに、彼はおおよそ一時間もの長きにわたり、鉄門の外にて行きつ戻りつしてはちょくちょく桟の間から気づかわしげに中を覗き込んでいた。さながらライオンの檻の直中なる高みの塒に小鳩を一羽、寝かしつけたはいいが、ひょっとして姫君、転がり落ちては来ぬかと気を揉んででもいるかのように。

第二十一章　再会

その夜、疲れた小鳩をハラハラさすようなことは何一つ起こらず、小鳩は爽やかに目を覚ました。時計が午前十時を打つと、グルージャス氏と一緒にクリスパークル氏も姿を見せた。というのも氏はクロイスタラムの川潜りもそこそこに馳せ参じていたからだ。

「トゥインクルトン先生がたいそう気を揉まれ、ローザ嬢」と彼は彼女に説明した。「君の書き置きを手にそれは途方に暮れて母とわたしの所へお見えになったものだから、ともかく安心させて差し上げねばと、朝一番の列車でこの用を果たす役を買って出たのさ。最初はどうしてわたしの所へ来てくれなかったのかという気もしないではなかったが、今考えてみれば、君は事実やってのけたようにやって、後見人の所へ来るに越したことはなかったよ」

「先生のことも思い浮かべましたが」とローザは言った。「小キャノン・コーナーはあんまりあの男に近いものですから——」

「だろうとも。それもしごく当たり前ではないかね」

「クリスパークル氏にはわたしから」とグルージャス氏が言った。「お前が昨夜《ゆうべ》話して聞かせてくれたことはそっくりお話ししてあってな、愛しいお前《マイ・ディア》。もちろん即刻一筆認める所ではあったろう。が実に手回し好く来て下さったものだ。ばかりか実に御親切にも。というのもこちらからはつい先日お戻りになったばかりのからには」

「ヘレナと弟さんのためにどうすれば好いか」とローザは御両人に訴えながらたずねた。「もうお決めになりまして?」

「ああ、正直な所」とクリスパークル氏は言った。「どうしたものやら算段がつかないのさ。わたしなどより遙かに先見の明が利いて、おまけに前もって丸一晩智恵を絞る余裕のあったグルージャス殿でさえ踏ん切りがつかないというなら、どうしてこのわたしにそいつがつこうか!」

底無し殿がここにて戸口から顔を覗かせ——無論、その前に扉をコンとやり、姿を見せるおスミ付きを頂戴してから——とある殿方が、もしやさようの殿方がこちらにお見えなら、クリスパークルという名のまた別の殿方に一言お話があるそうでございます。もしやお見えにならぬようなら、人違いをして申し訳ないとのことですが」

「さようの殿方ならここにいるが」とクリスパークル氏は答

えた「目下、お取り込み中だ」

「その方、もしかして浅黒い殿方でらっして?」とローザが後見人の方へ後退りながら口をさしはさんだ。

「いえ、お嬢様、どちらかと言えば小麦色の方でございます」

「ほんとに髪の毛の黒々とした方ではらっしゃらなくて?」とローザはいささか意を強くしてたずねた。

「ええ、確かに、お嬢様。褐色の髪と青い目の殿方でらっしゃいます」

「もしや御異存なければ、小キャノン殿」とグルージャス氏は例の調子で慎重に水を向けた。「先方にお会いになっては如何ですかな。人間、困ったり途方に暮れたりしたら、どんな方向に出口がたまたま開けぬとも限りません。かようの場合、如何なる方角も封じてしまわず、いつ何時ひょっこり立ち現われぬとも限らぬ方角という方角に目を光らせておけ、というのが小生の事務上の信条でして。要を得た逸話がないではありませんが、ここで審らかにするのは時機尚早かと」

「でしたら、もしやローザ嬢がお許し下さるようなら? どうか殿方をお通しするよう」とクリスパークル氏は言った。

殿方はお通しされ、気さくながらも控え目な礼を致して、てっきりクリスパークル氏お独りかと思っていましたと詫びを入れ、クリスパークル氏の方へ向き直るや、にこやかに、然なるやぶから棒な質問を吹っかけた。「小生は一体何者でしょう?」

「貴殿はつい今しがた、ステイプル・インの木蔭で煙草を吹かしている所をお見かけした殿方では」

「如何にも。あそこで小生も貴殿をお見かけしました。で外《ほか》に小生は何者でしょう?」

クリスパークル氏はめっぽう日に焼けた男前の顔にじっと目を凝らし、さらばどいつか遠い昔の少年のお化けがぼんやり、次第に、部屋の中に立ち現われるかのようだった。

殿方は記憶が四苦八苦、組み打ちながらも小キャノンの御尊顔をパッと晴れやかに輝かすのを目の当たりに、またもやにこやかに微笑みながら言った。「今朝は朝食に何をお召し上がりでしょうか? ジャムは切らしておいでですが」

「ちょっと待ってくれ!」とクリスパークル氏は右手を突き上げながら叫んだ。「もうちょっと待ってくれ! そうだ、ターターだ!」

二人はギュッと、力まかせに手を握り合い、それからやたら――英国人にしては――長々と相手の両肩に手をかけ、さも愉快そうに互いの顔を覗き込んだ。

「我が懐かしの雑用係《ファグ》!」とクリスパークル氏は言った。

「我が懐かしの先輩《マスタ》!」とターター氏は言った。

「わたしが溺れかけていたのを救ってくれた！」とクリスパークル氏は言った。

「あれからってもの先輩が、ほら、泳ぎに病みつきになった！」とターター氏は言った。

「いやはや！」とクリスパークル氏は言った。

「アーメン！」とターター氏は言った。

それから二人はまたもや力まかせにギュッと互いの手を握り締めにかかった。

「思いも寄りますか」とクリスパークル氏は目をキラキラ潤ませながら声を上げた。「ローザ・バッド嬢に、グルージャス殿、思いも寄りますか、ここなるターター氏はいっとうチビの下級生だった時分にわたしの命を救おうと水の中に飛び込み、どデカくて重たい上級生のわたしの髪をむんずと引っ捕らまえるや、水棲大男《ウォータ・ジャイアント》よろしくわたしを抱えたまま岸まで抜き手を切り続けたなんて！」

「思いも寄りますか、このぼくはいくら先輩の雑用係《ファグ》だからと言って、決して先輩の髪の毛を離そうとはしなかったなんて！」とターター氏は言った。「とは言え正直、先輩は誰よりぼくの肩持って、面倒見て、先輩という先輩がいくら束になってかかっても敵わないほど贔屓にして下さってたもんで、ぼくは向こう見ずにも、ええい、先輩を救い出してやれ、さもなきゃもろとも沈むまでよって気になっただけのことです」

「あへむ！　どうか、貴殿、誉れを賜りたく」とグルージャス氏は片手を差し延べたなり近寄りながら言った。「と申すのもこれぞ誉れと存ずからには。今後とも何卒御高誼のほどを。ですが、風邪は召されませんでしたかな。厄介至極にも水をしこたま呑み下されはしませんでしたかな。以来、如何お過ごしです？」

グルージャス氏が何かめっぽう気さくにして賛嘆の念に満ちたことを言おうとしているのは火を見るより明らか。にもかかわらず御自身何を口走っているか御存じか否か、は然まで明らかでなかった。

もしも神様が、とローザは胸中惟みた、せめてかわいそうなお母様を救うために、そんな勇気と業《わざ》をこの世に送り賜うていたなら！　しかもこの方はあの時分、そんなに細身で若くてらっしたというのに！

「さして褒められたものではないかもしれませんが、どうやらいい考えがひらめいたようですな」とグルージャス氏は、一時《いっとき》ゆるゆる小股で部屋の中を行きつ戻りつしていたと思うと――とは然に思いもかけねば摩訶不思議なものだから、彼らは皆して果たしてこの方、息でも詰まらせそうなものやら、腓返りでも起こしたものやら定かならぬままじっと見守るより外なかったが――声高に宣った。「どうやらいい考えが。確か、ターター殿のお名前には角の天辺の続きの間の隣の屋敷の天辺の続きの間にお住まいの方としてお目にかかって来たのではなかったかと?」

「如何にも、御主人」とターター氏は返した。「そこまでは仰せの通り」

「そこまでは仰せの通り」とグルージャス氏は言った。「ならば、こいつは済みっと」と左手に右手の親指もて照合の印をつけながら。「ならば貴殿は仕切り壁の反対側の天辺の続きの間の若き隣人の名を御存じなのでは?」と、近眼《ちかめ》なばっかりに相手の顔の表情一つ見逃してはと、ターター氏にひたと近寄りながら。

「ランドレスという」

「ならばこいつも済みっと」とグルージャス氏はまたもや小股でゆるゆる歩き出し、そこでまたもや引き返しながら言った。

「恐らく個人的な面識はあられぬと、貴殿」

「いえ、わずかながら、少々」

「ならばこいつも済みっと」とグルージャス氏はまたもやゆるゆる遠ざかり、またもや引き返して来ながら言った。「では如何様な面識を、ターター殿?」

「どことなく健康の優れぬ若者のような気がしたもので、憚りながら――つい一日か二日前のこと――あそこの上のぼくの花を一緒に愛でさせては頂けまいかと声をかけました。つまり、ぼくの花壇をあちらの窓まで広げさせては頂けまいかと」

「みなさん、どうか腰を下ろして頂けませんかな?」とグルージャス氏は言った。「げにいい考えがひらめいたもので!」

彼らは仰せに従った。ターター氏は、何せ頭の中が真っ白なだけに、いよよ渡りに船とばかり。してグルージャス氏は両手を膝に突いたなり、中央に腰を下ろし、かく、例の調子で御託をソラで覚えてでもいるかのように名案とやらを開陳しにかかった。

「小生未だ果たして目下の状況の下《もと》にてネヴィル殿にせよヘレナ嬢にせよ、目下の一座の紅一点の方の側《がわ》で大っぴらに連絡を取るのが慎重か否か見極めがつきかねております。と申すのも我らが地元のさる馴染みはまず間違いなく(どうか先方がらみでは我が馴染みの牧師殿のありがたき御免を蒙ってここにて束の間ながら衷心より呪詛を捧げさせて頂きたいものですが)、ここいらをコソついてはあちこちヒラリハラリ身を躱しておるからには。御自身然なる手に出ておらぬ際には、或いはステイプルの夜巡りか、赤帽か、ともかくその手の腰巾着にここいらをウロつかせておるやもしれません。片やローザ嬢は至極当然のことながら馴染みのヘレナ嬢に会いたがっておられ、少なくともヘレナ嬢は（姉上を通し、弟御まで、とは行かずとも）ローザ嬢の口から一体如何様なことが持ち上がり、如何様なことが脅されているか内々に聞かされるに如くはなかろうかと。との私見は御賛同頂けますかな？」

「全くもって同感です」とクリスパークル氏は一心に耳を傾けていたが、言った。

「もしもそっくり呑み込めていれば」とターター氏はにこやかに微笑みながら言い添えた。「ぼくだって諸手を上げて」

「まあ、そう焦らずに」とグルージャス氏は言った。「もしやお許しを賜れるようなら、追っつけ何もかも打ち明けさせて頂きますので。さて、我らが地元の馴染みはたとい現場に垂れ込み屋を張らすとしても、かようの垂れ込み屋は十中八九、ネヴィル氏が住んでいる続きの間を見張る指示しか受けていないでしょう。垂れ込み屋が我らが地元の馴染みに是々然々の人間がそこに出入りしていると報告すれば、我らが地元の馴染みは然るべき人相を頭に叩き込んでいぬでなし、当事者が何者か難なく察しをつけましょう。ただし誰一人としてステイプル中を見張るよう、と言おうか外《ほか》の続きの間に出入りする者にまで目を光らすよう仕掛ける訳には参りますまい。とは実の所、小生の部屋をさておけば」

「そろそろ何がおっしゃりたいのか察しがつきかけて来ました」とクリスパークル氏は言った。「なるほどかようの石橋を叩いて渡られるに如くはないでしょう」

「繰り返すまでもなく、今の所まだどうしてか、また何のためかはさっぱりですが」とターター氏は言った。「ぼくも何がおっしゃりたいのか何となく察しがつきかけて来ました。という訳ですぐ様受け合わせていただきましょう、ぼくの部屋ならどうぞ御随意に」

「そら！」とグルージャス氏はツルリと、して得々と頭を撫で下ろしながら声を上げた。「これで我々一同、そいつがピンと来たと。で、お前も、もちろん、愛しいお前《マイ・ディア》？」

「ええ、多分」とローザはターター氏がすかさず彼女の方を見やるに及び、かすかに頬を染めながら返した。

「お前は、ほら、クリスパークル殿とターター殿と一緒に向かいのステイプルに行く」とグルージャス氏は言った。「わたしはいつも通り独りきり出ては入り、入っては出る。お前はくだんのお二方と一緒にターター殿の部屋まで昇る。してターター殿の花壇を覗く。それからヘレナ嬢がそこに姿を見せるのを待つか、何らかの方法で自分がすぐ側《そば》にいる旨合図を送る。そうすればお前はあちらと自由に言葉を交わし、さりとて如何なる間諜といえども知らぬが仏という訳だ」

「でももしかしてわたし――」

「もしかして何だね、愛しいお前《マイ・ディア》？」とグルージャス氏はローザが口ごもるとたずねた。「まさかおっかながるかもしらんというのではなかろうが？」

「いえ、そうではなくって」とローザははにかみがちに言った。「もしかしたらターターさんのお邪魔になるんじゃないかって。ターターさんのお住まいをあんまり勝手に使わせて頂いてるみたいで」

「どころか」とくだんの殿方は返した。「もしも令嬢の声がそいつの中でほんの一度《ひとたび》響こうものなら、塒のことをこの先いついつまでも見直してやりますよ」

ローザは一件には何と答えてよいか算段がつかず、ただ目を伏せたきり、グルージャス氏の方へ向き直りながら慎ましやかにたずねた。でしたらそろそろ帽子を被りましょうか？　グルージャス氏もそいつに越したことはなかろうと返したので、彼女はそのため御前を辞した。クリスパークル氏はその機を捉え、ターター氏にネヴィルと姉の置かれている苦境をかいつまんで話し、その機はやたら長々とあった。何せ帽子の奴、如何でか少々格別念入りに据えてやらねばならなかったから。

ターター氏はローザに腕を貸し、クリスパークル氏がその前を、少し離れて歩いた。

「かわいそうな、かわいそうなエディー！」とローザは皆して連れ立ちながら胸中つぶやいた。

ターター氏はローザの上に屈み込むようにしてほがらかに四方山話に花を咲かせながら右手を振った。

「この腕は、クリスパークルさんを救った時にはまだこんなに力強くもこんなに小麦色に焼けてもいなかったけど」とローザは彼の腕にちらと目をやりながら惟みた。「きっとあの時だってそれはしっかりとしてひたむきだったはずよ」

ターター氏は彼女に自分は船乗りで、何年も何年もあちこち歴回《へめぐ》って来たのだと言った。

「いつまた海にお戻りになりますの？」とローザはたずねた。

「二度と！」

ローザはふと惟みた。もしもお友達のみんなはわたしがこうして船乗りさんの腕にもたれてだだっ広い通りを過ってるとこ目にしたら何て言うかしら？　して何がなし通りすがりの人達はさぞや自分のことを小さくて寄る辺ないと思っているに違いないという気もした。というのも傍らの逞しい人影は片や、彼女をひょいと抱き上げざま、如何なる危険からとて、何マイルも何マイルも一息たり吐かずに、救い出せそうだったから。

彼女はのみならず、この方の遠目の利く青い目はまるで遙か彼方の危険をじっと見守り、しかも危険がズンズン、ズンズン迫っているのをビクともせぬまま見守るのに、馴れてらっしゃるみたいだと惟みていた。がたまたま彼女自身の目を上げてみれば、彼もまた何やら御両人がらみで何か考えておいでのようではあった。

お蔭でローズバッドはいささか戸惑い、それもあって以降二度と自分がどうやって彼の高みの庭に（この方のエスコートの下《もと》）昇って行き、何やら魔法の豆の木の天辺のお国よろしくパッといきなり花開いた不思議の国へ紛れ込んでいるみたいなものやらしかとは解《げ》しかねることと相成ったのやもしれぬ。願はくは、くだんの花園の永久《とこしへ》に咲き誇らんことを！

第二十二章　ザラっぽい事態と相成る

ターター氏の部屋は未だかつて太陽と、月と、星の下《もと》にてお目にかかったためしのないほど小ざっぱりとした、塵一つない、隅から隅まで片づいた部屋だった。床はそれはゴシゴシ磨きに磨き上げられているものだから、てっきりロンドンの煤煙《ブラック》は永久《とは》に解放され*、この地より未来永劫消え失せたものと早トチリしていたやもしれぬ。ターター氏の身上なる真鍮細工は最後の一インチに至るまで真鍮製の鏡よろしくテカつくまでテラテラ磨いては艶べらがけされていた。如何なるシミも、ポチも、ハネも、ターター氏の大、小、中を問わぬ家政の守護神のどいつの純潔もこれっぽっち穢してはいなかった。居間は提督の船室かと、浴室は牛乳屋かと、寝室は、グルリにぎっしり戸棚だの引き出しだの設えられているとあって、種苗店かと、見紛うばかりであった。してど真ん中にて、めっぽう釣り合いのいい吊り床はほんの息を吐いているにすぎぬかのように揺れた。ターター氏の身上という身上には御当人なりの持ち場があてがわれていた。地図と海図にはそいつらなりの、本にはそいつらなりの、ブラシにはそいつらなりの、ブーツにはそいつらなりの、服にはそいつらなりの、角瓶にはそいつらなりの、望遠鏡やその他手具足にはそいつらなりの。何もかも手を伸ばせばすぐに届いた。棚も、張り出しも、ロッカーも、鉤も、引き出しも、どいつもこいつも手の届く所にあり、どいつもこいつも無駄な隙の空かぬよう工夫され、他処のどこにもかっきりとはしっくり来まい代物のための居心地のいい塒が某インチ用意されていた。ピッカピカに磨き上げられたささやかな銀食器一式はサイドボードの上にてそれはきちんと並べられているものだから、もしや物臭な塩匙でもいれば立ち所にシッポをつかまれていたろう。身繕いの七つ道具は化粧テーブルの上にてそれはきちんと並べられているものだから、もしやだらしない立居振舞いの爪楊枝でもいれば、一目で垂れ込まれていたろう。色取り取りの航海から持ち帰られた骨董品や珍品もまた然り。剥製にされたり、乾燥されたり、磨き直されたり、ともかく御逸品の種に応じて保存された鳥だの、魚だの、爬虫類だの、武器だの、衣類だの、貝だの、海草だの、草だの、珊瑚礁の記念品だのが、それぞれその格別な場所にてひけらかされ、しかもそれ以上打ってつけの場所にてひけらかすは土台叶はぬ相談だったろう。ペンキとワニスは、もしやターター氏の部屋にてたまさか指の跡でも見つかろうものなら、いつでも消し去る手ぐすね引いて待ってでもいるか、どこか見えない所に仕舞ってあったと思しい。如何なる軍艦といえどもぞんざいに手を触れられること然まで小ざっぱりと《スピック・アンド・スパン》して平に御容赦願ってはいなかったろう。この明るい夏の一日《ひとひ》、ターター氏の花壇の上には小粋な日除けが船乗りを措いて何人《なんぴと》にも艤装出来まい如く艤装され、引っくるめれば、それはゴキゲンなほど一点の非の打ち所もなき遠洋航海の風情が漂っているものだから、花壇は水面《みなも》なる艫の窓にくっつき、くだんの代物丸ごとは、もしやターター氏がほんの片隅に吊る下がった拡声器を唇にあてがい、かく嗄れっぽく命《めい》を下してさえいればそのなりスイスイ、一切合切乗っけたまま いざ、雄々しく走り出していたやもしれぬ。「錨を揚げろ、グズグズするんじゃない、そこのお前ら、満帆張って沖へっ！」

　ターター氏が当該雄々しき小型帆船の持てなし役を務めるやり口がまた一事が万事。仮に男が何一つ怖じ気づかず、誰一人蹴り上げぬ愛嬌好しの木馬に跨るとあらば、男がこいつめ無類におどけた奴よと鼻歌まじりに手綱を取っているの図こそ微笑ましかろう。仮にくだんの男が根っから情に篤くひたむきでありながら、どこからどこまで活きのいい、純な奴だったなら、果たして男がかようの折ほどあっぱれ至極に映るか否かは疑わしい。よってローザは（たとい海軍省の女性総督《ファースト・レディー》か大海原の妖精女王《ファースト・フェアリ》に払われて然るべき臣従の礼を致されつつ船上に連れ行かれていなかったとて）宜なるかな、かく惟みていたやもしれぬ。ターターさんが御自身の色んな工夫の賜物を半ば笑い飛ばし、半ば悦に入っておいでの所を見たり聞いたりするって何とステキなことかしら。よってローザはとまれ、宜なるかな、かく惟みていたろう。小麦色に日焼けしたくだんの船乗り殿、ずっと一渡り目を光らせ果すや、提督船室よりそっと引き下がりながら彼女にどうかこいつの女王《クィーン》であられるものと思し召すようと請い、さっと、かのクリスパークル氏の命を最後の最後まで引っつかんでいた手を御自身の花壇に何卒気がねなくお入りをとばかり振って見せた際、何と一際頼もしくてらっしゃることかしらと。

「ヘレナ！　ヘレナ・ランドレス！　あなたそこなの？」

「わたしの名前を呼んでいるのは誰？　まさかローザじゃないでしょうね？」それからも一つ、麗しき顔が現われる。

「ええ、愛しいあなた！」

「まあ、どうやってこんなとこまで昇って来たの、愛しい愛しいローザ？」

「さあ――さあ、ほんとどうやってだか」とローザはぽっと頬を染めながら答える。「夢を見ているのでもなければ！」

何故《なにゆえ》ぽっと頬を染めねばならぬ？　他の花の間には彼ら二人の顔しか紛れていぬというなら。固より頬の紅らみなるもの魔法の豆の木の国の果物の端くれなりや？

「このわたしは夢なんて見てやしなくってよ」とヘレナは笑みを浮かべて言った。「もしも夢を見ているとしたら、もっとずっと妙なことが起こっても不思議がったりしないでしょうから。一体どうしてわたし達一緒になれてるの――っていうかどうしてこんなに近くに一緒にいるの――それもこんなに思いもかけず？」

蓋し、思いもかけず――P・J・Tの縁故のススけた切妻と組み煙突や、大海原よりいきなり芽吹いた花々の直中にて。がローザは我に返るや、一体またどうして二人が一緒になるに至ったか、一件の謂《いわ》れと経緯《いきさつ》をそっくり、そそくさとながら審らかにした。

「クリスパークル先生もここにお見えなの」とローザは手早く締め括りながら言った。「で、信じられて？　遠い遠い昔、あの方、こちらの命をお救いになったただなんて！」

「クリスパークル先生ならどなたの命をお救いになろうと信じられてよ」とヘレナは紅葉を散らしながら返した。

（豆の木の園にいよよ紅らみが咲き誇るとは！）

「ええ。でもそれってクリスパークル先生じゃなかったの」とローザはすかさず御叱正賜りながら言った。

「ってどういうことかしら?」

「命を救われて差し上げたのはほんと、クリスパークル先生もとっても御親切なことだったし」とローザは言った。「ターターさんのことどんなに高く買ってらっしゃるかあんなにしんみりとは口になされなかったでしょうよ。でも先生の命を救って差し上げたのはターターさんだったの」

ヘレナの黒々とした目は木《こ》の葉の直中なる明るい面《おもて》にひたぶる凝らされ、彼女はよりゆっくりとして物思わしげな口調でたずねた。

「ターターさんは今、あなたと一緒にいらっしゃるの、あなた?」

「いいえ。だってお部屋をそっくりわたしに——っていうかわたし達に——譲って下さったんですもの。で何てそりゃきれいなお部屋だったら!」

「まあ、そんなに?」

「まるでこれまで帆を張ったためしのないほど豪華な船の中みたい。まるで——まるで——」

「夢みたい、ですって?」とヘレナは水を向けた。

ローザはコクリと、小さく頷き、花の香りを嗅いだ。

ヘレナはしばし口ごもっていたと思うと——してその間《かん》何やら(と言おうかローザにはふとそんな気がしたのだが)、どなたかのことを気の毒がっているようだったものを——仕切り直した。「かわいそうに、ネヴィルは自分の部屋で本を読んでいるの。ちょうど今はまだこちら側《がわ》は太陽がまぶしすぎるものだから。あの子にはあなたがこんなに側《そば》にいるって知らせない方がいいみたい」

「おお、もちろん!」とローザはすかさず声を上げた。

「あの子にもいずれは」とヘレナは覚束無げに続けた。「あなたがたった今話してくれたことそっくり教えてやらなきゃならないでしょうけど、さあ、どうかしら。どうかクリスパークル先生に聞いてみて頂だいな、愛しいあなた。先生に、あなたが話してくれたことの内、ネヴィルにはわたしがいっそういいと思うだけなるたけたくさん言えばいいのか、なるたけ少ししか言わない方がいいのか」

ローザは御自身の来賓用船室にひょいと潜り、質問を提起した。小キャノンはヘレナの判断に任せよう、とのことであった。

「何とありがたいお言葉」とヘレナはローザがまたもや返答ごと姿を見せるや言った。「だったらどうか先生におたずねしてみて頂だいな、このならず者の側《がわ》でまだまだネヴィルに濡れ衣を着せて、あの子にしつこく付き纏ってるってことがはっきりするまで待った方がいいのか、それともその先手を打とうとした方がいいのか。ってつまり、何かそんな腹黒い企み事がわたし達のグルリでこっそり進んでいるのか突き止めるほどには？」

小キャノンはととこの点にかけては確乎たる判断を下そうと思えばそれはおよそ一筋縄では行かぬと思し召したものだから、二、三度智恵を絞ってはポシャった挙句、グルージャス氏のお智恵を拝借してはどうかと返した。ヘレナが宜なと返したので、彼は自ら（さも事も無げにブラついているめっぽうお粗末な芝居を打ちつつ）方庭を過ってP・J・Tの館まで足を運び、一件を質した。グルージャス氏は断固、もしや山賊か野獣に不意討ちをかけられるものならその手に出るに如くはなしとの一般通則に与し、そこへもってジョン・ジャスパーこそは山賊と野獣を足して二で割ったならず者なりとの特例にも劣らず断固、与した。

かくてお智恵を拝借すると、クリスパークル氏はまたもや取って返し、ローザにその旨報告し、ローザはローザでその旨ヘレナに報告した。ヘレナは今や彼女自身の窓辺にて冷静に思考の脈絡を辿りながら思いを巡らせた。

「ターターさんはもちろん、喜んでわたし達に手を貸して下さるはずよね、ローザ？」と彼女はたずねた。

おお、もちろん！　ローザのははにかみがちに返して曰く。それは心から喜んで。おお、もちろん！　ローザのははにかみがちに返して曰く。あの方なら喜んで手を貸して下さるに決まっていてよ。でもクリスパークル先生におたずねしてみましょうか？　「いえ、その点はあなたが大丈夫って言ってくれるなら大丈夫、愛しいローザ」とヘレナは坦々と返した。「だからそのためにまたわざわざ姿を消すことはなくってよ」

おお、何て妙ちきりんなヘレナったら！

「ほら、ネヴィルは」とヘレナはさらに一時《いっとき》思案に暮れていたと思うと、続けた。「ここでは外にどなたも知らないでしょ。ここでは外のどなたとも一言だって交わしたことないでしょ。もしもターターさんが大っぴらに、しょっちゅうあの子に会いに来て下さるようなら――時折そのためにほんの少しの間《ま》割いて下さるようなら――ほとんど毎日でも、そうして下さるようなら――何かいいことがあるかもしれない」

「何かいいことがあるかもしれない、あなた？」とローザはたいそう怪訝げな面持ちで友達の眉目麗しき姿形をざっと見やりながら繰り返した。「何かいいことが？」

「もしもネヴィルの動きがほんとに探られていて、もしもそれってほんとにあの子をお友達や知り合いみんなから独りぼっちにして、毎日少しずつ神経を擦り減らすためだとしたら（ってどうやらあなたへの脅しの言葉からするとその気みたいだから）、あの子を目の仇にしている男は」とヘレナは言った。「何とかしてターターさんと話をつけて、ネヴィルに近づかないようにってクギを差そうとするんじゃないかしら？　だとしたら、わたし達、ターターさんからそのことを教えてもらえるだけじゃなし、相手がどんな脅しの言葉を使っていたかも教えてもらえるかもしれないわ」

「まあ、ほんとに！」とローザは声を上げた。してまたもやすかさず来賓用船室に飛び込んだ。

ほどなく彼女の愛らしき顔は、いよよ頬を染めたなり、またもやお出ましになり、彼女はヘレナにかく伝えた。今のお話、クリスパークル先生に申し上げたら、先生はターターさんを呼び入れて、ターターさんは――「あの方、いつあなたからお呼びがかかってもいいようにって、こうしてる今も待ってらっしゃるんだけれど」とローザは半ば振り返り、来賓用船室の内側と外側の間にて少なからず戸惑いがちに言い添えた――喜んであなたの仰せに従いたいって、で早速今日からでも取っかからせて頂こうかっておっしゃって下さってるの」

「おお、何とありがたいこと」とヘレナは言った。「ってどうかあちらにお伝えして頂だいな」

またもや花壇と船窓の間にて少なからず戸惑いがちに、ローザは言伝ごとひょいと潜り、またもやターター氏からのさらなる太鼓判ごと取って返し、ヘレナとターター氏との間《はざま》なるどっちつかずの状態にてためらいがちに立ち尽くした。とは戸惑いなるもの、必ずしもぎごちないとは限らず、時にはめっぽう微笑ましき様相を呈すこともあるやもしれぬ旨証して余りあることに。

「で、そろそろ、愛しいローザ」とヘレナは言った。「あんまりいつまでもおしゃべりしてちゃならないってこと思い出して、お別れしなくては。ネヴィルも何だかゴソゴソしてるみたいだし。あなたあっちへ戻るもつもり？」

「ってトゥインクルトン先生の所へ？」とローザはたずねた。

「ええ」

「おお、あそこへはもう二度と戻れっこないわ。あんな恐ろしいことがあった後ですもの、二度とこれきり！」とローザは言った。

「だったら一体どこへ行くつもり、器量好しさん？」

「さあ、って聞かれると、ほんと困ってしまうんだけど」とローザは返した。「まだ何にも決めてないの。でも、きっと後見人の方が面倒を見て下さるはずよ。だからどうか心配しないで、あなた。きっとどこかには落ち着けるでしょうから」

（とはげに、さもありなん。）

「で、わたしのローズバッドのことはターターさん伝《づて》聞かせてもらえるって訳ね?」とヘレナはたずねた。

「ええ、多分。あの方伝《づて》――」ローザは御芳名を敢えて口にする代わり、またもや戸惑いがちに振り返った。「でも、どうかお別れする前に一つだけ聞かせて頂だいな、愛しい愛しいヘレナ。わたしってほんとに、ほんとに、ほんとに、ああするより外なかったと思って」

「ああするより外なかった、あなた?」

「ええ、あの男に腹を立てさせて、どうしても仕返ししてやろうって気にさせる外。わたしあの男とどんな折り合いもつけられっこなかった、わよね?」

「あなたわたしがあなたのことどれくらい愛してるか知ってるわね、愛しいローザ」とヘレナは腹立たしげに答えた。「でもいっそあなたがあの男の邪な足許で死んでるとこ見た方が増しでしょうよ」

「おお、よかった! で、お気の毒な弟さんにもそう言ってくれるわね? わたしいつも弟さんのこと思い出してはお気の毒に思ってるって? どうかわたしのこと悪く思わないでやってくれって?」

とは言わずもがなのお願いではないかとばかり、憂はしげにかぶりを振りながら、ヘレナはローザに愛おしそうに両の手で投げキッスを送り、ローザも両の手で投げキッスを返した。さらばヘレナにはぬっと、第三の手が（やけに日に焼けた奴だったが）花や葉の間から現われ、女友達が姿を消すのに手を貸す様が見て取れた。

ターター氏がもののロッカーの撥条仕掛けのノブや引き出しの把手に触れることにて提督の船室にドロンと立ち現われさせた軽食たるや、正しく目も眩まんばかりに摩訶不思議な山海の珍味ぞろいであった。こんがり香ばしそうに焼き上げられたマカロンに、キラキラのリキュールに、ものの見事に保存の利いた熱帯のスパイスに、天の生り物かと見紛うばかりの熱帯のフルーツのゼリーが、立ち所にしてふんだんにひけらかされた。がさしものターター氏とて時間に待ったをかけること能はず、時間は、さすがつれなくも無類にせっかちとあって、それはあっという間にズンズン、お越しになったものだから、ローザは豆の木の国より地上と後見人の事務所へと下りて行かねばならなくなった。

「で、さて、愛しいお前《マイ・ディア》」とグルージャス氏は言った。「お次はどうしたものやら? と一つ事ではあろうが、お前をこれからどうしたものやら?」

彼女はただ申し訳なさそうに、我ながら御自身、のみならず外の誰も彼もの邪魔になっているのは百も承知とばかり、目を伏せざるを得なかった。束の間、あの世へ行くまでずっとファーニヴァルズ・インの階段を幾々段も昇った、防火万全の高みに住まわせて頂いてはとの思いが脳裏を過った。が、そいつがせめて彼女にふと思い浮かんだ唯一、計画らしきものであった。

「昨夜《ゆうべ》から考えていたんだが」とグルージャス氏は言った。「奇特な御婦人、トゥインクルトン嬢は、願はくは縁故を広げ、首都圏の親御方との面会に（もしやお見えなら）いつでも応ぜられるよう休暇中は時折ロンドンにお越しになるからには——我々がじっくり出帆準備を整え果すまで、トゥインクルトン嬢に一か月ほどこちらへ来て、君と一緒に寝泊まりして頂くようお願いしてはどうだろう?」

「寝泊まりして頂くってどちらに?」

「例えば」とグルージャス氏は説明した。「市内の家具付きの貸間を一か月ほど借り、トゥインクルトン嬢にはそこでその間《かん》君の面倒を見るようお願いしては?」

「でその後は?」とローザはそれとなく水を向けた。

「でその後は」とグルージャス氏は言った。「我々も今よりはまだしも増しになっていようでは」

「その方が色々すんなり運ぶかもしれません」とローザは相づちを打った。

「ならば早速」とグルージャス氏は腰を上げながら言った。「家具付きの貸間を探しに出かけようではないか。もちろんわたしとしてはこの先いついつまでも毎晩、昨夜《ゆうべ》のように愛らしい姫君に側《そば》にいてもらえれば言うことはないが、ここはお世辞にもお若い御婦人向きの塒とは言えまい。では善は急げ。一か八か、家具付きの貸間を探しに出かけるとしようではないか。その間《ま》に、ここにお見えのクリスパークル殿は、これから直ちに帰宅なさる御予定のからには、早速トゥインクルトン嬢に会って、我々の計画に協力して頂くようお願いして下さるのではないかね」

クリスパークル氏は、一も二もなく当該役所を引き受け賜うと、暇を乞い、片やグルージャス氏と被後見人はいざ、貸間探しに繰り出した。

グルージャス氏考える所の家具付きの貸間を探すなる行為は、通りの反対側の、窓に然るべきビラの貼られた屋敷まで足を運び、そいつを篤と眺め、それから四苦八苦屋敷の裏手へ回り、そいつを篤と眺め、それから中へは入らぬまま、別の屋敷を似たり寄ったりのやり口で試しては挙句、同じ落ちが着くことに尽きたによって、彼らの進捗状況はおよそ捗々しいどころの騒ぎではなかった。とうとう彼は、いつぞや間借り人界における彼のコネを求めたためしのある、ブルームズベリー・スクェアはサザンプトン・ストリート＊に住まう、バザード氏の遠縁に当たる孀の従姉に思い当たった。当該御婦人の御芳名は、真鍮門札にデカデカ、一歩も譲らぬ構えで大文字にて銘打たれてはいたものの、こと性《せい》と御身分にかけてはさっぱり定かならぬまま、ビリキンと宣ふた。

体質的に目眩い催いにして、体質的に身も蓋もないほど包み隠しがないというが、ビリキン夫人の無くて七クセの双璧を成していた。夫人は度重なる失神よりわざわざそのため息を吹き返されたばかりででもあるかのような風情で御自身専用の裏の茶の間よりぐったり、お出ましになった。

「御機嫌麗しゅう」とビリキン夫人は深々と腰を折って客を迎えながら言った。

「お蔭様で至って健やかにしております。で奥方も、奥方《マーム》?」とグルージャス氏は返した。

「あたくしはいかはらず」とビリキン夫人は目眩いが昂ずに及びh音を響かせながら宣った。「つつがのふやっております」

「小生の被後見人とさる初老の御婦人が」とグルージャス氏は言った。「一か月かそこら雅やかな貸間を探しておいでです。目下、空き部屋はありませんかな、奥方《マーム》?」

「グルージャス様」とビリキン夫人は返した。「あたくしよもや虚言を弄そうなど。めっそうもない。如何にも目下、空き部屋がございます」

とは、さもかく言い添えぬばかりに。「いっそあたくしめを火刑柱まで連れてお行きになっては。ですがあたくし息の根の続く限り包み隠しなく申し述べさせて頂きますので」

「はて、では、如何様な部屋でしょうの、奥方《マーム》?」とグルージャス氏はやんわりたずねた。ビリキン夫人の側《がわ》なる少なからざる刺々しき風情を手懐くべく。

「この居間と——とはお嬢様が何とお呼びになろうと、正面の茶の間でございますが、お嬢様《ミス》」とビリキン夫人はローザを会話に徴発しながら言った。「裏手の茶の間はあたくしが寝起きし、どうしてもお譲り致せぬ部屋でございます。後二部屋ほど屋敷の天辺に、ガスの引いてある寝室がございます。あたくしお嬢様の寝室の床は頑丈に出来ているなどと申すつもりはございません、と申すのも断じて頑丈に出来ていないからには。ガス工夫自身も認めておりますが、頑丈な仕事をしようと思えば、根太《ねだ》の真下に潜り込まなければなりません。が、果たして一年契約の借地人としてそこまで身銭を切るほどのことがございましょうか。ガス管はお嬢様の根太《ねだ》の上を走っております。で、はっきりそうお断り申し上げておくのが筋ではなかろうかと」

グルージャス氏とローザは当該配管敷設が如何様な潜在的恐怖を伴うものかしかとは解《げ》しかねたものの、少なからずドギマギ視線を交わした。ビリキン夫人はこれで大きな胸の閊えが取れたとばかり、片手をそちらにあてがった。

「はむ！ですがもちろん屋根はしっかりしておると」とグルージャス氏はいささか勇を揮いながら言った。

「グルージャス様」とビリキン夫人は返した。「もしやあたくしお宅様の頭の上に何もないことはお宅様の頭の上に床があることだと申せば、お宅様に虚言を弄すことになりましょう。があたくしさようの真似を致すつもりは毛頭ございません。ええ、よもや。お宅様の屋根瓦は、如何ほど善くも悪しくも骨を折ろうと、風の強い日和にはあの高みにてはどうしても、カタカタ鳴ると言って聞きません！　どうか悔しかったら、お宅様が如何様な方であれ、如何様な手を尽くしてでもお宅様の屋根瓦をしっかと固定させて御覧になってみては」

ここにてビリキン夫人はグルージャス氏相手に気色ばんでいたものを、道徳的上手《うわて》にあるのをいいことに嵩にかかってはと、気持ちお手柔らかになった。「故に」とビリキン夫人は、まだしもヤンワリ、とは言え依然、その難攻不落の包み隠しのなさにおいてはテコでも動かぬ構えにて続けた。「故に、あたくしがお宅様と一緒に屋敷の天辺まで漫ろ昇り、お宅様が『ビリキン夫人、天井に見えるあの染みは何ですかな、と申すのもあれは紛れもなく染みでしょうから？』とお尋ねになり、あたくしが『はて、何のことをおっしゃっているものやら』と申し上げた所で詮ないどころではなかりましょう。如何にもあたくし、かようにさもしき真似を致す気は毛頭ございません。あたくし御指摘になるまでもなくお宅様が何をおっしゃりたいかくらいげに存じております。それは、なるほど、雨漏りでございます。事実、滲むこともあれば、滲まないこともあります。たといお宅様は半生、そこにて乾涸びたまま横たわろうと、いつの日か濡れネズミとはお宅様にとってほんの名ばかりとなる時が参りましょうし、然なるものと胆に銘じられるに如くはなかろうかと」

グルージャス氏はくだんの身も蓋もなき役所をあてがわれている様をまざまざと描き出されてみては如何せん面目丸つぶれの態であった。

「外に部屋はないのですかな、奥方《マーム》？」と彼はたずねた。

「グルージャス様」とビリキン夫人はやたらしかつべらしげに返した。「ございます。お宅様は外に部屋はないのかとお尋ねになり、さらばあたくし包み隠しなく、正直にお答え致しましょう、如何にも、ございます。二階と三階が空き部屋になっております、それもたいそう居心地の好い部屋でございます」

「さあ、さあ！　まさかそいつらに不都合はありますまい」とグルージャス氏はほっと一息吐きながら言った。

「グルージャス様」とビリキン夫人は返した。「申し訳ございませんが、階段がございます。もしや階段に心づもりが出来ていなければさぞやがっかりなさるに違いありません。よもやお嬢様は、お嬢様《ミス》」とビリキン夫人は何やら非難がましげにローザに鉾先を向けながら言った。「二階を、ましてや三階を、茶の間と同じ高さに持ってお見えにはなれないのでは。ええ、よもや、お嬢様《ミス》、到底お力には余りましょう。でしたら何故《なにゆえ》持ってお見えになろうとなさいます？」

　ビリキン夫人はかく、恰もローザが依怙地千万にもくだんの脆き牙城を飽くまで死守しようとのホゾを露にしてでもいたかのようにやたら労しげに宣った。

「今のその部屋を見せて頂けますかな、奥方《マーム》？」と彼女の後見人はたずねた。

「グルージャス様」とビリキン夫人は返した。「お見せ致せます。包み隠さず申して、グルージャス様、お見せ致せます」

　ビリキン夫人はそこで裏手の茶の間までショールを取りにやらせ（この方どこへ行くにせよすっぽり包《くる》まれねばならぬとは遥か太古の昔に溯る来賓用絵空事だったから）女中にショールを巻かれ果すや、いざ先に立って行った。して一再ならず階段にて息を吐くべく雅やかにつと足を止め、客間にてはギュッと心臓につかみかかった。さながら御逸品あわや尻に帆かけそうになるも、正しく天翔んとす折しも引っ捕らまえでもしたかのように。

「して三階は？」とグルージャス氏は二階に得心が行くやたずねた。

「グルージャス様」とビリキン夫人は、今やとうとう難儀な点に関し紛れもなき諒解に達し、厳粛なる信頼関係が樹立さるべき刻《とき》が訪れたかのように仰々しく客の方へ向き直りざま返した。「三階はこの上でございます」

「そちらも見せて頂けますかな、奥方《マーム》？」

「ええ」とビリキン夫人は返した。「あちらは日輪ほども包み隠しがございません」

　三階もまたおメガネに適ったので、グルージャス氏は二言三言額を寄せ合うべくローザと共に窓辺に引き籠もり、それからペンとインクを求めると、一、二行、合意の由、走り書きした。片やビリキン夫人は椅子に腰を下ろし、一件全般のある種索引、と言おうか概要を開陳しにかかった。

「一年のこの時期でしたら、月極めで週四十五シリングほど頂戴すれば」とビリキン夫人は言った。「当事者双方にとってほんの理に適うていようかと。ここはボンド・ストリートでもなければ、ましてやセント・ジェイムズ宮殿でもございません。事実さようのものだと申し立てられてもおりません。のみならず迫持造りが廏に通じていることを否もうと試みられてもおりません——というのも何故《なにゆえ》さように試みられなければなりません？　廏はこの世になくてはならぬからには。女中に関せば、二人ほど、惜しみない手当にて雇われております。出入りの商人に関してはなるほど諍いが持ち上がってはおります。ですがそれは磨き石で磨いたばかりの上り段に汚れた足跡をつけて頂きたくなかったからであって、お宅様の注文に対す口銭《こうせん》云々が火種ではございません。石炭は炉ごとか、石炭入れにつき頂戴致します」とここにて接尾辞に微妙ながら天と地の差を生ずるものとして力コブを入れながら。「犬は好もしき観点から見られてはおりません。敷き藁が散らかるのみならず、得てして盗まれ易く、さらば盗人《ぬすびと》とグルなのではないかと勘繰られ、お互い気まずくなりますもので」

　この時までにはグルージャス氏は契約書と敷金を用意していた。「小生、御婦人方に成り代わってサインを致しました、奥方《マーム》」と彼は言った。「どうかそちらに御自身のために氏名をサインして頂けましょうか」

「グルージャス様」とビリキン夫人は改めてどっとばかり腹蔵なく宣った。「いえ！　何卒、名の方は御容赦頂かねば」

　グルージャス氏は目を丸くして夫人の顔を覗き込んだ。

「表の門札は隠れ蓑として使われており」とビリキン夫人は言った。「かようの役所をこなしてくれているからには、それより逸脱する訳には参りません」

　グルージャス氏は目を丸くしてローザの顔を覗き込んだ。

「いえ、グルージャス様、それだけは御容赦願わねば。当方がただ漠然とビリキン邸として知られている限り、して下々の輩の間で果たしてビリキンはどこに身を潜めているのか、玄関扉の側《そば》なのか、下の地下勝手口の辺りなのか、ビリキンの背格好は如何様なものか謎である限り、その限りにおいてあたくし心安らかにしていられます。がよもや自ら独り身の女であることを名乗ろうなど、いえ、お嬢様《ミス》！　ばかりか片時たり」とビリキン夫人はいたく心証を害した態にて言った。「御自身の性《さが》をかように笠に着ようなど思し召されぬよう、もしや思慮に欠ける手本によりて然に焚きつけられでもせぬ限りは」

　ローザはさながら奇特な御婦人を出し抜かんとの言語道断の策を弄しでもしたかのように頬を染め、グルージャス氏にどうかサインの形式にはこだわらぬようと拝み入った。よって華族が署名する要領にてビリキンなる親署が文書に付された。

詳細がそこで、晴れてトゥインクルトン嬢が恐らくはお越しになれるであろう明後日に入居すべく取り決められ、ローザは後見人のエスコートの下《もと》、ファーニヴァルズ・インへと引き返した。

いざ、御覧じろ、ターター氏がファーニヴァルズ・インを行きつ戻りつし、二人がやって来るのを目にするやひたと足を止め、セカセカ駆け寄るの図を！

「あんまり日和が好くて、潮も打ってつけなもので」とターター氏はそれとなく言った。「川上りをしてはどうかと思い立ちまして。実は持ち船がテンプル桟橋に留めてあるんです」

「ここ何年も川上りはやっていないいな」とグルージャス氏はやにわに食指を動かして返した。

「わたしは生まれて一度も」とローザは言い添えた。

半時間と経たぬ内に彼らは善は急げと、川を上っていた。恰好の潮が差し、昼下がりは願ってもないほどの日和だった。ターター氏のボートには一点の非の打ち所もない。ターター氏とロブリーは（というのはターター氏の下男だが）対のオールを漕いだ。ターター氏はどうやら、川下のどこかグリーンハイズ＊辺りにヨットを繋留させているらしく、ターター氏の下男はこのヨットの管理を任されているのだが、目下の用向きにわざわざ狩り出されたと思しい。この男、黄褐色の髪と頬髯の、大きな紅ら顔をした陽気な目鼻立ちのやっこさんで、くだんの髪と頬髯がグルリで光線の役を果たしているとあって、古《いにしへ》の板目木版の太陽のズブの現し身であられた。ボートの舳先にて燦然とキラめき渡り、軍艦の水兵のシャツを着たなり――と言おうか見方次第では脱いだなり――腕から胸からありとあらゆる手合いの入れ墨をひけらかしているからには、蓋し、目映いばかりの見物《みもの》であった。ロブリーはさものん気そうに構え、ターター氏もまた然り。がそれでいて彼らのオールは御両人が漕ぐごとに撓み、ボートはその下《もと》に飛ぶように走った。ターター氏は事実何一つしていないローザに、まるで何一つしていないかのように話しかけ、片やてんでお門違いに舵を取っているという外何一つしていないグルージャス氏にも話しかけた。がそれが一体どうしたというのか、ほんのターター氏が手練れの手首一つ捻るか、ロブリー氏が舳先越しにニッカリ歯を剥けば万事、瞬く間にケリがつくというなら！　潮は彼らをとびきり愉快でキラキラ、キラめき渡るやり口でスイスイ運び、やがて皆してここにては野暮の骨頂、敢えて名指すまでもなきどこぞの永久《とこしへ》に緑々《あおあお》とした庭園で食事を認めるべく陸《おか》へ上がった。それから潮はありがたくもクルリと――何せその日はくだんの一行のためだけに差している

ようなものだったから――変わり、皆してゆるゆる柳畑の直中を漂う段ともなれば、ローザは見様見真似でオールを操ってみれば物の見事に――何せ大いなる助太刀を仰いでいるとあって――掻い潜り、片やグルージャス氏は見様見真似でやってみれば物の見事に――何せてんで助太刀を仰いでいぬとあって――オールを顎の下に、体をくの字に折ったなり仰向けにて掻い潜った。それから大枝の下《もと》なる憩いの（おお、何と長閑な！）間《ま》があり、その間《かん》ロブリー氏はモップをかけては、クッションや足掛け《ストレッチャー》等々を片づけながら、まるで靴は迷信にして長靴下など奴《やっこ》の御身分以外の何ものでもないかのようにボートの端から端まで綱渡りして行った。それから、花盛りのライムの馥郁たる芳香と耳に心地好きさざ波の直中なる芳《かんば》しき帰路が訪れ、可惜ほどなく、黒々とした大都市ロンドンが自らの影を水面《みなも》に映し、その仄暗い橋という橋が恰も死が生に架かる如く川に架かり、永久《とこしへ》に緑々《あおあお》とした庭園は永久《とこしへ》に二度と手の届かぬ遙か彼方に置き去りにされたかのようだった。

「人はみな、時折ザラっぽい思いをしなければ世の中を渡って行けないのかしら？」とローザは翌日、街がまたもやめっぽうザラっぽくなり、何もかもがいっかなお越しにならぬ何かを待ち受けてでもいるかのようなよそよそしくもギクシャクとした様相を呈すに及び、胸中つぶやいた。然り。彼女は観念し始めた。今やクロイスタラムでの寄宿生活もいつしか消え失せてしまったからには、ザラっぽい段階はちょくちょく顔を覗かせ、うんざりするほど自らを申し立てにかかるに違いない！

がそれでいてローザは一体何を当てにしていたというのか？　彼女はトゥインクルトン先生を当てにしていたのか？　トゥインクルトン先生は然るべくお越しになった。御自身の裏手の茶の間よりかのビリキンは繰り出し、その由々しき折を境にかのビリキンの眼には戦《いくさ》の炎が爛々と燃えることと相成った。

トゥインクルトン嬢は御自身の身上のみならずローザの身上もそっくり持って来ていたから、夥しき量の荷を引っ提げてお越しであった。かのビリキンはトゥインクルトン嬢の精神が、何せ当該大荷物にかまけっぱなしとあって、宿の女主その人に払われて然るべき知覚の明瞭さをもって御当人をお認めしそくなっていたのをいたく悪意に取った。よってかのビリキンの額なる鬱々たる玉座には厳めしさが鎮座坐した。してトゥインクルトン嬢がオロオロと、〆て十七に垂んとす葛籠だの梱だのの在庫調べをする上で、あろうことか、かのビリキンその方を十一箇目として数え入れるに及び、かのBは断固異を唱えねばと心した。

「物事全般はいくら早々に」と夫人はほとんど押しつけがましきまでにこれ見よがしなほど包み隠しなく宣った。「屋敷の女はるじというものは葛籠でもなければ包みでもなければましてや絨毯地旅行鞄でもないとの諒解の下《もと》に築かれても早すぎることはなかりましょう。いえ、たいそう忝う存じますが、トゥインクルトン嬢、ましてや物乞いでもないとの諒解の下《もと》に」

との最後のケンツクはトゥインクルトン嬢が御者の代わりに夫人に二シリング六ペンス押しつけようとしたことに触れしもの。

かくて突っぱねられるや、トゥインクルトン嬢は狂おしくたずねた。一体「どちらの殿方」にお払い致せばよろしいのでしょう？　くだんの立場にある殿方は二名御座《おわ》し（何せトゥインクルトン嬢は二台の貸馬車《キャブ》でお越しになっていたから）殿方はそれぞれ、お代を支払われるや、広げた掌の上なる二シリング六ペンスを突き出し、呆れて物も言えぬとばかりあんぐり口を開けた上から大きく目を瞠ったなり、天地神明へ己《おの》が踏んだり蹴ったりの目を切々と訴えた。との恐るべき光景に怖気を奮い上げ、トゥインクルトン嬢はそれぞれの手にもう一シリングずつ乗せながら、同時に取り乱した物言いにて法に訴え、この度は殿方両名込みで荷を数え、かくて〆は目も当てられぬほどこんぐらかった。片や両の殿方はそれぞれ最後の一シリングを、さながらじっと目を凝らせば御逸品、十八ペンスに膨れ上がりでもするかのように睨め据えていたと思うと、戸口の上り段を下り、馬車に登り、ガラガラ立ち去った。トゥインクルトン嬢には後は勝手にボネット箱の上にてさめざめと涙を流して頂くこととし。

かのビリキンは当該紛うことなき女々しさの証を目の当たりにしたとてこれきり情にほだされず、ただ荷物と組み打たすべく「若造を呼んで来るよう」命《めい》を下した。くだんの剣闘士が円形闘技場《アリーナ》より姿を消すや、平和が訪れ、新たな間借り人方は食事の席に着いた。

がかのビリキンは如何でかトゥインクルトン嬢が寄宿女学校を経営しているとのネタを仕込んでいた。くだんのネタから一足飛びにて、トゥインクルトン嬢はこの自分相手に何か教えにかかるのではなかろうかと下種の何とやらを働かすのはお易い御用。「ですがそうは問屋が」とかのビリキンは独りごちた。「あたくしめはお宅の弟子ではありませんので。たといあちらは」とは即ちローザは――「お気の毒に、何であられようと！」

トゥインクルトン嬢は片や、着替えを済ませ、息を吹き返すや、この機にありとあらゆるやり口で乗じ、能う限り穏やかな手本たらんとの鷹揚な願望に衝き動かされた。御自身の相異なる存在状態の間《はざま》なる目出度き折衷にて、彼女は既に刺繍籠を目の前に据えたなり、学識の聡明な香《かぐわ》しさのそこはかとのう漂う、並べて快活な話し相手に為り変わっていた。とそこへかのビリキンが御自身のお成りを告げた。

「包み隠さず申しまして、御婦人方」とかのBはすっくり来賓用ショールにくるまれたなり宣った。「と申すのも自らの心づもりなり振舞いなり隠すを宗と致していないからには、こうしてお邪魔致したのは憚りながらディナーがお気に召して頂けたかどうかお尋ね致すためでございました。たとい手練れの玄人ではなく粗食を心がけるとしても、それでもなお厨女《くりやめ》のお手当というものはほんの炙りものや茹《う》でものごときでは飽き足らぬほど十分な目的でなければなりません」

「とってもおいしく頂きました」とローザは言った。「ごちそうさまでした」

「常日頃から」とトゥインクルトン嬢はかのビリキンの焼きモチ焼きの耳には「奇特な女将よ」と言い添えてでもいるかの如く鷹揚な風情で宣った。「常日頃から、ふんだんにして滋養分の多いながらも簡素で健やかな食餌に馴れ親しんでいるからには、わたくし共、神さびた町や、自らの命運の長閑な日課がこれまでは割り当てられていた規律正しき家政を後にして参ったからと言って何ら嘆き悲しむには及びません」

「実の所、厨女《くりやめ》には一言申しておかねばと心得ました」とかのビリキンはどっとばかり包み隠しなく言った。「してほ宅様もよくぞかようの石橋をと思し召し下さいましょうが、トゥインクルトン様——あちらのお若い御婦人はあたくし共が当家では粗食と見なそうものに馴れておいでのからには少しずつ舌を肥えさせて差し上げるに如くはなかろうと。と申すのも乏しい給食からふんだんな給食へ、言わば食べ散らかし《メシング》から言わば作法食《メソド》へ一足飛びに移るにはよほど強かな体質を要し、かようの体質なるものめったなことではお若い方に、わけても寄宿学校によりて損なわれている場合、望めませんので!」

以下審らかにさる如く、かのビリキンは今やトゥインクルトン嬢宛、己《おの》が不倶戴天の敵たること紛うことなき相手として公然と戦の火蓋を切った。

「ただ今のお言葉に」とトゥインクルトン嬢は遙か道徳的高みより返した。「もちろん、悪意はなかろうとは存じますが、憚りながら、こと一件にかけては誤った見解をお持ちのようでございます。それもただ偏に、正確なことをほとんど知り及んでらっしゃらないだけのことではございましょうが」

「あたくしめの知りおよほんでおりますことは」とかのビリキンは一石二鳥で丁重にして強かな力コブを入れるべく、余分に一音節放り込みながら突っ返した——「あたくしめの知りおよほんでおりますことは、トゥインクルトン様、自ら身をもって思い知ったものでございます。して普段から、須く自ら思い知ったことに則り身を処させて頂いております。がいずれにせよ、あたくし若い時分にたいそう雅やかな寄宿女学校へやられ——と申すのも女校長はお宅様とほぼ同い年か、それともいささかお若い、劣らず歴たる貴婦人でらっしゃいましたもので——食卓より流れ来《きた》りし貧血の祟りが爾来この身を滔々と流れ続けております」

「それはさぞや」とトゥインクルトン嬢は依然、御自身の遙か高みより宣った。「してたいそうお気の毒なことに。——ところでローザ、あなた、お勉強の方は順調に進んでおいでかしら?」

「トゥインクルトン様」とかのビリキンはめっぽう礼儀正しき物腰で仕切り直した。「さようにはてこすられたからには貴婦人らしく、引き下がらせて頂く前に一言、貴婦人としてのお宅様にお尋ねさせて頂ければ、あたくしの申し上げていることに、ですから、端《はな》から眉にツバしてかかっておいでと?」

「一体如何様な根拠の下《もと》にかようの臆測を働かせておいでなものかしかとは解《げ》しかねますが」とトゥインクルトン嬢は言いかけた。がかのビリキンは間髪を入れず待ったをかけた。

「どうかあたくし自身によりてはさようのものの一切添えられていないこの唇の間に臆測とやらをさしはさまないで頂きたいものでございます。お宅様はさすが立て板に水を流すが如く巧みに言葉をお操りになり、トゥインクルトン様、もちろんお弟子様方は先生にあられてはそれも当然のこととお思いになるばかりか、もちろん授業料を納めているだけのことはあると思し召しでございましょう。もほっちろん。ですが立て板に水を流すが如きお言葉にお代を払ってもいなければ、ここにてかようの御贔屓に与らせて頂きたいとお願い致した覚えもないからには、あたくし自らのお尋ねを繰り返させて頂きとう存じます」

「もしや血液循環が芳しくあられぬお話でしたら」とトゥインクルトン嬢は切り出した。がまたもやかのビリキンは間髪を入れず待ったをかけた。

「あたくしかようの表現を用いた覚えはございません」

「でしたら、もしや貧血のお話でしたら——」

「その昔、寄宿女学校にて」とかのビリキンは、その点をこそお忘れなきようと、口をさしはさんだ。「この身に負うた——」

「でしたら」とトゥインクルトン嬢は仕切り直した。「わたくしに申し上げられるのはただ、御自身飽くまで申し立てられるからには、さぞやひどい貧血に苦しんでおいでに違いありません、というだけのことでございます。ただし一言申し添えさせて頂けば、もしやかようの御不幸な成り行きのせいでお言葉遣いまでいささか変わって来ておいでだとすれば、それはたいそう嘆かわしいことでございますし、御自身の血がもっと濃ければと願わざるを得ません。——ローザ、ですから、ほら、お勉強の方は順調に進んでおいでかしら?」

「あへむ! これより引き下がらせて頂く前に、お嬢様《ミス》」とかのビリキンはツンとそっくり返るや、トゥインクルトン嬢をこれきりお払い箱にしながらローザ宛、言った。「お嬢様とあたくしめとの諒解事項と致し、今後、交渉を持ちますのはお嬢様お独りに限らせて頂きとう存じます。ここにてはあたくしお嬢様御自身より年輩の御婦人は、お嬢様《ミス》、端《はな》から存じ上げませんので」

「それはまた願ってもないお取り計らいではないこと、愛しいローザ」とトゥインクルトン嬢は宣った。

「とは申せ、お嬢様《ミス》」とかのビリキンは皮肉っぽくニタリと口許を歪めてみせながら言った。「何でも独り身の行かず後家を若やかに碾き潰して下さるとかの碾き臼*がここにあると申すのではなく(でしたら何とあたくし共のお一人ならざる方にとっては素晴らしきことか)、ただお話しさせて頂くのはお嬢様独りに限らせて頂きたくということでございます」

「わたくし館の女主に何かお願いを伝えたい時は、愛しいローザ」とトゥインクルトン嬢は厳めしくもほがらかに宣った。「まずもってあなたに知らせますので、あなたから、きっと、然るべき向きへ伝えて頂けますわね」

「ではお休みなさいまし、お嬢様《ミス》」とかのビリキンは同時に懇ろにしてよそよそしく、言った。「あたくしめの目にはお嬢様独りしか映っていないからには、心より安らかにお休みなさるよう祈らせて頂きとう。して何ともさきはひなことに、お嬢様御自身にとりては生憎、御自身とお関わりのあるさる方への蔑みを口にせずとも済むようでございます」

かのビリキンは然なる捨て台詞もろとも艶やかに御前を辞し、ローザはその刻《とき》を境に、くだんの両の羽子板の間《はざま》なる衝《つく》羽根《ばね》の居たたまらぬ立場に置かれることとなった。何一つ、激しい応酬が繰り広げられずして事は成され得なかった。かくて、日々出来すディナーなる案件に関し、トゥインクルトン嬢は、三人が顔を合わすや、宣ったものである。

「多分、あなた、館の女主と相談して下さるわね、今日は仔羊のフライか、それともそれが叶わないようなら炙りドリを御用意頂けるか」

さらばかのビリキンは(ローザが一言も口を利いていないというに)突っ返したものである。「もしもお嬢様が肉屋の肉にもっと通じておいでなら、お嬢様《ミス》、仔羊のフライなど思いも寄られないでしょう。と申すのもまず第一に、仔羊はとうの昔に羊になっております。第二に屠殺日というものがあれば、ないこともございますもので。炙りドリに関せば、お嬢様《ミス》、ああ、炙りドリには定めて食傷気味でらっしゃいましょう。御自身市場に出かけたら、まるでお安いばっかりに白羽の矢を立てるのに馴れておいでみたようにとびきりウロコだらけの脚のとびきり老いぼれたトリを買い求めるのにうんざり来ておいでなのは言うに及ばず。どうか、お嬢様《ミス》、何かささやかな工夫をなされては。もう少し家政に馴れ親しまれては。さあ、ほら、何か外のものをお考えになって下さいまし」

かくてさも賢しらにして鷹揚な手練れが大らかにお目こぼし賜うているかのようにハッパをかけられるや、トゥインクルトン嬢はパッと頬を染めながら返したものである。

「それとも、あなた、館の女主にカモをお願いしては如何かしら」

「あんれまあ、お嬢様《ミス》!」とかのビリキンは（依然ローザはウンともスンとも口を利いていないというに）素っ頓狂な声を上げたものである。「カモのことを口になさるとはまた如何なされました！ そろそろ季節外れでめっぽうお高くつくのは言うに及ばず、お嬢様がカモをお召し上がる所を目にするだにこちらは心の臓にグサリと来ましょうものを。と申すのも胸肉は、というのがカモにあっては唯一柔らかな切り身でございますが、必ずや一体何処なものやら思いも寄らぬ方へ行ってしまい、お嬢様御自身のお皿はそれはそれは惨めったらしいほど皮と骨だらけに成り下がってしまいますもので！ さあ、どうかもう一度お考え直しを、お嬢様《ミス》。もっと御自身のことを、外の方のことはさておき、お考えになっては。仔牛の膵臓《スイートブレッド》か、マトンを少々など。他人様と変わらぬおいしい所を召し上がれる何か外のものになさすっては」

時に鍔迫り合いは蓋し、熾烈を極め、上記が如き会戦などてんでものの数にも入らぬほどの激しさで繰り広げられることもあった。がかのビリキンは十中八九、大きく水を開け、凱歌を挙げる一縷の望みもなきかのような時に限って、とびきり思いもかけねば奇妙奇天烈な手合いの側面痛打《サイドヒット》もて勝ちをさらったものである。

などということがあるからと言って、ロンドンにおけるザラっぽい事態は、と言おうかロンドンがローザの目の中で帯びるに至った、何か、いっかなお越しにならぬ代物をひたすら待ち侘びているかのような風情は一向好くなるでなかった。刺繍をしながら、トゥインクルトン先生とおしゃべりするのにうんざり来ると、ローザは刺繍をしながら本を読むのはどうかと持ちかけた。さらば先生は、さすが百戦錬磨の瞠目的読み手だけあって、一も二もなく諾い賜うた。がローザはほどなくトゥインクルトン先生はてんで依怙贔屓なく読んでらっしゃらないのに気づいた。というのも先生は恋愛の場面を割愛し、代わりに女性の貞淑を褒め称える条《くだり》をさしはさみ、外にもあれこれあざときまでの善意のペテンなる罪を犯していたからだ。恰好の例として、次なる熱き条《くだり》をいざ御覧じろ。

「永久《とこしへ》に誰より愛しき我が憧れの君よ――とエドワードは愛しき頭《こうべ》をひしと胸に掻き抱き、絹のような髪を愛撫の指もて梳き、そこよりハラハラと黄金の雨さながら落ちるがままにして言った――永久《とこしへ》に誰より愛しき我が憧れの君よ、僕と二人で非情な俗世と冷酷な人々の不毛の冷ややかさから、信頼と愛の豊饒な暖かき楽園へと飛んで逃げようではないか」が片やペテンに満ち満ちたトゥインクルトン嬢版はかく、味もすっぽもなく宣ふた。「僕達双方の両親の同意と、教区牧師の是認の下に僕と永久《とこしへ》に契りを交わせし貴女よ――とエドワードは然ても刺繍や、縫取りや、鉤針編みや、その他様々な真に女性的嗜みに長けた白魚のような指を恭しく唇に押し当てながら言った――どうか明日《みょうにち》の曙が西方に沈まぬ内に貴女の父上《パパ》の下《もと》を訪い、如何ほどつましくとも、僕達の収入に見合う郊外の住まいを申し出させておくれ、というのもそこならば父上《パパ》は夕べの客《まろうど》としていつ何時お越しになっても構わないし、あらゆる手筈が倹約と学術的素養の絶えざるやり取りに、日々家庭的至福に与す守護天使の属性を賦与しようから」

日は経てど、いっかな何事も起こらぬにつれ、近所の人々はビリキン夫人の貸間の愛らしき少女は、客間のザラっぽい窓からそれは寂しそうに、それはしょっちゅう、外を眺めているけれど、何だかどんどん元気がなくなっているようではないかと囁き始めた。愛らしき少女はなるほど、もしやたまたま航海や海の冒険に纏わる本に出会してでもいなければ、そいつをなくしていたやもしれぬ。連中の伝奇的な絵空事を相殺すべく、トゥインクルトン嬢は朗々と音読しては、経度と緯度だの、方位だの、風だの、潮だの、支流だの、その他諸々の（弟子にとりては何ら意味を成さぬだけにそれだけ啓蒙的と思し召しの）統計学的数値を目一杯取り立て、片やローザは一心に耳を傾け、心にいっとう近しきものを目一杯取り立て、かくて御両人、以前よりはまだしも持ちつ持たれつ、しっくり行った。

第二十三章　再び黎明

クリスパークル氏とジョン・ジャスパーは大聖堂の屋根の下《もと》にて日々顔を合わせていたにもかかわらず、半年以上前にジャスパーが小キャノンに彼の日記に綴られた結論と決意を黙々と見せた時以来、エドウィン・ドゥルードに纏わることはいつ何時であれ一言とて交わされていなかった。彼らが、さてもしょっちゅうながら顔を合わせてなお互いの想念のくだんのネタに立ち返らぬとはおよそあり得まい。彼らが、さてもしょっちゅうながら顔を合わせてなお互いの側《がわ》にて相手は一体何を考えているものやらと首を捻らぬとはおよそあり得まい。ジャスパーはネヴィル・ランドレスの弾劾者にして追跡者として、クリスパークル氏は彼の一途な擁護者にして庇護者として、少なくとも相手の腹づもりが如何ほど揺るぎなく、次は如何なる針路を取るものか興味津々思いを巡らすほどには互いに真っ向から対峙していた。にもかかわらず、いずれもくだんの一件についてはオクビにも出さなかった。

固よりまやかしの言い抜けを弄すを潔しとせぬからには、小キャノンはなるほど、自分はいつ何時であれ一件を蒸し返していたろうし、一件について話し合いたいとすら願っている旨大っぴらに示して憚らなかった。ジャスパー氏の決然たる寡黙は、しかしながら、然に易々とは近寄り難かった。無表情で、陰鬱で、孤独で、頑で、そいつを他の如何なる同胞とも分かち合おうとせぬほどとある一つこっきりの想念と、それに伴う凝り固まった腹づもりに執着しているとあって、彼は月並みな日常生活とは隔絶して暮らしていた。自らを他者と機械的に調和させ、仮に自らと彼らが最も精巧な機械的関係と和合の状態になければ遂行し得なかったろう芸術に絶えず携わりながら、この男の精神が周囲の何物とも精神的一致ないし交感の状態にないとは惟みるだに奇しきことではなかろうか。この点をこそ、実の所、彼は目下の頑な態度の引き鉄となる一件が持ち上がらぬ内から、行方知れずの甥に打ち明けていた訳だが。

ローザがいきなり姿を消したことをジャスパーが知っているに違いないのは、その謂れを察しているに違いないのは、火を見るより明らかだった。が果たして彼はローザに一切口を封じさすほど怖気を奮わせたものと思い込んでいるのか？それともローザは彼との先のやり取りの詳細を何者かに――例えばクリスパークル氏その人に――打ち明けたと思っているのか？　クリスパークル氏はこの点は胸中、いずれとも察しかねた。が廉直な男として、以下の点は認めざるを得なかった。ローザに恋をすることそれ自体は、復讐より恋を優先させようと申し出ることが罪でないと同様、何ら罪ではなかろう。

ローザが自ら想像を膨らませて然ても衝撃を受けた、ジャスパーに纏わる恐るべき疑念はどうやらクリスパークル氏の想像には一切忍び込んでいないようだった。たといヘレナかネヴィルの想念に取り憑いていたとて、いずれもそいつのことは一言も口にしていなかった。グルージャス氏はおよそジャスパーに対す抑え難き嫌悪を胸中封じ込めるどころの騒ぎではなかったが、ついぞ、如何に遠回しにせよ、かようの原因に帰したためしはなかった。が彼は根っから変わり者であるに劣らず寡黙な男であり、とある、番小屋の暖炉の前で手を暖め、床の上にどうどくずおれたとある泥まみれのズタズタに引き裂かれた衣服の山をじっと見下ろして立っていた晩には一言も触れていなかった。

寝ぼけ眼のクロイスタラムは、たまさかはっと目を覚まし、早、六か月以上を閲し、治安判事法廷によりてお払い箱にされた一件に束の間、改めて智恵を絞ってやる際はいつでも、ジョン・ジャスパーの猫っ可愛がりしていた甥は腹黒くも血の気の多い恋敵によりて息の根を止められたか、大っぴらに揉み合って縡切れたか、それとも何か彼自身の謂れがあって雲隠れしたかの二つに一つと、真っ二つに割れた。クロイスタラムは、さらば、やおら頭をもたげ、甥を喪ったジャスパーが依然下手人探しと意趣返しに身も心も捧げているのを目の当たりにし、さらば、またもやウツラウツラ船を漕ぎ出した。といった辺りが、かいつまめば、当該冒険譚が今や辿り着いた時点における事態のあらましだろうか。

大聖堂の扉はその夜は一先ず閉《た》て切られ、聖歌隊長は礼拝《らいはい》を二、三回欠席する短期賜暇の許しを得ると、ロンドンへ面《おもて》を向ける。彼はそちらへはローザが旅したと同じ手立てにて旅をし、ローザが到着したように暑く、埃っぽい夕刻、到着する。

旅行鞄は易々手に提げられ、彼はそいつを手に、ロンドン郵便本局からつい目と鼻の先の、オールダーズゲイト・ストリートの裏手の小さな袋小路の合の子旅籠へと徒《かち》で向かう。そいつは客のお好み次第で、旅籠にもなれば、賄い付き下宿屋にもなれば、賄い抜き下宿屋にもなる。そいつは新刊の鉄道広告新聞にては御自身を折しもおずおずとお目見得し始めている画期的新機軸として喧伝している。して旅人宛、はにかみがちに、と言おうかほとんど申し訳なさげに、何卒、へべれけになるに古き善き立憲的旅籠制度に鑑み、一パイントの甘い靴墨*を注文しておきながら御逸品をぶちまける代わり、同じ墨を塗るなら胃袋ではなく、長靴に留め、ついでながら是々然々の料金で寝床と、朝食と、身の回りの世話と、終夜の赤帽を調達されては如何なりやとお含みおき頂いている。これら、並びに似たり寄ったりの前提より、その数あまたに上る生粋のブリテン人は、如何にしょぼくれ返っていようと、世は——ほどなく英国より一本残らず消え失せよう天下の本街道なる一項はさておき——平等化の時代なりとの結論を演繹する。

　ジャスパーはさっぱり食い気に見限られたまま腹を膨らすと、ほどなくまたもや繰り出す。悪臭芬々たる通りから通りを東へ、なお東へと向かい、とうとう目的地に辿り着く。惨めったらしい——仰山な似たり寄ったりの連中の中でもとびきり惨めったらしい——路地裏に。

　彼はガタピシの階段を昇り、扉を開け、仄暗い、むっと息詰まるような部屋を覗き込みながらたずねる。「今は独りか?」

「独りさ、あんた。あたしにとっちゃお生憎サマ。あんたにとっちゃもっけの幸い」と嗄れっぽい声が返す。「どいつか知んないけどお入り、お入り。マッチをするまじゃどなたなもんやら見えないもんで。けどどうやらその物言いにゃ聞き覚えがあるようだよ。あんたここへは初めてじゃないね?」

「かどうか、とっととマッチをすったらどうだ」

「ああ、そうしてみようじゃ、あんた、そうしてみようじゃ。けどこのあたしの手と来りゃやたらブルブル震えるもんで、すぐっとにゃマッチに手がかけられないのさ。んでこのあたしと来りゃそりゃゴホゴホ噎せ返るもんで、マッチの奴らをどこ置いたってどこなもんやらさっぱりめっけられないのさ。あいつらあたしがゴホゴホやるたんび、まるで血が通ってるみたよにピョンピョン躍り跳ねんのさ。陸《おか》へ上がったばっかかい、あんた?」

「いや」

「んじゃ船乗りじゃないってんだね?」

「ああ」

「はむ、陸《おか》のお客もありゃ、沖《おき》のお客だってある。あたしゃどっちとものお袋でね。路地裏のあっちっ側のお唐生まれのジャックた訳が違うもんで。あいつはどっちとものおやじなんかじゃない。端《はな》からおやじにゃ生まれついてないからにゃ。ばかしかズブのこねくり合わせ方のツボってのも押さえてない。ツボを押さえてるこのあたしといい対ボッて、もしかせしめられるもんならもっとせしめやがるけど。ほらよ、マッチだ。けど今度あロウソクの奴どこ行っちまったい? もしかゴホゴホ取っつかまっちまったら、一つこっきり灯せない間《ま》にマッチを二十本からゴホゴホ吹き消しちまおうよ」

とは言いながらも女は目出度くロウソクを見つけ、またもやゴホゴホ噎せ返らぬ内に火を灯す。が首尾好く灯し果したその刹那、またもやゴホゴホ噎せ返り、へたり込みざま体を前後に揺すっては合い間合い間にゼエゼエ喘ぐ。「おお、このあたしの肺腑と来りゃボロボロだたあ！　このあたしの肺腑と来りゃキャベツの茹《う》で網みたよにズタズタだたあ！」――と、いずれ発作が収まるまで。ゴホゴホ噎せ返っている間《ま》は女はてんで視力が失せている、と言おうか踠き苦しむに潰える他の如何なる力にも見限られている。が発作が収まるにつれ、目を凝らし始め、曲がりなりにも口が利けるようになるや否や、大きく目を瞠りざま声を上げる。

「あんれ、あんたじゃ！」

「俺なのがそんなにびっくりか？」

「てっきり二度たあお目にかかれないもんと思ってたもんで、あんた。てっきりポックリ行ってあの世のもんと思ってたもんで」

「何で？」

「んりゃこの世だってのに、そいつをこねくり合わすズブのコツを呑み込んでる哀れな老いぼれにそんなに長いこと御無沙汰できっこなかろうってんで。おまけにあんた喪服じゃないか！　何でせめてもの慰めってこって一、二服やりに来なかったのさ？　ああ、どうせあいつらあんたにしこたま遺してくれて、ってこってちゃちな慰めなんざお呼びじゃなかったって？」

「いや」

「死んじまったなどこのどいつさ、あんた？」

「身内だ」

「何で死んじまったのさ、お前《ラヴィー》さん？」

「多分、殺《や》られて」

「今晩はやけにそっけないじゃないか！」と女はなだめすかしがちに声を立てて笑いながら言う。「そっけなくってつっけんどんじゃないか！　けどモクが足りないもんでササクレ立ってるってね。てんで腹のムシの居所が悪いってね、あんた？　けどここはそいつをコロリと手懐けてやるにゃドンピシャ打ってつけのネグラだよ。ここはササクレ立ってんのをプカプカ追っ払ってやるのにゃドンピシャ打ってつけのネグラだよ」

「だったらいつでも」と客は答える。「用意してくれていいぞ」

客は靴を脱ぎ、クラヴァットを緩め、左手に頭をもたせたなり、むさ苦しい寝台の袂に身を横たえる。

「やっとこあんたらしくおなりじゃ」と女は相づちめかして言う。「やっとこマジで、いつぞやのお得意さんらしくおなりじゃ！　んでえらく御無沙汰してる間《ま》あこちとらでこねくり合わせようとしてたって、あたいのお気に入り《ポペット》？」

「ああ、見よう見まねでちょくちょくやってはいたな」

「そいつはイタダけないね。なら商売上がったりだし、身のためにもなりゃしないよ。けどあたしのインク壺はどこだい、あたしの指貫きはどこだい、あたしの小さな茶匙はどこだい？　奴あやっとこ手練れのやり口でプカプカやれるってさ、可愛《ディア》いあん《リ・ディア》た！」

かくて見事な手並みで混ぜ合わせにかかり、両の掌の中に囲い込まれたかすかな火の粉宛、ブクブクやってはプウプウ息を吹きかけ始めながら、女は片時も手を休めぬまま、鼻にかかった殊勝げながら得々たる物言いで時折口を利く。男は口を利く段には、女の方へ目をやらぬまま、さながらその想念の早、先を見越してフラフラと取り留めなくなりつつあるかのように、口を利く。

「あたしゃ、引っくるめりゃ、あんたに何てどっさりこねくり合わせて来てやったこっか、ほら、お前さん《チャッキー》？」

「そりゃしこたまな」

「初っ端お越しの時や、てんでウブでらっしたけど、えっ？」

「ああ、あの時ゃあっさり片づけられたな」

「けどどんどん腕上げてって、いつの間にやらとびきりの奴らに負けないくらいプカプカやれるようになった、じゃないかい、えっ？」

「ああ、んでいっとうイタダけない奴らにもな」

「さあ、そろそろいい頃合になって来たよ。あんた初っ端お越しの時ゃ何て惚れ惚れするよな歌聞かせてくれたこっか！　いつもガックリ項垂れちゃあ、鳥みたように歌いながらいつの間にやら眠りこけちまってさ！　ほら、やっとこ出来上がったよ、あんた」

彼はそいつを丹念に女から受け取り、口金を唇にあてがう。女はいつでもお代わりを詰めてやれるよう、傍に腰を下ろす。二、三服、黙々と吸い込んでいたと思うと、彼は胡散臭げに話しかける。

「こいつは今までと変わらんキツい奴か？」

「ったあどういうこったい、あんた？」

「こうして今口に突っ込んでる奴のことでなけりゃ、一体どいつのことをダシにするとでも？」

「そっくり同しさ。いつだってドンピシャ同しさ」

「そんな風にも思えんが。だし、なかなか利かんぞ」

「あんたの方が、ほら、そいつに馴れっこになっちまってんのさ」

「なるほど、かもしらんな。そら、いいか」彼は口ごもり、夢見がちになり、女の気を惹いたことすら忘れかけていると思しい。女は男の上に屈み込み、耳許で囁く。

「あいよ、聞いてるよ。あんたたった今、そら、いいかってって、あたしゃ今、あいよ、聞いてるよってったのさ。あたしら二人してついさっきのこと、あんたがこいつにゃ馴れっこになっちまったって話してたのさ」

「それくらい分かってる。俺はただ考えてただけだ。そら、いいか。きさま何か腹づもりがあるとしよう——何かこれからやらかそうとする腹づもりが」

「ああ、あんた、何かあたしのやらかそうとしてる腹づもりが?」

「だがとことん踏んぎりはついてない」

「ああ、あんた」

「現に手を下すやもしらんし、ほら、下さんやもしらん」

「ああ」と、針の先で火皿の中身を掻き混ぜながら。

「だったらきさまここに横たわってこいつをやりながら、そいつを夢の中でやってのけようか?」

女はコクリと頷く。「何度も何度も」

「まるで俺みたいに！　俺はそいつを何度も何度もやって来た。この部屋で何十万回となくやって来た」

「ならやってのけてよっぽどか楽しいことなんだろうじゃ、あんた」

「なるほどいつぞやは！」

彼はそう、何やら獰猛な物腰にしてはっと、今にも女に飛びかからん、と言おうか襲いかからんばかりにして言う。などということはどこ吹く風と、女は火皿の中身をまたもや小さな薄篦《スパチュラ》で触れては足しにかかる。女がそいつにかまけていると見て取るや、男はぐったり元の姿勢に戻る。

「そいつは旅だった——一筋縄では行かん、危なっかしい旅だった。寝ても覚めてもそいつのことばかし考えていた。そいつは崖っぷちの、ツルリとやれば一溜まりもなかろう命取りの、危なっかしい旅だった。そら、下を見ろ、下を見ろ！　あそこの底に何が横たわっているか見えよう?」

男は然に口走るが早いか、さながら何か遙か下方の影も形もなき代物宛、床を指差すべくハッと飛び出していた。女は、男のピクピクと痙攣《ひきつけ》を起こした顔がグイと御当人のそいつに近づくに及び、男の指差している方ではなく、男自身にじっと目を凝らす。女は自分が坦々と落ち着き払っていることこそ如何ほど効験あらたかか知っていると思しい。もしやそうなら、思うツボ。何せ男はまたもやおとなしくなるから。

「はむ。だから、いいか、俺はそいつをここで何十万回ってことなしやってのけて来た。いや、どころか。何百万回、そのまた何百万層倍、やってのけて来た。んであんまり何度ってことなし、いつからってことなし、やってのけて来たもんで、そいつは、いざ手を下されてみればそんな骨を折ってやるまでもないみたいだった。あんまりあっけなくケリがついちまったもので」

「そいつが、だから、あんたがずっとトボトボやってた旅だってんだね」と女はそっと間の手を入れる。

男はプカプカ吹かしながらグイと女を睨め据える。が次第に目に膜がかかり、答える。「ああ、そいつが俺のやってた旅だ」

沈黙が続く。男の目は時に閉じ、時に開く。女はこの間《ま》もずっと男の唇にあてがわれたきりのパイプにじっと目を凝らしたなり、男の傍に座っている。

「あんたさぞかし」と女は男が自分の方をものの一時《いっとき》しげしげ――何やらそんなに間際にいる代わり、遙か彼方の女を見はるかしてでもいるかのように目に妙な表情を浮かべたなり――見据えていたと思うと、宣う。「あんたさぞかし、そんなにしょっちゅうやったってなら色んなやり口で旅して来たんだろうじゃ?」

「いや、いつも一つこっきりのやり口だ」

「いつも一つこっきりのやり口だって?」

「ああ」

「とうとうマジでやってのけられたのとそっくり同し?」

「ああ」

「んでそいつをクダクダ蒸し返しちゃ、いつも同し悦に入ってたって?」

「ああ」

当座、男は当該懶げな単音節の相づちしか打てぬかのようだ。恐らくは御逸品、ほんの絡繰人形の相づちではないものと確かめるべく、女はお次のカマは逆さに吹っかける。

「けど一度もそいつにうんざり来て、あんた、気晴らしに何か外のヤツにお呼びをかけようって気にはなんなかったのかい?」

客は四苦八苦、起き上がりざま、女に食ってかかる。「とはどういうことだ? 俺が何を望んでいたというのだ? 何のためにノコノコやって来ていたというのだ?」

女は男をまたもやそっと寝かしつけ、男にハラリと落としていた煙管を返してやる前にそいつの火を御自身の息で熾し、そこでやおら、なだめすかしがちに言う。

「なある、なある、なある! ああ、ああ、ああ! やっと

あんたの言うことが呑み込めて来たよ。あんたあんましせっかちなもんで。やっとこ分かったよ。あんたわざわざ今のその旅をするためにお越しになってるってんだね。ああ、とっくにだって分かってても好さそうなもんだのにさ。そいつがあんたにそんなに御執心だってなら」

客は仰《の》けは返事代わりに声を立てて笑い、それからギリギリ、滅多無性に歯軋りする。「ああ、俺はわざわざそのためやって来ていた。俺は何の変哲もない暮らしに飽き飽きしたら、憂さを晴らしにやって来て、事実そいつを晴らしてやった。晴らすだけはな！　晴らすだけはな！」との繰り返しは途轍もなき力コブもろとも、狼さながら唸り声を上げながら。

女は客をやたらしげしげ、まるで頭の中でお次の文言へと手探りしてでもいるかのように見据える。かくて切り出す。

「で相方の道連れがいたって、あんた」

「はっ、はっ、はっ！」と客はいきなり高らかな笑い声を、と言うよりむしろ金切り声を上げる。

「考えてもみろ」と客は声を上げる。「何としょっちゅう一緒に旅をして、というに奴は旅のことなど知らぬが仏だったとは！　考えてもみろ、何と散々旅に付き合っておきながら、これきり道が見えていなかったとは！」

女は客のすぐ脇の、寝台の掛け布団の上で両腕を組み、その上に顎を乗っけたなり、床に跪く。かくて蹲ったまま、じっと客に目を据える。煙管がダラリと男の口から外れかけている。女は煙管を押し戻し、胸に手をかけながら男を気持ち左右に揺する。その途端、男は恰も女が何か口を利いてでもいたかのように口を利く。

「ああ！　俺はいつも仰《の》けに旅をして、それから色がガラリと変わり、どデカい景色が広がって、キラびやかな行列が始まったものだ。旅をお払い箱にしてやるまでそいつらいっかなお越しにゃなれなかった。それまでは頭の中は旅のことで一杯のからには」

またしても男は口ごもり、またしても女は男の胸に手をかけ、気持ち前後に揺する。さながら猫が半殺しの鼠の息を吹き返してやるかもしれぬ要領で。またしても男は恰も女が何か口を利いてでもいたかのように口を利く。

「何だと？　だから言ったろう。そいつは、とうとう現《うつつ》になると、あんまりあっけないもんで、初めて、てんで現《うつつ》じゃないみたいだった。そら、あれを聞け！」

「ああ、あんた。聞いてるとも」

「時も場所もすぐ側《そば》だ」

客は今やむっくり起き上がり、声を潜め、まるでグルリは真っ暗闇でもあるかのように口を利く。

「時も、場所も、そっから道連れもだろ」と女は男の物言いに合わせ、そっと男の腕につかみかかりながら水を向ける。

「どうして道連れが側《そば》にいないで時がすぐ側《そば》ってことがある？　シッ！　あっという間にケリがついちまった。もう仕舞いだ」

「そんなにあっという間に？」

「だから言ってるじゃないか。あっという間だと。ちょっと待て。こいつはほんの幻だ。こいつなんぞウツラウツラしてる間《ま》にお払い箱にしてやる。あんまりあっけなくてチョロいからには。もっと増しな夢を見なけりゃならん。こいつは今までの中でいっとうイタダけん。取っ組み合いもなけりゃ、危なっかしいって気もしなけりゃ、命乞いもないとは――だが、これまであいつにゃお目にかかったためしがないな」とギョッと身を竦めざま。

「ってな何に、あんた？」

「あいつを見てみろ！　何とお粗末な、いじけた、惨めったらしい代物だ！　あいつは現《うつつ》に違いない。が済んじまった」

かくて支離滅裂な戯言《たわこと》を口走りながら何やら狂おしくも惚けた具合に手足を動かしていたと思うと、男はズルズル、見る間に意識を失いざま、丸太さながら寝台に伸びる。

女は、しかしながら、相も変わらずネ掘りハ掘りやろうとする。猫めいた仕種を繰り返しながらまたもや気持ち男の体を揺すぶり、聞き耳を立てる。またもや体を揺すぶり、聞き耳を立てる。ヒソヒソ囁きかけては聞き耳を立てる。が当座、正気づかすのは土台叶はぬ相談と見て取るや、さもがっかりしたような風情でゆるりと立ち上がり、そいつに背《せな》を向ける側《そば》からピシャリと、手の甲で男の面《つら》をぶつ。

とは言え、女は炉端の椅子より遠くまでは離れぬ。椅子に腰を下ろすと、椅子の肘掛けに片肘を突き、そこへもって頬杖を突きながら客をしげしげやる。「あんたいつだったか」と女は息を殺して嗄れっぽく言う。「あんたいつだったか、今伸びてるとこであたしが伸びてたら、あたしにヤマあ張って言ったろ。『さっぱり分からん！』あたしゃあんたがあたしばかしか外のもう二人のことだってそうほざいてんのこの耳で聞いてやってたんだからね。けどいつだってそんなに高あくくんないこった。そんなに高あくくんないこった。男前のあんさん！」

瞬き一つせぬまま猫よろしく、じっと目を凝らしたなり、女はほどなく言い添える。「一頃ほどキツくないって？　ああ！多分、仰《のっ》けはね。そこはあんたの方がズボシだったかもよ。けど習うより慣れろたあよく言ったもんで。あたしゃひょっとしてどうやってあんたにまんまと口い割らせりゃいいかコツを呑み込んでたかもしんないよ、あんた」

客は、とまれ、それきりウンともスンとも口を割っては下さらぬ。時折不様な具合にピクピク顔から手脚からを引き攣らせながら、ずっしり、無言のまま、横たわっている。いじけたロウソクはタラタラと燃え細り、女はその消えかけた端を指の間に挟むと、そいつでお次の奴に火をつけ、タラタラ蠟を流してはパチパチ跳ねている寸詰まりの奴をグイと燭台に捻じ込みざま、そいつにズブリと、何やら妖術のおよそ芳しからざる所へもって見てくれのぞっとせぬ武器に弾を込めてでもいるかのように新《さら》のロウソクを押っ立てる。新《さら》のロウソクは、今度はこちとらがタラタラ、燃え細る。が依然男は無意識のまま横たわったきりだ。とうとう最後のロウソクのなけなしの成れの果ては吹き消され、曙光がひょいと部屋の中を覗き込む。

さしてそいつが長らく覗き込まぬ内、客は、ひんやり冷えきり、ブルブル身を震わせながら起き上がり、ゆっくり自分が一体どこにいるものやら意識を取り戻し、やおら立ち去る仕度にかかる。女は客から頂戴したお代をへいへい、「あんがとよ、あんがとよ、あんた!」と言いながら受け取り、どうやら、客が部屋を後にする段にはぐったりくたびれ果て、こちとらこそいよいよ腰を据えて寝にかかると思しい。

が、どうやら、とはまやかしのこともあればまことのこともある。この場合はまやかしなり。というのも階段がミシミシ、男のずっしりとした足の下《もと》に軋むのを止《や》めるか止《や》めぬか、女はすかさずかく、力コブを入れてつぶやきながらスルリと後を追うからだ。「どいつが二度とまかれてたまるかってんだ!」

路地裏から出るにはそいつの入口からしかない。出入り口から不気味に顔を覗かせたなり、女は男が振り返らぬかじっと見守る。男は振り返らぬままフラフラ、覚束無い足取りで姿を消す。女は後をつけ、路地裏から顔を覗かせ、男が相変わらず振り返らぬままヨロヨロ遠ざかるのを見守り、しかと視界に収め続ける。

男はオールダーズゲイト・ストリートの裏手に辿り着き、そこにて扉は男がノックをくれる側《そば》から開く。女は別の出入り口に蹲ったなりくだんの出入り口にじっと目を凝らし、男がくだんの旅籠に仮初の宿を取っているものとお易い御用で目星をつける。女の堪忍袋の緒はものの数時間ごときで切れるほどヤワではいない。腹の足しにパンなら、百ヤードと離れていない所から調達出来るから、事実、調達し、ミルクは通りすがりの奴を呼び止める。

男は着替えを済ますと、正午にまたもやお出ましになる。が、手に何も提げていなければ、手荷物一つ提げさせていない所を見ると、どうやら今の所、田舎に引き返す気はなさそうだ。女はちょろりと男の後を追うが、しばしためらい、すかさず自信満々踵を回らせ、男が後にした旅籠の中へ真っ直ぐ入って行く。

「クロイスタラムからお越しのだんなさんはお見えで？」

「たった今お出かけになったばかりだ」

「んりゃ生憎。あちらはクロイスタラムにはいつお戻りで？」

「今晩六時」

「こりゃまた忝いこって。それなり丁重におたずねすりゃ、いくら相手はヨボヨボの哀れな女だからって、こんなに丁重にお答え頂けるたあ、どうか神サマ、こちらが商い繁盛なさいますよう！」

「どいつが二度とまかれてたまるかってんだ！」と哀れな女とやらは表へ出るなり、然まで丁重ならず繰り返す。「こないだはあんたがもうちょっとでネグラだってとこで乗り込んだ乗合いが駅とあすこを行ったり来たりしてる辺りで見失っちまった。あん時ゃあんたが真っ直ぐあっちへ行ったかどうかも今イチだったもんで。けどやっぱ真っ直ぐあっちへお行きだったたと。クロイスタラムからお越しのあたいのだんなさん、あたしゃ今度こそあっちに先回りして、お帰りのとこ待たして頂くとするよ。だからいいかい、どこのどいつが二度とまかれてたまるかってのさ！」

よって、くだんの同じ夕刻、哀れな女はクロイスタラムの本町通り《ハイ・ストリート》に立ち尽くし、退屈凌ぎの御一興、尼僧の館《やかた》のその数あまたに上る風変わりな切妻を眺めながらせいぜい九時まで暇を潰す。してくだんの刻限ともなれば、宜なるかな、晴れて御到着の乗合い馬車の乗客方に興味を催すやもしれぬと思し召す。くだんの刻限ともなれば、ありがたきかな、辺りはすっぽり闇に包まれているとあって、女は難なく白黒つけられよう。して事実、興味を催す。というのも二度とまかれてたまらぬ乗客が他の面々に紛れてお越しになるからだ。

「さてっとどんなシッポをお出しかとくと拝ませて頂くとしようじゃないか。さあ、お行き！」

との啖呵は空《くう》宛、切られしもの。がそれでいて乗客宛、切られたのやもしれぬ。然ても仰せの通りこの方、本町通り《ハイ・ストリート》をぬけ、やがて迫持造りの門口までやって来るからには。がここにて不意に姿を消す。哀れな女はセカセカ歩を早め、さすがすばしっこいだけあって、男が門口の下から入って行くのに追いつく。が片側には裏手の階段と、反対側には古めかしい丸天井の部屋しか見えぬ。してそこにては頭でっかちの白髪の殿方が大通りに面と向かって座ったなり、通りすがりの連中という連中にしげしげ――道はロハなれど、門口の道銭取り立て人ででもあるかのように――目を凝らしているとの奇しき状況の下《もと》、書き物をしている。

「やあ！」と男は女がひたと釘づけになるのを目にするや、低いながらも声を上げる。「一体どなたをお探しですかな？」

「たった今、殿方が一人こっからお入りになったんじゃあ、だんなさん」

「もちろん、お入りになりましたが。一体何用です？」

「あちらはどこにお住まいで、お宅さん？」

「お住まい？　あの階段の上ですぞ」

「あんれまあ！　どうかここだけの話ってこって。あちらは何というお名前で、お宅さん？」

「姓はジャスパー、名はジョン。ジョン・ジャスパー殿ですぞ」

「何か手に職お持ちで、御親切なだんなさん？」

「手に職？　如何にも。聖歌隊《クワイア》で歌っておられます」

「尖り屋根《スパイア》で？」

「いや、聖歌隊《クワイア》で」

「ってな何でございます？」

ダチェリー氏は書き物から腰を上げ、戸口の上り段までお出ましになる。「大聖堂が何かは御存じですかな？」と彼はおどけた具合にたずねる。

女はコクリとやる。

「では何です？」

女は胸中、何と定義したものやら途方に暮れ、間の抜けた面《つら》を下げる。がやにわにふと、濃紺の空と早目の星を背にデンとそそり立っている本家本元を指差す方がよっぽどか手っ取り早かろうと思い当たる。

「如何にも御名答。あそこに明朝七時に入って行けば、ジョン・ジャスパー殿にお目にかかれ、歌まで聞かせて頂けましょうぞ」

「んりゃ忝いこって！　んりゃ忝いこって！」

何と鬼の首でも捕ったように女が礼を言うことか、ノラクラ身上を食いつぶして世の中渡っている、根っからのんき気なロクでなしのチョンガーの目に如何せん、留まらずばおかぬ。彼はちらと女の方を見やり、かようのロクでなしの御多分に洩れず、背《せな》で手をギュッと組むと、ブラリブラリ、女と肩を並べて砌催いの境内を漫ろ歩く。

「それとも」と彼はグイと頭を後ろの方へ振ってみせながら水を向ける。「その足であすこのジャスパー殿の部屋まで昇って行かれては」

女はジロリと、狡っこそうな笑みを浮かべて相手を睨め据え、かぶりを振る。

「おお！　あちらと口を利きたい訳ではないと?」

女は黙り狂言なる返答を繰り返し、唇で音もなく象る。「ああ」

「でしたら遠くから、気が向けばいつでも日に三度、惚れ惚れ眺められましょうぞ。ですがそのためはるばるお越しになるにはかなりあったのでは」

女はやにわに面《おもて》を上げる。仮にダチェリー氏が女がかくてすんなりどこからお越しかバラすものと思し召しのようならこの方、女自身より遙かにのん気な気っ風であられる。が女はまさかこの男に限ってかように狡っ辛いカマをかけるはずはなかろうと高を括る。何せ街一番のお邪魔ムシならでは、帽子も被らぬまま蓬々の白髪を四方八方、振り乱したなり、ノラリクラリ、ブラつきながらジャラジャラ、退屈凌ぎにズボンのポケットの散銭をジャラつかせているから。

金《かね》のチリンチリン鳴る音は女の阿漕な耳に汲々と留まる。

「どうか宿のお代と、愛しいだんなさん、帰りの道銭をお恵みなすって。所詮、哀れな――ほんに哀れな他処者。おまけにとんでもない咳に祟られておりますもんで」

「お宅は、だが、どうやら旅人宿なら御存じで、そちらへ真っ直ぐ向かっておいでのようでは」というのが依然、散銭をジャラつかせながらのダチェリー氏の穏やかな注釈なり。「ここにはしょっちゅうお越しと、気のいい他処者とやら?」

「いえ、生まれてこの方ほんの一度こっきり」

「ほう、ほう?」

二人はいつしか修道士のぶどう園の入口まで来ている。グルリの景色を目の当たりに、右に倣うに願ってもなきお手本をひけらかすに打ってつけの思い出がまざまざと女の胸中に彷彿とする。女は門の所でつと足を止め、力コブを入れて言う。

「ちょうどこの門の傍だったんで、ってな信じちゃ頂けないかもしれませんが、お若いあんさんが三と六ペンスお恵み下すったな。んりゃあんましあたしがドンピシャこの芝の上で息が吹っ飛んじまいそうなほどゴホゴホ噎せ返ってるもんで。どうか三と六ペンスお恵みをってったら、あちらはすんなりお恵み下さいました」

「値までいくらいくらと口にするとは少々図々しすぎはせんか?」とダチェリー氏は依然ジャラジャラやりながらそれとなく言う。「〆ていくらにするかは相手次第にするのが筋というものでは?　そのお若い殿方には何となく――ほんの何となくにせよ――頭ごなしに決めつけられているような気がしたやもしれんでは?」

「あんれ、よござんすか、お宅さん」と女はここだけの話とばかりにして説きつけがちに答える。「あたしゃそいつをこの身のためにもなりゃ、こちとらでも商ってる薬に叩いてやんのに恵んで頂いたまでのこって。あたしゃそう、お若いあんさんにも言って、あちらはすんなり恵んで下すって、あたしゃそいつを最後の真鍮の一ファーデンまで正直に叩いてやったんで。ってこって今も同し額だけ同しやり口で叩いてやりたいんで。もしかお宅さんが恵んで下さろうってなら、今度だって最後の真鍮の一ファーデンまで正直に叩かして頂こうじゃ、ってな神かけて!」

「薬といらのは何ですかな?」

「あたしゃお宅さんにゃ後からだけじゃなし前からだって正直にやらして頂こうじゃ。そいつあアヘンで」

ダチェリー氏はいきなり血相を変え、いきなり女の顔をグイと覗き込む。

「そいつあアヘンで、お宅さん。ぶっちゃけた話が。んでそいつあいつだってコキ下ろされるだきゃコキ下ろされっけど、めったなことじゃあ持ち上げて頂けない、ってこっちゃあたしら人間サマと似たり寄ったり」

ダチェリー氏はやたらゆっくり、御所望の額だけ数え出し始める。ガツガツ貪るように相手の手を見守りながら、女は男に示して然るべきお誂え向きの手本がらみでクダクダ垂れ込みにかかる。

「お若いあんさんが三と六ペンス恵んで下すったな、あたしが一度こっきりこっちへやって来た、こないだのクリスマスの前の晩のちょうど日が暮れたばっかのことだった」

ダチェリー氏は数えていた手をひたと止め、どうやら数え損なっていると見て取るや、ごっそり散銭を揺すぶり上げ、またもや一から数え直す。

「んでお若いあんさんの名は」と女は言い添える。「エドウィンってったんで」

ダチェリー氏は金を落っことし、そいつを拾い上げるべく腰を屈め、四苦八苦やったせいで顔を真っ紅に染めながらたずねる。

「どうしてお若い殿方の名まで御存じと?」

「んりゃこっちからおたずねしたら、バラして下すったもんで。あたしゃあちらにゃ二つこっきりしか吹っかけなかった。まざお名めえは? んでかわい子ちゃんはおいでか? するとあちらは名はエドウィンってって、かわい子ちゃんはいないってさ」

ダチェリー氏は選り分けられた散銭を手にしたなりひたと、何やらそいつらの値がらみでとっくり思案に暮れたが最後、いっかな手放す踏んぎりがつかぬかのように息を止める。女は相手を胡散臭げに、して挙句男が喜捨を思い直してはとムラムラ怒り心頭に発しつつ、睨め据える。が男は恰も浄財を胸中、お払い箱にしてでもいるかのように女に金を与え、片や女はペコペコ頭を下げながら、立ち去る。

ダチェリー氏が独りそいつの方へ引き返してみれば、ジョン・ジャスパーのランプには火が灯り、彼の灯台は煌々と照っている。さながら絶壁紛いの岸辺に近づきつつある、危険な航海なる船乗りが警告灯の光線伝《づて》、金輪際達さぬやもしれぬその向こうの避難港を見はるかす如く、かくてダチェリー氏の物思わしげな眼差しは当該狼煙と、その向こうへと投ぜられる。

彼が今しも間借り先へ引き返しているのは、単に手持ち衣裳において然ても無用の長物の一点と思しき帽子を引っ被るためにすぎぬ。再び境内に入って行くと、大聖堂の時計が十時半を告げる。彼はグズグズためらい、辺りを見回す。さながらダードルズ氏が家路へと飛礫を打たれる呪《まじな》われし刻《とき》が撞かれたからには、やっこさんに飛礫を打つよう御指名に与っている悪戯小鬼に出会せるやもしれぬと思ってでもいるかのように。

実の所、くだんの悪霊は現し世に顕現して御座る。折しも飛礫を打つ生身の標的に事欠くとあって、この方、ダチェリー氏によりては共同墓地の手摺り越しにあの世の方々宛飛礫を打つという不敬極まりなき所業にかかずらっている所が認められる。悪戯小鬼がこれぞ傑作千万にして小癪な所業と思し召しているのは一つには、あの世の方々の終の栖なるもの神聖と触れ回られているから。また一つには、ひょろりとひょろ長い墓石は暗闇にて巡回中の御当人方にそこそこ似ているせいで、皆さんぶち当てられたらさぞや痛かろうとの甘味な空想は強ち絵に画いたモチでもなかろうから。

ダチェリー氏は小童に声をかける。「おい、ウィンクス！」小童はさらばかく応じる。「やあ、ディック！」御両人、どうやら早、ツーカーの仲になっていると思しい。

「けど、いいかい」と小童は物申す。「オイラの名めえをペラペラやるんじゃねえやい。名めえなんざ、オイラこれっぱかしバラしてやんねえからな。あいつらブタ箱でオイラの名めえを帳面につけようってんでカマあかけんのさ。『きさま、名を何という？』すったらオイラだぜ。『くやしかったらめっけてみな』んでやっぱあいつらカマあかけんのさ。『何の宗派だ？』すったらオイラだぜ。『くやしかったらめっけてみな』とは、因みに、お上も、如何に統計学的とは言え、やってのけようと思えばおよそ一筋縄では行くまい。

「ばかしか」と小童は畳みかける。「ウィンクスにゃあ身内なんざ一人こっきりいねえからな」

「そんなはずはなかろう」

「ウソつけえ、んなこたねえやい。『旅人《たびにん》』の奴らが何せオイラってなまともにぶっ通し寝かしてもれえねえで一晩中叩き起こされるからってんでウィンクスってえつけやがったのさ。おかげでオイラもう一方の目えつむんねえ内からもう片っぽおっ広げさせられるんだがよ。ってこってウィンクスと来りゃ。オイラにケチつけようってならデピュティーがいっとう近え名かもしんねえが、そいつだってどいつがこっちから名乗ってやっかよ」

「だったらいつだってデピュティーで行こうじゃないか。おれ達二人は今じゃツーカーの仲だな。えっ、デピュティー?」

「めっちゃな」

「おれは初っ端お近づきになった際にきさまの借りをロハにしてやって、あれからというものおれの六ペンスは数え切れないくらいきさまの懐へ消えて行った。じゃないか、デピュティー?」

「ああ! ばかしかだんなあジャアスパーたあ犬と猿だぜ。けど何で奴あオイラの足いひょいと吊る下げなきゃなんなかったのさ?」

「ああ、全くもってな! だが今は奴のことは放っておけ。

今晩はおれのシリング銭がきさまの懐行きだ、デピュティー。きさまの所へつい今しがた、おれがさっきまで口を利いていた女が宿を取ったな。ゴホゴホ噎せ返ってばかりいる喘息持ちの女が」

「パファーだろ」とデピュティーは狡っこそうに、先様ならとうに御存じと、見知り越しのやぶ睨みをしてみせ、頭をてんで一方に傾げ、目をてんでギョロリと持ち場よりお払い箱にしたなりプカプカ、影も形もなきパイプを吹かしながら相づちを打つ。「アッヘン病みのパファー」

「あいつの名は何という?」

「プリンセス・パファー妃殿下」

「外に名前はあろうが。ネグラはどこだ?」

「ロンドンのめやこで。ジャックの連中に紛れてよ」

「とは船乗り連中にと?」

「だからってってるだろ。ジャックだの、チェイナ人だの、ほかにも物騒な匕首使《つけ》えに紛れてよ」

「あの女がドンピシャどこに住んでいるか、きさまづて、シッポをつかみたい」

「ガッテン。ってこってそいつうこっちい寄越しな」

一シリング銭が手渡され、かの、徳義を重んず当事者二名の間なるありとあらゆる業務上の手続きにつきものたる信頼の精神に則り、当該一件も手締めと相成る。

「けど傑作な話もあったもんじゃや！」とデピュティーは声を上げる。「いってえ妃殿下の奴ぁ明日の朝どけえ出かけると思う？　あいつぁ、ええい、コンチキショーめが、でっえ-せっえ-どっお-に行く気だとよ！」小童はうっとりかんとする余りくだんの一語を目一杯引き延ばし、ピシャリと片脚をぶち上げざまケラケラ腹を抱えた勢い体をくの字に折る。

「どっからそいつを仕込んだ、デピュティー？」

「んりゃあいつがたった今バラしてくれたもんで。だからってんで早っから床お抜けて出かけなきゃってよ。あいつぁ言うんだぜ。『デピュティー、あたしゃとっとと顔お洗ってなるたけめかし込まなきゃ。何せでっえ-せっえ-どっお-をちょろりと歩いてみる気なもんで！』」小童は先と同様、うっとりかんとする余り、くだんの一語をバラバラにバラかし、されど石畳の上をあちこち地団駄踏んで回ったとて一向おどけ気分が晴らされぬと見て取るや、いきなりゆるりと、恐らくは首席司祭によりて踏まれていると思しきしかつべらしきステップを踏みにかかる。

ダチェリー氏は当該特ダネを物思わしげながら御満悦の態にて仕込み、かくて談合はお開きとなる。御自身の妙ちきりんな塒に引き返し、トープ夫人が下宿人のために仕度しておいてくれたチーズ付きパンとサラダとエールの夜食を認《したた》めながら長らく座り、平らげ果してからもなお、座っている。が、とうとう腰を上げ、隅戸棚の扉を開け放ち、内側に引かれた一本ならざるぎごちないチョークの印に当たる。

「何せ」とダチェリー氏は独りごつ。「勘定をつける昔ながらの旅籠のやり口がお気に入りなもんで。勘定をつける奴にしかチンプンカンプン。勘定をつける奴にはトバッチリがかからん代わり、つけられた奴には分《ぶ》の悪い借りがつく。はむ。はあっ！　だが、めっぽうちゃちなつけでは、こいつは。めっぽうお粗末なつけでは！」

それにしてもこいつのげに何とお粗末なつけだことよと思えば如何せん溜め息を吐かざるを得ず、彼はくだんの納戸の棚の一つよりチョークの欠片を抓むと、〆に如何ほど足してやれば好いものやらと首を捻りつつ、しばしそいつを手にためらう。

「せいぜいおとなしめに」と彼は締め括る。「引いておくしかなかろうな」かくて言行一致でかかり、隅戸棚を閉《た》て、床《とこ》に就く。

神さびた町に燦然たる曙光が降り注がる。その遺跡や廃墟は青葉繁れる蔦が日光に照り映え、鬱蒼たる木々が芳《かんば》しき大気に戦いでいるとあって、殊の外、美しい。揺れる大枝からの映えある光の移ろいや、小鳥の囀りや、庭や、森や、野原からの――と言おうか、その豊穣の季《とき》なるこれ一つの大いなる庭たる島国の全耕地からの――馥郁たる香りが、大聖堂の隅々にまで浸み渡り、その土くさい匂いを鎮め、蘇りと命（『ヨハネ』一一・二五、祈禱書『埋葬の儀』冒頭句）を説く。幾世紀をも閲した冷たい石の墓は温《ぬく》もり、ちらちらと明滅する明るみが建物の如何に厳めしき大理石の片隅へも射し込み、そこにて翼さながらヒラヒラ揺蕩う。

トープ氏が、大きな鍵束ごとお越しになり、欠伸しいしい錠を外し、扉を開け放つ。トープ夫人とお付の掃除妖精方がお越しになる。とこうする内、オルガン奏者と鞴《ふいご》係の小僧がお越しになり、桟敷の赤いカーテンより下を見下ろし、恐い物知らずにも、くだんの遙か高みにて楽譜からパタパタ塵《ちり》を叩《はた》き落とし、音栓やペダルからそいつをさっと払い除ける。一羽ならざるミヤマガラスが天穹の四方八方より、巨大な塔へと舞い戻る。ひょっとして振動の御相伴に与り、鐘とオルガンがそいつをこちとらにお裾分けしてくれるのを御存じなのやもしれぬ。蓋し、めっぽう小さな会衆が三々五々――わけても小キャノン・コーナーと境内より――お越しになる。クリスパークル氏は潑溂としてにこやかにお越しになり、仲間の司祭方は然まで潑溂としてにこやかならずお越しになる。聖歌隊がセカセカお越しになる（のはいつもの伝で、床に就くのを嫌がる子供よろしく土壇場に、御当人方の寝間着にゴソゴソ袖を通す）。ジョン・ジャスパーが彼らの列の先頭に立ってお越しになる。最後にダチェリー氏がめっぽう使い勝手のいい、選りすぐりの空っぽのその他大勢の端くれたるとある信者席へとお越しになり、キョロキョロ、プリンセス・パファー妃殿下はどこぞと辺りを見回す。

礼拝《らいはい》がかなり進んで漸う、ダチェリー氏は妃殿下に気づく。がその時までには妃殿下が蔭に身を潜めているのに目を留めている。彼女は抜かりなく聖歌隊長の目に触れぬよう、円柱の後ろに身を潜めているが、彼をしげしげ食い入るように睨め据えている。女がそこに居合わせているなど知らぬが仏で、聖歌隊長は朗々と歌声を響かす。女は彼がわけても旋律的な佳境に入るやニタリと口許を歪め――然り、ダチェリー氏が事実、目の当たりにする如く！――円柱のありがたき暗がりの蔭より彼宛、拳を振る。

ダチェリー氏はまたもや、念のため、そちらを見やる。然り、またもや！ 信者席の腰掛けの下っ側の張り出し棚に刻まれた奇抜な彫り物の一つといい対醜く皺だらけにして、悪魔その方といい対小意地の悪げにして、翼に聖典をどっさり積んだ（して、彫り師描く所の御当人の獰猛な属性に照らせばいっこう連中のお蔭で宗旨替えした風にない）どデカい真鍮製の鷲といい対血も涙もなげに、女は骨と皮に痩せさらばえた両の腕でギュッと御尊体を抱きかかえたと思いきや、聖歌隊の長《おさ》宛、両の拳を振る。

　して折しも、聖歌隊席の格子戸の外っ側にて、小賢しい手に出るのはお手の物、デピュティーがまんまとトープ氏の目を盗み果したか、桟越しにジロジロ、抜け目なく中を覗き込み、拳を振っている者から振られている者へ、びっくり眼で目を移す。

　礼拝《らいはい》は終わり、礼拝《らいはい》を司る者達は朝食へと散る。ダチェリー氏は聖歌隊が（つい今しがたセカセカ袖を通したに劣らずセカセカ寝間着を脱ぎ）アタフタ立ち去り果すや、表で、昨晩《ゆうべ》お近づきになったばかりの馴染みに声をかける。

「はむ、奥方殿《ミストレス》。お早いお越しで。ですから、あちらの姿は篤と御覧になったと？」

「ああ、篤と拝まして頂きましたとも、お宅さん。篤と拝まして頂きましたとも！」

「でやっぱり御存じだったと？」

「御存じだったって！　お偉い司祭様方がごっそり束になってかかってもかないっこないくらい御存じだろうじゃ」

　トープ夫人は至れり尽くせり、間借り人のためにたいそう小ざっぱりとして清潔な朝食の仕度を整えてくれている。朝餉に腰を下ろす前に、間借り人は隅戸棚の扉を開け、棚からチョークの欠片を抓み、〆に一本ズイと、戸棚の扉の天辺から底まで届こうかという太い線を加える。してやおら馳走に健啖を揮いにかかる。

＊　＊　＊　＊

訳注

第二章

(八)大聖堂の野太い鐘が刻《とき》を告げれば　晩禱が行なわれるのが午後四時から四時半とすればこの刻《とき》は五時。

(〃)奇妙な帽子　首席司祭の帽子は通常の山高帽より山が低く、山と左右のツバの間に紐がついている。一三八頁挿絵参照。

(〃)小キャノン　大聖堂や聖堂参事会教会に所属し、礼拝の補助等に当たる有給聖職者。

(〃)年がら年中…せせらぎに頭から飛び込んでいる　健康的なクリスパークル師は所謂「筋肉的キリスト教徒」の典型。

(一〇)『教えておくれ、羊飼い‐たあちよ…ぼくのフロ‐オ‐オ‐ラがこの道を過るのを見かけなかったか!』　ジョーゼフ・マーツィンギー(一七六五―一八四四)作牧歌調グリー合唱曲『花冠』のテノール声部より。

(一二)マルセイエーズ風　フランス国歌『ラ・マルセイエーズ』を歌う時の互いに肩を組み合う姿勢。

(一三)さらば、若者を白髪に…老いぼれを土塊《つちくれ》にする懶き心労よ　『音楽の友』(一六六七)所収ジョン・プレイフォード作の流行り唄より。エドウィンが当該章の終わり近くで引用する歌詞「女房は踊り、俺は唄い、そんな具合に愉快に明けては暮れるのさ」は第二節の続き。

(〃)ジャスパー氏の一心な面《おもて》は…肖像画を引っくるめる　肖像画は隣の部屋の炉造りの上のはずだが。

(一八)『この世にその半ばも甘きものはない』　トーマス・ムア『アイルランド民謡集』(一八〇七―三五)所収「愛の若き夢」より。ここで「その半ば」とは「愛の若き夢の半ば」。

第三章

(一九)以下の頁にては仮にその名をクロイスタラムとしておこう　古代英国大聖堂の町クロイスタラムのモデルはディケンズの生まれ故郷、ケント州北西部の都市ロチェスター。

(〃)御伽草子の人食い鬼　即ち、『ジャックと豆の木』の巨人。

(二〇)聖《ひじり》の礼拝堂《チャペル》　恐らくは一二〇一年、聖地への巡礼中にロチェスターで殺害されたスコットランドの聖ウィリアムの廟《びょう》として建てられた礼拝堂《チャペル》。

(二一)タンブリッジ・ウェルズ　十七―八世紀に鉱泉場として栄えたイングランド南東部ケント州の丘陵都市。

(二九)イシスに、トキに、ケオプスに、ファラオってば　イシスはエジプト神話で豊穣と受胎の女神。トキは古代エジプト人に霊鳥として崇められた。ケオプスはエジプト最大のピラミッドを築いたエジプト第四王朝の王。ファラオは古代エジプト王の称号。

(〃)ベルゾーニさん　ジョヴァンニ・B・ベルゾーニ(一七七八―一八二三)はイタリアのエジプト遺跡探検家。元はエドウィン同様技師だった。

第四章

（三五）**「フランス軍の来たらば、我らドーヴァーにて迎え撃たん！」**　一八〇四年のナポレオンによるブローニュ野営時を連想さす乾杯の音頭。当時イギリスはフランス軍侵攻の危機に瀕していた。

（三六）**たといやつがれは外つ国へ行ったことがなかろうと、お若いの、外つ国の方でやつがれの下《もと》へやって来てくれましてな**　事実がバレても白を切る詭弁家を揶揄する俚諺「もしや山がマホメットの下《もと》へ来ぬなら、マホメットが山の下《もと》へ行かん」を捩《もじ》って。

（四三）**まるで御自身ダチョウにして、冷たい鉄の晩メシにありつく気ででもあるかのように**　ダチョウは消化のために小石を丸呑みにするという俚諺を踏まえて。

第五章

（四四）**ダードルズ氏と馴染み**　当該章は本来第八章（第二分冊）として用意されていたものを、第一分冊の頁不足のため、急遽こちらへ移された。

（〃）**ジョン・ジャスパーは境内を抜けて我が家へ帰る道すがら**　第五章は（前項の如く）本来、小キャノン・コーナーにおける会食に続いていたため、さらばジャスパーは「境内を抜けて」帰宅することになっていたであろう。（サプシー邸からであれば本町通り《ハイ・ストリート》を真っ直ぐ北へ向かえば事足りる。）

（四六）**野育ちピーター**　一七二五年、ハノーバーの森で発見され、後にイギリスに連れて来られた野生児。

（五〇）**聖ステパノ**　瀆神の廉で飛礫打ちの刑に処せられた最初のキリスト教殉教者。

（〃）**シャンテクリア**　『狐物語』に出て来る雄鶏の名。そこからオンドリの代名詞。

第六章

（五一）**壷の仕度**　小間使いは朝食の仕度が整い次第、厨の暖炉で暖めた、紅茶に注《そそ》ぐ熱湯の入った壷を持って上がる。

（五三）**大法官庁《チャンサリー》の目に会わす**　大法官庁《チャンサリー》とは、一旦大法官庁の訴訟に持ち込まれると二進も三進も行かなくなることから、ボクシング用語で「頭を左腕の下に抱え込まれて連打を浴びる」の謂。

第九章

（八七）**ピクルス漬けのペッパーどっさりつついたと申し立てらるピーター・パイパー**　「ピーター・パイパー、ピクルス漬けのペッパーどっさりつついた」で始まるお馴染みの積み重ね童歌。

（八八）**ティルベリー砦におけるエリザベス女王**　一五八八年、八月八日、エリザベス女王はスペイン艦隊襲撃に備え、テムズ河口グレイヴゼンド対岸のティルベリー砦で閲兵した。

（〃）名にし負うユダヤ人を描きし　一七四一年、『ベニスの商人』シャイロック役のマックリンの演技を観劇した際のポープの讃辞。

（〃）快活な隣人ムッシュー・ラ・フォンテーヌ　ジャン・ド・ラ・フォンテーヌの訳した『イソップ物語』はフランス語学習の教科書としても間々用いられた。

（九三）コティヨン　四人、もしくは八人が一組になって踊る活発なフランス舞踏。

第十章

（一〇五）コンスタンシア　ケープタウン近郊のコンスタンシア農場産の香味豊かなデザート・ワイン。

（〃）タマリンド　清涼飲料や緩下剤に用いるマメ科の常緑高木の実。

第十一章

（一一八）干上がって久しき旧渓流《オールド・ボーン》　ホウボーンの名はかつて渓流《ボーン》がこの中央を流れていた故事に由来する。

（〃）ステイプル・イン　ホウボーンのグレイズ・イン・ロードの南端に位置する法学予備院。

（一一九）恐らく《パハップス》ジョン・トーマスの謂なりや、それとも恐らく《パハップス》ジョー・タイラーの謂なりやと　正しくは銘は一七四七年、二期にわたりステイプル・インの院長《プリンシパル》を務めたジョン・トムソンを指す。

（〃）ピストルの言い種ではないが「賢者呼ばわる所の譲渡《コンヴェイ》」『ウインザーの陽気な妻達』第一幕第三場でピストルの用いる'convey'は、ただし、「クスねる」の意の盗人の隠語。これに法律用語の「譲渡する」を懸けて。

（一二〇）ファーニヴァルズ・イン　ホウボーンを挟んでステイプル・インの向かいにあったかつての法学予備院の一つ。十九世紀までには貸間や旅籠が雑居した。

（一二一）ウパスなる有毒の木　イラクサ科の大高木。昔、この木の周囲数マイル内の生物は皆死滅し、荒地と化すと信じられていた。

（一二五）厨人《キッチナー》博士　ウィリアム・キッチナー（一七七五―一八二七）は数々の料理の本を著した美食家。ここでは博士に寄す二篇の頌歌の中で故意に Kitchiner を Kitchener と綴ったトーマス・フッドの顰みに倣い、ディケンズも厨人《キッチナー》と綴っている。

（〃）ハーヴィ　「ハーヴィズ・ソース」は彼の旅籠の常連客に格別調合した亭主ピーター・ハーヴィに因むソース。

第十二章

（一三五）腰を上げよ、サー・トーマス・サプシー！　ナイト爵授与後の君主の言葉。

（〃）地の塩とは然なる者達のものなるからには　「（世の腐敗

を防ぐ）地の塩」（『マタイ』五：一三）と「神の王国とは然なる者達のものなるからには」（『マルコ』一〇：一四）の折衷。

（〃）**彼の耳を──とは擽《こそばゆ》くして差し上げるに寸詰まりでだけはない長ずっこい奴だが**　「（ロバのように）耳が長い」は転じて「魯鈍な」の謂。

（一四〇）**「死の舞踏」**　死に神が様々な死者を墓場へ導く骸骨の舞踏を主題とする中世絵画。ここで言及されているのはディケンズも複製を持っていたハンス・ホルバインの作品。

（一四七）**熱帯地方熱《キャレンチャー》**　昔、水夫が熱帯地方でこの病にかかると、海を青野原と思って飛び込んだという熱病。

（一四九）**ダードルズは朝までうちにゃあ…いっかなうちにゃあけえるめえ**　流行りの戯れ唄「俺達ゃ朝まで家には帰らねえ」のダードルズ流翻案。

第十三章

（一五二）**アディソン氏の感銘深き悲劇**　即ち、英国の評論家・詩人ジョーゼフ・アディソン作『カトー』（一七一三）。カトーはローマの政治家・軍人・文人。

（〃）**敢えて名指すまでもなき戦において…陳腐に過ぐ文言にて口にされし条《くだり》**　言及されているのはテルモピレーで戦死したスパルタ王レオニダス。戦を控え、部下に「今宵はここにて愉快に晩餐を認《したた》めようではないか。いずれプルートー（黄泉の国の王）と共に食すことになろうからには」と言ったと伝えられる。

（一六〇）**「ああ、妹のローザ、妹のローザ、塔から一体何が見えるってのさ？」**　『青ヒゲ』で青ヒゲに殺されそうになった妻が妹のアンを塔へ登らせ、たずねる文言「アン、妹のアン、誰かこちらへやって来るのが見えなくって？」を捩《もじ》って。妻は最後は約束通り救出に駆けつけた兄達によって救われる。

第十四章

（一六四）**この三人、いつまた出会う？**　『マクベス』の幕開けの魔女の台詞「あたしら三人、いつまた出会う？」より。

（〃）**いっそ二十四分の一《トゥエンティフォース》ケーキか四十八分の一《フォーティエイトゥス》ケーキとでも呼んでやりたいほどだが**　“twelfth”（十二日節《トゥエルフス》）の他方の意「十二分の一」と懸けた言葉遊び。

（一六五）**ハイ・スクール**　ぶどう園にあったヘンリー八世設立の大聖堂グラマー・スクールか、或いは本町通り《ハイ・ストリート》にあったサー・ジョーゼフ・ウィリアムソン数理学校のいずれか。

（一七四）**己《おの》が心の自づとこの則《のり》を守らんことを**　聖体拝領におけるモーゼの十戒への応唱句。

第十五章

（一七九）**マグとの押韻**　即ちスラグ（「なめくじ」）を暗に指して。

第十六章

（一九六）ベンサムの文言を借りれば　功利主義の究極を説いた「最大多数の最大幸福」を捩《もじ》って。

（一九九）小キャノン・ロウ　「コーナー」を現実の名「ロウ」と呼んでしまったディケンズのうっかりミス。

第十七章

（二〇一）かの今は亡き人類の恩恵者…「あばた面《づら》のフォーゴ」として名を馳せし傑人　一八二〇—三〇年代にかけて活躍した雑誌『ベルズ・ライフ』の記者ジャック・フォーゴは彼自身拳闘家ではなかったが、スポーツ記者兼拳闘試合企画者として「プロボクシング（懸賞金付拳闘試合）界の桂冠詩人」の名を恣にした。

（二〇五）せっせと他人様の帽子の寸法を採って回るほど…とっとそいつを引っ被って頭に乗せておかれるが好い　"If the cap fits, wear it."「仮に帽子がぴったり合うなら、被っておくが好い」即ち「批評に思い当たる所があれば、素直に認める可し」の意の格言を踏まえて。

（二一三）かの未完成にして未開発の鉄道駅　ロンドン橋駅がグリニッヂ線の終着駅として開通したのは一八三六年。その後幾多の増築や改装が行なわれることになる。

（二一五）コルベット艦　平甲板・一段砲装の木造帆装軽巡洋艦。

第十八章

（二一八）「舌のトロけるバタ付き熱々ボイルド・ビーンズ」　「もしか晩メシにありつきたけりゃ、舌のトロけるバタ付き熱々ボイルド・ビーンズ」の掛け声で始まる一種の隠れんぼ。「鬼」はお目当てのものに近づくにつれ「熱く」なり、離れるにつれ「冷たく」なる。

（二三三）結末は仕業に報ゆ　『トロイラス・アンド・クレシダ』第四幕第五場等に多々見られる常套句。

（二三五）サプシーのだんなってのがあちゃらの名めえ…競り落としってのがあちゃらの生《なり》ええ　小学生が他の生徒の教科書と区別するため見返しに書いたお定まりの脚韻詩の捩《もど》り。

第二十章

（二四〇）懶き心労　第二章注（二）参照。

（二四一）「あやつの手管に呪いあれ！…ええい、畜生！」　ヘンリー・ケアリ作英国国歌『国王陛下万歳！』の第二スタンザのグルージャス風改竄。

第二十二章

（二五五）ロンドンの煤煙《ブラック》は永久《とは》に解放され　「煤煙《ブラック》」に「黒人《ブラック》」を懸けて。

（二六三）ブルームズベリー・スクエアはサザンプトン・ストリート　サザンプトン・ストリートはステイプル・インのやや西方、

同じ一角にある小路。

（二六七）**グリーンハイズ**　グレイヴゼンド近くのテムズ川南岸の小さな町。

（二七三）**独り身の行かず後家を若やかに碾き潰して下さるとかの碾き臼**　流り歌「マンチェスターは日々是新たなり」の歌詞を捩《もじ》って。（ただし、ここで老いを嘆く乙女を一人残らず若々しく変身させるのはジェニー紡績機。）

第二十三章

（二七八）**一パイントの甘い靴墨**　暗に安物のワインやポーターを揶揄して。

付録（一）：サプシー断章[†]

　気散じがてら、やつがれは『倶楽部』まで遠回りをしました。それはちょうど週に一度の我々の集いの宵だったもので。着いてみれば我々は総動員しておりました。我々は『八倶楽部』なる呼称の下《もと》に兵籍に入れられております。というのも我々は数にして八名、一年の内八か月間、八時に集い、年会費は一人頭八シリング、一ゲームにつき八ペンス賭けて二人組クリベッヂを八ゲーム行ない、我々のつましき夕食はロールパン八箇と、マトン・チョップ八切れと、ポーク・ソーセージ八本と、焼きジャガ八箇と、トースト八枚添えの髄骨《ずいぼね》八本と、エール八瓶より成っておったもので。この（我らが活きのいい隣人方の文言を拝借すらば）懇親会の主立った発想には何らかの色調があるやもしれませんし、ないやもしれません。がとまれ、そいつはやつがれのささやかな思いつきでした。

　『八倶楽部』の仲間内でそこそこウケのいい会員に、その名をキンバリーという男がおりました。ダンス教師でメシを食っておる。しごくありきたりの、能天気な手合いの男で、とことん勿体らしさにも世故にも見限られておりました。

　やつがれが倶楽部室へ入って行くと、キンバリーが折しも御託を並べている所でした。「で男はまだてっきりあちらは教会のめっぽう上の方《ほう》においでなものと思い込んでいるのさ」

　ちょうど扉の八番目の木釘に帽子を掛けていると、やつがれはキンバリーと目が合いました。奴は目を伏せ、お茶を濁しがてら、お次に新月が昇るのはいつだろうか云々とやり出しました。やつがれはその折にはこいつのことなどさして気にも留めませんでした。と申すのも世間はしょっちゅう、やつがれのおる所で教会がらみのネタを持ち出すのにいささか二の足を踏み賜うもので。何せやつがれは我ながらやつがれ自ら政教における我らが映えある慣例と呼んでおる所のものにある程度成り代わるよう（恐らくはほんの奇しき星の巡り合わせではありましょうが）白羽の矢を立てられていたからには。くだんの言い回しは揚げ足取りの連中によりては異が唱えられるやもしれません。が何を隠そうやつがれ自身が思いついた文言でして。いつぞや口角沫を飛ばしておる際にふとした物の弾みで口を突いて出ましてな。さよう、政教における我らが映えある慣例と。

　『八倶楽部』にはまた、やはり王立外科医学会会員のペアトリーという男がおりました。ペアトリー医師は御自身の見解がらみでやつがれに申し開きをなさるには及びませんし、やつがれとしても先生の御卓見についてここで申し上げられるのはただ、先生は泣きつかれれば必ずや貧民をロハで診てやり、教区医ではあられぬということくらいのものでしょうか。ペアトリー医師はかくて正規に任命された公務員を貶めるべく共和主義的全力を傾けられようと、御自身の知性の腑に落ちるよう申し開きをなされるやもしれません。が、そいつをこのやつがれの知性の腑に落ちるようには断じて申し開きなされますまい、というだけで事足りようかと。

　ペアトリーとキンバリーとの間には何やら胸クソの悪くなりそうな手合いの惚けた気心が知れ合うておりました。やつがれが格別そいつに目を留めたのはキンバリーを競りで売り捌いてやった折のことです。（身上がそっくり差し押さえられたもので。）奴は白いチョッキ下と、蝶結びの華奢な靴の出立ちの鰥夫で、さして不器量でもない娘が二人おりました。いや、実の所、なかなかのべっぴんの。娘は二人とも若き御婦人方のための学究的学舎でダンスを教えておりました――やつがれの妻の学舎で。のみならず、トゥインクルトン嬢の所でも。して二人共、稽古をつける際には実に女性らしからぬことに、顎の下にクイと、小さなバイオリンをあてがっておりました。にもかかわらず妹の方は、もしややつがれの勘違いでなければ――事実存じておるとまで申すほどにはヴェールを上げても差し支えなかりましょうが――かようのさもしき穢《けが》れより終生、遙か高みへと天翔っておったやもしれません。もしややつがれ呼ぶ所の凡俗の輩（『ジュリアス・シーザー』I、2）に割り当てられておるいっとう下卑た手合いの精神しか持ち併さず、およそ信じ難いほど崇敬の念に欠けておるばっかりにとんだ馬鹿げた真似をやらかしておらねば。†

　やつがれがキンバリーを価格無制限で売り捌いた際、ペアトリーは（こちとらこそ食うや食わずのクセをして）主立った家財の山を某か競り落としました。が、このやつがれの目は節穴ではありませんでな。無論、あやつが競り落としたそいつらをどうする気かくらいとうにお見通しでしたわ。あやつが兵隊共と一緒にインドへ渡った、いっそ（世のため人のため）首をへし折られておって然るべきだったろう、浅黒の、図体ばかしどデカい手合いの謀反の輩の端くれだというのと変わらんとうに。やつがれは競り落とされた山がとこうする内キンバリーの間借り先に舞い戻っておるのを――窓越しに――目の当たりに、すぐ様ピンと来ました。さてはあやつらを羽振りが好うなるまで貸してやろうとの姑息な言い抜けが成り立っておったものと。やつがれほど世故長けておらん奴ならば、キンバリーの奴めまんまと債権者から金を隠し、物件をこっそり裏で買い占めたものと思い込まされておったやもしれません。があやつには金がビタ一文ないと知っておるばかりか、やつがれにはお見通しでしたわ、かようの真似をするには食い扶持稼ぎのために外の連中に戯けた悪巫山戯の種を植えつけて喜ぶような戯けた悪巫山戯屋の迂闊とは相容れぬある種先見の明がなくてはなるまいということくらい。

競売り以来、二人のいずれに会ったのもそれが初めてだったもので、やつがれは自らをやつがれ呼ぶ所の帰属者未確定状態《アベイアンス》に置いておりました。実はあやつを売り捌いてやる際に、やつがれはキンバリーがらみで御託を二つ三つ並べて――言うなればささやかながら説法を一くさりして――やりましてな。そいつのことを世間はげに常にも増して胆に銘じて然るべきと思し召しては下さいましたが。やつがれはやつがれの競り台へと、またとないほどらしく登り、やつがれが口を利かぬ内からザワザワとあちらの（とはどなたのことか敢えて名指すまでもなかりましょうが）肩書きを繰り返す見知り越しのつぶやきが洩れました。やつがれはそこで切り出しました。お立ち会いの皆々様、お手許の『一覧』の最初の頁の、最初の山のすぐ前の一節に以下なる文言が見て取れましょう。即ち『某債権者によりて発行されし差し押さえ令状に則り競売にかけらる』と。やつがれはそこで、我が馴染み方に申します。皆の衆、お忘れなきよう、人間、身上を曲がりなりにも掻き集めておく生業が如何ほど見下げ果てた、とまでは申さぬまでも上っ調子たろうと、それでもなお、男の身上はさながら男の生業がまともに取り合ってやるだけのことがあったろう質《たち》のそれだったと変わらん男にとってはかけがえがなく、世間にとっては（もしや価格無制限で売り払われるとあらば）捨て値同然でありましょう。やつがれはそこで我が聖句を（などと呼んで差し支えなければ）三つの項目に分け――まずは『某債権者によりて発行されし』。次いで『差し押さえ令状に則り』。最後に『競売にかけらる』と――一項毎に二、三道徳的思索を巡らし、締め括りに申しました。「では、いよいよ最初の山へ」その物腰たるや、後ほど我が聴き手方に紛れた際にはいたくお褒めに与りましたが。

という訳で、やつがれとキンバリーとが如何様な間柄にあるかしかとは解《げ》しかね、やつがれはしかつべらしく――よそよそしく――しておりました。キンバリーが、しかしながら、やつがれの方へ寄って参るもので、やつがれもキンバリーの方へ寄って行きました。（実は令状を発行した債権者とは外ならぬこのやつがれでした。それでどうのこうのというのではありませんが。）

「つい今しがた、サプシー殿」とキンバリーは申しました。

「貴殿が入ってお見えになった際に話のタネにしていたのは、ここへ来る途中、通りで四方山話に花を咲かすこととなった他処者のことでして。先方は、何でも教会墓地の側《そば》で貴殿に話しかけていたとか。して貴殿御自身、他処者に自分が何者かおっしゃったにもかかわらず、男にいくら貴殿が教会のめっぽう上の方《ほう》にはおられぬと言って聞かせようとて詮ありませんでした」

「何とまたド阿呆者もいたものでは！」とペアトリーが言いました。

「何とまたマヌケも！」とキンバリーが言いました。

「何とまたド阿呆者のマヌケも！」と残る五名の会員が口を揃えて言いました。

「ド阿呆者のマヌケとは、皆の衆」とやつがれはグルリを見回しながら物申しました。「押し出しも物言いも申し分のない若者に当てつけるには聞き捨てならぬ文言では」何様、義憤がムラムラと頭をもたげたもので。正直な所。

「そいつはノータリンに決まっておろう」とペアトリーは言いました。

「あれこそウスノロというものさ」とキンバリーは言いました。

連中の吐き捨てるような物言いと来ては全くもって聞くに耐えませんでした。何故《なにゆえ》くだんの若者は然までコキ下ろされねばなりません？　若者が一体何をしでかしたというのです？　ただ罪のない、しごく当たり前《ナチュラル》の過ちを犯しただけでは。やつがれはムラムラと込み上げておる義憤に抑えを利かせて、然に申しました。

「当たり前の《ナチュラル》」とキンバリーは繰り返しました。「そやつはなるほどてんねん《ナチュラル》だわい！」

『八倶楽部』の残る六名の会員はそこで一斉にゲラゲラ腹を抱えました。やつがれはいたく心証を害しました。それはさも見下げ果てたような笑い方だったもので。やつがれはそこに居合わさぬ、馴染み一人おらぬ他処者が不憫なばっかりに、怒り心頭に発しました。してガバと（腰を下ろしておったもので）椅子から立ち上がりました。

「皆の衆」とやつがれは物々しく申しました。「やつがれはこの場に居合わさぬ罪なき若者に汚名が着せられるのを黙って見ていてなお、この倶楽部に名を列ねる訳には参りませんぞ。やつがれはやつがれ呼ぶ所の持て成し心の聖なる儀礼を然まで侵害する訳には参りませんぞ。皆の衆、やつがれは皆の衆がまだしも行儀作法を弁えるまで脱会させて頂かねば。皆の衆、やつがれはその時まで、やつがれ自身この集いの場に如何なる個人的権能をもたらして来たにせよ、この場より引き下がらせて頂かねば。皆の衆、その時まで皆の衆は『八倶楽部』たることを止《や》め、せいぜい『七倶楽部』たるに甘んじねばなりますまい」

やつがれは帽子を被り、その場を辞しました。階段を下りているとはっきり、連中が抑えた調子ながら快哉を叫ぶのが聞こえました。物腰と人類に纏わる知識の力とは然なるものたるからには。――連中、好むと好まざるとにかかわらず、快哉を上げずばおれなかったのでしょうて。

Ⅱ

『倶楽部』が催されている旅籠の戸口から二、三ヤードと行かぬ内に果たして誰に出会したとお思いですかな、もしやそいつの肩を持つことこそ己《おの》が本務と然ても義憤に燃えて――して申し添えてよろしければ、然ても我が事は二の次にして――心得た今のその若者でなくして！

「もしやサプシー殿では」と若者は怪訝げにたずねました。

「それとも――」

「いや、サプシーですぞ」とやつがれは返しました。

「申し訳ありませんが、サプシー殿。どうやら頭に血を上らせておいでの御様子」

「如何にも頭に血を上らせておりますぞ」とやつがれは申しました。「それも外ならぬ君のために」事の次第を微に入り細にわたって審らかにすると（お蔭で若者は感極まっておりましたが）、やつがれは若者に名をたずねました。

「サプシー殿」と若者は目を伏せながら答えました。「サプシー殿の炯眼たるやさても鋭く、同胞《はらから》の魂に対す洞察たるやさても深遠であられるからには、たとい小生図々しくも我が名はポーカーだということを打ち消そうと、一体何の甲斐がありましょう？」

やつがれはなるほど若者の名が事実ポーカーであるか否か徹頭徹尾突き止めたろうとは申し上げかねます。がまず間違いなく、ほぼ突き止め果せたのではありますまいかな。

「はむはむ」とやつがれはなだめすかしがちに頷くことにて若者の気を楽にしてやろうと努めながら、申しました。「君の名はポーカーといい、ポーカーと名づけられて何ら差し支えないではないかね」

「おお、サプシー殿！」と若者はめっぽう行儀を弁えた物腰で声を上げました。「何とも忝きお言葉！」彼はそれから、まるでつい感極まったのを恥じてでもいるかのようにまたもや目を伏せました。

「さあ、ポーカー君」とやつがれは申しました。「もう少し君のことを教えてくれたまえ。さあ。君は一体どこから来て、ポーカー君、どこへ行くつもりなのかね？」

「ああ、サプシー殿！」と若者は声を上げました。「サプシー殿から隠し事をしようとしても土台叶はぬ相談。早、小生がどこかから来て、どこか他処へ行こうとしているものとお見通しのからには。たとい打ち消そうとて、一体何の甲斐がありましょう？」

「ならば打ち消さぬがよかろう」というのがやつがれの返答でした。

「それとも」とポーカーはある種鬱々として陶然と続けました。「それとも、たとい小生がこの町へはわざわざサプシー殿の姿を目にし、声を耳にするためにやって参ったということを打ち消そうとて、一体何の甲斐がありましょう？　それとも、たとい小生

†

（三〇四）**サプシー断章**　この未完遺稿はディケンズの死後、フォースターによって発見され、「如何にサプシー氏が『八人倶楽部』の会員たるを辞めしか。氏自身の口より審らかにさる」と題された。破棄された断章は第十八章「クロイスタラムの新参者」のための試作と思われるが、第一、二分冊の不足分の埋め合わせに書かれた可能性もある。

（三〇五）**もしやつがれ呼ぶ所の…馬鹿げた真似をやらかしておらねば**　暗にサプシー氏の求愛をはねつけたことを指して。

付録（二）：ワールド・クラシクス版序説抄訳

マーガレット・カードウェル

一八七〇年六月、ディケンズの死によって絶筆となった『エドウィン・ドゥルードの謎』はある重要な点において如何なる前作とも異なっている。即ち、その形式において。この作品は通常の月刊二十分冊ではなく、十二分冊で完結する予定であった。明らかにディケンズは月刊分冊の展開の余裕と自由を物語のより短い基本的なプロットと結びつけようとしていたものと思われる。『エドウィン・ドゥルードの謎』というタイトルそのものからもこの点は裏づけられる。従来の作品においては（例えば『……の人生と冒険』というように）「ピカレスク」風の多様性が敷衍され、表題は長々とした展開を強調していた。この作品において片や、力点には明確な焦点が絞られている。ディケンズ自身がエドウィンの運命という主題についての質問をはぐらかす上で言っていた通り、「小生はこの作品をエドウィン・ドゥルードの『人生』ではなく『謎』と呼んでいる」

（中略）

三つの要素が、よって完成度の高い推理小説には求められると言えよう。即ち、然るべく緊密なプロット、効果的な雰囲気、個性の興味、という。ディケンズが筋立ての困難を十分認識していたことは一八六九年、『オール・ザ・イヤー・ラウンド』のために執筆していた連載物に関し、ロバート・リットンに宛てた忠言の手紙にも明らかだ。

小生には貴兄が手の内を余りに惜しみなく——それも時機尚早に——明かしすぎるような気がしてなりません。してその点は巧みに避けたいと存じます。貴兄の表題にも同じ異が唱えられます。という訳で、代わりに『ジョン・アクランドの失踪』としては如何でしょう。これならば読者は結末まで彼が事実殺害されたのかどうか分からないはずです。

ディケンズが彼自身の新作の想を練る過程においてそのような小説を出版しようとしていた事実は、彼が専ら成功を収めるために拠っていたのは推理的要素ではなかったことを紛れもなく示す。彼が友人フォースターに一か月ほど前に述べていた「物するには手強いかもしれないが、…、極めて興味深く新奇な着想」が何であれ、それは単なるエドウィン・ドゥルードの殺人の問題ではなかった。ここで少なからず興味を催すのはディケンズとウィルキー・コリンズの合作『行き止まり』（一八六七）であろう。この小説が上演されるに及び、ジャスパーと多くの共通点を有す悪漢オーベンライザーの役はディケンズの友人チャールズ・フェッチャーによって演じられた。読者にとってオーベンライザーはジャスパーならば掻き立てられよう両価的な反応を如何なる点でも喚起することのない筋金入りの悪漢のように思われる。がディケンズはフェッチャーが「マーゲライトへの情熱的な愛故に観客の憐憫と共感」を喚び覚まそうとしていることに目を留め、興味を覚えた。恐らくこの反応はジャスパーを巡るディケンズの構想を形成する上で何らかの影響を及ぼしたと思われる。わけても仮に、彼の息子が後に証言している如く、ディケンズが最終的には『エドウィン・ドゥルードの謎』を上演する想を暖めていたとすれば。

（中略）

ジャスパーの造型はディケンズにとって、恐らく以前からメロドラマの指摘を受けていることを認識しているからには、ある種挑戦であった。ジャスパーがローザと二人だけで登場する唯一の場面は、紛れもなく扱いにくいそれだが、最近ではこれを手の込んだパロディーと解釈する批評家すらいる。この判断は一見、曲解的と思われるかもしれないが、この条《くだり》を真剣に扱う困難さの正鵠を事実射てはいる。ディケンズは賢明にも、「謎」のジャスパーが余りに自己をさらけ出さぬよう腐心した。グルージャス氏の目の前で自制を失う場面では、彼の姿をじっと見守る傍観者の非情な人影によってメロドラマの気味に歯止めがかけられている。ダードルズと共に遠出に出かける前の番小屋における如く、我々読者がジャスパーが独りでいる所を目にする稀な機会において、彼は文字通りピアノの前で「演じて」いる。或いは我々はクリスマス前夜に番小屋に入る際、彼が束の間「険しい」表情を浮かべる所を垣間見る。最初にエドウィンに胸の内を明かして以来、ジャスパーの感情が露にされることはごく稀だ。実の所、聖歌隊長は、中心人物であるにもかかわらず、多くの章を席捲している訳ではない。がそれでいて、彼の存在は黒々と垂れ籠めた威嚇さながら終始肌で感じられる。

（中略）

アヘン窟の場面は明らかにミステリーに効果的な枠組みをもたらし、ディケンズはここで細部に心を砕いている。が雰囲気において遙かにより印象的なのは、静かな大聖堂の境内を有すクロイスタラム――「古色蒼然たる町……寝ぼけ眼の町……全く別箇の、とうに過ぎ去った時代の町」――の構築である。小キャノン・コーナーは長閑な佇まいを見せ、間近の堰では孤独な散歩道が月明かりに照らされ、渺茫たる海への見晴らしが利き、わけても地元の人々は昔日の高僧の朽ちかけの亡骸の眠る大聖堂の地下納骨所へひたむきな関心を寄せる。クロイスタラムの中枢を成す様相――ジャスパーとの連想においてこの作品のほとんど支配的な様相――は大聖堂そのものであり、その威容は生と死の尊厳、人間の邪悪と合法的生活を絶えず眼前に喚起する。（中略）

大聖堂は然まで崇高な次元においてではないにせよ、隠蔽と犯罪に不吉な背景をもたらす上で独自の役を果たしている。ここは「神さびた大伽藍や、回廊や、境内に由々しき静けさが漲っている」とあって、日が暮れてからは誰一人として自ら進んで足繁く訪いたいとは思わない場所であり、クロイスタラムの住人は「生命の息吹が失せた塵に対し、未だ生命の息吹を内に秘めた塵の本有的な怯え」（第十二章）を感じる。程遠からぬ修道士のぶどう園の孤独な脇道の側《そば》の回り木戸の近くでは、身の毛もよだつ邂逅が出来するやもしれぬ。かくて「古《いにしへ》の時と腐朽の名残に囲まれ、人気《ひとけ》なき場所に独り佇んでみれば……思わずゾクリと背筋に悪寒を覚える」こととなる。（第十四章）

（中略）

作品の半ばでディケンズが急死したために必然的に夥しい臆測と筋の続きが呈示される結果を招き、爾来、作品の真の特質の評価に影を落としかねない主要な力点となっている。果たしてドゥルードは生きているのかいないのか？　ジャスパーは無実なのか有罪なのか？　犯罪はどのような方法で行なわれたのか？　ジャスパーは、仮に犯人だとすれば、どのような経緯を経て審理にかけられるのか？　ダチェリーの正体は何者なのか？　ジャスパーとパファー妃殿下との間には何か個人的な縁故があるのか？　様々な推理の就中派手派手しい筋は一族の宿根か、より特定的には儀礼的な絞殺強盗《サッグ》団風の殺人を演繹すべく異国的な要素に力点を置くそれである。ただしこの手の解釈に陥ると、ややもすれば人物の相互関係から個人的興味を奪いかねない。恐らく作品の結末というテーマに関する最も健全な注釈は『チャールズ・ディケンズの作品の批評と鑑賞』（一九一一）におけるG・K・チェスタトンの以下の穏健な卓見であろう。「探偵小説の作家は事実、読者の意表を衝きたいと望むものである。……かくてとある論理を主張する批評家と、また別の論理を主張する批評家との間の論争は全て表層的であり、いささか茶番めいて来る」

（中略）

臆測を検討し尽くしてみれば、我々は確かに最も手堅く、恐らくは最も信頼の置ける証言、即ちフォースターのそれに立ち返らざるを得ない。ディケンズの死から四年後に公表された彼の説明は以下の通りである。

物語は……叔父による甥の殺害のそれとなるはずであった。その独創性は結末において殺人犯自身によって彼の人生が顧みられる点にあり、その衝動はさながら咎人たる彼ではなく、誰か別の人物が誘惑に屈しでもしたかのように審らかにされるはずであった。最後の数章は死刑囚独房において書かれる予定だった。というのも男はそこへ、自らの罪状が全て他者について語られている如く彼から周到に引き出された挙句、投ぜられることになるからだ。その本来の目的のための殺人の全き必然性の無さに殺人犯自身が気づくのは犯罪を犯した直後のことであったが、犯人の発覚は結末辺りまで悉く出し抜かれるはずであった。というのもそこで初めて、犯人が死体を投げ込んだ石灰の腐蝕作用を受けなかった金の指輪が発見されることで殺害された人物の身元のみならず、犯行現場と殺人を犯した男も同定されるからだ。そこまでは作品が未だ何ら執筆されぬ内に私に打ち明けられていた。して申すまでもなく、婚約が続行する場合のみ許嫁に渡されるようドゥルードによって持ち帰られた指輪は、彼らの最後の話し合いの場より彼と共に持ち去られたのではなかったか。ローザはターターと、クリスパークルはランドレスの姉と結ばれ、ランドレス自身は、恐らく、最終的に殺人犯の正体を突き止め、逮捕すべくターターに手を貸す上で、命を落とすことになっていたと思われる。

フォースターの記憶の信憑性はディケンズの娘ケイトによって熱心に主張されている。一九〇六年六月の『ペル・メル・マガジン』においてフォースターの文章を引用しながら、彼女は作品に対す父親の主立った関心について彼女自身の確信を付け加えている。

わたくしの想像では、父がこの作品を書こうとしたのは込み入った筋の展開のためだけでなく、むしろ最大の凱歌を挙げたいと願ったのは、性格についての卓越した観察眼と、人間の心の悲劇的神秘への徒ならぬ洞察を通してだった。

ディケンズの読者にとって娘ケイトの言葉は大いなる説得力を持って聞こえるはずであり、執筆に先立つ数か月の形成期の間《かん》、ディケンズの知性が如何様に機能していたか注目するのは興味深い。既に論じた通り、ディケンズはアヘン窟における場面を如実に描写すべく細心の注意を払った。そのために彼と訪問客の小さな一行は東ロンドンのアヘン窟へ警察の案内の下《もと》視察に出かけた。一八六九年の夏の数か月の別の視察は、しかしながら、遙かに大きな関心事である。これはカンタベリーへの旅であり、そこにて先の友人の一人ドルビーはディケンズが大聖堂の礼拝の無感動な取り仕切り様に辟易するのに目を留めた。（中略）機械的な反応を目の当たりにする嫌悪から、豊かな想像力が索漠たる空しさを自らの内に経験する恐怖に一挙に飛躍するのはいとも容易かろう。「私はそいつが嫌でたまらない。何の変哲もない日々の生活は私の神経をボロボロに砕いてくれる。、、、こいつにはほとほとうんざりだ！　丸天井の間に響く私自身の声の谺はまるで我が身の苦役じみた日課で私を嘲笑ってでもいるかのようだ」第一分冊で奏でられるこの音調は――ジャスパーの主音は――執筆された最後の章、作品のほぼ中央として意図されると同時に、その背景と「再び黎明」という章題によって再びジャスパーの冒頭の幻覚を喚起するよう意図されてもいた箇所において、再度、強調される。

自らを他者と機械的に調和させ、自らと他者がこよなく微妙な機械的関係と和合の状態になければ固より遂行すること能はぬ芸術を絶えず司りながら、この男の精神が周囲の何ものとも精神的調和ないし交感の状態にないとは惟みるだに奇しきことではなかろうか。

ジャスパーの描写において彼の美しい歌声が読者に彼を如何わしい観点から眺めさすような状況で殊更強調されるのは――例えば「不可解千万な遠出」の章や、クリスマス前夜の章や、またしてもアヘン窟における最後の章といった――特筆すべき様相だろう。娘ケイトが父ディケンズの主たる関心は「人間の心の悲劇的神秘」にあったと言った時、彼女は誰より核心を衝いていたのではあるまいか。

訳者あとがき

あんまりガキンガキン、けたたましくも不審な音を立てるものだから、数歩先を行く人が鈴《りん》を鳴らすまでもなく恐れをなして振り返りざま、道を避《よ》けてくれるほどだった、我が愛すべきポンコツ二輪車は。そろそろ寿命かと覚悟の上で自転車屋を訪えば案の定、これでは前へ進まなかったでしょうと、その場で廃車宣告を受けた。(道理で鉛の如く重かった訳だ。) 修理費が新車代より高くつくというなら致し方あるまい。

このツーカーの仲の相方との十九年にわたる思い出の糸を手繰れば切りがない。学生と呑んだ深夜の帰り道、ヨロヨロ、ドテッと、歩道から車道へ落っこちたこともある。拾ったばかりの仔猫に予防接種を受けさせようと、前の籠に突っ込んだ上から板切れで蓋をして獣医さんの所へ向かったはいいが、途中で(当然の如く)逃げられ、先生に大目玉を食らった。ただしその時には早、仔猫との間には恐るべき(少なくとも彼女にとっては!?)絆が結ばれていたものか、名を呼ぶわたしの手の中に泣く泣く(鳴く鳴く?)戻って来たのは仔猫の方からである。

それでなくとも鞭打たせていた老骨に拍車をかけたのは、三年前から始めた片道五十分に及ぶ通勤のロードレース(とわたしは呼んでいる)苦役だったろう。体力の衰えと共に気力まで失せ、肝心の翻訳に焼きが回るのを恐れ(というほどの翻訳でもないが)我と我が身にカツを入れてやりたくて始めた。一旦始めたら火が降ろうと槍が降ろうと音《ね》を上げないのが一国者の一国者たる所以。さすがに夏のアスファルトからの照り返しや、ガチガチに指のかじかむ冬の凍てつく寒さには閉口したが、自転車の魅力は何と言ってもその「軽さ」と「自由」にある。一番好きな風景は昇ったばかりの朝日と、その光を受けてキラキラ輝く水面《みなも》の清《すが》しさだった。いや、今は少し古馴染みとの訣れを惜しんで感傷的になり、「だった」などと過去形を用いているが、もう直新車が届く。このペダルで、次への翻訳に踏み出そう。

翻訳に際しては小池滋訳『エドウィン・ドゥルードの謎』(創元推理文庫、一九八八)を参照させて頂いた。解説は割愛したが、小論 'What "comes out" in *The Mystery of Edwin Drood*'(『英語英文学研究』第四十四巻(一九九九)二五―三九頁)において"come out"というフレーズを鍵にこの作品の肯定的展開の立証を試みている。興味をお持ちの方は一読されたい。今を溯ること十余年、小論を執筆する上で、同僚の畏友マーク・タンコシッチ氏に数々の貴重な御助言を賜った。誤解を恐れずに言えば、ディケンズのテクストに自分以上に真剣に立ち向かう人に出会ったのは後にも先にもこの時だけである。識して感謝申し上げたい。タンコシッチ氏にしてみれば全てに最善を尽くす信念の一環にはすぎなかったろうが。

この度は亡き父昌美の縁《えにし》もあって溪水社社長木村逸司氏に出版をお願いした。ディケンズ三昧に耽るわたしを見て、母はよく「お父ちゃんが羨ましがるだろうね」と言うが、未だ父の庇護から逃れられないのが実情だろう。末筆ながら、拙訳書を故あぽろん社社長伊藤武夫氏に捧げたい。社長は桃の節句を待たずに他界された。「何としても春までは頑張りたい」というのが口癖だった。御自身としては寒い冬を凌げば春には散歩も出来ようとの謂であった。が我が身に引きつけて考えれば『二都物語』(前訳書)までは頑張りたいと読み替えられる。社長の命日は奇しくも『二都物語』の念校の仕上がった日と符合する。訳者が訃報を受け取ったのはその念校をもって校了とした一週間後のことであった。最期まで訳者にいらぬ心配をかけまいと気づかって頂いた御恩に報いるためにもなお一層翻訳に精進したい。

平成二十二年　初夏

田辺　洋子

訳者略歴

田辺洋子（たなべ・ようこ）

1955 年　広島に生まれる
1982 年　広島大学大学院文学研究科博士課程後期修了
1999 年　広島大学より博士（文学）号授与
現　在　広島経済大学教授
著　書　『「大いなる遺産」研究』（広島経済大学研究双書第 12 冊，1994 年）
　　　　『ディケンズ後期四作品研究』（こびあん書房，1999 年）
訳　書　『互いの友』上・下（こびあん書房，1996 年）
　　　　『ドンビー父子』上・下（こびあん書房，2000 年）
　　　　『ニコラス・ニクルビー』上・下（こびあん書房，2001 年）
　　　　『ピクウィック・ペーパーズ』上・下（あぽろん社，2002 年）
　　　　『バーナビ・ラッジ』（あぽろん社，2003 年）
　　　　『リトル・ドリット』上・下（あぽろん社，2004 年）
　　　　『マーティン・チャズルウィット』上・下（あぽろん社，2005 年）
　　　　『デイヴィッド・コパフィールド』上・下（あぽろん社，2006 年）
　　　　『荒涼館』上・下（あぽろん社，2007 年）
　　　　『ボズの素描集』（あぽろん社，2008 年）
　　　　『骨董屋』（あぽろん社，2008 年）
　　　　『ハード・タイムズ』（あぽろん社，2009 年）
　　　　『オリヴァー・トゥイスト』（あぽろん社，2009 年）
　　　　『二都物語』（あぽろん社，2010 年）
共訳書　『無商旅人』（篠崎書林，1982 年）

（訳書は全てディケンズの作品）

エドウィン・ドゥルードの謎

二〇一〇年一〇月二〇日　第一刷発行

著　者　チャールズ・ディケンズ
訳　者　田辺洋子
発行者　木村逸司
印刷所　平河工業社
発行所　株式会社　溪水社
〒730-0041　広島市中区小町一―四
電　話（〇八二）二四六―七九〇九
FAX（〇八二）二四六―七八七六
メール　info@keisui.co.jp

ISBN978-4-86327-117-3 C3097